한국어역 **만엽집 13**

– 만엽집 권 제17 · 18 –

한국어역 만엽집 13

- 만엽집 권제17·18 -

이연숙

도서
출판 박이정

대장정의 출발

이연숙 박사의 『한국어역 만엽집』 간행을 축하하며

　이연숙 박사는 이제 그 거대한 『만엽집』의 작품들에 주를 붙이고 해석하여 한국어로 본문을 번역한다. 더구나 해설까지 덧붙임으로써 연구도 겸한다고 한다.

　일본이 자랑하는 대표적인 고전문학이 한국에서 재탄생하게 된 것이다. 다만 총 20권 전 작품을 번역하여 간행하기 위해서는 오랜 세월을 기다리지 않으면 안 된다. 현재 권 제4까지 번역이 되어 3권으로 출판이 된다고 한다.

　『만엽집』 전체 작품을 번역하는데 오랜 세월이 걸리는 것은 틀림없다. 그러나 대완성을 향하여 이제 막 출발을 한 것이다. 마치 일대 대장정의 첫발을 내디딘 것과 같다.

　이 출발은 한국, 일본뿐만이 아니라 전 세계적으로도 대단한 일이라고 할 수 있다.

　사실 『만엽집』은 천년도 더 된 오래된 책이며 방대한 분량일 뿐만 아니라 단어도 일본 현대어와 다르다. 그러므로 『만엽집』의 완전한 번역은 아직 세계에서 몇 되지 않는다.

　영어, 프랑스어, 체코어 그리고 중국어로 번역되어 있는 정도이다.

　한국어의 번역에는 김사엽 박사의 번역이 있지만 유감스럽게도 전체 작품의 번역은 아니다. 그 부분을 보완하여 이연숙 박사가 전체 작품을 번역하게 된다면 세계에서 외국어로는 다섯 번째로 한국어역 『만엽집』이 탄생하게 되는 것이다. 중국어 번역은 두 사람에 의해 이루어졌으므로 이연숙 박사는 세계의 영광스러운 6명 중의 한 사람이 되는 것이다.

　『만엽집』의 번역이 이렇게 적은 이유로 몇 가지를 들 수 있다.

첫째, 이미 말하였듯이 작품의 방대함이다. 4500여 수를 번역하는 것은 긴 세월이 필요하므로 젊었을 때부터 시작하지 않으면 안 되는 것이다.

둘째로, 『만엽집』은 시이기 때문이다. 산문과 달라서 독특한 언어 사용법이 있으며 내용을 생략하여 압축된 부분도 많다. 그러므로 마찬가지로 방대한 분량인 『源氏物語』 이상으로 번역하기가 어려울 것이다.

셋째로, 고대어이므로 정확한 의미를 파악하기가 힘이 든다는 것이다. 더구나 천년 이상 필사가 계속되어 왔으므로 오자도 있다. 그래서 일본의 『만엽집』 전문 연구자들도 이해할 수 없는 단어들이 있다. 외국인이라면 일본어가 웬만큼 숙달되어 있지 않으면 단어의 의미를 찾아내기가 불가능한 것이다.

넷째로, 『만엽집』의 작품은 당시의 관습, 사회, 민속 등 일반적으로 문학에서 다루는 이상으로 광범위한 분야에 대한 지식이 없으면 이해하기 어려운 것이다. 번역자로서도 광범위한 학문적 토대와 종합적인 지식이 요구되는 것이다. 그러므로 어지간해서는 『만엽집』에 손을 댈 수 없는 것이다.

간략하게 말해도 이러한 어려움이 있는 것이다. 과연 영광의 6인에 들어가기가 그리 쉬운 일이 아님을 누구나 알 수 있을 것이다.

그러나 이연숙 박사는 이것이 가능하다고 생각된다. 아직 젊을 뿐만 아니라 오랜 세월 동안 『만엽집』의 대표적인 연구자로서 자타가 공인하는 업적을 쌓아왔으므로 그 성과를 토대로 하여 지금 출발을 하면 그렇게 오랜 세월이 걸리지 않을 것이라 생각된다. 고대 일본어의 시적인 표현도 이해할 수 있으므로 번역이 가능하리라 확신을 한다.

특히 이연숙 박사는 향가를 깊이 연구한 실적도 평가받고 있는데, 향가야말로 일본의 『만엽집』에 필적할 만한 한국의 고대문학이므로 『만엽집』을 이해하기 위한 소양이 충분히 갖추어졌다고 생각되기 때문이다.

이러한 여러 점을 생각하면 지금 이연숙 박사의『한국어역 만엽집』의 출판 의의는 충분히 잘 알 수 있는 것이다.

　김사엽 박사도『만엽집』한국어역의 적임자의 한 사람이었다고 생각되며 사실 김사엽 박사의 책은 일본에서도 높이 평가되고 있고 山片蟠桃상을 받은 바 있다. 그러나 이 번역집은 완역이 아니다. 김사엽 박사는 완역을 하지 못하고 유명을 달리하였다.

　그러므로 그 뒤를 이어서 이연숙 박사는『만엽집』을 완역하여서 위대한 업적을 이루기를 바란다. 그런 의미에서도 이 책의 출판의 의의가 큰 것을 알 수 있다.

　이러한 대장정의 출발로 나는 이연숙 박사의『한국어역 만엽집』의 출판을 진심으로 기뻐하며 깊은 감동과 찬사를 금할 길이 없다. 전체 작품의 완역 출판을 기다리는 마음 간절하다.

2012년 6월

中西 進

책머리에

『萬葉集』은 629년경부터 759년경까지 약 130년간의 작품 4516수를 모은, 일본의 가장 오래된 가집으로 총 20권으로 이루어져 있다. 『만엽집』은 많은(萬) 작품(葉)을 모은 책(集)이라는 뜻, 萬代까지 전해지기를 바라는 작품집이라는 뜻 등으로 해석되고 있다. 이 책에는 이름이 확실한 작자가 530여명이며 전체 작품의 반 정도는 작자를 알 수 없다.

일본의 『만엽집』을 접한 지 벌써 30년이 지났다. 『만엽집』을 처음 접하고 공부를 하는 동안 언젠가는 번역을 해보아야겠다는 꿈을 가지게 되었다. 그러나 작품이 워낙 방대한데다 자수율에 맞추고 작품마다 한편의 논문에 필적할 만한 작업을 하고 싶었던 지나친 의욕으로 엄두를 내지 못하여 그 꿈을 잊고 있었는데 몇 년 전에 마치 일생의 빚인 것처럼, 거의 잊다시피 하고 있던 번역에 대한 부담감이 다시 되살아났다. 그것은 생각해보니 다음과 같은 이유에서였던 것 같다.

먼저 자신이 오래도록 관심을 가지고 연구한 분야가 개인의 연구단계에 머물고만 있을 것이 아니라, 보다 많은 사람들에게 실질적인 도움을 줄 수 있었으면 하는 바람 때문이었던 것 같다.

『만엽집』을 번역하고 해설하여 토대를 마련해 놓으면 전문 연구자들이 연구 대상 작품을 번역해야 하는 부담을 덜고 시간을 절약할 수 있을 것이며, 국문학 연구자들도 번역을 통하여 한일 문학 비교연구가 가능하게 되어 연구의 지평을 넓힐 수 있을 것이기 때문이었다.

다음으로 일본에서의 향가연구회 영향도 있었던 것 같다.

1999년 9월 한일문화교류기금으로 일본에 1년간 연구하러 갔을 때, 향가에 관심이 많은 일본 『만엽집』 연구자와 중국의 고대문학 연구자들이 향가를 연구하자는데 뜻이 모아져, 산토리 문화 재단의 지원으로 향가 연구를 하게 되었으므로 그 연구회에 참여하게 되었다. 7명의 연구자들이 정기적으로 모여 신라 향가 14수를 열심히 읽고 토론하였다. 외국 연구자들과의 향가연구는 뜻 깊은 것이었다. 한국·중국·일본 동아시아 삼국의 고대 문학 연구자들이 한자리에 모여 각국의 문헌자료와 관련하여 향가 작품에 대한 생각들을 나누며 연구를 하는 동안, 향가가 그야말로 이상적으로 연구되고 있다는 생각이 들었다.

연구 결과물이『향가-주해와 연구-』라는 제목으로 2008년에 일본 新典社에서 출판되었다. 이 책이 일본의 연구자들뿐만 아니라 일반인들도 한국의 문화와 정신을 잘 이해할 수 있는 계기가 될 수 있듯이, 마찬가지로『만엽집』이 한국어로 번역된다면 우리 한국인들도 일본의 문화와 정신을 이해하는데 도움이 될 수 있을 것이라 생각되었다. 그래서 講談社에서 출판된 中西 進 교수의『만엽집』1(1985)을 텍스트로 하여 권제1부터 권제4까지 작업을 끝내어 2012년에 세 권으로 펴내었다. 그리고 2013년 12월에『만엽집』권제5, 6, 7을 두 권으로, 2014년에는 권제8, 9를 두 권으로, 2015년에는 中西 進 교수의『만엽집』2(2011)를 텍스트로 하여 권제10을 한 권으로 출판하였다. 2016년에 中西 進 교수의『만엽집』3(2011)을 텍스트로 하여 권제11을 한 권으로, 2017년 2월에는 권제12를 또 한 권으로 출판하였고 8월에 권제13, 14를 한 권으로, 10월에는 中西 進 교수의『만엽집』 3(2011), 4(2011)를 텍스트로 하여 권제15, 16을 한 권으로 엮어 출판하였다. 그리고 이번에 中西 進 교수의『만엽집』4(2011)를 텍스트로 하여 권제17부터 권제20까지를 두 권으로 출판하게 되었다.

　『만엽집』권제17은 3890번가부터 4031번가까지 142수가 수록되어 있으며, 長歌가 14수, 短歌 가 127수, 旋頭歌가 1수이다. 권제17부터 권제20까지는 大伴家持의 노래를 중심으로 연대순으로 배열되어 있으므로 歌日記라고도 일컬어진다. 권제17은, 家持의 父인 大伴旅人이 大納言이 되어 상경할 때 시종들이 지은 노래를 앞부분에 싣고 있지만, 대부분 家持를 중심으로 한 노래가 많다. 따라서 권제17은 家持의 기록에 바탕한 것으로 보고 있다. 내용은 家持의 越中國 장관 시대의 증답가, 연회가, 漢文序, 漢詩, 서간 등이 대부분이다.

　권제18은 4032번가부터 4138번가까지 107수가 수록되어 있으며, 長歌가 10수, 短歌가 97수이다. 권제17에 이어지는 것으로 주된 작자는 橘諸兄, 大伴家持, 大伴池主 등이다. 권제17과 18은 모두 雜歌, 相聞과 같은 분류명이 없다는 것도 특징이다.

　『만엽집』의 최초의 한국어 번역은 1984년부터 1991년까지 일본 成甲書房에서 출판된 김사엽 교수의『한역 만엽집』(1~4)이다. 이 번역서가 출판된 지 30년 가까이 되었지만 그동안 보지 않았다. 왜냐하면 스스로 번역을 시도해 보지도 않고 다른 사람의 번역을 접하게 되면 자연히 그 번역에 치우치게 되어 자신이 번역을 할 때 오히려 지장이 있을 수 있다고 생각되었기 때문이다. 2012년에 권제4까지 번역을 하고 나서 처음으로 살펴보았다.

김사엽 교수의 번역집은 『만엽집』의 최초의 한글 번역이라는 점에서 그 의의는 매우 크다고 할 수 있다. 그러나 살펴보니 몇 가지 아쉬운 점도 있었다.

『만엽집』 권제16, 3889번가까지 번역이 된 상태여서 완역이 이루어지지 않았다는 점, 텍스트를 밝히지 않고 있는데 내용을 보면 岩波書店의 일본고전문학대계 『만엽집』을 사용하다가 중간에는 中西 進 교수의 『만엽집』으로 텍스트를 바꾼 점, 음수율을 고려하지 않은 점, 고어를 많이 사용하였다는 점, 세로쓰기라는 점 등을 들 수 있다.

그러나 당시로서는 어쩔 수 없는 상황도 있었을 것이라 생각된다. 또 이런 선학들의 노고가 있었기에 한국에서 『만엽집』에 대한 관심도 지속되어 온 것이라 생각되므로 감사드린다.

책이 출판될 때마다 여러분들께서 깊은 관심을 보이고 많은 격려를 하여 주셨으므로 용기를 얻었다. 그리하여 이번에 『한국어역 만엽집』이 총 14권으로 완간이 되게 되었다. 인도해 주신 하나님께 영광을 돌려 드린다.

講談社의 『만엽집』을 번역할 수 있도록 허락하여 주시고 추천의 글까지 써 주신 中西 進 교수님, 『만엽집』 노래를 소재로 한 작품들을 표지에 사용할 수 있도록 허락하여 주신 일본 奈良縣立 萬葉文化館의 稻村和子 관장님, 그리고 작품 자료를 보내어 주신 西田彩乃 학예원께 감사드린다.

그리고 이 책이 출판될 수 있도록 도와주신 박이정의 박찬익 사장님과 편집부에 감사드린다.

2018. 2. 7.

四岂 向 靜室에서

이 연 숙

일러두기

1. 왼쪽 페이지에 萬葉假名, 일본어 훈독, 가나문, 左注(작품 왼쪽에 붙어 있는 주 : 있는 작품의 경우에 해당함)
   순으로 원문을 싣고 주를 그 아래에 첨부하였다.
2. 오른쪽 페이지에는 원문과 바로 대조하면서 볼 수 있도록 작품의 번역을 하였다.
   그 아래에 해설을 덧붙여서 노래를 알기 쉽게 설명하면서 차이가 나는 해석은 다른 주석서를 참고하여 여러
   학설을 제시함으로써 이해를 돕고자 하였다.
3. 萬葉假名 원문의 경우는 원문의 한자에 충실하려고 하였지만 훈독이나 주의 경우는 한국의 상용한자로 바꾸었다.
4. 텍스트에는 가나문이 따로 있지 않고 필요한 경우에 한자 위에 가나를 적은 상태인데, 번역서에서 가나문을
   첨부한 이유는, 훈독만으로는 읽기 힘든 경우가 있으므로 작품을 정확하게 읽을 수 있도록 돕기 위함과 동시에
   번역의 자수율과 원문의 자수율을 대조해 볼 수 있도록 하기 위함이었다. 권제5부터 가나문은 中西 進의 『校訂
   萬葉集』(1995, 초판)을 사용하였다. 간혹 『校訂 萬葉集』과 텍스트의 읽기가 다른 경우가 있었는데 그럴 경우는
   텍스트를 따랐다.
5. 제목에서 인명에 '천황, 황태자, 황자, 황녀' 등이 붙은 경우는 일본식 읽기를 그대로 적었으나 해설에서는 위
   호칭들을 한글로 바꾸어서 표기를 하는 방식을 택하였다. 한글로 바꾸면 전체적인 읽기가 좀 어색한 경우는
   예외적으로 호칭까지 일본식 읽기를 그대로 표기한 경우도 가끔 있다.
6. 인명이나 지명과 같은 고유명사는 현대어 발음과 다르고 학자들에 따라서도 읽기가 다르므로 텍스트인 中西
   進의 『萬葉集』 발음을 따랐다.
7. 고유명사를 일본어 읽기로 표기하면 무척 길어져서 잘못 띄어 읽을 수 있기 때문에 가능하면 성과 이름 등은
   띄어쓰기를 하였다.
8. 『만엽집』에는 특정한 단어를 상투적으로 수식하는 수식어인 마쿠라 코토바(枕詞)라는 것이 있다. 어원을 알
   수 있는 것도 있지만 알 수 없는 것도 많다. 中西 進 교수는 가능한 한 해석을 하려고 시도를 하였는데 대부분의
   주석서에서는 괄호로 묶어 해석을 하지 않고 있다. 이 역해서에서도 괄호 속에 일본어 발음을 그대로 표기를
   하고, 어원이 설명 가능한 것은 해설에서 풀어서 설명하는 방향으로 하였다. 그러므로 번역문을 읽을 때에는
   괄호 속의 枕詞를 생략하고 읽으면 내용이 연결이 될 수 있다.
9. 『만엽집』은 시가집이므로 반드시 처음부터 읽어 나가지 않아도 되며 필요한 작품을 택하여 읽을 수 있다. 그런
   경우를 위하여 필요한 사항은 가능한 한 작품마다 설명을 하려고 하였다. 그러므로 작자나 枕詞 등의 경우,
   같은 설명이 여러 작품에 보이기도 하는 것은 이런 이유 때문이다.
10. 번역 부분에서 극존칭을 사용하기도 하였는데 이것은 음수율에 맞추기 힘든 경우, 음수율에 맞추기 위함이었다.

11. 권제5의, 제목이 없이 바로 한문으로 시작되는 작품은, 中西 進의『萬葉集』의 제목을 따라서《 》속에 표기하였다.

12. 권제7은 텍스트에 작품번호 순서대로 배열되지 않은 부분들이 있는데, 이런 경우는 번호 순서대로 배열을 하였다. 그러나 목록은 텍스트의 목록 순서를 따랐다.

13. 권제16·17의 제목이 없는 작품은, 中西 進의『萬葉集』의 제목을 따라서《 》속에 표기하였다.

14. 권제17은 텍스트인 中西 進의『萬葉集』에는, 3894번가 다음에 3898~3899번가가 오고 그 다음에 3895~3897번가, 3900번가 순으로 수록되어 있다. 그러나 이 책에서는 번호 순대대로 실었다.

    권제 18도 4103번가와 4104번가의 순서가 바뀌어 있는데, 여기에서는 全集과 마찬가지로 순서대로 정리하였다.

15. 해설에서 사용한 大系, 私注, 注釋, 全集, 全注 등은 주로 참고한 주석서들인데 다음 책들을 요약하여 표기한 것이다.

    大系 : 日本古典文學大系『萬葉集』1~4 [高木市之助 五味智英 大野晉 校注, 岩波書店, 1981]
    全集 : 日本古典文學全集『萬葉集』1~4 [小島憲之 木下正俊 佐竹昭廣 校注, 小學館, 1981~1982]
    私注 :『萬葉集私注』1~10 [土屋文明, 筑摩書房, 1982~1983]
    注釋 :『萬葉集注釋』1~20 [澤瀉久孝, 中央公論社, 1982~1984]
    全注 :『萬葉集全注』1~20 [伊藤 博 外, 有斐閣, 1983~1994]

차례

작품 목록

만엽집 권 제17 목록

- 天平 2년(730) 庚午 겨울 11월에, 大宰帥 오호토모(大伴)卿이 大納言에 임명되어 상경할 때, 종자들은 따로 바닷길로 상경하였다. 이에 여행을 슬퍼하여 각각 생각을 말하여 지은 노래 10수 (3890~3899)
- 같은 (天平) 10년(738) 7월 7일에, 오호토모노 스쿠네 야카모치(大伴宿禰家持)가 혼자 은하수를 바라보고 잠시 생각을 읊은 노래 1수 (3900)
- 같은 (天平) 12년 12월 9일에, 오호토모노 스쿠네 후미모치(大伴宿禰書持)가, 大宰府 때의 梅花歌에 후에 화답한 새 노래 6수 (3901~3906)
- 같은 (天平) 13년 2월에 右馬頭 사카히베노 스쿠네 오유마로(境部宿禰老麿)가, 미카(三香) 들의 새로운 도읍을 찬미한 노래 1수와 短歌 (3907~3908)
- 4월 2일에, 오호토모노 스쿠네 후미모치(大伴宿禰書持)가 두견새를 읊어 형 야카모치(家持)에게 보낸 노래 2수 (3909~3910)
- 3일에 內舍人 오호토모노 스쿠네 야카모치(大伴宿禰家持)가, 久邇京에서 동생 후미모치(書持)에게 답하여 보내는 노래 3수 (3911~3913)
- 타구치노 아소미 우마오사(田口朝臣馬長)의, 두견새를 생각하는 노래 1수 (3914)
- 야마베노 스쿠네 아카히토(山部宿禰明人)가 봄 꾀꼬리를 읊은 노래 1수 (3915)
- 같은 (天平) 16년(744) 4월 5일에, 오호토모노 스쿠네 야카모치(大伴宿禰家持)가 平城의 옛집에서 지은 노래 6수 (3916~3921)
- 같은 (天平) 18년(746) 정월에, 흰 눈이 내려 左大臣 타치바나(橘)卿이 王卿 등을 이끌고 太上天皇이 있는 곳에 들어가서 지은 노래 5수(16수는 생략한다) (3922~3926)
- 같은 해 7월에, 코시노 미치노나카(越中)國 장관 오호토모노 스쿠네(大伴宿禰)가, 임명된 곳으로 부임할 때 오호토모노 사카노우헤노 이라츠메(大伴坂上郎女)가 家持에게 보낸 노래 2수 (3927~3928)
- 다시 코시노 미치노나카(越中)國으로 보내는 노래 2수 (3929~3930)
- 헤구리(平群)氏의 이라츠메(女郎)가 코시노 미치노나카(越中)國의 장관인 오호토모노 스쿠네 야카모치(大伴宿禰家持)에게 보내는 노래 12수 (3931~3942)
- 8월 7일 밤에, 코시노 미치노나카(越中)國의 관사에서 연회할 때 장관인 오호토모노 스쿠네 야카모치(大伴宿禰家持)의 노래 1수 (3943)

만엽집 권 제18 목록

- 3월 15일에, 코시노 미치노쿠치(越前)國의 판관 오호토모노 이케누시(大伴池主)가 보낸 노래 3수 (4073~4075)
- 16일에, 코시노 미치노나카(越中)國의 장관인 오호토모노 야카모치(大伴家持)가 답하여 보낸 노래 4수 (4076~4079)
  고모인 오호토모우지노 사카노우헤노 이라츠메(大伴氏坂上郎女)가, 越中國 장관인 오호토모노 야카모치(大伴家持)에게 보낸 노래 2수 (4080~4081)
- 오호토모노 야카모치(大伴家持)가 답한 노래 2수 (4082~4083)
- 따로 또, 생각한 바를 노래한 1수 (4084)
- 天平感寶 원년(749) 5월 5일에, 東大寺의 占墾地使인 승려 平榮 등을 접대하였을 때. 장관 오호토모노 야카모치(大伴家持)가 술을 보내는 노래 1수 (4085)
- 같은 달 9일에, 관료들이 少目인 하다노 이미키 이하타케(秦伊美吉石竹)의 관사에 모여서 연회하였을 때, 백합꽃 머리장식을 만들어서 손님들에게 주었는데 각자 이것을 읊어서 지은 노래 3수 (4086~4088)
- 10일에, 오호토모노 야카모치(大伴家持)가 혼자 휘장 안에 있으며 멀리 두견새가 우는 것을 듣고 지은 노래 1수와 短歌 (4089~4092)
- 아오(英遠) 포구에 간 날 지은 노래 1수 (4093)
- 미치노쿠(陸奧)에서 金이 나온 것을 기뻐하는 조서를 축하하는 노래 1수와 短歌 (4094~4097)
- 요시노(吉野) 離宮에 행행할 때를 위해서 미리 지은 노래 1수와 短歌 (4098~4100)
- 14일에, 오호토모노 야카모치(大伴家持)가, 도읍의 집에 보내기 위해 진주를 원하는 노래 1수와 短歌 (4101~4105)
- 15일에, 오호토모노 야카모치(大伴家持)가, 史生 오하리노 오쿠히(尾張少咋)를 가르쳐 깨우치는 노래 1수와 短歌 (4106~4109)
- 17일에, 오호토모노 야카모치(大伴家持)가, 본처가 남편이 부르러 보낸 사람을 기다리지 않고 스스로 왔을 때의 노래 1수 (4110)
- 23일에, 오호토모노 야카모치(大伴家持)의 홍귤 노래 1수와 短歌 (4111~4112)

- 26일에, 오호토모노 야카모치(大伴家持)가, 정원의 꽃을 읊어 지은 노래 1수와 短歌 (4113~4115)
- 판관 쿠메노 아소미 히로나하(久米朝臣廣繩)가, 天平 20년(748)에 朝集使로 취임하여 入京하여, 天平感寶 원년(749) 윤 5월 27일에 본래 임무로 돌아왔을 때, 장관 오호토모노 야카모치(大伴家持)가 지은 노래 1수와 短歌 (4116~4118)
- 두견새의 노래 1수 (4119)
- 28일에, 오호토모노 야카모치(大伴家持)가 상경할 때, 귀인을 보고 미인을 만나 주연을 함께 하는 날을 위하여 생각을 말하여 미리 지은 노래 2수 (4120~4121)
- 6월 삭일 저녁 무렵에, 장관 오호토모노 야카모치(大伴家持)가, 갑자기 비구름의 기색을 보고 지은 노래 1수 [短歌 1絶] (4122~4123)
- 4일에, 오호토모노 야카모치(大伴家持)가 비가 오는 것을 축하한 노래 1수 (4124)
- 7월 7일에, 오호토모노 야카모치(大伴家持)의 칠석 노래 1수와 短歌 (4125~4127)
- 코시노 미치노쿠치(越前)國의 大掾 오호토모노 이케누시(大伴池主)가 보내어 온 장난스런 노래 4수 (4128~4131)
- 다시 보내어 온 노래 2수 (4132~4133)
- 天平勝寶 원년(749)의 12월에, 오호토모노 야카모치(大伴家持)가 눈, 달, 매화를 읊은 노래 1수 (4134)
- 少目 하다노 이미키 이하타케(秦伊美吉石竹)의 관사의 연회에서 장관 오호토모노 야카모치(大伴家持)가 지은 노래 1수 (4135)
- 같은 (天平勝寶) 2년(750) 정월 2일에, 國廳에서 여러 郡司들에게 향응을 베풀 때 오호토모노 야카모치(大伴家持)가 지은 노래 1수 (4136)
- 5일에, 판관 쿠메노 아소미 히로나하(久米朝臣廣繩)의 관사에서 연회할 때 오호토모노 야카모치(大伴家持)가 지은 노래 1수 (4137)
- 2월 18일에, 오호토모노 야카모치(大伴家持)가, 갑자기 비바람이 일어 돌아갈 수 없게 되어 지은 노래 1수 (4138)

만엽집

권 제 17

天平二年[1]庚午冬十一月[2]，大宰帥大伴卿[3]，被任大納言[4] ［兼帥如舊］
上京之時，傔從[5]等，別取海路入京．於是悲傷羈旅，各陳所心作歌十首

3890 和我勢兒乎　安我松原欲　見度婆　安麻乎等女登母　多麻藻可流美由

わが背子を　吾が[6]松原よ　見渡せば　海人少女ども　玉藻[7]苅る見ゆ

わがせこを　あがまつばらよ　みわたせば　あまをとめども　たまもかるみゆ

左注 右一首，三野連石守[8]作

3891 荒津乃海　之保悲思保美知　時波安礼登　伊頭礼乃時加　吾孤悲射良牟

荒津の海[9]　潮干潮満ち　時はあれど[10]　いづれの時か　わが戀ひざらむ[11]

あらつのうみ　しほひしほみち　ときはあれど　いづれのときか　わがこひざらむ

---

1 **天平二年**: 730년.
2 **庚午冬十一月**: 발령은 10월. 446번가 등에는 12월로 되어 있다.
3 **大宰帥大伴卿**: 大伴旅人이다.
4 **大納言**: 태정관으로 대신 다음이다. 정3위에 상당한다.
5 **傔從**: '傔'은 '從'. 그때 旅人은 정3위였다. 3위에게 주어질 수 있는 從者, 資人은 60명. 드디어 취임하는 大納言의 從者, 資人은 100명. 또 大宰帥에게 주어진 從者, 事力 등은 20명.
6 **吾が**: '吾の松原'이라는 말도 있다(1030번가). 이것도 지명이지만 소재불명이다.
7 **玉藻**: 藻의 미칭이다.
8 **三野連石守**: 어떤 사람인지 알 수 없다.
9 **荒津の海**: 福岡市. 3215번가 참조.
10 **時はあれど**: 그 때는 있지만.
11 **わが戀ひざらむ**: 정한 때는 없다.

天平 2년(730) 庚午 겨울 11월에, 大宰帥 오호토모(大伴)卿이 大納言에 임명되어[帥를 겸한 것은 이전과 같다] 상경할 때, 종자들은 따로 바닷길로 상경하였다. 이에 여행을 슬퍼하여 각각 생각을 말하여 지은 노래 10수

3890 (와가세코오)/ 아가마츠바라(吾が松原)여/ 바라다보면/ 소녀 해녀들이요/ 해초 따는 것 보네

🌸 해설

　　나의 남편을 내가 기다린다고 하는 뜻을 이름으로 한 아가마츠바라(吾が松原)여. 바라다보면 소녀 해녀들이 해초를 따는 것이 보이네라는 내용이다.

　　　좌주 위의 1수는, 미노노 므라지 이소모리(三野連石守)의 작품

3891 아라츠(荒津)의 바다/ 물이 빠지고 차는/ 때는 있지만도/ 어느 때라고 해서/ 사랑하지 않을까

🌸 해설

　　아라츠(荒津) 바다는 썰물이 되고 밀물이 되는 때가 정해져 있지만, 어느 때라고 하든지 내가 사랑하지 않을 때가 있을 것인가라는 내용이다.
　　상대방이 항상 그립다는 뜻이다. 이때 그리운 대상은 아내로도 볼 수 있지만 注釋에서는, '배가 떠나기 전의 송별연에서 남아 있는 사람에게 노래하였다고 보는 것이 타당하다'고 하였다[『萬葉集注釋』17, p.15].

3892　伊蘇其登尓　海夫乃釣船　波氏尓家里　我船波氏牟　伊蘇乃之良奈久

　　　　磯ごとに　海人の釣船　泊てにけり[1]　わが船泊てむ　磯の知らなく

　　　　いそごとに　あまのつりふね　はてにけり　わがふねはてむ　いそのしらなく

3893　昨日許曽　敷奈伝婆勢之可　伊佐魚取　比治奇乃奈太乎　今日見都流香母

　　　　昨日こそ　船出はせしか[2]　鯨魚取り　比治奇の灘を[3]　今日見つるかも

　　　　きのふこそ　ふなではせしか　いさなとり　ひぢきのなだを　けふみつるかも

3894　淡路嶋　刀和多流船乃　可治麻尓毛　吾波和須礼受　伊弊乎之曽於毛布

　　　　淡路島　門[4]渡る船の　楫間[5]にも　われは忘れず　家をしそ思ふ

　　　　あはぢしま　とわたるふねの　かぢまにも　われはわすれず　いへをしそおもふ

---

1 泊てにけり: 그것에 끌려서.
2 船出はせしか: 항해가 빠르다고 하는 것은 망연하게 있는 사이에라는 뜻인가.
3 比治奇の灘を: 播磨의 響의 灘이라고 하는 것도 확실하지 않다. 灘은 풍파가 심한 곳이다. '鯨魚取り'와 호응한다.
4 淡路島 門: 'と'는 좁은 곳이다. 明石 해협을 가리킨다.
5 楫間: 노를 젓고 당겨 다시 젓는 사이. 즉 짧다는 뜻이다.

3892   바위들마다/ 어부 고기잡이배/ 대고 있네요/ 나의 배 정박시킬/ 바위를 모르겠네

해설

　바위 바위마다 어부들이 고기잡이배를 대어 놓고 있네요. 그러나 나의 배를 댈 바위는 알지 못하겠네라는 내용이다.
　배를 댈 만한 곳을 알지 못한다고 하여 마음 쓸쓸함을 노래한 것이다.
　橋本達雄은, '밤에 항해하는 쓸쓸함을, 이미 물가 거친 바위들에 불을 밝히면서 배들을 정박시키고쉬고 있는 고기잡이배들과 대조하며 부른 노래이다'고 하였다『萬葉集全注』 17, p.16].

3893   바로 어제요/ 출선을 하였는데/ (이사나토리)/ 히지키(比治奇)의 물가를/ 오늘 보는 것
　　　　이네

해설

　바로 어제 배가 출발한 것 같은데 고래를 잡는다고 하는 깊은 바다인 히지키(比治奇)의 물가를 벌써오늘 보게 되는 것이네라는 내용이다.
　'比治奇の灘'을 大系에서는, '山口縣 豊浦郡'의 서쪽 小倉市・若松市 북쪽의 바다. 또 兵庫縣 高砂市의바다라고 하는 설도 있다. 노래의 순서로 보아서는 후자가 온당하다'고 하였다『萬葉集』 4, p.177].
　私注에서는, '今御崎는 권제7(1230번가)에 '파도가 험한 힘든 곳인 카네(金) 곳을 지났지만요 나는잊지 않아요 시가(志賀) 섬의 皇神을'이라고 하였을 정도이며, 博多 방면에서 동쪽으로 항해하는 사람들에게 힘든 곳이었으므로, 무사하게 빨리 響灘에 도착한 기쁨을 이렇게 노래한 것으로 보인다'고 하였다[『萬葉集私注』 8, p.294].

3894   아하지(淡路) 섬의/ 해협 건너는 배의/ 노 사이에도/ 나는 잊지를 않고/ 집을 그리워하네요

해설

　아하지(淡路) 섬의 해협을 건너는 배의 노를 젓고 다시 당겨서 젓는, 그 짧은 사이에도 나는 잊지않고 집을 그리워하네라는 내용이다.
　잠시도 쉬지 않고 계속 집을 그리워한다는 뜻이다. 家는 아내를 뜻하기도 한다.

3895　多麻波夜須　武庫能和多里尓　天傳　日能久礼由氣婆　家乎之曽於毛布

　　　　玉はやす[1]　武庫の渡に　天づたふ　日の暮れゆけば　家をしそ思ふ

　　　　たまはやす　むこのわたりに　あまづたふ　ひのくれゆけば　いへをしそおもふ

3896　家尓底母　多由多敷命　浪乃宇倍尓　思之乎礼婆　於久香之良受母　　一云, 宇伎氏之乎禮八

　　　　家にても　たゆたふ命[2]　波の上に　思ひし居れば　奥妻知らずも　　　　一云, 宇伎氏之乎禮八

　　　　いへにても　たゆたふいのち　なみのうへに　おもひしをれば　おくかしらずも

　　　　　　　　　　　　　　　　　　　　　　　　　　　　　　　　　　　　一云, 宇伎　氏之乎禮八

3897　大海乃　於久可母之良受　由久和礼乎　何時伎麻佐武等　問之兒良波母

　　　　大海の　奥處[3]も知らず　行くわれを　何時來まさむと　問ひし兒[4]らはも

　　　　おほうみの　おくかもしらず　ゆくわれを　いつきまさむと　とひしこらはも

---

1 玉はやす: 武庫 지역에 구슬을 만드는 집단이 있었던 것인가. 구슬이 그윽하게 빛나는 것이 풍경과 어울린다.
2 たゆたふ命: 목숨이 불안한 것을 말한다.
3 奥處: 목숨이 흔들리는 끝.
4 問ひし兒: 집에 있는 아내이다.

3895 (타마하야스)/ 무코(武庫)의 선착장에/ (아마즈타후)/ 해가 저물어 가면/ 집을 그리워하
　　　 네요

해설

　　구슬을 빛나게 하는, 무코(武庫)의 선착장에 하늘을 떠가는 해가 저물어 가면 집을 그리워하네라는
내용이다.
　　저녁 무렵의 적료함 속에서 집을 그리워하는 노래이다.
　　'玉はやす'는 '武庫'를, '天づたふ'는 '日'을 상투적으로 수식하는 枕詞이다.

3896 집에 있어도/ 뜬 것 같은 목숨을/ 파도 위에서요/ 생각하고 있으면/ 끝을 알 수가 없네
　　　 혹은 말하기를, 떠서 있자면은요

해설

　　집에 있어도 떠 있는 것 같은 불안한 목숨인데, 파도 위에서 생각을 하고 있으면 목숨의 끝을 알
수 없을 정도로 매우 불안하네라는 내용이다.
　　항해하면서 목숨이 어떻게 될지를 몰라서 심한 불안을 느끼며 노래한 것이다.

3897 (오호우미노)/ 끝도 모르고서는/ 가는 나를요/ 언제 올 것인가고/ 물었던 아이인가

해설

　　넓은 바다의 끝이 어디인지도 모르고 불안하게 여행을 하는 나인 것을, 언제 돌아올 것이냐고 물었던
그 아이여라는 내용이다.
　　배를 타고 항해하며, 목숨이 어떻게 될지도 모르는 불안을 노래한 것이다.
　　私注에서는, '築紫를 출발할 때 말을 나누었던 여자를 추억하고 있는 것이다'고 하였다[『萬葉集私注』
8, p.298].

3898　大船乃　宇倍尓之居婆　安麻久毛乃　多度伎毛思良受　歌乞和我世

　　　　大船の　上にし居れば　天雲の¹　たどき²も知らず　歌乞³わが背

　　　　おほふねの　うへにしをれば　あまくもの　たどきもしらず　歌乞わがせ

3899　海未通女　伊射里多久火能　於煩保之久　都努乃松原　於母保由流可問

　　　　海少女　漁り⁴焚く火の　おぼほしく　都努の松原　思ほゆるかも⁵

　　　　あまをとめ　いざりたくひの　おぼほしく　つののまつばら　おもほゆるかも

　　　左注　右九首, 作者不審姓名.

---

1 **天雲の**: 정처 없이 흔들리는 것을 비유한 것이다.
2 **たどき**: 방법, 수단.
3 **歌乞**: 난해한 단어이다.
4 **漁り**: 고기를 잡는 것이다.
5 **思ほゆるかも**: 눈앞에 都努의 松原을 흐릿하게 바라보고, 흐릿하게 그곳이 그립다는 뜻이다. 都努는 **武庫津**
　의 들판이다.

3898 크나큰 배의/ 위에 있으면은요/ (아마쿠모노)/ 의지할 곳도 없이/ 歌乞 나의 그대여

해설

큰 배 위에서 흔들리고 있으면 하늘을 떠가는 구름처럼 의지할 곳도 없어서 歌乞 당신이여라는 내용이다.

배를 타고 항해하는 불안을 노래한 것이다.

'歌乞'을 中西 進과 全集에서는 해석을 하지 않았다. 私注와 注釋에서는, '노래를 부탁합니다'로 해석하였다(『萬葉集私注』 8, p.295), (『萬葉集注釋』 17, p.15). 橋本達雄은, '노래를 부탁해 주세요'라고 해석하였다(『萬葉集全注』 17, p.17].

3899 소녀 해녀가/ 밝히는 어화처럼/ 희미하게요/ 츠노(都努)의 마츠바라(松原)/ 생각이 나는 군요

해설

소녀 해녀가 밤에 고기를 잡으려고 밝히는 어화처럼 희미하게 츠노(都努)의 마츠바라(松原)가 생각이 나는군요라는 내용이다.

근심으로 마음이 밝지 않은 상태를 노래한 것이다.

좌주 위의 9수는, 작자의 성명이 확실하지 않다.

中西 進·大系·私注·注釋·全注에서는, 3894번가 다음에 3898, 3899번가가 수록되어 있다. 그러므로 이 책들에는 '右九首, 作者不審姓名'이 3897번가 뒤에 붙어 있다.

全集에서는 번호 순서대로 하였는데 이 책에서도 번호 순서대로 하였다.

十年¹七月七日之夜，獨²仰天漢³聊述懷一首

3900　多奈波多之　船乗須良之　麻蘇鏡　吉欲伎月夜尓　雲起和多流

　　　織女し　船乗りすらし⁴　眞澄鏡　清き月夜に　雲立ち渡る⁵

　　　たなばたし　ふなのりすらし　まそかがみ　きよきつくよに　くもたちわたる

　　　左注　右一首，大伴宿祢家持作

追和大宰之時梅花⁶新歌六首

3901　民布由都藝　芳流波吉多礼登　烏梅能芳奈　君尓之安良祢婆　遠久人毛奈之

　　　み⁷冬つぎ　春は來れと　梅の花　君⁸にしあらねば　招く人もなし

　　　みふゆつぎ　はるはきたれと　うめのはな　きみにしあらねば　をくひともなし

---

1 **十年**: 天平 10년(738). 그 때 家持는 20세 무렵이다.
2 **獨**: 칠석은 연회에서 노래 불리어지는 것이 일반적이다. 그에 비해 혼자서 지었다는 뜻이다.
3 **天漢**: 은하수.
4 **船乗りすらし**: 『萬葉集』에서는 견우가 직녀에게로 가는 것이 일반적임에 비해, 여기에서는 중국의 전설대로 직녀가 견우에게로 가는 것이다.
5 **雲立ち渡る**: 배가 나아갈 때 물보라로 구름·안개가 낀다고 노래하는 작품이 많다.
6 **梅花**: 天平 2년(730)의 梅花宴(815번가 이하)을 말한다.
7 **み**: 美稱이다.
8 **君**: 紀卿을 가리킨다.

(天平) 10년(738) 7월 7일 밤에 혼자 은하수를
바라보고 잠시 생각을 읊은 1수

3900   직녀 그녀가/ 배를 탄 것 같네요/ (마소카가미)/ 맑은 달밤인데도/ 구름 끼어 떠가네

✿ 해설

　직녀는 견우를 만나러 가기 위해서 배를 탄 것 같네요. 맑은 거울처럼 청명한 달밤인데도 구름이 끼어서 떠가고 있네요라는 내용이다.

　달밤에 구름이 떠 있는 것을, 직녀가 견우를 만나러 가기 위해서 탄 배가 나아갈 때 생긴 물보라 때문이라고 본 것이다.

　　좌주　위의 1수는, 오호토모노 스쿠네 야카모치(大伴宿禰家持)가 지은 것이다.
大伴宿禰家持는 大伴宿禰旅人(오호토모노 스쿠네 타비토)의 아들이며 養老 2년(718)에 태어났다. 17세 때 內舍人이 되었으며 24세에 정6위상이 되었다. 坂上大孃과 결혼하였다. 天應 원년(781)에 종3위, 延曆 2년(783)에 中納言이 되었으며, 延曆 4년(785) 8월에 68세로 사망하였다〔『萬葉集全注』 8, pp.76~77〕.

大宰府에 있을 때의 梅花歌에 후에 화답한 새 노래 6수

3901   겨울에 이어/ 봄은 왔지만서도/ 매화꽃은요/ 그대가 아니라면요/ 초대할 사람 없네

✿ 해설

　겨울이 지나고 이어서 봄은 왔지만, 매화꽃은 그대가 아니면 초대할 사람이 없네라는 내용이다.

　이 작품은 권제5의 815번가(紀卿의 작품)에 화답한 것이다.

3902　烏梅乃花　美夜万等之美尓　安里登母也　如此乃未君波　見礼登安可尓勢牟

梅の花　み山と¹繁に　ありともや　かくのみ²君は³　見れど飽かにせむ⁴

うめのはな　みやまとしみに　ありともや　かくのみきみは　みれどあかにせむ

3903　春雨尓　毛延之楊奈疑可　烏梅乃花　登母尓於久礼奴　常乃物能香聞

春雨に　萌えし楊か　梅の花　友に後れぬ　常の物⁵かも

はるさめに　もえしやなぎか　うめのはな　ともにおくれぬ　つねのものかも

3904　宇梅能花　伊都波乎良自等　伊登波祢登　佐吉乃盛波　乎思吉物奈利

梅の花　何時は折らじと　厭はねど⁶　咲きの盛りは　惜しきものなり

うめのはな　いつはをらじと　いとはねど　さきのさかりは　をしきものなり

---

1 **み山と**: 산으로.
2 **かくのみ**: 'のみ'는 강조를 나타낸다.
3 **君は**: 매화연에 참가한 사람들이다.
4 **飽かにせむ**: 싫증나지 않게 한다. 만족한다. 'に'는 부정을 나타낸다.
5 **常の物**: 비에 좌우되지 않고 항상 있는 것이다.
6 **厭はねど**: '…때는 꺾지 않을 것이다'고 피하는 때는 없지만.

3902 매화꽃이요/ 산이 가득하도록/ 많이 있지만/ 이 정도로 그대는/ 보아도 만족 않겠지

🌸 **해설**

비록 매화꽃이 산에 온통 가득하도록 많이 피어 있지만, 그래도 이 정도로 그대는, 보아도 만족하지 않겠지요라는 내용이다.

3903 봄비가 와서/ 싹 틔운 버들인가/ 매화꽃의요/ 친구에 늦지 않게/ 항상 그런 것인가

🌸 **해설**

봄비가 와서 싹을 틔운 버들인 것인가. 아니면 비와 상관없이 매화꽃이라는 친구에게 뒤처지지 않기 위해서 항상 그렇게 싹을 틔우는 것인가라는 내용이다.
봄비가 오고 난 뒤에 싹이 튼 버들을 보고 반기며 지은 것이다.

3904 매화꽃을요/ 언젠 안 꺾는다고/ 피하잖지만/ 피는 한창 때에는/ 아쉬운 것이라네

🌸 **해설**

매화꽃을 언제 언제는 꺾지 않는다고 하여 피하는 때는 없지만, 한창 때에는 꺾는 것이 아쉽네라는 내용이다.
매화꽃은 언제나 꺾을 수 있는 것이지만 한창 때는 꺾기가 아쉽다는 뜻이다.
'何時は折らじと 厭はねど'는 빙 둘러서 표현한 것이다.

3905 遊內乃　多努之吉庭尓　梅柳　乎理加謝思底婆　意毛比奈美可毛

遊ぶ現の¹　樂しき庭に　梅柳　折りかざしてば²　思ひ無みかも³

あそぶうちの　たのしきにはに　うめやなぎ　をりかざしてば　おもひなみかも

3906 御苑布能　百木乃宇梅乃　落花之　安米尓登妣安我里　雪等敷里家牟

御苑生の⁴　百木の梅の　散る花の　天に飛びあがり　雪と降りけむ⁵

みそのふの　ももきのうめの　ちるはなの　あめにとびあがり　ゆきとふりけむ

左注　右, 十二年十二月⁶九日, 大伴宿祢書持⁷作

---

1 **現の**: 'うつつ'와 같다.
2 **折りかざしてば**: 'て'는 완료의 조동사로 강조의 뜻이다.
3 **思ひ無みかも**: 'み'는 명사형 접미사이다.
4 **御苑生の**: 旅人(타비토)의 집의.
5 **雪と降りけむ**: 권제5의 822번가에 답한 것이다.
6 **十二年十二月**: 天平 12년(740).
7 **大伴宿祢書持**: 書持(후미모치)는 家持(야카모치)의 동생이다. 20세 전후인가.

3905   지금 놀고 있는/ 재밌는 정원에서/ 매화와 버들/ 꺾어 장식을 하면/ 걱정도 없을 건가

해설

　　지금 놀고 있는 이 재미있는 정원에서, 매화와 버들의 가지를 꺾어서 장식을 하면 만족하여 아무런 걱정도 없을 것인가라는 내용이다.
　　권제5의 8231번가를 생각하고 부른 노래이다.

3906   그대 정원의/ 많은 나무의 매화/ 지는 꽃들이/ 하늘로 날아올라서/ 눈으로 내렸는가

해설

　　정원의 많은 매화나무의 지는 꽃들이, 하늘에 날아올라서 눈으로 내린 것인가라는 내용이다.
　　매화 꽃잎이 많이 흩어지는 것으로도, 아니면 하늘에서 눈이 내리는 것을 매화꽃으로 본 것으로도 해석할 수 있다.
　　권제5의, 旅人의 작품인 822번가에 대해 답한 노래이다.

　　좌주　위는, (天平) 12년(740) 12월 9일에, 大伴宿禰書持(오호토모노 스쿠네 후미모치)가 지은 것이다.
'十二年十二月九日'을 大系에서는, '양력 1월 10일 정도가 된다. 그렇게 보면 3901번가 이하 봄이 왔다고 하는 노래 뜻에 맞는다'고 하였다[『萬葉集』 4, p.179]. 그러나 全集에서는, '양력 12월 31일로 매화가 피기에는 너무 이르다. 이 6수는 실제로 매화를 보고 지은 것이 아닐 것이다'고 하였다[『萬葉集』 4, p.167].
'大伴宿禰書持作'에 대해 全集에서는, '용어에 미숙한 점이 있고, 家持의 작품처럼 관용구에 의한 안정성이 적다고 말해지는데 書持의 작품임이 틀림없을 것이다. 天平 12년 겨울은 內舍人 家持에게는 바쁜 시기로 聖武천황의 伊勢행행에 동행하고 12월 9일은 近江의 犬上頓宮을 출발하여 蒲生郡에 도착한 날이다'고 하였다[『萬葉集』 4, p.167]. 그러나 私注에서는, '旅人의 작품의 격이 바른 것과는 비교가 되지 않는다. 그러나 이상의 작품을 미숙하다고 해서 書持의 작품이라고 단정하는 것은 수긍할 수 없다. 미숙한 것은 家持도 마찬가지다'고 하였다[『萬葉集私注』 8, p.304].

讃三香原¹新都²詞一首并短詞

3907　山背乃　久迩能美夜古波　春佐礼播　花唵乎々理　秋左礼婆　黄葉尓保比　於婆勢流　泉河乃
可美都瀬尓　宇知橋和多之　余登瀬尓波　宇枳橋和多之　安里我欲比　都加倍麻都良武
万代麻弓尓

山背の　久邇の都は　春されば　花咲きををり³　秋されば　黄葉にほひ　帯ばせる⁴　泉の川⁵
の　上つ瀬に　打橋⁶わたし　淀瀬⁷には　浮橋⁸渡し　あり通ひ⁹　仕へまつらむ　萬代までに

やましろの　くにのみやこは　はるされば　はなさきををり　あきされば　もみちばにほひ
おばせる　いづみのかはの　かみつせに　うちはしわたし　よどせには　うきはしわたし
ありがよひ　つかへまつらむ　よろづよまでに

反歌

3908　楫並而　伊豆美乃河波乃　水緒多要受　都加倍麻都良牟　大宮所

楫竝めて¹⁰　泉の川の　水脈¹¹絶えず　仕へまつらむ　大宮所

たたなめて　いづみのかはの　みをたえず　つかへまつらむ　おほみやどころ

> 左注　右, 平十三年二月, 右馬頭¹²境部宿祢老麿¹³作也.

1　三香原: 京都府 相樂郡 加茂町.
2　新都: 久邇京. 天平 12년(740) 12월에 천도하였다.
3　花咲きををり: 가지도 휘어질 정도로.
4　帯ばせる: 도읍이. 'せ'는 경어이다.
5　泉の川: 木津川.
6　打橋: 판자를 걸친 간단한 다리를 말한다.
7　淀瀬: 흐름이 느린 여울이다.
8　浮橋: 배나 뗏목을 띄워서 그 위에 판자를 걸친 다리이다.
9　あり通ひ: 'あり…'는 '…계속하다'는 뜻이다.
10　楫竝めて: 大宮所의 견고함을 상징한다.
11　水脈: 물길이다.
12　馬頭: 右馬寮의 장관이다. 종5위상에 상당한다.
13　境部宿祢老麿: 어떤 사람인지 알 수 없다.

미카(三香) 들의 새로운 도읍을 찬미한 노래 1수와 短歌

3907 야마시로(山城)의/ 쿠니(久邇)의 도읍은요/ 봄이 되면요/ 꽃이 많이 피고요/ 가을이 되면/
단풍 곱게 물드네/ 띠로 했든/ 이즈미(泉)의 강의요/ 상류 여울에/ 판자 다리 만들고/
느린 여울엔/ 배로 다리 만들어/ 계속 다니며/ 봉사하여 섬기자/ 만대 후에까지도

해설

　　야마시로(山城)의 쿠니(久邇)의 도읍은, 봄이 되면 가지가 휠 정도로 꽃이 흐드러지게 많이 피고, 가을이 되면 단풍이 곱게 물이 드네. 도읍을 두르고 흐르고 있으므로 마치 띠와 같은 이즈미(泉) 강의 상류쪽 여울에는 판자를 걸쳐서 다리를 만들고, 물의 흐름이 느린 여울에는 배를 띄우고, 그 위에 판자를 걸쳐서 다리를 만들어서 계속 다니며 섬기자. 만대 후까지도라는 내용이다.

　　새로운 도읍을 찬미한 노래이다. 全集에서는, '권제17에는 長歌가 14수 있으며 각각 反歌가 있는데 이곳 외에 '反歌'라고 하는 1행을 쓴 예가 없다. (중략) 이 '反歌'의 1행이 없는 것도 由緖 있는 형식이라고 생각된다'고 하였다『萬葉集』 4, p.168].

　　久邇京은, 聖武천황이 天平 12년(740) 12월 6일에 橘諸兄을 久邇(京都府 相樂郡 加茂町을 중심으로, 일부 木津·山城 등에 걸쳐 있다)에 먼저 보내어 천도를 계획하였다. 천황은 5일에 不破를 출발하여 6일에 橫川, 7~8일에 犬上, 9일에 蒲生, 10일에 野洲, 11~13일에 粟津, 14일에 玉井을 거쳐 15일에 久邇에 도착하여 도읍으로 하였다. 다만 天平 15년(743) 7월 26일에 近江 紫香樂(시가라키)에 행행하여, 12월에 久邇造都를 중지하였다.

反歌

3908 (타타나메테)/ 이즈미(泉)의 강의요/ 물 이어지듯/ 봉사하여 섬기자/ 大宮所인 곳을요

해설

　　방패를 세워서 화살을 쏜다는 뜻인 이즈미(泉) 강의 물길이 끊어지지 않고 계속 이어지듯이, 그렇게 계속 봉사하여 섬기고 싶은 大宮所인 것이네라는 내용이다.

　　'楯並めて'는 방패를 세워서 활을 쏜다'射(い)る'는 뜻으로 '射(い)る'의 'い'가 泉(いづみ)의 'い'와 같으므로 수식하게 된 枕詞이다.

　　좌주 위는, 天平 13년(741) 2월, 右馬寮의 장관인 사카히베노 스쿠네 오유마로(境部宿禰老麿)의 작품이다.

詠霍公鳥歌二首

3909 多知婆奈波　常花尓毛賦　保登等藝須　周無等來鳴者　伎可奴日奈家牟

橘は　常花[1]にもが[2]　ほととぎす　住むと[3]來鳴かば　聞かぬ日無けむ

たちばなは　とこはなにもが　ほととぎす　すむときなかば　きかぬひなけむ

3910 珠尓奴久　安布知乎宅尓　宇惠多良婆　夜麻霍公鳥　可礼受許武可聞

珠[4]に貫く　楝[5]を家に　植ゑたらば　山霍公鳥[6]　離れず來むかも

たまにぬく　あふちをいへに　うゑたらば　やまほととぎす　かれずこむかも

> **左注**　右, 四月二日, 大伴宿祢書持, 從奈良宅贈兄家持.

---

1 **常花**: 영원한 꽃.
2 **にもが**: 願望을 나타낸다.
3 **住むと**: 'と'는 'とて(…하려고)'.
4 **珠**: 꽃을 실에 꿴다.
5 **楝**: 멀구슬나무이다.
6 **山霍公鳥**: 산에서 오는 두견새이다.

두견새를 읊은 노래 2수

3909 홍귤나무 꽃/ 영원한 꽃이라면/ 두견새가요/ 살려고 와서 울면/ 못 듣는 날 없겠지

🌸 해설

　　홍귤나무 꽃은 언제까지나 계속 피는 영원한 꽃이었으면 좋겠네. 그래서 두견새가 살려고 해서 와서
운다면 못 듣는 날이 없겠지라는 내용이다.
　　홍귤나무 꽃이 언제까지나 계속 피어 준다면 두견새 소리를 매일 들을 수 있을 것이라는 뜻이다.
　　홍귤나무 꽃이 필 때 두견새가 와서 울므로, 두견새 소리를 항상 듣기 위해 홍귤나무 꽃이 항상 피어
주었으면 하고 노래한 것이다.

3910 구슬에 꿰는/ 멀구슬나무 집에/ 심는다면요/ 산의 두견새가요/ 항상 올 것인가요

🌸 해설

　　두견새가 구슬로 꿴다는 멀구슬나무를 집에다 심는다면, 산에서 오는 두견새는 쉬지 않고 항상 올
것인가라는 내용이다.
　　두견새 소리를 항상 듣기 위해서 두견새와 관련이 깊은 멀구슬나무를 심으면 될까 하고 노래한
것이다.

　　좌주 위는, 4월 2일에 오호토모노 스쿠네 후미모치(大伴宿禰書持)가 나라(奈良)의 집에서 형인
야카모치(家持)에게 보낸 것이다.
　　全集에서는 家持를, '內舍人으로 久邇京에 있었다. 이때 24세'라고 하였다『萬葉集』 4, p.169].

橙橘初咲，霍公鳥飜嚶．對此時候，詎不暢志．
因作三首短謌，以散欝結之緒耳．

3911　安之比奇能　山邊尓乎礼婆　保登等藝須　木際多知久吉　奈可奴日波奈之

あしひきの　山邊に居れば¹　ほととぎす　木の間立ちくき²　鳴かぬ日はなし

あしひきの　やまへにをれば　ほととぎす　このまたちくき　なかぬひはなし

3912　保登等藝須　奈尓乃情曽　多知花乃　多麻奴久月之　來鳴登餘牟流

ほととぎす　何の心そ³　橘の　玉貫く月し　來鳴きとよむる⁴

ほととぎす　なにのこころそ　たちばなの　たまぬくつきし　きなきとよむる

3913　保登等藝須　安不知能枝尓　由吉底居者　花波知良牟奈　珠登見流麻泥

ほととぎす　棟の枝に　行きて居ば　花は散らむな⁵　珠と見るまで

ほととぎす　あふちのえだに　ゆきてゐば　はなはちらむな　たまとみるまで

左注　右，四月三日，内舎人⁶大伴宿祢家持，從久迩京報送弟書持．

---

1 **山邊に居れば**: 久邇京을, 산기슭을 따라 있는 것을 말한다.
2 **木の間立ちくき**: 'くく'는 좁은 사이를 지난다는 뜻, 샌다는 뜻이다.
3 **何の心そ**: 의아하다는 뜻이다.
4 **來鳴きとよむる**: 울리면서 꽃을 지게 한다. 두견새와 홍귤나무 꽃의 경물에 찬탄한다고 하는 해석도 있다.
5 **花は散らむな**: 꽃을 지게 하는 것은 유감이지만 반대로 구슬로 보이는 것도 있다,
6 **内舎人**: 궁정의 잡다한 일을 하였다. 中務省 소속이다.

등자나무와 홍귤나무가 꽃이 피기 시작해서 두견새가 날면서 우네. 이 계절에 대해서 마음에 생각하는 것을 어떻게 말하지 않고 있을 수 있을 것인가. 따라서 3수의 短歌를 지어서 답답한 마음을 시원하게 하려고 할 뿐이다.

3911 (아시히키노)/ 산기슭에 있으면/ 두견새가요/ 나무 사이 다니며/ 울지 않는 날 없네

🌸 **해설**

久邇京이 산기슭을 따라 있으므로 두견새가 나무 사이를 다니면서 울지 않는 날이 없네라는 내용이다.

동생인 書持가 두견새 소리를 항상 듣고 싶어서 홍귤나무 꽃과 멀구슬 나무를 가지고 노래한 것에 대해, 형인 家持가 자신은 산기슭에 있는 久邇京에 있으니 매일 두견새 소리를 들을 수 있다고 답한 것이다.

3912 두견새는요/ 어떻게 할 셈인가/ 홍귤나무 꽃/ 구슬로 꿰는 달에/ 와서 크게 우네요

🌸 **해설**

두견새는 어떻게 할 작정인가. 홍귤나무 꽃을 구슬로 꿰는 달에 와서 크게 울어 꽃을 지게 하네라는 내용이다.

5월 단오에 실에 함께 꿰는 홍귤나무 꽃인데, 두견새가 와서 시끄럽게 울어서 지게 하니 구슬로 꿸 수가 없다는 뜻이다.

3913 두견새가요/ 단향목의 가지에/ 와서 있으면/ 꽃은 져 버리겠죠/ 구슬로 볼 정도로

🌸 **해설**

두견새가, 멀구슬나무의 꽃이 핀 가지에 와서 앉아 있으면 꽃은 져 버리겠지요. 구슬인가 하고 생각할 정도로라는 내용이다.

中西 進은, '앞의 노래를 이어 꽃은 져도 좋다고 한다'고 하였다.

좌주 위는, 4월 3일에, 內舍人인 오호토모노 스쿠네 야카모치(大伴宿禰家持)가 久邇에서 동생 書持에게 답하여 보낸 것이다.

思霍公鳥謌一首 田口朝臣馬長[1]作

3914 保登等藝須　今之來鳴者　餘呂豆代尓　可多理都具倍久　所念可母

ほととぎす　今し來鳴かば　萬代に　語りつぐべく[2]　思ほゆるかも

ほととぎす　いましきなかば　よろづよに　かたりつぐべく　おもほゆるかも

左注 右, 傳云, 一時交遊集宴. 此日此處霍公鳥不喧. 仍作件歌, 以陳思慕之意. 但其宴所并年月未得詳審也.

山部宿祢明人[3], 詠春鶯謌一首

3915 安之比奇能　山谷古延氐　野豆加佐尓　今者鳴良武　宇具比須乃許惠

あしひきの　山谷越えて[5]　野づかさに　今は鳴くらむ　うぐひすの聲

あしひきの　やまたにこえて　のづかさに　いまはなくらむ　うぐひすのこゑ

左注 右, 年月所處, 未得詳審. 但随聞之時記載於茲.

---

1 **田口朝臣馬長**: 어떤 사람인지 알 수 없다.
2 **語りつぐべく**: 과장된 표현에 연회석의 분위기가 반영되어 있다.
3 **山部宿祢明人**: 아카히토(赤人)와 같다.
4 **春鶯**: 한시 같은 詠題詩로 전승되었을 것이다.
5 **山谷越えて**: 산에서 마을로 와서.

두견새를 생각하는 노래 1수
타구치노 아소미 우마오사(田口朝臣馬長)의 작품

3914 두견새가요/ 지금 와서 운다면/ 언제까지나/ 이야기할 것이라/ 생각이 될 것인데

🌸 **해설**

두견새가 지금 와서 운다면, 언제까지나 계속 이야기를 전하여 갈 정도로 기쁘게 생각이 될 것인데라는 내용이다. 지금 두견새가 와서 울어 준다면 정말 기쁘겠다는 뜻이다.

좌주 위는 전하여 말하기를, 어느 때 친구들과 연회를 베푼 적이 있었다. 그런데 그날 그곳에 두견새가 울지 않았다. 그래서 이 노래를 지어 그리운 마음을 말하였다고 한다. 다만 그 연회 장소와 연월은 확실하지 않다.

야마베노 스쿠네 아카히토(山部宿禰明人)가 봄 꾀꼬리를 읊은 노래 1수

3915 (아시히키노)/ 산과 계곡을 넘어/ 들의 높은 곳/ 지금은 울고 있을/ 꾀꼬리의 소리여

🌸 **해설**

걷기가 힘든 산과 계곡을 넘어 마을로 내려와서, 들의 좀 높은 곳에서 지금은 울고 있을 꾀꼬리의 그 소리여라는 내용이다.

'山部宿禰明人'에 대해 大系에서는, '전미상. 奈良 전기에서 중기에 걸쳐 창작 활동을 하였다. 이전부터 柿本人麿와 나란히 칭해지는 뛰어난 작가. 창작 연대가 확실한 것은 神龜 원년(724)에서 天平 8년(736)까지이다. 천황의 행차를 따라갔을 때의 작품이 많고 궁정 가인이었던 듯하다. 서경가의 완성자로 알려졌으며 長歌에도 뛰어난 작품이 있지만 短歌에 특히 뛰어났다. 明人으로 쓴 예는 이 작품뿐이다'고 하였다 [『萬葉集』 4, p.182]. 中西 進은, 赤人에게 비슷한 노래(1431번가)가 있다고 하였다.

좌주 위는, 연월과 장소를 아직 확실하게 알 수가 없다. 다만 들은 시간 순서대로 여기에 싣는다. 全集에서는, '권제17부터 권제20까지에서는 家持 자신과 그 주변에서 일어난 것을 노래로 부르고 시간 순서대로 기록한 것이라고 할 수 있다. 그 사이 사이에 다른 사람으로부터 전해들은 옛 노래를 끼워 넣고 있다. 이것은 그 최초의 예이다'고 하였다[『萬葉集』 4, p.170].

十六年¹四月五日，獨²居平城故宅³作歌六首

3916　橘乃　尓保敝流香可聞　保登等藝須　奈久欲乃雨尓　宇都路比奴良牟

橘の　にほへる⁴香かも　ほととぎす　鳴く夜の雨に　移ろひ⁵ぬらむ

たちばなの　にほへるかかも　ほととぎす　なくよのあめに　うつろひぬらむ

3917　保登等藝須　夜音奈都可思　安美指者　花者須具登毛　可礼受加奈可牟

ほととぎす　夜聲なつかし　網ささば⁶　花は過ぐとも　離れずか鳴かむ

ほととぎす　よごゑなつかし　あみささば　はなはすぐとも　かれずかなかむ

3918　橘乃　尓保敝流苑尓　保登等藝須　鳴等比登都具　安美佐散麻之乎

橘の　にほへる園に⁷　ほととぎす　鳴くと人告ぐ　網ささましを⁸

たちばなの　にほへるそのに　ほととぎす　なくとひとつぐ　あみささましを

---

1 **十六年**: 天平 16년(744)이다.
2 **獨**: 궁중에서 근무하는 것을 벗어나서.
3 **平城故宅**: 도읍은 久邇로 옮겼으므로 고향의 집을 舊宅이라고 한 것이다.
4 **にほへる**: 향과 색이 확실한 것이다.
5 **移ろひ**: 향이 사라지는 것이다.
6 **網ささば**: 'さす'는 그물을 쳐서 잡는 것이다.
7 **にほへる園に**: 다른 정원. 'には'는 공간, 'その'는 정원이다.
8 **網ささましを**: 우리 정원에도.

(天平) 16년(744) 4월 5일에, 혼자 平城의 옛집에 있으며 지은 노래 6수

3916 홍귤나무 꽃/ 풍기는 향기는요/ 두견새가요/ 우는 밤의 비에요/ 사라졌을 것인가

해설

홍귤나무 꽃이 풍기는 향기는, 두견새가 우는 밤의 비에 사라져 없어져 버리고 있는 것일까라는 내용이다. 橋本達雄은, '16년은 天平 16년(744). 4월 5일은 태양력 5월 21일에 해당한다. 이 해 윤 1월 13일에 家持가 마음을 의탁하고 있었던 安積황자가 久邇京에서 사망하고, 2월 3일과 3월 24일의, 아마도 法要의 자리에서일 것인데 家持는 挽歌를 짓고 있다(권제3의 475~480번가). 그 뒤의 동정은 확실하지 않지만 그로부터 10일 정도 후의 날짜이다. 이 무렵은 이미 難波宮을 皇都로 하는 것이 결정되었고(2월 26일), 당시 천황은 近江 紫香樂宮에 행차하고 있었다(續日本紀). 內舍人이었던 家持는 그 행차를 따라가지 않으면 안 되었다고 생각되는데, 혼자 平城의 옛집에 있었던 이유는 알 수가 없다. 혹은 安積황자의 舍人으로서, 상례가 끝나고 나서 휴가를 얻었던 것인가. (중략) 和歌에서 にほふ의 미의식을 후각으로까지 확대한 공적은 주로 家持에게 있다고 해도 좋다'고 하였다(『萬葉集全注』 17, pp.54~55].

3917 두견새의요/ 밤 소리에 끌리네/ 그물을 치면/ 꽃이 진다고 해도/ 떠나지 않고 울까

해설

두견새가 밤에 우는 소리에 마음이 끌리네. 그물을 쳐서 잡아 두면 홍귤나무꽃이 져 버린다고 해도 두견새는 떠나지 않고 계속 울 것인가라는 내용이다.
4182번가와 유사하다. 홍귤나무 꽃이 져 버리면 두견새는 와서 울지 않을 것이므로, 두견새 소리를 계속 듣기 위해서 그물로 잡아 두고 싶다고 표현하였다.

3918 홍귤나무 꽃/ 향기로운 정원에/ 두견새가요/ 운다고 말을 하네/ 그물 칠 걸 그랬네

해설

홍귤나무 꽃의 향기가 풍기는 정원에, 두견새가 운다고 사람이 말을 하네. 그물을 쳤더라면 좋았을 것이라는 내용이다.
'にほふ'는 『萬葉集』에서 시각적으로 아름다운 것, 후각적으로 좋은 향기 모두 의미하는데, 3916번가에서 후각적인 것을 말하였으므로 이 작품에서도 후각적인 것으로 보는 것이 좋을 것이다. 두견새 소리를 계속 듣기 위해서 그물을 쳐서 잡아 두면 좋았을 것이라고 하는 뜻이다. 후각과 청각을 함께 노래한 탐미적인 작품으로 평가되고 있다.

3919 青丹余之　奈良能美夜古波　布里奴礼登　毛等保登等藝須　不鳴安良久尓

青丹よし[1]　奈良の都は　古りぬれど　本[2]ほととぎす　鳴かずあらなく[3]に

あをによし　ならのみやこは　ふりぬれど　もとほととぎす　なかずあらなくに

3920 鶉鳴　布流之登比等波　於毛敝礼騰　花橘乃　尓保敷許乃屋度

鶉鳴き[4]　古しと人は　思へれ[5]ど　花橘の　にほふこの屋戸

うづらなき　ふるしとひとは　おもへれど　はなたちばなの　にほふこのやど

---

1 **青丹よし**: 奈良을 상투적으로 수식하는 枕詞이다.
2 **本**: '本つ人' 등과 같은 의미의 '本'이다. '이전부터의'라는 뜻이다.
3 **鳴かずあらなく**: 'なく'는 부정의 명사형이다.
4 **鶉鳴き**: 고향을 관습적으로 표현한 것이다.
5 **思へれ**: 완료를 나타낸다.

3919 (아노니요시)/ 나라(奈良)의 도읍은요/ 古都 됐지만/ 예부터의 두견새/ 울지 않진 않을
    건데

🌸 해설

　　푸른 흙과 붉은 흙이 좋은 나라(奈良)의 도읍은, 이제 옛 도읍이 되어 버렸지만, 그래도 이전부터
울던 두견새가 울지 않을 리는 없겠지라는 내용이다.
　　천도로 인해 옛 도읍인 나라(奈良)가 황폐해졌지만, 그래도 두견새는 울지 않을 리가 없고 여전히
울 것이라는 뜻이다.
　　全集에서는, '나라(奈良)는 天平 12년(740) 겨울에 방치되어 3년 반 동안 황폐해진 것을 말한다. 이
노래가 지어진 天平 17년(745) 9월까지 奈良은 도읍은 아니었다'고 하였다『萬葉集』 4, p.171].

3920 (우즈라나키)/ 고향이라 남들은/ 생각하지만/ 홍귤나무의 꽃이/ 향기로운 이 집아

🌸 해설

　　메추라기가 울고 이미 고향이라고 남들은 생각하고 있지만, 홍귤나무의 꽃이 피어 향기로운 이 집이여
라는 내용이다.
　　나라(奈良)가 황폐해졌으므로 사람들은 이곳을 이미 옛 고향처럼 생각하지만, 家持는 홍귤나무의 꽃
이 피어 향기로운 奈良의 옛집에 대한 애착을 노래하고 있다.

3921　加吉都播多　衣尔須里都氣　麻須良雄乃　服曽比獦須流　月者伎尔家里

杜若[1]　衣に摺りつけ　大夫[2]の　着襲ひ[3]狩する　月[4]は來にけり

かきつはた　きぬにすりつけ　ますらをの　きそひかりする　つきはきにけり

左注　右, 大伴宿祢家持作

十八年正月[5], 白雪多零, 積地數寸[6]也. 於時, 左大臣橘卿[7]率大納言藤原豊成朝臣[8]及諸王臣等, 參入太上天皇[9]御在所 [中宮西院[10]], 供奉掃雪. 於是降詔, 大臣參議[11]并諸王者, 令侍于大殿上, 諸卿大夫者令侍于南細殿[12], 而則賜酒肆宴[13]. 勅曰, 汝諸王卿等, 聊[14]賦[15]此雪各奏其謌.

---

1 **杜若**: 구릿대.
2 **大夫**: 용맹스러운 남자를 말한다.
3 **着襲ひ**: 겹쳐 입는 것이다. 5월 5일의 사냥은 위계에 따라 관에 꽂는 깃을 정하는 등 화려하였다. 『일본서기』 推古천황 19년조.
4 **月**: 5월이다.
5 **十八年正月**: 天平 17년(745) 9월에 平城京으로 천도하였다. 底本에는 이 앞에 天平이 있다. 元曆校本을 따랐다.
6 **數寸**: 1寸은 약 3센티미터이다.
7 **左大臣橘卿**: 橘諸兄(타치바나노 모로에)이다.
8 **大納言藤原豊成朝臣**: 그 당시 中納言이었다. 2년 후에 大納言이 되었다. 후에 관직명을 소급하여 말한 것이다. 朝臣을 끝에 쓰는 것은 敬稱이다.
9 **太上天皇**: 元正천황이다.
10 **中宮西院**: 中宮은 후궁이다. 藤原宮子(聖武천황의 母, 文武부인), 光明황후와 함께 元正천황도 이곳에 있었던 것인가.
11 **大臣參議**: 太政官 회의에 참석하는 것이다. 4위인 사람을 公卿으로 대우했다.
12 **細殿**: 곁채이다.
13 **賜酒肆宴**: 천황이 주최하는 연회이다.
14 **聊**: 잠시.
15 **賦**: 詩辭를 짓는 것이다.

3921 구릿대를요/ 옷에 접염을 해서/ 사내대장부/ 입고 사냥을 하는/ 달이 온 것이네요

해설

구릿대를 옷에 문질러서 물을 들여서는, 씩씩한 사내대장부들이 옷을 겹쳐서 입고 사냥을 하는 달이 드디어 온 것이네라는 내용이다.

大系에서는, 'そひ'는 'おそひ'의 축약형. 'おそひ'는 옷을 입는다는 뜻. 조선어 'os(의복)'과 같은 어원'이라고 하였다『萬葉集』 4, p.184].

좌주 위는 오호토모노 스쿠네 야카모치(大伴宿禰家持)가 지은 것이다.

中西 進은 이본 元曆校本을 따라 '右大伴宿禰家持作'으로 하였다. 다른 이본에는 '右六首歌者 天平十六年四月五日 獨居於平城故鄕舊宅 大伴宿禰家持作'으로 되어 있다.

《(天平) 18년(746) 정월에…》

(天平) 18년(746) 정월에 흰 눈이 많이 내려 땅에 여러 寸이나 쌓였다. 이때 左大臣 橘卿이 大納言 藤原豊成朝臣을 비롯해서 많은 왕과 신하를 이끌고 太上天皇이 있는 곳[中宮의 西院]에 들어가서 눈을 치우는 일을 하였다. 그래서 천황은 조서를 내려서 大臣, 參議, 諸王은 궁전 안에, 諸卿大夫들은 남쪽의 細殿에 있게 하고 주연을 베풀었다. 그리고 조칙을 내려 말하기를 그대들 諸王卿들이여, 잠시 이 눈을 제목으로 하여 각자 눈 노래를 지으라고 하였다.

左大臣橘宿祢應詔歌一首

3922　布流由吉乃　之路髪麻泥尓　大皇尓　都可倍麻都礼婆　貴久母安流香

降る雪の　白髪までに[1]　大君に　仕へまつれ[2]ば　貴くも[3]あるか

ふるゆきの　しろかみまでに　おほきみに　つかへまつれば　たふとくもあるか

紀朝臣清人[4]，應詔歌一首

3923　天下　須泥尓於保比氐　布流雪乃　比加里乎見礼婆　多敷刀久母安流香

天の下　すでに[5]覆ひて　降る雪の　光[6]を見れば　貴くもあるか[7]

あめのした　すでにおほひて　ふるゆきの　ひかりをみれば　たふとくもあるか

---

1 **白髪までに**: 그때 63세였다.
2 **仕へまつれ**: 겸양을 나타낸다.
3 **貴くも**: 상대방을 존경하여 몸을 조심한다.
4 **紀朝臣清人**: 그 당시 종4위하, 5월에 武藏守. 한학에 뛰어났다.
5 **すでに**: 완전히.
6 **光**: 천하를 덮은 눈을 천자의 위광에 비유하였다.
7 **貴くもあるか**: 앞의 노래를 받았다.

左大臣 타치바나노 스쿠네(橘宿禰)가 명령에 답한 노래 1수

3922 내린 눈처럼/ 백발이 되기까지/ 우리 왕을요/ 섬기어 왔으므로/ 두렵고 황송하네요

 해설

내리는 눈처럼 백발이 되기까지 우리 왕을 섬기는 것은 두렵고 황송한 일입니다라는 내용이다.

키노 아소미 키요히토(紀朝臣清人)가 명령에 답한 노래 1수

3923 하늘 아래를/ 완전히 덮으면서/ 내리는 눈이/ 빛나는 것을 보면/ 존귀한 것이로군요

해설

천하를 온통 다 덮으면서 내리는 눈이 빛나는 것을 보면 존귀한 것이네요라는 내용이다.
이 작품은 천하를 통치하는 왕의 위광을 은유해서 표현한 것이다. 橋本達雄은, '노래를 짓게 된 배경을 보면 大臣, 參議, 諸王은 大殿 위에서, 諸卿大夫는 남쪽의 細殿에 있게 하였다고 하였으므로, 이 노래는 앞의 橘諸兄의 노래와는 장소를 달리 해서 불리어진 것이 된다. 그런데 이 두 작품의 마지막 구는 같다. 清人은 당시의 위계로 보면 남쪽의 細殿에 있었던 사람들의 앞자리에 있었다. 아마도 大殿에 있었던 사람들의 노래가 남쪽의 細殿에 돌아왔을 때(혹은 노래 부르는 것이 귀에 들리기도 했겠지만) 大殿 그룹의 첫 번째인 諸兄의 노래를 보고 그 노래에 창화하는 형태로 부른 것이겠다. 뒤의 家持를 포함한 3명의 노래도 細殿에서 지은 것이다. 家持는 諸兄의 노래는 예외지만, 모두 細殿에서 지은 사람들의 노래만 기억하고 있어서, 다른 것은 잊어버리고 기록할 수 없었던 것이겠다'고 하였다(『萬葉集全注』 17, p.69].

紀朝臣男梶[1]，應詔歌一首

3924 山乃可比　曽許登母見延受　乎登都日毛　昨日毛今日毛　由吉能布礼々婆

　　　山の峽　其處とも見えず[2]　一昨日も　昨日も今日も　雪の降れれば

　　　やまのかひ　そこともみえず　をとつひも　きのふもけふも　ゆきのふれれば

葛井連諸會[3]，應詔歌一首

3925 新　年乃婆自米尓　豊乃登之　思流須登奈良思　雪能敷礼流波

　　　新しき　年のはじめに　豊の年　しるす[4]とならし[5]　雪の降れるは

　　　あらたしき　としのはじめに　とよのとし　しるすとならし　ゆきのふれるは

---

1 **紀朝臣男梶**: 그 당시 종5위하, 4월에 大宰少貳였다.
2 **其處とも見えず**: 앞의 노래의 제1, 2구를 구체화하였다.
3 **葛井連諸會**: 도래계의 사람이다. 그 당시 외종5위하, 이듬해 相模守가 되었다.
4 **しるす**: '兆'의 동사형이다.
5 **とならし**: 'とスルなルらし'의 축약형이다.

키노 아소미 오카지(紀朝臣男梶)가 명령에 답한 노래 1수

3924 산의 골짜기/ 어딘지 알 수 없네/ 그저께도요/ 어제도 오늘도요/ 눈 내리고 있어서

해설

산의 골짜기가 어디인지도 알 수가 없네. 그저께도 어제도 오늘도 눈이 내리고 있으므로라는 내용이다.

며칠이나 눈이 계속 내리고 있으므로 골짜기에도 눈이 많이 쌓여서 어디가 골짜기인지도 알 수 없을 정도라는 뜻이다.

후지이노 므라지 모로아히(葛井連諸會)가 명령에 답한 노래 1수

3925 새로 돌아온/ 해가 시작하는 때/ 풍작인 해의/ 징조 보이는 듯해/ 눈이 내리는 것은

해설

새로 돌아온 새해가 시작하는 때에, 풍작인 한 해가 될 것이라는 것을 징조로 보이는 듯하네. 눈이 많이 내려 쌓이는 것은이라는 내용이다.

새해에 눈이 많이 내려 쌓이는 것을 풍작의 징조라고 노래하였다.

大伴宿祢家持, 應詔歌一首

3926 大宮能　宇知尓毛刀尓毛　比賀流麻泥　零須白雪　見礼杼安可奴香聞

大宮の　内にも外にも　光るまで[1]　降れる白雪　見れど飽かぬかも[2]

おほみやの　うちにもとにも　ひかるまで　ふれるしらゆき　みれどあかぬかも

左注 藤原豊成朝臣[3], 巨勢奈弖麿朝臣[4], 大伴牛養宿祢[5], 藤原仲麿朝臣[6], 三原王[7], 智奴王[8], 船王[9], 邑知王[10], 小田王[11], 林王[12], 穂積朝臣老[13], 小治田朝臣諸人[14], 小野朝臣綱手[15], 高橋朝臣國足[16], 太朝臣德太理[17], 高丘連河内[18], 秦忌寸朝元[19], 楢原造東人[20].

右件王卿等, 應詔作歌, 依次奏之. 登時不記其歌漏失. 但秦忌寸朝元者, 左大臣橘卿謔云, 靡堪[21]賦歌以麝[22]贖之. 因此默已[23]也

---

1 **光るまで**: 3923번가를 받은 것이다.
2 **見れど飽かぬかも**: 찬미가의 상투적인 표현이다.
3 **藤原豊成朝臣**: 그 당시 종3위 中納言, 43세. 2년 후에 大納言.
4 **巨勢奈弖麿朝臣**: 그 당시 종3위 中納言, 77세.
5 **大伴牛養宿祢**: 그 당시 종3위 참의.
6 **藤原仲麿朝臣**: 豊成의 동생. 그 당시 정4위상 참의, 民部卿, 左京大夫, 近江守. 41세.
7 **三原王**: 舍人황자의 아들. 그 당시 종4위상 治部卿.
8 **智奴王**: 長황자의 아들. 그 당시 정4위하. 54세.
9 **船王**: 舍人황자의 아들. 그 당시 종4위상. 4월에 彈正尹.
10 **邑知王**: 智奴王의 동생. 그 당시 종4위하 刑部卿. 43세.
11 **小田王**: 그 당시 종5위하 木工頭.
12 **林王**: 그 당시 종5위하 圖書頭.
13 **穂積朝臣老**: 그 당시 정5위상 大藏大輔.
14 **小治田朝臣諸人**: 그 당시 외종5위하 豊後守.
15 **小野朝臣綱手**: 그 당시 외종5위하 內藏頭.
16 **高橋朝臣國足**: 그 당시 외종5위하 造酒正, 內膳奉膳.
17 **太朝臣德太理**: 그 당시 외종5위하.
18 **高丘連河内**: 그 당시 외종5위상. 도래인 沙門詠의 아들이다.
19 **秦忌寸朝元**: 그 당시 외종5위상, 원래 入唐判官, 圖書頭, 이 다다음달에 主計頭. 유학 승려인 辨正과 당나라 여인 사이에 태어난 아들로 당나라에서 태어나 일본에 來朝하였다.
20 **楢原造東人**: 그 당시 외종5위하였다.
21 **靡堪**: 도래인이므로.
22 **麝**: 사향노루에서 취한 향. 수입품. 당시 최고의 향이었다.
23 **默已**: 아뢰지 않았다.

오호토모노 스쿠네 야카모치(大伴宿禰家持)가 명령에 답한 노래 1수

3926 왕의 궁전의/ 안에도 밖에도요/ 빛날 정도로/ 내리는 흰 눈은요/ 봐도 싫증나지 않네

🌸 해설

　　궁전의 안에도 밖에도 눈이 부실 정도로 빛나게 내려 쌓인 흰 눈은 아무리 보아도 싫증이 나지 않네라는 내용이다.

　　橋本達雄은, '작품은 언뜻 보면 서경가처럼 보이지만, 淸人의 작품과 연결되는 부분이 보이며, 왕의 덕이 궁전의 안과 밖에 널리 빛나고 있는 것을 눈에 의탁해서 찬미한 노래라고 생각된다. 종5위하이었던 家持의 노래가 외종5위하의 葛井諸會의 뒤에 기록되어 있는 것은, 全釋이 '권제17이 家持가 기록한 증거라고도 생각할 수 있는 것이다'고 하였다. 이 부분의 기록은 家持라고 생각할 수 있으므로 후에 순서를 바꾸어서 자신의 작품을 말미에 기록한 것이겠다'고 하였다『萬葉集全注』17, p.73].

　　左주　후지하라노 토요나리(藤原豊成)朝臣, 코세노 나데마로(巨勢奈弖麿)朝臣, 오호토모노 우시카히(大伴牛養)宿禰, 후지하라노 나카마로(藤原仲麿)朝臣, 미하라(三原)王, 치누(智奴)王, 후나(船)王, 오호치(邑知)王, 오다(小田)王, 하야시(林)王, 호즈미노 아소미 오유(穗積朝臣老), 오하리다노 아소미 모로히토(小治田朝臣諸人), 오노노 아소미 츠나데(小野朝臣綱手), 타카하시노 아소미 쿠니타리(高橋朝臣國足), 오호노 아소미 토코타리(太朝臣德太理), 타카오카노 므라지 카후치(高丘連河內), 하다노 이미키 테우관(秦忌寸朝元), 나라하라노 미야츠코 아즈마히토(楢原造東人).

위에 든 王卿들도 명령에 응하여 노래를 지어 차례로 주상하였다. 바로 그 노래를 기록하지 않아서 유실되었다. 다만 秦忌寸朝元은 左大臣橘卿에게 농담하여 말하기를, 노래를 짓지 않았다면 사향으로 대신해도 좋다고 하였다. 그래서 아뢰려고 하던 노래를 그만두고 입을 다물어 버렸다.

大伴宿祢家持, 以閏七月[1], 被任越中國守, 即以七月赴任所. 於時, 姑[2]大伴氏坂上郎女贈家持歌二首

3927　久佐麻久良　多妣由久吉美乎　佐伎久安礼等　伊波比倍須惠都　安我登許能敝尓

　　　草枕[3]　旅ゆく君を　幸くあれと　齋瓮[4]すゑつ　吾が床の邊に

　　　くさまくら　たびゆくきみを　さきくあれと　いはひべすゑつ　あがとこのへに

3928　伊麻能其等　古非之久伎美我　於毛保要婆　伊可尓加母世牟　須流須邊乃奈左

　　　今のごと[5]　戀しく君が　思ほえば　いかにかもせむ　するすべのなさ

　　　いまのごと　こひしくきみが　おもほえば　いかにかもせむ　するすべのなさ

---

1 **閏七月**: 『속일본기』에서는 越中國守 임명은 6월 21일. 또 그해 윤월은 9월에 있었다. 윤 7월 임명, 7월 부임도 의문이다. 그 당시 家持는 종5위하, 30세 전후였다.
2 **姑**: 父인 旅人의 여동생이다.
3 **草枕**: '旅'를 상투적으로 수식하는 枕詞이다.
4 **齋瓮**: 제의에 사용하는 토기이다.
5 **今のごと**: 이후로, 지금 같이.

오호토모노 스쿠네 야카모치(大伴宿禰家持)는 윤 7월에 越中國의 장관으로 임명되고 그래서 7월에 임명된 곳으로 부임하였다. 그 때 고모인 오호토모(大伴)氏 사카노우헤노 이라츠메(坂上郞女)가 家持에게 보낸 노래 2수

3927 (쿠사마쿠라)/ 여행가는 그대를/ 무사하라고요/ 비는 토기 놓았네/ 나의 침상 근처에

✿ 해설

풀 베개를 베고 잠을 자야 하는 그런 힘든 여행을 떠나는 그대가 무사하도록, 신에게 비는 토기를 놓았네. 나의 침상 근처에라는 내용이다.

오호토모노 사카노우헤노 이라츠메(大伴坂上郞女)에 대해서는, 권제4의 528번가의 左注에, '위의 郞女는 사호(佐保)의 大納言卿의 딸이다. 처음에 一品 호즈미(穗積)황자와 결혼을 했는데 비할 바 없는 큰 총애를 받았다. 황자가 사망한 후에 후지하라노 마로(藤原麿) 大夫가 郞女를 아내로 취하였다. 郞女의 집은 사카노우헤(坂上)里에 있었다. 그래서 친족들은 坂上郞女라고 불렀다'고 하였다. 吉井 巖은, '郞女는, 이복 오빠 오호토모노 스쿠나마로(大伴宿奈麻呂)와의 사이에 坂上大孃(후의 家持의 아내), 二孃 두 딸을 낳았는데 藤原麻呂와의 교섭이 먼저였으며, 그 후에 宿奈麻呂와 맺어진 것으로 생각된다. 宿奈麻呂와는 아마도 養老 말년에 사별한 것으로 생각된다. 타비토(旅人)는 大宰府帥로서 부임할 때 아내인 大伴女郞을 동반했지만 부임지에 도착한 지 얼마 되지 않아서 大伴女郞은 사망하였다. 이 무렵 坂上郞女가 大宰府에 내려갔는지는 명확하지 않지만 大伴女郞이 없는, 씨족의 어른인 旅人의 옆에서 가사를 총괄하기 위해 내려갔다고 생각해도 좋다. 『만엽집』에 長歌 6수, 短歌 77수, 旋頭歌 1수를 남겼다. 여류 작가로 작품 수가 많을 뿐만 아니라 창작한 곳, 주제, 소재가 다양하고, 작풍도 언어의 지적인 구성에 의한 것이 많고, 『만엽집』에서 『古今集』으로 이행하는 시기를 생각할 때 주목할 만한 가인이다'고 하였다[『萬葉集全注』 6, p.120]. 家持의 장모이다.

3928 지금과 같이/ 그립게 그대를요/ 생각할 때에/ 어떻게 해야 할까/ 할 방법이 없네요

✿ 해설

지금과 같이 이렇게 그대를 그립게 생각할 때에는 어떻게 해야 할까. 어떻게 할 방법이 없네라는 내용이다.

橋本達雄은, '郞女는 딸의 남편에 대한 친애의 마음에서 사랑의 노래의 형태로 노래를 보낸 경우가 많은데, 이 노래도 그렇게 이해해도 좋지만, 이 경우는 고모의 입장에서라기보다는 딸인 大孃의 마음이 되어서 노래를 부른 것이 아닌가 생각된다. 家持가 출발할 때 두 사람의 마음을 보낸 것일 것이다'고 하였다[『萬葉集全注』 17, p83].

更¹贈越中國歌二首

3929 多妣尓伊仁思　吉美志毛都藝氐　伊米尓美由　安我加多孤悲乃　思氣家礼婆可聞

　　　旅に去にし　君しも²繼ぎて　夢に見ゆ³　吾が片戀⁴の　繁ければかも

　　　たびにいにし　きみしもつぎて　いめにみゆ　あがかたこひの　しげければかも

3930 美知乃奈加　久尓都美可未波　多妣由伎母　之思良奴伎美乎　米具美多麻波奈

　　　道の中⁵　國つ御神は⁶　旅⁷行きも　爲知らぬ君を　惠みたまはな⁸

　　　みちのなか　くにつみかみは　たびゆきも　ししらぬきみを　めぐみたまはな

---

1 **更**: 이별할 때의 앞의 노래에 더하여 또 임지로.
2 **君しも**: 'し', 'も'는 강조의 뜻을 나타낸다.
3 **夢に見ゆ**: 대체로 꿈은, 꿈에 보이는 사람의 생각에 의한 것이라고 생각되어졌는데 여기에서는 반대이다.
4 **片戀**: 겸손.
5 **道の中**: 越中을 말한다.
6 **國つ御神は**: 각 지역에 그곳을 지키는 신이 있다고 생각했다.
7 **旅**: 다른 지역에 있는 것이다.
8 **惠みたまはな**: 'な'는 보통 자기의 동작에 붙이는 願望의 조사이다. 여기에서는 희구의 'ね'와 같다.

다시 코시노 미치노나카(越中)國으로 보내는 노래 2수

3929 여행을 떠나간/ 그대가 계속해서/ 꿈에 보이네/ 나 혼자의 그리움/ 깊기 때문인 걸까

해설

　여행을 떠나간 그대가 계속해서 꿈에 보이네. 아마도 나 혼자 일방적으로 생각하는 그리움이 너무 깊기 때문인 것일까라는 내용이다.
　조카인 家持가 계속 꿈에 보이는 것은 고모인 작자가 조카를 너무 생각하기 때문인 것일까라고 노래한 것이다. 조카를 많이 생각하는 노래이다.

3930 미치노나카(越中)/ 나라의 토지신은/ 여행하는 길/ 익숙치 않은 그대/ 잘 보살펴 주세요

해설

　코시노 미치노나카(越中) 나라의 토지신은 여행하는 길도 아직 익숙하지 않은 그대를 잘 보살펴 주세요라는 내용이다.
　조카인 家持가 안전하게 여행을 할 수 있도록 해 달라고, 越中國을 지키는 토지신에게 기원하는 노래이다.

平群氏女郎¹, 贈越中守大伴宿祢家持歌十二首²

3931   吉美尓餘里　吾名波須泥尓　多都多山　絶多流孤悲乃　之氣吉許呂可母

君により　わが名はすでに　立田山³　絶えたる戀の　しげき頃かも

きみにより　わがなはすでに　たつたやま　たえたるこひの　しげきころかも

3932   須麻比等乃　海邊都祢佐良受　夜久之保能　可良吉戀乎母　安礼波須流香物

須磨人の⁴　海邊常去らず　燒く鹽の　辛き⁵戀をも　吾はするかも

すまひとの　うみへつねさらず　やくしほの　からきこひをも　あれはするかも

3933   阿里佐利底　能知毛相牟等　於母倍許曽　都由能伊乃知母　都藝都追和多礼

ありさりて⁶　後も逢はむと　思へこそ　露の命⁷も　繼ぎつつ渡れ⁸

ありさりて　のちもあはむと　おもへこそ　つゆのいのちも　つぎつつわたれ

---

1 **平群氏女郎**: 어떤 사람인지 알 수 없다.
2 **贈越中守大伴宿祢家持歌十二首**: 몇 번의 보내는 노래를 일괄하여 수록하였다.
3 **立田山**: 이름이 'たつ'와 'たえたる' 양쪽을 접속시키는 지명이다.
4 **須磨人の**: 이미 후세의 枕詞와 같은 표현이다.
5 **辛き**: 소금이 짠 것에서 괴로운 사랑을 의미한다.
6 **ありさりて**: 'あり…'는 '…계속하다'는 뜻이며, 'さり'는 '去り'. 이동을 나타낸다.
7 **露の命**: 허망하고 사라지기 쉬운 목숨을 말한다.
8 **繼ぎつつ渡れ**: 月日을 지난다.

헤구리(平群)氏의 이라츠메(女郎)가 越中國의 장관인
오호토모노 스쿠네 야카모치(大伴宿禰家持)에게 보내는 노래 12수

3931 그대로 인해/ 나의 이름은 이미/ 立田山/ 끊어져 버린 사랑/ 괴로운 요즘이네

🌸 해설

　　그대로 인해 나의 사랑의 소문은 이미 났습니다. 立田山처럼. 그런데 立田山처럼 끊어져 버린 사랑이 매우 괴로운 요즘입니다라는 내용이다.

　　'立田山'의 'たつ'가 일어난다는 '立つ'와 'た(絶)えたる'의 'た(絶)え'와 발음이 비슷하므로 이것을 이용한 노래이다.

　　'立田山'을 大系에서는, '奈良縣 平群郡'에 있는 산'이라고 하였다[『萬葉集』 4, p.189].

　　平群氏女郎에 대해, 橋本達雄은 '平群氏는 生駒山 남동쪽 기슭 일대에 세력을 떨치고, 5세기 후반에는 大臣眞鳥 등을 배출한 호족이었지만, 武烈천황에 의해 眞鳥와 그의 아들 鮪가 근절되어 거의 멸망하였다. '女郎'은 양가의 딸이라고 할 만한 여성을 말하는 것이다. 이 여성에 대한 전은 미상. 家持가 越中으로 부임하기 전에 관계가 있었던 것을 노래로 알 수 있다'고 하였다[『萬葉集全注』 17, p.86].

3932 스마(須磨) 사람이/ 해변 항상 떠나잖고/ 굽는 소금이/ 짠 것 같은 사랑을/ 나는 하는 것인가

🌸 해설

　　스마(須磨)의 어부가 해변을 떠나지 않고 항상 굽는 소금이 짠 것처럼, 그렇게 괴로운 사랑을 나는 하고 있는 것인가라는 내용이다.

　　유사한 작품으로 2742번가와 3652번가가 있다.

3933 계속 이같이/ 후에도 만나려고/ 생각하므로/ 이슬 같은 목숨도/ 이어가고 있지요

🌸 해설

　　이와 같이 계속해서 후에도 또 만나려고 생각하기 때문에 이슬처럼 허망한 목숨도 계속 이어가고 있는 것입니다라는 내용이다.

　　유사한 작품으로 739번가・3868번가・4088번가가 있다.

3934　奈加奈可尓　之奈婆夜須家牟　伎美我目乎　美受比佐奈良婆　須敝奈可流倍思

　　　なかなかに　死なば安けむ　君が目を　見ず[1]久ならば　すべなかるべし[2]

　　　なかなかに　しなばやすけむ　きみがめを　みずひさならば　すべなかるべし

3935　許母利奴能　之多由孤悲安麻里　志良奈美能　伊知之路久伊泥奴　比登乃師流倍久

　　　隠沼の[3]　下ゆ戀ひあまり　白波の　いちしろく[4]出でぬ　人の知るべく[5]

　　　こもりぬの　したゆこひあまり　しらなみの　いちしろくいでぬ　ひとのしるべく

3936　久佐麻久良　多妣尓之婆々々　可久能未也　伎美乎夜利都追　安我孤悲乎良牟

　　　草枕　旅[6]にしばしば[7]　かくのみや[8]　君を遣りつつ　吾が戀ひ居らむ

　　　くさまくら　たびにしばしば　かくのみや　きみをやりつつ　あがこひをらむ

---

1 **見ず**: 만나지 않고.
2 **すべなかるべし**: 방법이 없다.
3 **隠沼の**: 물이 흘러나가는 곳이 없는 숨은 늪이다. 밑에 감춘다는 뜻으로 '下'를 상투적으로 수식하는 枕詞이
　다. 白波와 대비된다.
4 **いちしろく**: 두드러지게.
5 **人の知るべく**: 당연하다.
6 **旅**: 집을 떠나 있는 것이다.
7 **旅にしばしば**: 과거의 久邇京 從駕 등을 가리킨다.
8 **かくのみや**: 삽입구이다. 심정적 문맥이다.

3934 　이럴 바에야/ 죽으면 편하겠지/ 그대의 얼굴/ 못보고 오래되면/ 방법도 없겠지요

🌸 **해설**

　　이럴 바엔 차라리 죽는 것이 마음이 편하겠지요. 살아서 그대를 오랫동안 만날 수가 없다면 어떻게
할 방법도 없겠지요라는 내용이다.
　　연인을 만나지 못하고 고통을 당하는 것보다는 차라리 죽는 것이 편하겠다는 뜻이다.

3935 　(코모리누노)/ 너무 생각했으므로/ (시라나미노)/ 확실하게 드러났네/ 남들이 알 정도로

🌸 **해설**

　　숨어서 보이지 않는 늪처럼, 너무 사랑한 나머지 마음속의 사랑이 흘러 넘쳐서, 흰 파도처럼 확실하게
사랑하는 마음이 태도에 나타나 버렸네. 남들이 알 정도로라는 내용이다.
　　남에게 들키지 않으려고 남몰래 생각했지만, 사랑하는 마음이 너무 깊은 탓에 흘러 넘쳐서 남들이
알아 버릴 정도로 밖으로 드러나 버렸다는 뜻이다.
　　3023번가와 같다.

3936 　(쿠사마쿠라)/ 여행길로 때때로/ 이와 같이도/ 그대를 보내면서/ 나는 그리워하나

🌸 **해설**

　　풀베개를 베고 잠을 자야 하는 힘든 여행길로, 이같이 그대를 가끔 보내면서 나는 그대를 그리워
해야 하는가라는 내용이다.
　　私注에서는, '家持가 越中으로 부임하기 전의 여행을 말하는 것인가, 혹은 그가 稅帳使 등으로 돌아간
것을 말하는가. 그렇지 않으면 이 노래도 민요의 내용을 그대로 이용한 것인가. 전체적으로는 형식적인
작품이다'고 하였다[『萬葉集私注』 8, pp.327~328].

3937　草枕　多妣伊尓之伎美我　可敝里許牟　月日乎之良牟　須邊能思良難久

　　　　　草枕　旅去にし君が　歸りこむ　月日を知らむ　すべの知らなく[1]

　　　　　くさまくら　たびいにしきみが　かへりこむ　つきひをしらむ　すべのしらなく

3938　可久能未也　安我故非乎浪牟　奴婆多麻能　欲流乃比毛太尓　登吉佐氣受之氏

　　　　　かく[2]のみや　吾が戀ひ居らむ　ぬばたまの[3]　夜の紐だに　解き放けずして[4]

　　　　　かくのみや　あがこひをらむ　ぬばたまの　よるのひもだに　ときさけずして

3939　佐刀知加久　伎美我奈里那婆　古非米也等　母登奈於毛比此　安連曽久夜思伎

　　　　　里近く　君がなりなば[5]　戀ひめや[6]と　もとな[7]思ひし　吾そ悔しき[8]

　　　　　さとちかく　きみがなりなば　こひめやと　もとなおもひし　あれそくやしき

---

1 **すべの知らなく**: 'なく'는 부정 명사형이다.
2 **かく**: 제2구 이하의 내용을 가리킨다.
3 **ぬばたまの**: 범부채 열매. 夜를 상투적으로 수식하는 枕詞이다. 마음의 어두움을 상징한다.
4 **解き放けずして**: 옷끈을 푸는 것은 사랑의 행위이다.
5 **君がなりなば**: 멀리 久邇京 등으로의 부임지로부터 돌아와서. 'なば'의 'な'는 완료를 나타낸다.
6 **戀ひめや**: 부정적 의문을 나타낸다.
7 **もとな**: 근거 없이.
8 **悔しき**: 다시 부임하였으므로.

3937 (쿠사마쿠라)/ 여행을 떠난 그대가/ 돌아올 것인/ 날짜를 알 수 있는/ 방법을 알 수 없네

해설

풀을 베개로 베고 잠을 자야 하는 힘든 여행을 떠난 그대가 언제 돌아올 것인지, 그 날짜를 알 수 있는 방법을 알 수가 없네라는 내용이다.
여행을 떠난 家持가 언제 돌아올 것인지 그 날짜를 알지 못하므로 기다리기가 힘들다는 뜻이다.

3938 이렇게까지/ 계속 그리워 하나/ (누바타마노)/ 밤의 옷끈조차도/ 풀지도 못하고서

해설

이렇게까지 나는 계속 그리워하고 있는 것일까. 깜깜한 밤의 옷끈조차도 풀지도 못하고서라는 내용이다.
혼자 지내는 밤의 외로움을 노래한 것이다.

3939 마을 가까이/ 그대가 살게 되면/ 그리울까고/ 근거 없이 생각한/ 내가 후회스럽네

해설

내가 살고 있는 마을 가까이 그대가 살게 된다면, 이렇게 그리워하는 사랑의 고통을 느끼지 않아도 될 것이라고, 아무 근거도 없이 생각했던 내가 후회스럽네라는 내용이다.
그동안 家持가 久邇, 難波 등으로 가서 만나기가 힘들었는데 드디어 가까이로 돌아왔다고 생각한 것도 잠시, 다시 越中으로 떠나자 이런 노래를 부른 것이다.

3940 餘呂豆代等　許己呂波刀氣氐　和我世古我　都美之手見都追　志乃備加祢都母

萬代と　心は解けて　わが背子が　摘みし¹手見つつ　忍びかねつも

よろづよと　こころはとけて　わがせこが　つみしてみつつ　しのびかねつも

3941 鶯能　奈久々良多尓々　宇知波米氐　夜氣波之奴等母　伎美乎之麻多武

鶯の　鳴く崖谷²に　打ちはめて　燒けは死ぬとも³　君をし待たむ

うぐひすの　なくくらたにに　うちはめて　やけはしぬとも　きみをしまたむ

3942 麻都能波奈　花可受尓之毛　和我勢故我　於母敝良奈久尓　母登奈佐吉都追

松の花　花數にしも　わが背子が　思へらなくに⁴　もとな咲きつつ

まつのはな　はなかずにしも　わがせこが　おもへらなくに　もとなさきつつ

左注　右件歌者, 時々寄便使來贈⁵. 非在一度所送也.

---

1 摘みし: 꽃 등을 꺾는 것이다. '중복하다(重ねる)'로도 해석한다.
2 崖谷: 주위가 벼랑인 계곡. 暗谷이라고도 해석할 수 있다. 그 당시에 널리 퍼져 있던 상상의 세계인가.
3 燒けは死ぬとも: 비유. 죽음의 세계에서 기다리는 것은 아니다.
4 思へらなくに: 'ら'는 완료를 나타낸다. 'なく'는 부정의 명사형이다. 'に'는 역접을 나타낸다. 소나무 꽃은 눈에 띄지 않고 대단하지도 않다. 상대방이 그와 같이 작자를 대수롭지 않게 생각한다.
5 時々寄便使來贈: 편의. 正稅帳使 등의 왕래.

3940   오래 가자고/ 마음도 서로 열고/ 나의 그대가/ 잡았던 손 보면서/ 참기가 힘드네요

해설

  만대까지 오래도록 사랑하자고 하며 마음도 서로 열고 그대가 잡았던 손을 계속 보면 참기가 힘드네요 라는 내용이다.

  오래도록 사랑하자고 하며 상대방이 잡았던 자신의 손을 보면서 연인을 그리워하는 노래이다.

3941   꾀꼬리새가/ 우는 낭떠러지에/ 몸을 던져서/ 타 죽는 것 같아도/ 그대를 기다리죠

해설

  꾀꼬리새가 우는, 주위가 벼랑인 깊은 계곡에 이 몸을 던져서, 타 죽는 것 같은 괴로운 일이 있어도 그대를 기다리지요라는 내용이다.

  어떤 힘든 일이 있어도 상대방을 기다리겠다는 뜻이다.

  私注에서는, '아마 불교 그림, 지옥 그림 등을 생각한 표현일 것이다'고 하였다『萬葉集私注』8, p.330].

3942   소나무 꽃은/ 꽃의 종류로는요/ 나의 그대는/ 생각하지 않는데/ 헛되이 계속 피네

해설

  나는 소나무 꽃과 같네. 그대는 소나무 꽃을 꽃의 종류의 하나로도 생각하지 않는데 헛되이 계속 피네요라는 내용이다.

  상대방은 작자를 그다지 생각하지 않고 있는데, 작자는 혼자서 상대방을 그리워하는 것을 한탄한 노래이다.

  '松'은 '待'와 발음이 같으므로 작자가 상대방을 계속 기다리는 마음을 나타낸 것이라고도 볼 수 있다.

    좌주 위에 든 12수의 노래는, 그때그때 편의를 얻어 사람 편으로 보낸 것이다. 한 번에 다 보낸 것은 아니다.

八月七日[1]夜, 集于守大伴宿祢家持舘宴歌

3943　秋田乃　穂牟伎見我氏里　和我勢古我　布左多乎里家流　乎美奈敝之香物

　　　　秋の田の　穂向[2]見がてり[3]　わが背子が　ふさ[4]手折りける　女郎花かも[5]

　　　　あきのたの　ほむきみがてり　わがせこが　ふさたをりける　をみなへしかも

　　　　左注　右一首, 守大伴宿祢家持作

3944　乎美奈敝之　左伎多流野邊乎　由伎米具利　吉美乎念出　多母登保里伎奴

　　　　女郎花　咲きたる野邊を　行きめぐり　君[6]を思ひ出　たもとほり[7]來ぬ

　　　　をみなへし　さきたるのへを　ゆきめぐり　きみをおもひで　たもとほりきぬ

---

1 **八月七日**: 天平 18년(746)이다.
2 **穂向**: 벼이삭이 흔들리는 모습이다.
3 **見がてり**: 관료로서의 순찰을 말한다.
4 **ふさ**: 모으다. 다발로 묶다.
5 **女郎花かも**: 가을의 일곱 풀 중의 하나이다. 여성으로 비유되는 일도 있다.
6 **行きめぐり 君**: 마타리꽃을 칭찬하는 家持를.
7 **たもとほり**: 이리저리 걷는다.

(天平 18년: 746) 8월 7일 밤에, (越中國) 장관인 오호토모노 스쿠네 야카모치(大伴宿禰家持)의 관사에 모여서 연회하는 노래

3943 가을의 밭의/ 벼를 둘러보다가/ 그대께서요/ 듬뿍 꺾어 가져온/ 마타리꽃이네요

❀ 해설

가을 들판의 벼의 결실 상태를 살펴보느라고 순찰하다가, 그대가 듬뿍 꺾어서 가지고 온 마타리꽃이네요라는 내용이다.

마타리꽃을 노래한 것이다. 3944번가의 내용과 3946번가의 左注를 보면 마타리꽃은 池主가 연회를 위해 꺾어온 것임을 알 수 있다.

> **좌주** 위의 1수는, (越中國) 장관인 오호토모노 스쿠네 야카모치(大伴宿禰家持)가 지은 것이다.

3944 마타리꽃이/ 피어 있는 들판을/ 걸어 다니다/ 그대 생각이 나서/ 헤매면서 왔지요

❀ 해설

마타리꽃이 피어 있는 들판을 걸어 다니다가, 그대가 생각이 나서 여기저기 마타리꽃을 꺾기 위해서 찾아 헤매면서 왔지요라는 내용이다.

'たもとほり來ぬ'를 注釋에서는 中西 進과 마찬가지로 여기저기 찾아 헤매다가 왔다는 뜻으로 해석하였다『萬葉集注釋』 17, p.75]. 그러나 大系·全集·全注에서는 '빙 둘러서 왔다'고 해석하였다[大系 『萬葉集』 4, p.192), (全集 『萬葉集』 4, p.180), (『萬葉集全注』 17, p.100)].

全集에서는, '사랑의 노래에는 사람들의 눈을 피하기 위해서 둘러서 왔다고 노래하는 것이 있는데, 이 작품에서도 池主는 농담 삼아 사랑의 노래 비슷하게 이렇게 말한 것이다. 池主는 이처럼 가벼운 마음으로 家持와 연가 비슷한 증답을 하는 경우가 많다'고 하였다『萬葉集』 4, p.180].

3945 安吉能欲波　阿加登吉左牟之　思路多倍乃　妹之衣袖　伎牟餘之母我毛

秋の夜は　曉寒し　白妙の¹　妹が衣手　着む²縁もがも³

あきのよは　あかときさむし　しろたへの　いもがころもで　きむよしもがも

3946 保登等藝須　奈伎氏須疑尓之　乎加備可良　秋風吹奴　余之母安良奈久尓

ほととぎす　鳴きて過ぎにし　岡傍から⁴　秋風吹きぬ　縁もあらなくに⁵

ほととぎす　なきてすぎにし　をかびから　あきかぜふきぬ　よしもあらなくに

左注 右三首，撩⁶大伴宿祢池主作

3947 家佐能安佐氣　秋風左牟之　登保都比等　加里我來鳴牟　等伎知可美香物

今朝の朝明⁷　秋風寒し　遠つ人⁸　雁が來鳴かむ　時近みかも⁹

けさのあさけ　あきかぜさむし　とほつひと　かりがきなかむ　ときちかみかも

---

1 **白妙の**: 북나무 섬유로 짠 흰 천이다. 여기에서는 옷을 상투적으로 수식하는 枕詞이다.
2 **妹が衣手 着む**: 함께 잠을 자는 것이다.
3 **縁もがも**: 縁은 방법이다.
4 **岡傍から**: '岡へ'와 같다.
5 **縁もあらなくに**: 3945번가의 제5구를 반복한 것이다.
6 **撩**: 삼등관이다.
7 **朝明**: 'あさけ'는 'あさ(朝)あ(明)け'의 축약형이다. 池主의 노래를 받은 것이다.
8 **遠つ人**: 기러기를 형용한 것이다. 기러기는 소식을 전달하는 것으로 인식되었다. 3945번가의 '妹'를 받은 것이다.
9 **時近みかも**: 'み'는 '…해서'라는 뜻이다.

3945 가을밤은요/ 날이 밝을 때 춥네/ (시로타헤노)/ 아내의 옷소매를/ 입을 방법 있다면

🌸 **해설**

가을밤은 날이 밝을 새벽 무렵이 춥네. 아내의 흰 옷소매를 걸칠 방법이 있다면 좋겠네라는 내용이다.
도읍에 있는 아내와 따뜻하게 함께 자고 싶다는 뜻이다.

3946 두견새가요/ 울면서 지나갔는/ 언덕 쪽에서/ 가을바람이 부네/ 방법도 없는 것인데

🌸 **해설**

여름의 두견새가 울면서 지나갔는 언덕 쪽에서 가을바람이 불기 시작했네. 아내를 만날 방법도 없는
것인데라는 내용이다.
여름이 지나고 날씨가 추워지는 가을이 벌써 되었는데, 아내를 만날 방법도 없어서 외롭다는 뜻이다.

좌주 위의 3수는, 판관 오호토모노 스쿠네 이케누시(大伴宿禰池主)가 지은 것이다.
大伴宿禰池主에 대해 私注에서는, '池主는 후에 家持와 함께 越中 國司가 되고 후에 越前으로 옮겨
가서도 증답한 시가가 있다. (중략) 天平 10년(738) 駿河國 正稅帳에 의하면 이때는 정7위하 春宮坊
少屬일 것이다. 家持와의 친교 관계는 확실하지 않다. 寶字 원년(757)의 奈良麿의 모반에 연좌하고
있으므로 奈良麿와는 오래 교유를 하였던 것으로 보인다'라고 하였다[『萬葉集私注』 4, pp.353~354].

3947 오늘 새벽녘은/ 가을바람 차갑네/ (토호츠히토)/ 기러기 와서 우는/ 때가 가까워졌나

🌸 **해설**

오늘 새벽녘은 가을바람이 차갑게 느껴지네요. 멀리 있는 사람의 소식을 가져와서 전해 주는 기러기가
와서 우는 시기가 다가왔기 때문인가라는 내용이다.
가을바람이 차가워진 것으로, 고향집 사람의 소식을 전해 줄 기러기를 생각한 것이다.
가을이 되면 기러기가 오므로 계절감각을 말하면서 사랑하는 사람에 대한 그리움을 노래한 것이다.

3948 安麻射加流　比奈尓月歴奴　之可礼登毛　由比氏之紐乎　登伎毛安氣奈久尓

天離る[1]　鄙に月經ぬ　しかれども　結ひてし[2]紐を　解きも開けなくに[3]

あまざかる　ひなにつきへぬ　しかれども　ゆひてしひもを　ときもあけなくに

左注　右二首, 守大伴宿祢家持作

3949 安麻射加流　比奈尓安流和礼乎　宇多我多毛　比母登吉佐氣氏　於毛保須良米也

天離る　鄙にあるわれを　うたがたも[4]　紐解き放けて　思ほすらめや[5]

あまざかる　ひなにあるわれを　うたがたも　ひもときさけて　おもほすらめや

左注　右一首, 掾大伴宿祢池主

---

1 **天離る**: '鄙'를 상투적으로 수식하는 枕詞이다. '鄙'는 宮의 반대이다.
2 **結ひてし**: 'て'는 완료로 강조의 뜻이 있다.
3 **解きも開けなくに**: 역접적 영탄은, 다른 나쁜 마음을 가지고 있지 않은데, 아내를 만날 수 없다는 뜻이다.
4 **うたがたも**: 오로지. 부정을 동반하여 '결코…않는다'는 뜻을 나타낸다.
5 **思ほすらめや**: '찾아올까 생각하고 옷끈을 풀면서 나를 그리워하고 있을 리가 있을 것인가. 'や'는 강한 부정을 동반한 의문을 나타낸다. 이 부정에 'うたがたも'가 호응한다. 아내는 옷끈을 단단히 묶고 기다리고 있을 것이라는 뜻이다. '思ほす'의 'す'는 아내에 대한 친애를 나타낸다.

3948 (아마자카루)/ 시골서 몇 달 갔네/ 그렇지만요/ 묶어 준 옷끈을요/ 풀은 것도 아닌데도

🌸 **해설**

　하늘 저 멀리 떨어져 있는 시골에서 벌써 몇 달을 보내었네. 그렇지만 아내가 묶어 준 옷끈을 푼 것도 아닌데, 즉 아내에 대한 마음이 변한 것도 아닌데 아내를 만날 수가 없다는 내용이다.

　고대 일본에서는 연인이 헤어질 때 서로 상대방의 속옷의 끈을 묶어 주고 다시 만날 때까지 풀지 않음으로서 사랑의 약속을 지켰다. 옷끈을 푸는 것은 상대방을 배반하는 것이다.

　　좌주　위의 2수는, (越中國의) 장관 오호토모노 스쿠네 야카모치(大伴宿禰家持)가 지은 것이다.

3949 (아마자카루)/ 시골에 있는 나를요/ 조금이라도/ 옷끈을 풀고서는/ 생각할 리 있을까

🌸 **해설**

　하늘 저 멀리 떨어져 있는 시골에 있는 나를, 아내가 옷끈을 풀면서 나를 생각할 리가 어찌 있을 것인가라는 내용이다.

　池主가 시골에 있으므로, 아내가 옷끈을 풀고 그를 기다리는 일은 결코 없을 것이다라는 뜻이다.

　私注에서는, '池主의 노래이지만, 앞의 家持의 노래에 답한 것일 것이다. 池主가, 도읍에 있는 아내가 자신을 생각할까하고 의심하는 마음으로도 보기 힘들므로, 家持가 나를 생각하지 않는다고도 해석할 수 있지만, 'われを'는 실은 池主 자신의 일을 말한 것이 아니고 연회석에서 시중드는 여성 등의 입장을 대신하여 노래한 것이 아닐까 생각한다. 즉 家持가 도읍의 아내를 생각하여 옷끈을 풀지 않는다고 하는 노래를 듣고, 연회석에 있는 미인들이 나 같은 시골 사람은 아무래도 상대가 아니라고 생각하는 눈치를 채고, 池主가 대신해서 노래를 지은 것이겠다. 그리고 그 분위기는 실제라기보다는 池主가 그렇게 해석한 것인가, 혹은 이 노래로 그런 분위기를 만들려고 부추긴 것이라고도 볼 수 있을까라고 하였다[『萬葉集私注』8, p.335].

　　좌주　위의 1수는, 판관 오호토모노 스쿠네 이케누시(大伴宿禰池主)

3950 伊敝尓之底　由比弖師比毛乎　登吉佐氣受　念意緒　多礼賀思良牟母

家にして　結ひてし紐を　解き放けず　思ふ心を[1]　誰か[2]知らむも

いへにして　ゆひてしひもを　ときさけず　おもふこころを　たれかしらむも

右一首, 守大伴宿祢家持

3951 日晚之乃　奈吉奴流登吉波　乎美奈敝之　佐伎多流野邊乎　遊吉追都見倍之

ひぐらし[3]の　鳴きぬる時は　女郎花[4]　咲きたる野邊を　行きつつ見べし

ひぐらしの　なきぬるときは　をみなへし　さきたるのへを　ゆきつつみべし

左注 右一首, 大目[5]秦忌寸八千嶋

---

1 **思ふ心を**: 내가 생각하는 마음. 아내는 **坂上大孃**이다.
2 **誰か**: '가'는 강한 부정을 동반한 의문을 나타낸다.
3 **ひぐらし**: 저녁 무렵에 우는, 늦여름의 매미로 적료하다.
4 **女郎花**: 여성을 연상시키므로.
5 **大目**: 4등관이다.

3950 집에 있을 때/ 묶어 줬던 옷끈을/ 풀지도 않고/ 그리워하는 마음/ 누가 알아 줄 건가

해설

　집에서 아내가 묶어 준 옷끈을 풀지도 않고 아내를 그리워하는 마음은 누구도 이해할 수 없을 정도일 것입니다라는 내용이다.

　좌주　위의 1수는, (越中國) 장관 오호토모노 스쿠네 야카모치(大伴宿禰家持)

3951 쓰르라미가/ 애절하게 울 때는/ 마타리꽃이/ 피어 있는 들판을/ 가서 보아야지요

해설

　쓰르라미가 애절하게 울 때는 마타리꽃이 피어 있는 들판에 가서 꽃을 보는 것이 좋지요라는 내용이다.
　쓰르라미가 울어 쓸쓸할 때는 들판에 가서 마타리꽃을 보라는 것은, 마타리꽃이 女郞花이므로 아내를 생각하듯이 보며 마음을 위로 받으라고 하는 뜻인 것 같다.

　좌주　위의 1수는, 大目 하다노 이미키 야치시마(秦忌寸八千嶋)
　秦忌寸八千嶋는 어떤 사람인지 알 수 없다.

古歌一首 [大原高安真人[1]作] 年月不審. 但随聞時[2]記載茲焉.

3952　伊毛我伊敞尓　伊久里能母里乃　藤花　伊麻許牟春母　都祢加久之見牟

妹が家に　伊久里[3]の森の　藤の花　今來む春も　常如此し見む

いもがいへに　いくりのもりの　ふぢのはな　いまこむはるも　つねかくしみむ

> **左注** 右一首, 傳誦, 僧玄勝[4]是也.

3953　鴈我祢波　都可比尓許牟等　佐和久良武　秋風左無美　曽乃可波能倍尓

雁がね[5]は　使[6]に來むと　騒くらむ　秋風寒み　その川[7]のへに

かりがねは　つかひにこむと　さわくらむ　あきかぜさむみ　そのかはのへに

3954　馬並氐　伊射宇知由可奈　思夫多尓能　伎欲吉伊蘇末尓　与須流奈弥見尓

馬竝めて　いざ打ち[8]行かな[9]　澁谿[10]の　清き磯廻[11]に　寄する波見に

うまなめて　いざうちゆかな　しぶたにの　きよきいそまに　よするなみみに

> **左注** 右二首, 守大伴宿祢家持

1　**大原高安真人**: 長황자의 손자로 高安王이다. 天平 11년(739)에 성을 받았다. 天平14년(742) 12월에 사망하였다.
2　**但随聞時**: 지금을 가리킨다.
3　**伊久里**: 富山縣 礪波市 井栗谷 등의 설이 있다. 越中일 필요는 없다. 森은 신사를 말한다.
4　**僧玄勝**: 어떤 사람인지 알 수 없다.
5　**雁がね**: 본래는 기러기 소리를 말한다. 여기에서는 기러기를 말한다.
6　**使**: 이곳을 지나 도읍으로 가는 심부름꾼으로.
7　**その川**: 북쪽 지역의 강이다.
8　**打ち**: 말을 채찍으로 때리고.
9　**行かな**: 'な'는 願望을 나타내는 조사이다.
10　**澁谿**: 富山縣 高岡市 서북쪽의 해안이다.
11　**磯廻**: 거친 바위의 彎曲.

옛 노래 1수 [오호하라노 타카야스노 마히토(大原高安眞人)가 지은 것]
연월은 자세하지 않다. 다만 들은 때 순서대로 여기에 싣는다.

3952 (이모가이헤니)/ 이쿠리(伊久里)의 숲속의/ 등나무 꽃을/ 새로 오는 봄에도/ 항상 이같이
보자

🌸 **해설**

아내의 집에 간다고 하는 뜻을 이름으로 한 이쿠리(伊久里) 숲의 등꽃을, 새로 오는 봄에도 항상 이와
같이 보자라는 내용이다.
中西 進은 3945번가 이하의 아내에 대한 정감을 이은 것이라고 하였다.

좌주 위의 1수, 전송자는 승려 겐쇼우(玄勝)이다.

3953 기러기는요/ 심부름하러 오려/ 울고 있겠지/ 가을바람이 차니/ 그 강의 근처에서

🌸 **해설**

기러기는 심부름꾼으로 오기 위해서 울며 시끄럽겠지. 가을바람이 차가우므로 북쪽 지역의 강 근처에
서라는 내용이다.

3954 말 나란히 해/ 자 채찍질해 가자/ 시부타니(澁谿)의/ 깨끗한 해변으로/ 치는 파도를 보러

🌸 **해설**

말을 나란히 해서 타고 자아 말에게 채찍질을 해서 빨리 가자. 시부타니(澁谿)의 깨끗하고 바위가
많은 해변으로 밀려오는 파도를 보기 위하여라는 내용이다.

좌주 위의 2수는, (越中國) 장관 오호토모노 스쿠네 야카모치(大伴宿禰家持)

3955 奴婆多麻乃　欲波布氣奴良之　多末久之氣　敷多我美夜麻尓　月加多夫伎奴

ぬばたまの[1]　夜は更けぬらし　玉匣[2]　二上山に　月傾きぬ

ぬばたまの　よはふけぬらし　たまくしげ　ふたがみやまに　つきかたぶきぬ

左注　右一首, 史生[3]土師宿祢道良[4]

大目秦忌寸八千嶋[5]之舘宴歌一首

3956 奈呉能安麻能　都里須流布祢波　伊麻許曽婆　敷奈太那宇知氐　安倍弓許藝泥米

奈呉[6]の海人の　釣する舟は　今こそば[7]　船枻[8]打ちて　あへて漕ぎ出め

なごのあまの　つりするふねは　いまこそば　ふなだなうちて　あへてこぎでめ

左注　右, 舘之客屋[9], 居望蒼海. 仍主人作此謌也.

---

1 **ぬばたまの**: 夜를 상투적으로 수식하는 枕詞이다.
2 **玉匣**: 아름다운 빗 상자의 뚜껑(ふた)과 '二(ふたつ)'의 발음이 같으므로 수식하게 된 것이다.
3 **史生**: 서기관이다. 정원은 2명이었다.
4 **土師宿祢道良**: 어떤 사람인지 알 수 없다.
5 **大目秦忌寸八千嶋**: 大目은 4등관이다. 秦忌寸八千嶋는 어떤 사람인지 알 수 없다.
6 **奈呉**: 富山縣 新湊市 放生津.
7 **今こそば**: '今こそば'와 같다.
8 **船枻**: 배 양쪽 현의 판자이다. 그것을 두드려서 힘차게.
9 **舘之客屋**: 남향인 主屋에 대해 바다를 향한 별채를 말한다.

3955　(누바타마노)/ 밤은 깊은 듯하네/ (타마쿠시게)/ 후타가미(二上) 산에요/ 달이 기울었네요

❀ 해설

어두운 밤은 깊은 듯하네. 아름다운 빗 상자의 뚜껑과 소리가 같은 후타가미(二上) 산에 달이 기울었네요라는 내용이다.

좌주　위의 1수는, 史生 하니시노 스쿠네 미치요시(土師宿禰道良)

大目 하다노 이미키 야치시마(秦忌寸八千嶋)의 관사에서 연회하는 노래 1수

3956　나고(奈呉)의 어부가/ 고기를 잡는 배는/ 이제야말로/ 배의 현 두드리며/ 세게 저어 가겠지

❀ 해설

나고(奈呉)의 어부가 고기를 잡는 배는, 이제야말로 배의 양쪽 현의 판자를 두드리며 힘을 합하여 힘차게 노를 저어서 나아가겠지라는 내용이다.
'船楫打ちて'에 대해 全集에서는, '배의 판자를 두드리는 것인가, 설치를 하는 것인가 확실하지 않다. 일설에는 바다의 악령을 쫓기 위한 주술로 배의 끝을 두드린다고 한다'고 하였다[『萬葉集』 4, p.183].

좌주　위는, 관사의 객실에서 있으면 푸른 바다가 보였다. 이에 주인이 이 노래를 지었다.

哀傷長逝之弟[1]歌一首并短歌

3957　安麻射加流　比奈乎佐米尓等　大王能　麻氣乃麻尓末尓　出而許之　和礼乎於久流登　青丹余之　奈良夜麻須疑氏　泉河　伎欲吉可波良尓　馬駐　和可礼之時尓　好去而　安礼可敝理許牟　平安　伊波比氏待登　可多良比氏　許之比乃伎波美　多麻保許能　道乎多騰保美　山河能　敝奈里氏安礼婆　孤悲之家口　氣奈我枳物能乎　見麻久保里　念間尓　多麻豆左能　使乃家礼婆　宇礼之美登　安我麻知刀敷尓　於餘豆礼能　多波許登等可毛　波之伎余思　奈弟乃美許等　奈尓之加母　時之波安良牟乎　波太須酒吉　穂出秋乃　芽子花　尓保敝流屋戸乎 [言, 斯人, 爲性好愛花草花樹, 而多植於寝院之庭. 故謂之花薫庭也]　安佐尓波尓　伊泥多知奈良之　暮庭尓　敷美多比良氣受　佐保能宇知乃　里乎徃過　安之比紀乃　山能許奴礼尓　白雲尓　多知多奈妣久等　安礼尓都氣都流 [佐保山火葬. 故, 謂之佐保乃宇知乃佐刀乎由吉須疑]

天離る[2]　鄙治めにと　大君の　任のまにまに　出でて來し　吾を途ると　青丹よし[3]　奈良山　過ぎて　泉川[4]　清き川原に　馬とどめ　別れし時に　眞幸くて[5]　吾歸り來む　平けく　齋ひて[6]待てと　語らひて[7]　來し日の極み[8]　玉桙の[9]　道をた遠み[10]　山川の　隔りてあれば[11]　戀しけく[12]　日長きものを　見まく[13]欲り　思ふ間に　玉梓の[14]　使の來れば[15]　嬉しみと[16]

1　弟: 書持를 말한다.
2　天離る: '鄙'를 상투적으로 수식하는 枕詞이다.
3　青丹よし: '奈良'을 상투적으로 수식하는 枕詞이다. 푸른 색 붉은 색이 아름답다는 뜻이다.
4　泉川: 木津川이다.
5　眞幸くて: 무사히.
6　齋ひて: 몸을 정결하게 하고 신에게 비는 것이다.
7　語らひて: 정성을 다하여 말한다.
8　來し日の極み: '極み'는 극한이다. 날을 극한으로 해서.
9　玉桙の: 아름다운 창을 세운 길이다. '道'를 상투적으로 수식하는 枕詞이다.
10　道をた遠み: 'た'는 접두어이다. 'を…み'는 '…가…이므로'라는 뜻이다.
11　隔りてあれば: 'へなる'는 거리를 두고 있다는 뜻이다.
12　戀しけく: '戀し'의 명사형이다.
13　見まく: '見む'의 명사형이다.
14　玉梓の: 아름다운 지팡이라는 뜻으로 '使'를 상투적으로 수식하는 枕詞이다.
15　來れば: 'けり'는 'き(來)あり'의 축약형이다.
16　嬉しみと: 'み'는 'から'의 뜻. 혹은 'み'는 명사형 접미어인가.

사망한 동생을 슬퍼하는 노래 1수와 短歌

3957 (아마자카루)/ 시골 다스리라는/ 우리 대왕의/ 명령을 따라서요/ 출발해서 온/ 나를 보낸다고요/ (아오니요시)/ 나라(奈良) 산을 지나서/ 이즈미(泉) 강의/ 깨끗한 강가에서/ 말을 멈추고/ 작별을 하였을 때/ 아무 일 없이/ 나는 돌아올 테니/ 몸 건강하게/ 빌면서 기다리라/ 말을 하고는/ 온 그 날을 최후로/ (타마호코노)/ 길이 멀기 때문에/ 산들과 강이/ 가로막고 있어서/ 그리워함은/ 날도 오래인 것을/ 보고 싶다고/ 생각하는 사이에/ (타마즈사노)/ 심부름꾼 왔기에/ 반갑다고요/ 집안 안부 물으니/ 흉한 말인가/ 거짓말인 것인가/ 사랑스러운/ 나의 아우야 너는/ 어찌 된 건가/ 때가 있을 것인데도/ 참억새가요/ 이삭 내는 가을의/ 싸리꽃이요/ 아름다운 집을요 [뜻하는 바는, 이 사람은 성질이 화초와 꽃나무를 좋아하여, 집의 정원에 많이 심었다. 그래서 꽃이 아름다운 정원이라고 하는 것이다]/ 아침 정원에/ 나가서 서는 일도/ 저녁 정원을/ 밟는 일도 없이요/ 사호(佐保)의 안의요/ 마을을 지나가서/ (아시히키노)/ 산의 나무 끝에요/ 흰 구름으로/ 되어 걸려 있다고/ 나에게 알려줬네 [사호(佐保)산에 화장했다. 그래서 '佐保 마을을 지나서'라고 하였다]

🌼 해설

하늘 끝 저 먼 곳에 있는 시골을 다스리라는 왕의 명령을 그대로 따라서 출발해서 온 나를 배웅한다고, 푸른 흙과 붉은 흙이 아름다운 나라(奈良) 산을 지나서 이즈미(泉) 강의 깨끗한 강가까지 와서는, 거기에서 말을 멈추어 세우고 동생과 나는 작별을 하였네. 그때 작별할 때, 아무 일 없이 무사하게 나는 돌아올 테니까 몸 건강히 지내며, 무사하도록 신에게 빌면서 기다리라고 말을 하고 온 그 날을 마지막으로 해서, 창을 세워 놓은 길이 멀기 때문에, 또 산들과 강이 두 사람 사이를 가로막고 있어서 자주 만날 수도 없어서 동생을 그리워한 날도 오래되었으므로, 계속 동생을 보고 싶다고 생각하고 있는 사이에, 아름다운 지팡이를 든 심부름꾼이 도읍에서 왔으므로 반가운 일이라고 생각하고 기다려서, 도읍에 있는 집안 안부를 물으니 이 무슨 흉한 말인가, 믿을 수 없는 거짓말인 것인가. 사랑하는 나의 아우는 어찌 된 것인가. 모든 것은 때가 있을 것인데, 참억새가 이삭을 내는 가을에 가을 싸리꽃이 아름답게 핀 집을[뜻하는 바는, 이 사람은 성질이 화초와 꽃나무를 좋아해서 집의 정원에 많이 심었다. 그래서 '꽃향기가 좋은 정원'이라고 하는 것이다] 그런데 동생은 아침에 정원에 나가서 서는 일도 없이, 저녁에 정원에 나가서 정원을 밟는 일도 없이 사호(佐保) 마을을 지나가서, 걷기가 힘든 산의 나무 가지 끝에 흰 구름이 되어 걸려 있다고 나에게 알려 줬네[사호(佐保)산에 화장했다. 그래서 '佐保 마을을 지나서'라고 하였다]라는 내용이다.

吾が待ち問ふに　逆言の　狂言とかも[17]　愛しきよし[18]　汝弟の命[19]　何しかも　時しはあらむを[20]　はだ薄[21]　穂に出る秋の　萩の花　にほへる屋戸[22]を[言ふこころは、この人、人となり花草花樹を好愛でて，多く寝院[23]の庭に植う．故に花薫へる庭といへり]　朝庭に　出で立ちならし[24]　夕庭に　踏み平げず[25]　佐保の内の[26]　里を行き過ぎ　あしひきの　山の木末に　白雲に　立ちたなびくと　吾に告げつる[佐保山に火葬せり．故に，佐保の内の里を行き過ぎといへり]

あまざかる　ひなをさめにと　おほきみの　まけのまにまに　いでてこし　われをおくると　あをによし　ならやますぎて　いづみがは　きよきかはらに　うまとどめ　わかれしときに　まさきくて　あれかへりこむ　たひらけく　いはひてまてと　かたらひて　こしひのきはみ　たまほこの　みちをたどほみ　やまかはの　へなりてあれば　こひしけく　けながきものを　みまくほり　おもふあひだに　たまづさの　つかひのければ　うれしみと　あがまちとふに　およづれの　たはこととかも　はしきよし　なおとのみこと　なにしかも　ときしはあらむを　はだすすき　ほにづるあきの　はぎのはな　にほへるやどを[いふこころは, このひと, ひととなりはなくさはなきをぬでて, おほくしんゐんのにはにうう. ゆゑにはなにほへるにはといへり]　あさにはに　いでたちならし　ゆふにはに　ふみたひらげず　さほのうちの　さとをゆきすぎ　あしひきの　やまのこぬれに　しらくもに　たちたなびくと　あれにつげつる[さほやまにかそうせり. ゆゑに, さほのうちの　さとをゆきすぎといへり]

---

17 **狂言とかも**: 삽입구이다. 逆言은 흉한 말, 狂言은 속이는 말이다.
18 **愛しきよし**: 'よし'는 영탄 조사이다.
19 **汝弟の命**: '命'은 사망한 사람에 대한 경의를 나타낸다.
20 **時しはあらむを**: 사물에는 때라고 하는 것이 있는데.
21 **はだ薄**: 참억새. 'はだ'는 무엇인지 알 수 없다.
22 **屋戸**: 집. 다음에 정원이라고 하는 것은 屋戸를 상세하게 말한 것이므로 屋戸가 정원인 것은 아니다.
23 **寝院**: 正殿.
24 **出で立ちならし**: '平(なら)し'인가.
25 **踏み平げず**: 'ず'는 앞의 '出で立ちならし'와 '踏み平げ'를 함께 부정한다.
26 **佐保の内の**: 佐保를 河內로 말하는가. 관용어이다.

'汝弟'를 大系에서는, '나의 남동생. 눈는 예로부터 1인칭 대명사이다. 그것이 변하여 2인칭 대명사로 되었다. 조선어 na(我)와 같은 어원'이라고 하였다『萬葉集』4, p.196].

'何しかも'를 全集에서는, '원인 이유를 묻는 의문부사. 마지막의 '吾に告げつる'에 연결된다. 안타깝게 생각한 나머지 죽은 동생에게 나무라듯 말하였다. 다만 끝에서는 심부름꾼을 비난한 것같이 말하는 것으로 바뀌고 있다'고 하였다『萬葉集』4, pp.184~185].

'里を行き過ぎ'에 대해 全集에서는, '장례 행렬이 나아가는 것을, 죽은 사람 자신의 의지의 발현으로 생각해서 말한다'고 하였다『萬葉集』4, p.185].

橋本達雄은 이 작품의 구조에 대해, '동생 書持의 죽음을 인편으로 들어 알고 애도한 挽歌이다. 1수가 51구인 꽤 긴 장편으로, 단락은 3부분으로 나뉘어져 있다. 첫 부분은 처음부터 '來し日の極み'까지 18구이다. 동생이 자신을 배웅하러 泉川 근처까지 왔을 때가 마지막 작별이었던 것부터, 인상에 남는 장면을 말하고 있다. 둘째 부분은 '玉桙の 道をた遠み'에서 '吾が待ち問ふに'까지 12구. 작별한 이후의 그리움을 말하면서 소식을 가지고 사람이 왔으므로 가슴이 두근거린다. 마지막 부분은 '逆言の 狂言とかも' 이하 21구이다. 둘째 부분의 기대가 일시에 사라지고 심부름꾼이 가져온 비보를 말하고 있다. 전하는 말 속에 자상한 書持의 인품을 생각나게 하는 구를 삽입하면서 슬픈 감정을 나타내고 있다. 첫째 부분의 18구와 셋째 부분의 21구를 둘째 부분으로 잘 연결하여 전체의 균형을 맞추면서 대화와 심부름꾼의 말을 사용하여 극적으로 구성한 1수이다. 이 구조는 全註釋이 지적한 것처럼, 笠金村 歌集에서 나온 志貴親王薨時의 挽歌(권제2의 230번가)를 참고한 것이겠지만 한 걸음 더 나아가 보다 치밀한 것이 주목된다'고 하였다『萬葉集全注』17, p.123].

그리고 노래를 짓게 된 동기에 대해서 橋本達雄은, '동생의 죽음을 슬퍼한 노래임에는 틀림없지만 노래의 창작 동기는 근친자의 죽음을 애도하는 문학적 주제에 대한 강한 관심이 작용하고 있었던 것을 부정할 수 없다. 노래 속에 표시한 상세한 注記도 작품으로서의 객관성을 의도한 것으로 보이며 憶良의 선례(권제5의 897번가)를 모방하였다고 해도 창작 동기와 관련이 있을 것이다. 후에 실제로 동생의 영전에 바쳤겠지만 여기에서는 실용적인 목적을 위한 挽歌로서가 아니라 문학작품으로 지은 것이다'고 하였다『萬葉集全注』17, pp.123~124].

3958　麻佐吉久登　伊比氐之物能乎　白雲尓　多知多奈妣久登　伎氣婆可奈思物

眞幸くと　言ひてしものを[1]　白雲に　立ちたなびくと　聞けば悲しも

まさきくと　いひてしものを　しらくもに　たちたなびくと　きけばかなしも

3959　可加良牟等　可祢弖思理世婆　古之能宇美乃　安里蘇乃奈美母　見世麻之物能乎

かからむと　かねて知りせば[2]　越の海の　荒磯[3]の波も　見せましものを[4]

かからむと　かねてしりせば　こしのうみの　ありそのなみも　みせましものを

左注　右, 九月廿五日, 越中守大伴宿祢家持遙聞弟喪, 感傷作之也.

---

1 **言ひてしものを**: 長歌에서는 家持가 말했다고 되어 있는데 서로 말한 것이겠다.
2 **かねて知りせば**: 151번가와 유사하다.
3 **荒磯**: 거친 바위가 많은 해안이다.
4 **見せましものを**: 797번가를 답습하였다.

3958 무사하라고/ 서로 말했던 것을/ 흰 구름 되어/ 떠 있다고 하는 것/ 들으니 슬퍼지네

🌸 **해설**

　　무사하게 잘 있으라고 헤어질 때 동생과 서로 말을 했던 것인데, 흰 구름 되어서 떠 있다고 하는 것을 들으니 슬퍼지네라는 내용이다.

　　동생에게 만날 때까지 무사하게 잘 있으라고 말을 했는데, 동생이 죽어서 그 혼이 흰 구름이 되어서 떠 있다는 소식을 들으니 슬프다는 뜻이다.

　　橋本達雄은, '권제17의 長歌에 딸려 있는 短歌는, 이 작품부터 모두 '反歌'라는 표시가 없다. 권제17에서는 앞쪽의 3907번가 長歌에 대해 3908번가가 '反歌'라고 되어 있을 뿐이다. 이것은 이다음의 작품들과 자료가 다르기 때문이라고 생각되지만, 권제18이 되면 거의 모두 '反歌' 표시가 있다. 무슨 이유에 의한 것인지 알 수 없다. 후고를 기다린다'고 하였다[『萬葉集全注』 17, p.124].

3959 이리 될 것을/ 미리 알았더라면/ 코시(越)의 바다의/ 거친 해안 파도도/ 보여줄 걸 그랬네

🌸 **해설**

　　이렇게 될 것을 미리 알았더라면, 코시(越) 바다의 거친 바위가 많은 해안에 밀려오는 파도를 보여줄 것을 그랬네라는 내용이다.

　　동생이 사망할 줄을 미리 알았다면, 아름다운 코시(越) 바다의 거친 바위가 많은 해안에 밀려오는 파도를 보여주었더라면 좋았을 것을이라는 내용이다.

　　797번가와 유사한 내용이다.

　　좌주 위는, (天平 18년: 746) 9월 25일에, 越中國의 장관 오호토모노 스쿠네 야카모치(大伴宿禰家持)가, 멀리서 동생의 죽음 소식을 듣고 슬퍼서 지은 것이다.

相歡謌二首[1]

3960　庭尓敷流　雪波知敝之久　思加乃未尓　於母比氐伎美乎　安我麻多奈久尓

　　　　庭に降る　雪は千重敷く　然のみに[2]　思ひて君を　吾が待たなくに[3]

　　　　にはにふる　ゆきはちへしく　しかのみに　おもひてきみを　あがまたなくに

3961　白浪乃　余須流伊蘇未乎　榜船乃　可治登流間奈久　於母保要之伎美

　　　　白波の　寄する磯廻[4]を　漕ぐ船の　楫取る間なく[5]　思ほえし君

　　　　しらなみの　よするいそまを　こぐふねの　かぢとるまなく　おもほえしきみ

> **左注**　右, 以天平十八年八月, 掾[6]大伴宿祢池主, 附大帳使[7], 赴向京師, 而同年十一月[8], 還到本任, 仍設詩酒之宴, 弾絲飲樂. 是日也, 白雪忽降, 積地尺餘. 此時也, 漁夫之船, 入海浮瀾. 爰守大伴宿祢家持, 寄情二眺, 聊裁所心.

1　**相歡謌二首**: '相'은 기쁘게 만난다는 뜻이다.
2　**然のみに**: 천 겹 자체만 해도 많은 양인데 더구나 그보다 더.
3　**吾が待たなくに**: 없는 것을.
4　**磯廻**: 'いそみ'와 같다. 彎曲인 해변이다.
5　**楫取る間なく**: 노로 저어가는 한 번 한 번 젓는 그 사이.
6　**掾**: 3등관이다.
7　**大帳使**: 1년에 한 번 호적 보고서를 중앙에 제출하는 사람이다. 호적은 6월 30일 현재로 작성, 8월 30일까지 太政官에게 보고하였다.
8　**同年十一月**: 越中과 奈良 사이는 상경하는데 18일, 내려오는 데 8일 걸렸다. 도읍에 오래 머물렀던 것이 된다.

서로 기뻐하는 노래 2수

3960 뜰에 내리는/ 눈은 천 겹이지요/ 그 정도로만/ 생각하고 그대를/ 기다린 것 아니네

🌸 **해설**

　뜰에 내리는 눈은 천 겹으로 쌓여 있습니다. 그렇지만 그 정도로만 생각하고 내가 그대를 기다린 것은 아닙니다라는 내용이다.

　뜰에 천 겹으로 쌓인 눈이 엄청 난 양이지만 그것을 조금이라고 보고, 그 천 겹의 눈보다도 더 깊이 상대방을 생각하며 기다렸다는 뜻이다.

　池主가 大帳使로 상경했다가 돌아온 것을 기뻐한 노래이다.

　제목 옆에 '越中守大伴宿禰家持作'이 있는 이본도 있지만 中西 進의 텍스트에는 없다.

3961 흰 파도 치는/ 거친 바위 해변을/ 저어가는 배/ 노를 쉬지 않듯이/ 생각했던 그대여

🌸 **해설**

　흰 파도가 밀려오는 거친 바위가 많은 해변을 저어가는 배가 노를 잠시도 쉬지 않고 젓듯이 그렇게 끊임없이 생각했던 그대여라는 내용이다.

　좌주　위는 天平 18년(746) 8월에 판관인 오호토모노 스쿠네 이케누시(大伴宿禰池主)가 大帳使가 되어 도읍으로 향하였다. 그리고 같은 해 11월에 본 근무지로 돌아왔다. 그리고 詩酒의 연회를 베풀고 음악을 연주하고 술을 마시고 즐겼다. 이날 갑자기 흰 눈이 내려 땅에 쌓이기를 1척 남짓하였다. 이때 어부의 배가 바다에 들어가 파도에 떠 있었다. 그래서 장관 오호토모노 스쿠네 야카모치(大伴宿禰家持)가 두 개의 풍경, 즉 눈과 배에 생각을 부쳐서 잠시 심중을 노래하였다.

大伴宿禰池主에 대해 私注에서는, '池主는 후에 家持와 함께 越中 國司가 되고 후에 越前으로 옮겨 가서도 증답한 시가가 있다. (중략) 天平 10년(738) 駿河國 正税帳에 의하면 이때는 정7위하 春宮坊 少屬일 것이다. 家持와의 친교 관계는 확실하지 않다. 寶字 원년(757)의 奈良麿의 모반에 연좌하여 있으므로 奈良麿와는 오래 교유를 하였던 것으로 보인다'라고 하였다[『萬葉集私注』 4, pp.353~354].

忽沈枉疾[1]，殆臨泉路[2]．仍作歌詞，以申悲緒首并短詞

3962　大王能　麻氣能麻尓々々　大夫之　情布里於許之　安思比奇能　山坂古延弖　安麻射加流　比奈尓久太理伎　伊伎太尓毛　伊麻太夜須米受　年月毛　伊久良母阿良奴尓　宇都世美能　代人奈礼婆　宇知奈妣吉　等許尓許伊布之　伊多家苦之　日異益　多良知祢乃　波々能美許等　乃　大船乃　由久良々々々尓　思多呉非尓　伊都可聞許武等　麻多須良牟　情左夫之苦　波之吉　与志　都麻能美許登母　安氣久礼婆　門尓餘里多知　己呂母泥乎　遠理加敝之都追　由布佐礼　婆　登許宇知波良比　奴婆多麻能　黑髪之吉氏　伊都之加登　奈氣可須良牟曽　伊母毛勢母　和可伎兒等毛波　乎知許知尓　佐和吉奈久良牟　多麻保己能　美知乎多騰保弥　間使毛　夜流　余之母奈之　於母保之伎　許登都氏夜良受　孤布流尓思　情波母要奴　多麻伎波流　伊乃知乎　之家騰　世牟須辨能　多騰伎乎之良尓　加苦思氐也　安良志乎須良尓　奈氣枳布勢良武

大君の　任のまにまに[3]　大夫の[4]　心振り起し　あしひきの[5]　山坂越えて　天離る[6]　鄙に下り來　息だにも[7]　いまだ休めず　年月も　いくらもあらぬに　うつせみの[8]　世の人なれば　うち靡き　床に臥伏し[9]　痛けく[10]し　日に異に益る　たらちねの[11]　母の命の[12]　大船の　ゆくらゆくら[13]に　下戀に[14]　何時かも來むと　待たす[15]らむ　情さぶしく[16]　はしきよし[17]

---

1 **枉疾**: 枉은 曲. 부정한 병. 惡病. 沈痾自哀文에도 보인다.
2 **泉路**: 죽음으로 가는 길이다.
3 **任のまにまに**: 'まにまに'는 'ままに(~대로)'.
4 **大夫の**: 용감한 남자라는 뜻이다.
5 **あしひきの**: '山'을 상투적으로 수식하는 枕詞이다. 여기에서는 다리를 끌고 산을 넘는다고 생각한 것인가.
6 **天離る**: '鄙'를 상투적으로 수식하는 枕詞이다. 越中이 먼 것을 표현한 것이다.
7 **息だにも**: 하물며 아무런 휴식도 없이.
8 **うつせみの**: 현실 체험의.
9 **臥伏し**: 'こゆ'는 몸을 눕히는 것이다.
10 **痛けく**: 'く'는 명사형 접미어이다.
11 **たらちねの**: 충분한 젖이라는 뜻으로 어머니의 풍부함을 표현한 것이다.
12 **母の命の**: '命'은 경의를 나타낸다. 家持의 母는 알 수 없다. 天應 원년(781)에 사망한 母인가.
13 **ゆくらゆくら**: 'ゆらゆら'와 같다.
14 **下戀に**: 마음속의 사랑이다.
15 **待たす**: 'す'는 존경을 나타내는 조동사이다.
16 **情さぶしく**: 어머니의 정을 내가 쓸쓸하게 생각한다.
17 **はしきよし**: 'よし'는 영탄을 나타낸다. '妻'에 이어진다. '妻の命'은 친애의 정에 의한 표현이다.

갑자기 나쁜 병에 걸려 거의 죽을 지경에 이르렀다.
그래서 노래를 지어 슬픈 마음을 읊은 1수와 短歌

3962 우리 대왕의/ 임명을 따라서요/ 사내대장부/ 마음을 강하게 하고/ (아시히키노)/ 산 고개
를 넘어서/ (아마자카루)/ 시골로 내려와서/ 숨조차도요/ 아직 쉬지 못하고/ 해와 달도요/
얼마 안 지났는데도/ (우츠세미노)/ 세상 사람이므로/ 쓰러져서는/ 침상에 드러누워/ 고통
스러움/ 날로날로 더하네/ (타라치네노)/ 나의 어머니께서/ (오호후네노)/ 흔들리는 것처
럼/ 마음속으로/ 언제 돌아올까고/ 기다리겠지/ 마음 쓸쓸하겠지/ 사랑스러운/ 나의 집사
람도요/ 날이 밝으면/ 문에 기대어 서서/ 옷의 소매를/ 꺾어 뒤집으면서/ 저녁이 되면/
자리 깨끗이 하고/ (누바타마노)/ 검은 머리 풀고서/ 언제일까고/ 탄식하고 있겠지/ 누이
도 형도/ 어린 아이들은요/ 여기저기서/ 울며 시끄럽겠지/ (타마호코노)/ 길이 멀기 때문
에/ 심부름꾼도/ 보낼 방법이 없네/ 생각는 것을/ 말로 전할 수 없어/ 그리워하면/ 마음은
불이 타네/ (타마키하루)/ 목숨은 아깝지만/ 해야 할 방도/ 방법을 알지 못해/ 이렇게
해서/ 용감한 남자조차/ 탄식하며 누웠나

해설

왕의 임명을 따라서 사내대장부답게 마음을 강하게 하고, 다리를 끌며 걸어야 하는 힘든 산 고개를
넘어서 하늘 저 멀리 떨어져 있는 시골로 내려와서, 아직 한 숨 돌리지도 못하고 시간도 얼마 지나지
않았는데, 현실의 세상 사람이다 보니 쓰러져서는 침상에 누워 있는 몸이 되고, 고통은 날로날로 더
심해지네. 젖이 풍족한 어머니가, 큰 배가 흔들리듯이 그렇게 안정을 하지 못하고 불안하게 마음속으로
언제나 돌아올까 하고 나를 그리워하며 기다리는 마음도 쓸쓸하겠지. 사랑스러운 집사람도 날이 새면
문에 기대어 서서 옷의 소매를 꺾어 뒤집으면서 또 밤이 되면 잠자리를 깨끗이 하고, 혼자 잠자리에서
검은 머리카락을 풀고 언제 돌아올까 하고 탄식하고 있겠지. 여동생도 형도, 어린 아이들은 여기저기에
서 울며 시끄럽겠지. 창을 세워 놓은 길이 멀기 때문에 심부름꾼도 보낼 방법이 없네. 마음에 생각하는
것을 말로 전할 수가 없어서 그리워하고 있으면 마음은 불이 붙는 것 같네. 영혼이 극한까지 이어지는
목숨은 아깝지만 어떻게 해야 할 방도도 방법도 알지 못해서 이렇게 용감한 남자인 나조차도 탄식하며
누워 있는 것일까라는 내용이다.

'母の命の'를 私注에서는, '家持의 母는 명확하지 않다. 天應 원년(781)경에 사망한 그의 母의 기사가
『속일본기』에 보이지만, 그것도 실제 생모인지 아닌지 확실하다고 생각되지 않는다. 여기서는 아내의

妻の命も 明け來れば 門に倚り立ち[18] 衣手を 折り反しつつ[19] 夕されば 床うち拂ひ[20] ぬばたまの 黒髪敷きて[21] 何時しかと 嘆かすらむそ[22] 妹も兄も 若き兒どもは[23] 彼此に 騒き泣くらむ 玉桙の[24] 道をた遠み[25] 間使も[26] 遣るよしも無し 思ほしき 言傳て 遣らず[27] 戀ふるにし 情は燃えぬ[28] たまきはる[29] 命惜しけど 爲むすべの たどき[30]を 知らに[31] かくしてや 荒し男[32]すらに 嘆き伏せらむ

おほきみの まけのまにまに ますらをの こころふりおこし あしひきの やまさかこえて あまざかる ひなにくだりき いきだにも いまだやすめず としつきも いくらもあらぬに うつせみの よのひとなれば うちなびき とこにこいふし いたけくし ひにけにまさる たらちねの ははのみことの おほふねの ゆくらゆくらに したごひに いつかもこむと またすらむ こころさぶしく はしきよし つまのみことも あけくれば かどにより たち ころもでを をりかへしつつ ゆふされば とこうちはらひ ぬばたまの くろかみしきて いつしかと なげかすらむそ いももせも わかきこどもは をちこちに さわきなくらむ たまほこの みちをたどほみ まつかひも やるよしもなし おもほしき ことつてやらず こふるにし こころはもえぬ たまきはる いのちをしけど せむすべの たどきをしらに かくしてや あらしをすらに なげきふせらむ

---

18 **門に倚り立ち**: 기다리는 동작이다.
19 **折り反しつつ**: 사랑의 주술법이다.
20 **床うち拂ひ**: 기다리는 모양이다.
21 **敷きて**: 겹치는 것이다.
22 **嘆かすらむそ**: 'す'는 친애의 정을 나타낸다.
23 **若き兒どもは**: 家持의 자녀로는 永主가 알려져 있다.
24 **玉桙の**: '道'를 상투적으로 수식하는 枕詞이다. 창을 세운 길이라는 뜻인가.
25 **た遠み**: 'た'는 접두어이다.
26 **間使も**: 사람 사이를 오가며 연락하는 심부름꾼이다.
27 **言傳て遣らず**: 그립게 생각하는 말이다.
28 **情は燃えぬ**: 897번가 참조.
29 **たまきはる**: 영혼이 극한까지 이어진다.
30 **たどき**: 'たづき'와 같다.
31 **知らに**: 'に'는 부정을 나타낸다.
32 **荒し男**: 용맹한 남자이다. 家持 자신을 말한다.

母, 즉 坂上郞女를 가리키고 있는 것으로 보인다'고 하였다『萬葉集私注』 8, p.350]. 全集에서도, '家持의 고모이며 장모이기도 한 坂上郞女를 가리킨다. 天應 원년(781)에 家持의 母가 사망하여 家持가 그 상례에 참여하는 것이 『속일본기』에 보인다. 이 天平 18년(746) 당시, 家持의 생모는 살아 있었지만 여기에서는 그 사람이 아닐 것이다'고 하였다『萬葉集』 4, p.187].

'妻の命'은 坂上郞女의 큰 딸인 坂上大孃이다. '命'은 상대방을 높여서 말한 것이다.

橋本達雄은 이 작품의 구성과 수법에 대해, '이 작품은 57구로 된 長歌로, 구성은 정연하며 3단락으로 이루어져 있다. 제1단락은 처음부터 '日に異に益る'까지의 18구로, 먼 越中으로 내려가서 곧 병으로 신음하는 것을 말하고 있다. 제2단락은 'たらちねの 母の命の'에서부터 '彼此に 騒き泣くらむ'까지의 24구로, 병중에 마음속에 가장 생각나는, 도읍에 있는 가족들의 마음을 생각하고 있다. 제3단락은 '玉桙の 道をた 遠み'에서부터 끝까지의 15구로, 와병의 슬픔을 노래하고 있다. 제1단락과 제3단락에 거의 같은 句數를 배열하고, 제2단락에 중심을 두고 있지만 말하는 순서는 母・妻・子로 하면서도 句數는 아내에게 12구, 母에 8구, 자녀 등에 4구로, 4구씩 줄이면서 아내에게 중점을 둔 서술 방식이 되어 있다. 그러나 母와 자녀에 대한 사랑을 노래하는 노래는, 『萬葉集』에서도 적으므로(자녀에 대한 것은 憶良의 영향이라고 생각된다), 여기에 하나의 특색이 있다. 憶良의 〈일본만가〉를 비롯한 여러 작품의 영향이 여러 곳에 보이는 것은 이전 작품에도 보이지만, 이 작품에 특히 두드러진 것은 다른 지방의 장관으로서의 경험과 병고에 고통을 받는 경우가 일치한 것이, 특히 憶良에게 친근감을 느끼게 한 것이겠다. 한시문의 어구를 노래에 사용하는 것도 젊을 때부터의 경향이지만, '倚門', '心燃' 등은 그것을 진전시켜서 표현에 참신함을 더하려고 하고 있다. 또 권제13의 노래를 배운 흔적은 이 이전에는 거의 없고, 家持에게 있어서 새로운 경향으로 지적할 수 있다'고 하였다『萬葉集全注』 17, p.136]. '黑髪敷きて'를 注釋에서는, 사람을 기다리는 동작이라고 하였다『萬葉集注釋』 17, p.100].

3963　世間波　加受奈枳物能可　春花乃　知里能麻我比尓　思奴倍吉於母倍婆

世間は　數なきものか[1]　春花の　散りの亂ひに　死ぬべき[2]思へば

よのなかは　かずなきものか　はるはなの　ちりのまがひに　しぬべきおもへば

3964　山河乃　曽伎敝乎登保美　波之吉余思　伊母乎安比見受　可久夜奈氣加牟

山川の　退方[3]を遠み　愛しきよし　妹を相見ず　かくや嘆かむ

やまかはの　そきへをとほみ　はしきよし　いもをあひみず　かくやなげかむ

左注　右, 十九年春二月廿一日, 越中國守之舘, 臥病悲傷, 聊作此謌.

---

1 **數なきものか**: 꽃의 종류인가. 아니면 불교 용어의 數(존재)를 번역한 것으로 세상 무상을 말하는가.
2 **死ぬべき**: 꽃이 지는 것에서 죽음을 생각하는 것이 古來의 思想.
3 **退方**: 물러가는 곳. 극한.

3963 이 세상살이/ 셀 정도도 아닌가/ 봄에 핀 꽃이/ 져서 흩어질 때에/ 죽는다고 생각하면

🌸 **해설**

이 세상은 수에 들어갈 정도도 아닌, 가치가 없는 허망한 것인가. 봄에 핀 꽃이 져서 흩어질 때 죽을 것이라고 생각을 하면이라는 내용이다.

橋本達雄은, '제1, 2구는 불교적 무상감이며, 父인 旅人과 憶良의 영향으로 젊을 때부터 체득한 사상이었고 후에도 계속된다'고 하였다『萬葉集全注』17, p.137].

3964 산과 강들의/ 끝이 아주 멀어서/ 사랑스러운/ 아내를 못 만나고/ 이리도 탄식하나

🌸 **해설**

산과 강들의 끝이 아주 멀어서 사랑스러운 아내를 만나지도 못하고 이렇게도 탄식하고 있는 것일까라는 내용이다.

너무 멀어서 아내를 만날 수도 없는 안타까운 마음을 노래한 것이다.

좌주 위는, (天平) 19년(747) 봄 2월 21일에 越中國 장관의 관사에서, 병으로 누워 슬퍼하며 노래를 지었다.

贈椽大伴宿祢池主[1]悲歌二首

忽沈枉疾[2], 累旬[3]痛苦. 禱恃百神, 且得消損[4]. 而由身體疼羸, 筋力怯軟[5], 未堪展謝[6]. 係戀[7] 弥深. 方今, 春朝春花, 流馥於春苑, 春暮春鶯, 囀聲於春林. 對此節候琴罇可翫矣. 雖有乗興 之感, 不耐策杖之勞. 獨臥帷幄之裏, 聊作寸分[8]之歌, 軽奉机下[9], 犯解玉頤. 其詞曰,

3965　波流能波奈　伊麻波左加里尓　仁保布良牟　乎里氐加射佐武　多治可良毛我母

　　　春の花　今は盛りに　にほふらむ　折りて挿頭さむ　手力もがも[10]

　　　はるのはな　いまはさかりに　にほふらむ　をりてかざさむ　たぢからもがも

3966　宇具比須乃　奈枳知良須良武　春花　伊都思香伎美登　多乎里加射左牟

　　　鶯の　鳴き散らすらむ　春の花　いつしか[11]君と　手折り挿頭さむ

　　　うぐひすの　なきちらすらむ　はるのはな　いつしかきみと　たをりかざさむ

> **左注**　二月廿九日, 大伴宿祢家持[12]

---

1 **贈椽大伴宿祢池主**: 3946번가 참조.
2 **枉疾**: 3962번가의 서문에도 보인다.
3 **旬**: 10일.
4 **且得消損**: 병이 점점 나아서 없어지는 것이다.
5 **筋力怯軟**: 약하여 부드럽게 된다.
6 **展謝**: 고마운 뜻을 말한다.
7 **係戀**: 마음에 담는 사랑이다.
8 **寸分**: 비하 표현이다.
9 **机下**: 직접 보내는 것을 피하는 겸양 표현이다.
10 **手力もがも**: 'がも'는 願望을 나타낸다.
11 **いつしか**: 빨리 머리에 장식하고 싶다는 뜻이다.
12 **大伴宿祢家持**: 편지에서 적은 형식.

판관 오호토모노 스쿠네 이케누시(大伴宿禰池主)에게 보내는 슬픈 노래 2수

갑자기 나쁜 병에 걸려, 십일 이상이나 고통이 계속되었습니다. 많은 신에게 빌고 겨우 고통이 줄어들었습니다. 그러나 여전히 몸은 아프고 피곤하고, 근력은 약해져 감사의 인사를 올릴 수도 없습니다. 만나고 싶은 마음은 한층 깊어집니다. 바야흐로 지금은 봄, 아침에는 꽃이 향기를 정원에 풍기고, 저녁에는 꾀꼬리가 숲에서 지저귑니다. 이 계절에 음악을 연주하고 술을 따르며 즐겨야 하겠지요. 흥은 일어나지만 지팡이를 짚을 힘이 없습니다. 홀로 침소 안에 누워 잠시 부족한 노래를 지어 경술하게도 존전에 바쳐 감히 웃음거리로 하려고 생각합니다. 그 가사에 이르기를,

3965 봄의 꽃은요/ 지금을 한창 때로/ 피어 있겠죠/ 꺾어서 장식을 할/ 손에 힘이 있다면

🌸 해설

갑자기 나쁜 병에 걸려, 십일 이상이나 고통스러웠습니다. 많은 신에게 빌고 겨우 고통이 줄어들었습니다. 그러나 여전히 몸은 아프고 피곤하고, 근력은 약해져 있습니다. (병문안 해주신 데 대한) 감사의 인사를 올릴 수도 없습니다. 만나고 싶다고 오랫동안 생각하면서, 마음은 한층 깊어집니다. 바야흐로 지금은 봄, 아침에는 봄꽃이 향기를 정원에 풍기고, 저녁 무렵에는 꾀꼬리가 숲에서 지저귑니다. 이 계절에 음악을 연주하고 술을 따르며 즐겨야 하겠지요. 비록 즐기고 싶다고 생각하는 마음은 있지만 지팡이를 짚고 나가는 노고를 감당하기가 힘이 듭니다. 홀로 침소 안에 있으며 잠시 부족한 노래를 지어 경술하게도 존전에 바쳐 감히 웃음거리로 하려고 생각합니다. 그 가사에 이르기를, 봄에 피는 꽃들은 지금을 한창 때로 하여 아름답게 피어 있겠지요. 그 꽃을 꺾어서 머리에 꽂고 장식을 할 수 있도록 손에 힘이 있다면 좋겠네요라는 내용이다.

병이 조금 나았지만 아직도 체력이 회복되지 않아서 봄을 마음껏 즐길 수 없는 마음을 노래하였다.

3966 꾀꼬리새가/ 울어서 지게 하는/ 봄의 꽃을요/ 언제 그대와 함께/ 꺾어서 장식할까

🌸 해설

꾀꼬리가 울어서 지게 하는 봄의 꽃을 언제 그대와 함께 손으로 꺾어서, 머리에 꽂아 장식을 할 수 있을까요라는 내용이다.

> 좌주 2월 29일, 오호토모노 스쿠네 야카모치(大伴宿禰家持)

忽辱芳音[1], 翰苑[2]凌雲. 兼垂倭詩[3], 詞林[4]舒錦. 以吟以詠[5], 能蠲戀緒. 春可樂. 暮春風景, 最可怜. 紅桃灼々[6], 戲蝶廻花儛, 翠柳[7]依々[8], 嬌鶯隱葉歌. 可樂哉. 淡交[9]促席[10], 得意忘言[11]. 樂矣, 美矣. 幽襟[12]足賞哉. 豈慮乎, 蘭蕙[13]隔蓻, 琴罇無用, 空過令節, 物色[14]輕人乎. 所怨有此, 不能黙已. 俗語云, 以藤續錦. 聊擬談咲耳.

3967　夜麻我比迹　佐家流佐久良乎　多太比等米　伎美尔弥西氏婆　奈尓乎可於母波牟

山峽に　咲ける櫻を　ただひと目　君に見せてば[15]　何をか思はむ

やまがひに　さけるさくらを　ただひとめ　きみにみせてば　なにをかおもはむ

3968　宇具比須能　伎奈久夜麻夫伎　宇多賀多母　伎美我手敷礼受　波奈知良米夜母

鶯の　來鳴く山吹　うたがたも[16]　君が手觸れず　花散らめやも[17]

うぐひすの　きなくやまぶき　うたがたも　きみがてふれず　はなちらめやも

左注　沽洗[18]二日, 掾大伴宿祢池主

---

1 **芳音**: 芳은 美稱. 音은 音信.
2 **翰苑**: 문필을 말한다.
3 **倭詩**: 한시에 대해 和歌를 말하였다.
4 **詞林**: 翰苑과 같다.
5 **以吟以詠**: '以'는 반쯤 그렇게 한다는 뜻이다.
6 **紅桃灼々**: 빛나는 모습을 말한다. 『시경』에 보인다.
7 **翠柳**: 비취는 녹색이다. 紅桃·翠柳는 자주 대구를 이룬다.
8 **依々**: 부드러운 모습이다.
9 **淡交**: 『장자』에 나온다. 군자의 교제는 물과 같고 소인의 교제는 단술과 같다고 한다.
10 **促席**: 무릎을 가까이 하는 것과 같다.
11 **得意忘言**: '忘言'은 『장자』에 보인다.
12 **幽襟**: '襟'은 마음. 깊은 마음을 말한다.
13 **蘭蕙**: 모두 향기가 좋은 풀이다.
14 **物色**: 자연의 녹색.
15 **君に見せてば**: 'て'는 완료로 강조의 뜻을 나타낸다.
16 **うたがたも**: 오로지. 부정을 동반하여 '결코…않는다'는 뜻을 나타낸다.
17 **花散らめやも**: 'や'는 강한 부정을 동반한 의문을 나타낸다. 이 부정과 'うたがたも'가 호응한다. '결코…하지 않는다'로 된다.
18 **沽洗**: 姑洗가 맞다. 3월을 말한다.

《池主의 답신》

뜻하지 않게 편지를 받았습니다만, 뛰어난 문장은 구름을 능가할 정도로 훌륭하다고 생각합니다. 또 함께 받은 和歌도 용어는 비단을 펼친 것처럼 훌륭했습니다. 작은 소리로 읊어보기도 하고 큰 소리로 불러보기도 하고 하여, 그리워하는 고통도 충분히 위로를 받을수 있었습니다. 봄은 즐겨야 하는 것입니다. 늦은 봄인 3월의 풍경은 가장 감명이 깊습니다. 붉은 복숭아꽃은 밝게 빛나게 피어 있고, 희롱하는 나비는 꽃 주위를 춤추고, 푸른 버들은 부드럽고, 교태를 부리는 꾀꼬리는 잎에 숨어 지저귑니다. 즐거운 일입니다. 군자의 교제로 자리를 같이 하여도 마음이 통하여, 마음에 맞는 말은 필요가 없을 정도입니다. 즐거운일입니다. 아름다운 일입니다. 풍아한 마음으로 즐기기에 충분합니다. 어찌 생각이나 했겠습니까. 아름다운 향기가 나는 풀을 잡초가 막아 버리듯이, 우리 두 사람은 그대의 병 때문에 방해를 받아서, 음악과 술로 노는 것도 소용이 없게 되었습니다. 헛되이 이 좋은 계절을보내고, 자연의 아름다움이 우리를 무시하려고 하는 것처럼, 자연을 충분히 즐길 수 없습니다. 원망스러운 것은 이것으로, 잠자코 있을 수는 없습니다. 세속의 말에 의하면 거친 등나무로 짠 옷감으로 비단을 잇는다고 합니다. 어찌 되었든 조금 웃음거리로 할 뿐입니다.

3967 산의 협곡에/ 피어 있는 벚꽃을/ 한번이라도/ 그대께 보인다면/ 무슨 걱정 있을까요

🌸 **해설**

산의 협곡에 아름답게 가득 피어 있는 벚꽃을, 단 한 번만이라도 그대에게 보일 수가 있다면 무슨 걱정이 있을 수 있겠나요라는 내용이다.
大伴宿禰家持가 大伴宿禰池主에게 보낸 노래 중 3965번가에 대해, 池主가 산에 피어 있는 벚꽃을 大伴宿禰家持에게 보이고 싶은 마음을 노래한 것이다.

3968 꾀꼬리새가/ 와서 우는 황매화/ 절대 없겠죠/ 그대 손 닿지 않고/ 꽃이 지는 일은요

🌸 **해설**

꾀꼬리새가 와서 우는 황매화는, 그대의 손이 닿지 않았는데 꽃이 지는 일 등은 절대 없겠지요라는 내용이다.
大伴宿禰家持가 大伴宿禰池主에게 보낸 노래 중 3966번가에 대해, 大伴宿禰池主가 답한 것이다. 大伴宿禰家持가 빨리 완쾌 되어서 함께 꽃을 꺾어서 장식하고 즐겁게 지내자는 뜻을 담은 것이겠다.

좌주 3월 2일, 판관 오호토모노 스쿠네 이케누시(大伴宿禰池主)

更贈謌[1]一首并短謌

含弘之德, 垂思蓬體[2]. 不貲[3]之恩, 報慰陋心. 戴荷來眷[4], 無堪所喩也. 但以稚時不涉遊藝之庭, 橫翰[5]之藻, 自乏乎彫蟲[6]焉. 幼年未逮山柿之門[7], 裁謌[8]之趣, 詞失乎聚林矣. 爰辱以藤續錦之言, 更題将石間瓊之詠[9]. 固是俗愚[10]懷癖[11], 不能黙已. 仍捧數行, 式酬噱咲. 其詞曰,

3969　於保吉民能　麻氣乃麻尓々々　之奈射可流　故之乎袁佐米尓　伊泥氏許之　麻須良和礼須良　余能奈可乃　都祢之奈家礼婆　宇知奈妣伎　登許尓己伊布之　伊多家苦乃　日異麻世波　可奈之家口　許己尓思出　伊良奈家久　曽許尓念出　奈氣久蘇良　夜須家奈久尓　於母布蘇良　久流之伎母能乎　安之比紀能　夜麻伎敝奈里氐　多麻保許乃　美知能等保家婆　間使毛　遣緣毛奈美　於母保之吉　許等毛可欲波受　多麻伎波流　伊能知乎之家登　勢牟須辨能　多騰吉乎之良尓　隱居而　念奈氣加比　奈具佐牟流　許己呂波奈之尓　春花乃　佐家流左加里尓　於毛敷度知　多乎里可射佐受　波流乃野能　之氣美登妣久々　鶯　音太尓伎加受　乎登賣良我　春菜都麻須等　久礼奈爲能　赤裳乃須蘇能　波流佐米尓　々保比々豆知弖　加欲敷良牟　時盛乎　伊多豆良尓　須具之夜里都礼　思努波勢流　君之心乎　宇流波之美　此夜須我浪尓　伊母祢受尓　今日毛之賣良尓　孤悲都追曽乎流

---

1 更贈謌: 家持의 작품이다.
2 蓬體: 비칭. 비루한 마음과 같다.
3 不貲: '貲'는 계산하다. 세다는 뜻이다.
4 來眷: '眷'은 돌아보는 것이다.
5 橫翰: 문필.
6 彫蟲: 문장의 기교를 말한다.
7 山柿之門: 山部赤人과 柿本人麿인가. 또 山柿가 赤人만을 가리킨다고도 볼 수 있다.
8 裁謌: 노래를 짓는 것이다.
9 石間瓊之詠: '爰辱以藤續錦'과 대응하는 구.
10 俗愚: 나.
11 癖: 가만히 있을 수 없는 습관을 말한다.

다시 보내는 노래 1수와 短歌

넓은 덕은, 은혜를 비천한 몸에 내려 주시고, 측량할 수 없는 생각은 비천한 마음에 답으로 위로하여 주었습니다. 생각해 주셔서 비길 데가 없습니다. 다만 저는 어릴 때 문사의 기호를 깊이 배우지 못하여 문장을 짓는데 자연히 기교가 부족합니다. 어릴 때 山部赤人 과 柿本人麿 같은 門에 배우지 못하였으므로 노래를 짓는데도 용어를 선택하기 힘듭니다. 이에 거친 천으로 비단을 잇는다고 하는 말씀을 받았습니다만, 더구나 저는 돌로 옥을 대신하는 것 같은 노래를 적습니다. 원래 저는 속되고 우둔하여 가만히 있지 못하는 버릇이 있습니다. 이에 몇 줄 바쳐 웃음거리로 답합니다. 그 가사에 이르기를,

3969 우리 대왕의/ 임명에 의하여서/ 멀리 떨어진/ 越中을 다스리러/ 떠나서 왔는/ 대장부인 나조차/ 이 세상은요/ 무상한 것이므로/ 몸이 아파서/ 침상에 눕게 되니/ 고통스러움/ 날로날로 더하니/ 슬픈 일요/ 여기에 생각해 내/ 괴로운 일을/ 저기에 생각해 내/ 탄식하는 몸/ 편안하지 않고/ 근심하는 몸/ 괴로운 것인 것을/ (아시히키노)/ 산이 가로 막아서/ (타마호코노)/ 길이 멀기 때문에/ 심부름꾼도/ 보낼 방법이 없네/ 생각는 것을/ 말로 전할 수 없어/ (타마키하루)/ 목숨은 아깝지만/ 해야 할 방도/ 방법을 알지 못해/ 집에 있으며/ 생각코 탄식하고/ 위로될 만한/ 마음도 전연 없고/ 봄의 꽃이요/ 한창 피어 있는 때/ 친구들과요/ 꺾어 꽂는 일 없이/ 봄의 들판의/ 우거진 데 숨었는/ 꾀꼬리새의/ 소리조차 못 듣고/ 아가씨들이/ 봄나물을 뜯느라/ 붉은 색깔의/ 고운 치맛자락이/ 봄 가랑비에/ 아름답게 젖어서/ 다니고 있을/ 계절의 한창 때를/ 허망하게도/ 지내 버렸으므로/ 생각해주는/ 그대의 마음을요/ 감사해서요/ 오늘 밤 밤새도록/ 자지 못하고/ 오늘 낮도 온종일/ 그리워 하며 있죠

大君の　任のまにまに　級離る　越を治めに　出でて來し　大夫われすら　世間の　常し無ければ　うち靡き　床に臥伏し　痛けくの　日に異に增せば　悲しけく　此處に思ひ出　いらなけく　其處に思ひ出　嘆くそら[12]　安けなくに　思ふそら　苦しきものを　あしひきの　山き隔りて　玉桙の[13]　道の遠けば　間使も　遣る緣も無み　思ほしき　言も通はず　たまきはる　命惜しけど　爲むすべの　たどきを知らに　籠り居て　思ひ嘆かひ　慰むる　心は無しに　春花の　咲ける盛りに　思ふどち[14]　手折り挿頭さず　春の野の　繁み飛びくく[15]　鶯の　聲だに聞かず[16]　少女らが　春菜摘ますと[17]　紅の　赤裳の裾の　春雨に　にほひひづちて　通ふらむ　時の盛りを　徒に　過し遣りつれ　偲はせる　君[18]が心を　愛はしみ[19]　この夜すがらに[20]　寢もねずに[21]　今日もしめらに[22]　戀ひつつぞ居る

おほきみの　まけのまにまに　しなざかる　こしををさめに　いでてこし　ますらわれすら　よのなかの　つねしなければ　うちなびき　とこにこいふし　いたけくの　ひにけにませば　かなしけく　ここにおもひで　いらなけく　そこにおもひで　なげくそら　やすけなくに　おもふそら　くるしきものを　あしひきの　やまきへなりて　たまほこの　みちのとほけば　まづかひも　やるよしもなみ　おもほしき　こともかよはず　たまきはる　いのちをしけど　せむすべの　たどきをしらに　こもりゐて　おもひなげかひ　なぐさむる　こころはなしに　はるはなの　さけるさかりに　おもふどち　たをりかざさず　はるのの　しげみとびくく　うぐひすの　こゑだにきかず　をとめらが　はるなつますと　くれなゐの　あかものすその　はるさめに　にほひひづちて　かよふらむ　ときのさかりを　いたづらに　すぐしやりつれ　しのはせる　きみがこころを　うるはしみ　このよすがらに　いもねずに　けふもしめらに　こひつつそをる

---

12 **嘆くそら**: 'そら'는 경우를 말한다.
13 **玉桙の**: 이하 10구 3962번가 참조.
14 **思ふどち**: 친구를 말한다..
15 **繁み飛びくく**: 'くく'는 들어가는 것이다.
16 **聲だに聞かず**: 적어도 이것만은 듣고 싶다고 생각하는 꾀꼬리 소리조차도.
17 **春菜摘ますと**: 'す'는 친애를 나타내는 표현이다.
18 **君**: 池主를 가리킨다.
19 **愛はしみ**: 찬미하는 마음이 들어 있다.
20 **この夜すがらに**: '日ねもず'의 대구.
21 **寢もねずに**: '자다'를 강조하는 표현이다.
22 **今日もしめらに**: 사이가 치밀한 것이다.

그대의 넓은 덕은, 은혜를 비천한 내 몸에 내려 주시고, 측량할 수 없을 정도의 은혜는 비천한 이 마음에, 답을 주셔서 위로하여 주었습니다. 생각해 주시는 마음을 받은 기쁨은 비할 데가 없을 정도입니다. 다만 저는 어릴 때 문사의 기호를 깊이 배우지 못하여 문장을 짓는 것에도 자연히 기교가 부족합니다. 어릴 때 山部赤人과 柿本人麿 같은 門에 배우지 못하였으므로 노래를 짓는데도 어떤 용어를 선택해야 할지 모릅니다. 이에 거친 천으로 비단을 잇는다고 하는 말씀을 부끄럽게도 받았습니다만, 더구나 저는 저의 돌 같은 작품을 가지고 그대의 옥 같은 작품과 바꾸는 것 같은 노래를 적습니다. 원래 저는 속되고 우둔하여 잠자코 있지 못하는 버릇이 있습니다. 그래서 몇 줄의 노래를 바쳐 답신을 드리니 웃어 주시기 바랍니다. 그 가사에 이르기를, 우리 왕이 임명을 하는 대로 따라서, 산 저쪽 멀리 떨어진 곳인 越中을 다스리려고 떠나서 온 대장부인 나조차도, 이 세상은 무상한 것이므로, 몸이 아파 침상에 눕게 되니, 고통스러움은 날로날로 더 심해지니, 슬픈 일을 여기에 생각해 내고, 괴로운 일을 저기에 생각해 내어서 탄식하는 몸은 편안하지를 않고, 근심하는 몸은 괴로운 것인 것을 다리를 끌고 가야하는 힘든 산이 가로막고 있고, 창을 세워 둔 길이 멀기 때문에 심부름꾼도 보낼 방법이 없네요. 생각하는 것을 말로 전할 수가 없어서, 영혼이 다하는 극한인 목숨은 아깝지만, 어떻게 해야 좋을지 방도와 방법을 알지 못해서, 집에만 있으면서 여러 가지를 생각하고 탄식하고, 위로가 될 만한 일도 전연 없고, 봄꽃이 한창 피어 있는 때에 친구들과 꽃을 꺾어서 머리에 꽂아 장식하는 일도 없이, 봄의 들판의 우거진 곳을 날며 숨는 꾀꼬리의 아름다운 소리조차 듣지 못하고, 아가씨들이 봄나물을 뜯느라고 붉은 색깔의 치맛자락을 봄 가랑비에, 붉은 색깔이 더욱 짙어져 아름답게 되도록 젖게 하며 다니고 있을 때인, 계절의 한창 좋은 때를 허망하게도 보내어 버렸으므로, 나를 생각해 주는 그대의 마음을 감사하게 생각해서, 오늘 밤은 밤이 새도록 잠을 자지 않고, 오늘 낮도 온종일 그리워하며 있습니다라는 내용이다.

私注에서는, '편지는 읽기 힘든 것이지만, 어느 정도 개인의 생각을 더하여 대체적인 뜻은 알 수 있다고 생각된다. 山柿之門 같은, 문제가 되는 구가 있으므로 중요시 되지만, 문장은 앞의 것과 같은 종류이다. 노래는 3962번가를 거의 그대로 답습하며, 다만 池主에게 하는 인사를 넣었다고 하는 정도에 지나지 않는다'고 하였다『萬葉集私注』8, p.363].

橋本達雄은, '家持는 2월 29일에 池主에게 병의 경과와 봄 경치에 대한 동경을 말한 편지와 2수의 작품(3965, 3966번가)을 보내었지만, 그것에 답을 한 池主의 편지와 2수의 노래(3967, 3968번가)가 家持를 매우 기쁘게 하였으므로, 家持는 그 기쁜 마음과 병중의 비극적인 마음을 다시 호소하려고, 또 池主에게 보낸 것이다. 노래가 설명적이고 불필요한 느낌을 주는 것은, 작품으로보다도 자신의 심정을 세밀하게 池主에게 알리고 싶은 욕구가 강하였기 때문일 것이다. 창작에 있어서는, 2월 20일의 혼자 부른 長歌 (3962번가)와 2월 29일에 池主에게 보낸 편지(3965번가의 서문)의 내용을 토대로 하여, 많은 선인들의 구를 원용하여 지었다'고 하였다『萬葉集全注』17, p.158].

3970　安之比奇能　夜麻左久良婆奈　比等目太尓　伎美等之見氐婆　安礼古非米夜母

あしひきの　山櫻花　ひと目だに　君とし見てば　吾戀ひめやも¹

あしひきの　やまさくらばな　ひとめだに　きみとしみてば　あれこひめやも

3971　夜麻扶枳能　之氣美登毗久々　鶯能　許惠乎聞良牟　伎美波登母之毛

山吹の　繁み飛びくく　鶯の　聲を聞くらむ　君は羨しも

やまぶきの　しげみとびくく　うぐひすの　こゑをきくらむ　きみはともしも

3972　伊泥多々武　知加良乎奈美等　許母里爲弖　伎弥尓故布流尓　許己呂度母奈思

出で立たむ　力を無みと　籠り居て　君に戀ふるに　心神²もなし

いでたたむ　ちからをなみと　こもりゐて　きみにこふるに　こころどもなし

　　左注　三月三日, 大伴宿禰家持

---

1 **吾戀ひめやも**: 'や'는 강한 부정을 동반한 의문을 나타낸다.
2 **心神**: 利心.

3970 (아시히키노)/ 산벚꽃의 꽃을요/ 한번이라도/ 그대와 보았다면/ 내가 그리워할까

🌸 **해설**

　　다리를 끌며 힘들게 걸어가야 하는 산의 산벚꽃을 한 번만이라도 그대와 함께 보았다면 내가 어째서
이렇게 그리워하며 고통스러워할 리가 있겠나요라는 내용이다.
　　家持와 池主는 남녀의 사랑의 노래와 같은 내용으로 서로의 마음을 전하고 있다.
　　池主의 3967번가에 대해 답한 노래이다.

3971 황매화가요/ 많이 핀 곳을 나는/ 꾀꼬리새의/ 소리를 듣고 있을/ 그대가 부럽네요

🌸 **해설**

　　황매화가 온통 많이 피어 있는 곳을 날아다니는 꾀꼬리의 소리를 듣고 있을 그대가 부럽네요라는
내용이다.
　　池主의 3968번가에 대해 답한 노래이다.

3972 밖으로 나갈/ 힘이 없다고 해서/ 집에 있으며/ 그대 그리워하면/ 맑은 정신도 없네

🌸 **해설**

　　밖으로 나갈 힘이 없다고 해서 집에만 있으면서 그대를 그리워하고 있으니, 정신도 맑지 못하고 멍한
상태입니다라는 내용이다.

　　좌주 3월 3일, 오호토모노 스쿠네 야카모치(大伴宿禰家持)

七言[1], 晚春遊覽[2]一首 并序

上巳[3]名辰[4], 暮春麗景, 桃花昭臉以分紅[5], 柳色含苔[6]而競綠. 于時也, 携手曠望江河之畔, 訪酒[7]迴過野客[8]之家. 既而也, 琴罇得性[9], 蘭契和光[10]. 嗟乎, 今日所恨德星[11]已少歟[12]. 若不扣寂含章[13], 何以攄逍遙之趣[14]. 忽課[15]短筆[16], 聊勒四韻云尒[17],

餘春[18]媚日[19]宜怜賞　上巳[20]風光足覽遊
柳陌臨江縟祛服[21]　桃源通海泛仙舟
雲罍[22]酌桂[23]三清[24]湛　羽爵[25]催人[26]九曲[27]流

1　七言: 七言詩(1구가 七言인 시)인 것을 말한다.
2　晚春遊覽: 射水川 하구에서 놀았는가. 작자는 池主이다.
3　上巳: 3월 3일이다.
4　名辰: 멋진 때. 좋은 날.
5　以分紅: 눈꺼풀에 붉은 색을 칠한 화장을, 꽃이 붉은 꽃잎을 연다고 하였다.
6　柳色含苔: 푸른 이끼 색을 띤다는 뜻이다.
7　訪酒: 찾아서. 술은 주연이라는 뜻이다.
8　野客: 들에 있는 사람이다.
9　琴罇得性: 거문고와 술병이 각각 본성을 가지고 사람을 취하게 한다.
10　蘭契和光: 난초는 향기로운 풀로 군자를 말한다. 여기에서는 유람을 함께하는 사람들을 말한다. 和光은 각각의 인덕을 부드럽게 하여 함께 즐긴다. 『노자』에 보인다.
11　德星: 멋진 별이다. 현인을 가리킨다.
12　已少歟: 사람들 중에 德星은 있지만 家持가 자리에 없으므로 적다.
13　扣寂含章: 扣寂, 含章은 모두 문장을 짓는 것이다.
14　逍遙之趣: 내가 소요하는 마음.
15　課: 명령한다는 뜻이다.
16　短筆: 비칭이다. 졸필을 말한다.
17　勒四韻云尒: '四韻'은, 1韻은 2구이므로 따라서 8구이다. 율시를 말한다. 운자는 遊·舟·流·留이지만 이것을 말하는 것이 아니다. '勒…云'은 서문 등의 끝에 관용적으로 쓰는 것이다.
18　餘春: 늦은 봄, 즉 만춘이다.
19　媚日: 매력 있는 날이다.
20　上巳: 上巳의 절기이다.
21　縟祛服: '縟'은 여러 가지 색이 아름다운 것이며, '祛服'은 화려한 옷이다.
22　雲罍: 구름 문양을 새긴 술병이다.
23　桂: 계피나무 껍질을 넣어서 만든 술이다.
24　三清: 『周禮』에 세 종류의 술을 들고, 셋째 것을 청주라고 한다. 이것을 요약한 것인가. 청주는 聖人의 은어이다.
25　羽爵: 깃털 장식을 한 술잔을 말한다.

7언시, 늦은 봄에 유람하는 시 1수와 서

3월 3일 佳節에는 늦은 봄의 아름다운 풍경이 있습니다. 복숭아꽃은 눈꺼풀을 비추어 그 붉은 빛을 눈꺼풀에 주고, 버들은 이끼와 같은 색을 띠고서 이끼와 녹색을 겨루고 있습니다. 이때 손을 잡고 강 근처를 멀리 바라보고, 술을 찾아 멀리 들판의 은자의 집을 찾아갑니다. 이미 거문고도 술병도 그 본령을 발휘하여, 군자들의 교유는 부드럽게 하고 있습니다. 아아, 오늘 한스러운 것은 현인이 적다는 것입니다. 만약 문장을 짓지 않는다면 무엇으로 소요하는 기분을 말할 수 있겠습니까. 부족한 필력으로 잠시 4운의 시를 적는 바입니다.

늦은 봄의 좋은 날은 즐기기에 좋고
3월 3일의 풍광은 유람하기에 충분하네.
둑의 버들은 강을 따라서, 보는 사람의 화려한 옷을 아름답게 물들이고
도원경은 바다를 통해 신선의 배를 바다에 띄우고 있네.
구름을 새긴 술병에는 향이 좋은 청주가 가득하고
새 깃털의 술잔은 취하기를 권하며 曲水를 몇 번이나 돌며 흐르네.
마음껏 술에 취해 황홀해져서 모든 것을 다 잊고
크게 취해 가는 곳마다 발을 멈추지 않는 곳이 없네.

3월 4일, 오호토모노 스쿠네 이케누시(大伴宿禰池主)

✿ 해설

　음력 3월 3일 上巳日, 이 좋은 날에는 늦은 봄의 아름다운 풍경이 있습니다. 복숭아꽃은 붉게 피어서 그 붉은 빛을 비추어 보는 사람의 눈꺼풀도 붉게 하고, 버들은 이끼와 같은 녹색을 띠고 이끼의 녹색과 아름다움을 겨루고 있습니다. 이때 나는 벗들과 함께 손을 잡고 강 근처를 멀리 바라보고 주연을 함께 하려고 멀리 들판의 은자의 집을 찾아갑니다. 이미 거문고와 술병이 그 본령을 발휘하였으므로, 거문고를 켜고 술을 따르는 것을 마음으로 즐기고, 군자들의 교유는 서로 인품을 부드럽게 하여 즐거워하고 있습니다. 아아, 오늘 다만 한 가지 한스러운 것은 현인들이 있지만, 그대가 없으므로 현인이 적다는 것입니다. 만약 문장을 짓지 않는다면 무엇으로 소요하는 기분을 말할 수 있겠습니까. 부족한 필력으로 잠시 4운의 시를 적는 바입니다.

縱醉陶心忘彼我　酩酊無處不淹留²⁸

三月四日, 大伴宿祢池主

昨日述短懷, 今朝迂耳目. 更承賜書²⁹, 且奉不次³⁰. 死罪々々³¹.

不遺下賤³², 頻惠德音³³. 英靈星氣³⁴. 逸調³⁵過人. 智水仁山³⁶, 既韞琳瑯³⁷之光彩, 潘江陸海³⁸, 自坐詩書之廊廟³⁹. 騁思非常⁴⁰, 託情有理⁴¹, 七步成章⁴², 數篇滿紙. 巧遣愁人之重患, 能除 戀者之積思. 山柿⁴³歌泉, 比此如蔑. 彫龍⁴⁴筆海, 粲然得看矣⁴⁵. 方知僕之有幸⁴⁶也. 敬和歌. 其詞云,

---

26 **催人**: 술을 따르는 것을.

27 **九曲**: 九는 많다는 뜻이다. 上巳에 曲水宴을 여는 것이 관습이었다.

28 **淹留**: 머무는 것이다. 취해서 머무는 것은 끝까지 즐겼다는 것을 관습적으로 표현하는 것이다.

29 **賜書**: 3일의 家持의 노래를 가리킨다. 순서가 반대인 것 같지만, 4일자에는 그 연유를 기록하지 않았으므로 여기에서 주를 단 것일 것이다.

30 **不次**: 겸양의 말이다. 정리되지 않은 글을 말한다.

31 **死罪々々**: 편지 끝부분의 인사말이다. 중간에 넣는 것은 부자연스럽지만 이하를 서문으로 하는 기분에 의한 것이겠다.

32 **下賤**: 겸양의 말이다. 자신을 말한다.

33 **德音**: 훌륭한 편지를 말한다.

34 **英靈星氣**: 뛰어난 마음과 뛰어난 기운이다.

35 **逸調**: 탁월한 調子.

36 **智水仁山**: 智와 仁을 말하는 관용적 표현이다. 『논어』에 나온다.

37 **琳瑯**: 아름다운 구슬이다.

38 **潘江陸海**: 육조시대의 문인 潘岳과 陸機. 江海는 그 재주가 큰 것을 말한다.

39 **廊廟**: 廊과 廟로 殿堂을 말한다.

40 **非常**: 심상하지 않은 세계이다.

41 **理**: 일의 도리.

42 **七步成章**: 위나라 조식이 일곱 걸음을 걸을 동안에 시를 지었다고 하는 고사에 의한 것이다.

43 **山柿**: 3969번가의 서문에도 보인다. 山部赤人과 柿本人麿인가. 또 山柿나 赤人만을 가리킨다고도 볼 수 있다.

44 **彫龍**: 문장 기교가 뛰어난 것을 말한다.

45 **粲然得看矣**: 보기에 족하다.

46 **幸**: 家持라는 벗을 가진 것을 말한다.

늦은 봄의 화창한 날은 정말 즐기기에 알맞고

3월 3일 上巳日의 아름다운 풍경은 유람하기에 충분히 가치가 있네.

둑에 늘어선 버들은 강을 따라서, 보는 사람의 화려한 복장을 더욱 아름답게 물들이고

신선 경지는 바다를 통해서, 신선의 배가 바다에 떠 있네.

구름 모양을 새긴 술병에는 계피향이 좋은 청주가 가득하고

새 깃털을 장식한 술잔은 취하기를 권하며 曲水를 몇 번이나 돌면서 흐르네.

마음껏 술에 취한 그대로 마음은 황홀해져서 이것저것 모든 것을 다 잊어버리고

크게 취해서 가는 곳마다 어디든 싫은 곳이 없어서 발을 멈추지 않는 곳이 없네라는 내용이다.

　　　　　　　　　　　　　3월 4일, 오호토모노 스쿠네 이케누시(大伴宿禰池主)

'羽爵'을 橋本達雄은, '새의 깃털로 장식한 잔이라고 하기도 하고, 새 모양을 한 잔이라고 하기도 한다'고 하였다『萬葉集全注』17, p.167].

'催人'을 全集에서는, '曲水宴에서 술잔이 흘러올 때까지 시를 짓지 않으면 안 되는 규칙이 있기 때문에 술잔이 사람을 재촉하는 것처럼 말했다'고 하였다『萬葉集』4, p.197].

《어제 졸렬한 생각을 말했습니다만…》

어제 졸렬한 생각을 말했습니다만, 오늘 아침에 또 귀와 눈을 괴롭게 합니다. 게다가 지난 3일에는 편지를 받았으므로 이렇게 졸렬한 글을 올립니다. 용서해 주십시오.

비천한 이 몸을 버리지 않고 자주 소식을 주십니다만, 文才와 기품은 다른 사람보다 뛰어납니다. 지혜와 인자함은 이미 아름다운 옥의 광채를 담고 있으며, 潘岳과 陸機처럼 시문의 전당에 들어갈 만한 것입니다. 시상이 비범하고, 詩情을 도리에 맡겨 일곱 걸음에 문장을 만들고, 수편이 종이에 넘칩니다. 근심 있는 사람의 마음의 무거운 걱정을 잘 없앨 수가 있고, 사랑하는 사람의 마음에 쌓인 그리움을 씻을 수가 있습니다. 山柿의 노래는 이에 비하면 업신여길 만합니다. 용을 새기는 것 같은 기교는 놀랄 뿐입니다. 바야흐로 저의 행복을 알았습니다. 삼가 답하는 노래. 그 가사는,

3973　憶保枳美能　弥許等可之古美　安之比奇能　夜麻野佐波良受　安麻射可流　比奈毛乎佐牟流

　　　　麻須良袁夜　奈迩可母能毛布　安乎尓余之　奈良治伎可欲布　多麻豆佐能　都可比多要米也

　　　　己母理古非　伊枳豆伎和多利　之多毛比余　奈氣可布和賀勢　伊尓之敵由　伊比都藝久良之

　　　　餘乃奈加波　可受奈枳毛能曽　奈具佐牟流　己等母安良牟等　佐刀毗等能　安礼迩都具良久

　　　　夜麻備尓波　佐久良婆奈知利　可保等利能　麻奈久之婆奈久　春野尓　須美礼乎都牟等

　　　　之路多倍乃　蘇泥乎利可敵之　久礼奈爲能　安可毛須蘇妣伎　乎登賣良波　於毛比美太礼弖

　　　　伎美麻都等　宇良呉悲須奈理　己許呂具志　伊謝美尓由加奈　許等波多奈由比

大君の　命畏み　あしひきの　山野障らず　天離る　鄙も治むる　大夫[1]や　何かもの思ふ
青丹よし　奈良路來通ふ　玉梓の[2]　使絶えめや[3]　籠り戀ひ　息づき渡り[4]　下思よ[5]　嘆かふ
わが背[6]　古ゆ　言ひ繼ぎ來らし[7]　世間は　數なきものそ[8]　慰むる　事もあらむと　里人[9]の
吾に告ぐらく[10]　山傍[11]には　櫻花散り　貌鳥の[12]　間なくしば[13]鳴く　春の野に　菫を摘むと
白妙の[14]　袖折り反し[15]　紅の　赤裳裾引き　少女らは[16]　思ひ亂れて[17]　君待つと　うら戀ひ
すなり[18]　心ぐし[19]　いざ見に行かな　事はたなゆひ[20]

---

1 **大夫**: 이상적인 남성상의 하나이다.
2 **玉梓の**: 아름다운 지팡이를 가진 심부름꾼이라는 뜻으로 '使'를 상투적으로 수식하는 枕詞이다.
3 **使絶えめや**: 부정적 의문을 나타낸다.
4 **息づき渡り**: 한숨을 쉬면서 세월을 보낸다.
5 **下思よ**: 'よ'는 경과를 나타낸다.
6 **わが背**: 家持를 친근하게 부른 것이다.
7 **言ひ繼ぎ來らし**: 이하 두 구의 내용을.
8 **數なきものそ**: 수에 넣어 셀 정도도 아닌. 허망한 것을 말한다.
9 **里人**: 마을 사람이다.
10 **告ぐらく**: '告ぐ'의 명사형이다.
11 **山傍**: 'やまべ'와 같다.
12 **貌鳥の**: 두견새는 늦은 봄부터 초여름에 걸쳐서 운다.
13 **間なくしば**: 계속해서.
14 **白妙の**: '袖'를 상투적으로 수식하는 枕詞이다. 본래는 흰 천이다.
15 **袖折り反し**: 여기서는 감는 동작을 말한다.
16 **少女らは**: 복장에 의하면 官女이다.
17 **思ひ亂れて**: 빨리 가고 싶다고.
18 **うら戀ひすなり**: 'うら'는 마음이다.
19 **心ぐし**: 답답한 것을 말한다.
20 **事はたなゆひ**: 'たな'는 완전히, 'ゆひ'는 매듭이다.

3973 우리 대왕의/ 명령 두려워해서/ (아시히키노)/ 산과 들을 넘어서/ (아마자카루)/ 시골도
다스리는/ 사내대장부/ 어찌 걱정할까요/ (아오니요시)/ 나라(奈良) 길 오고가는/ (타마즈
사노)/ 使者 끊어질까요/ 집서 그리며/ 한숨을 쉬면서요/ 마음속으로/ 탄식하는 그대여/
그 옛날부터/ 전해오는 것처럼/ 세상이란 건/ 허망한 것이지요/ 위로를 받을/ 일도 있을
것이라/ 마을 사람이/ 나에게 말하기를/ 산기슭에는/ 벚꽃이 지고 있고/ 두견새가요/ 끊임
없이 우네요/ 봄 들판에는/ 제비꽃을 따느라/ (시로타헤노)/ 소매를 접어 걷고/ 붉은 색깔
의/ 치맛자락을 끌며/ 아가씨들은/ 마음 잡지 못하고/ 그대 기다려/ 마음 깊이 그리네/
답답하네요/ 자아 보러 갑시다/ 일 모두 정해졌네

해설

　어제 졸렬한 생각을 말한 편지를 드렸습니다만, 오늘 아침에 또 보잘 것 없는 편지로 그대의 귀와
눈을 괴롭게 합니다. 게다가 앞선 3일에는 편지를 받았으므로 이렇게 졸렬한 글을 올립니다. 용서해
주십시오.

　비천한 이 몸을 잊어버리지 않고 자주 소식을 주십니다만, 문장은 뛰어난 재주가 있고 훌륭한 기운이
있으며, 격조가 높은 것은 다른 사람보다 뛰어납니다. 그대의 지혜와 인자함은 이미 아름다운 옥의 광채
를 충분히 안에 담고 있으며, 潘岳과 陸機에 비할 정도인 그대의 재능은, 당연히 시문의 전당에 들어갈
만한 것입니다. 詩想이 비범하고, 詩情은 도리가 통하고 있고, 위나라 조식이 일곱 걸음 걸을 동안에
시를 지은 것처럼, 그 자리에서 바로 문장을 만들어, 많은 시와 글이 종이에 넘쳐납니다. 근심이 있는
저의 마음의 무거운 걱정을 멋지게 없애주고, 저의 쌓인 연정의 고통을 씻을 수가 있었습니다. 山部赤人
과 柿本人麿의 노래도 그대의 작품에 비하면 수에 넣어 셀만한 것도 아닌 보잘 것 없는 작품입니다.
용을 새기는 것 같은 뛰어난 기교의 문장을 확실하게 볼 수 있었으므로 놀랄 뿐입니다. 바야흐로 저는
그대의 보살핌을 입어 행복하다는 것을 알았습니다. 삼가 답하는 노래를 지었습니다. 그 가사는 다음과
같습니다.

　왕의 명령을 두려워해서, 다리를 끌며 걸어가야 하는 힘든 산과 들도 방해를 받지 않고 넘어서서,
하늘 저 멀리 떨어져 있는 먼 곳인 시골도 다스리는 용감한 사내대장부가 어떻게 걱정을 하겠습니까.
푸른 흙과 붉은 흙이 아름다운 나라(奈良)로 가는 길을 오고 가는, 아름다운 지팡이를 든 심부름꾼도
어찌 끊어질 수가 있겠습니까. 집안에만 있으면서 사랑의 고통을 느끼고 한숨을 쉬면서 마음속으로
탄식하는 그대여. 옛날부터 입으로 전해져 내려오는 것처럼, 세상이라는 것은 허망한 것입니다. 내 마음
이 위로를 받을 일이라도 있을 것이라고 생각하여 마을 사람이 나에게 말하기를, 산기슭에는 벚꽃이
지고 있고, 두견새가 끊임없이 울고 있는 봄의 들판에는, 제비꽃을 따느라고 소매를 접어 걷고 붉은
색깔의 치맛자락을 끌며, 아가씨들은 마음을 잡지 못하고 그대를 기다리며 마음으로부터 그리워하고
있는 것 같다고 하는 것입니다. 집에 있는 것은 울적한 일입니다. 자아 보러 갑시다. 이미 일은 완전히
정해져 있는 것입니다라는 내용이다.

おほきみの　みことかしこみ　あしひきの　やまのさはらず　あまざかる　ひなもをさむる

ますらをや　なにかものもふ　あをによし　ならぢきかよふ　たまづさの　つかひたえめや

こもりこひ　いきづきわたり　したもひよ　なげかふわがせ　いにしへゆ　いひつぎくらし

よのなかは　かずなきものそ　なぐさむる　こともあらむと　さとびとの　あれにつぐらく

やまびには　さくらばなちり　かほとりの　まなくしばなく　はるののに　すみれをつむと

しろたへの　そでをりかへし　くれなゐの　あかもすそびき　をとめらは　おもひみだれて

きみまつと　うらごひすなり　こころぐし　いざみにゆかな　ことはたなゆひ

3974　夜麻夫枳波　比尓々々佐伎奴　宇流波之等　安我毛布伎美波　思久々々於毛保由

山吹は　日に日に咲きぬ　愛しと[1]　吾が思ふ君は　しくしく[2]思ほゆ

やまぶきは　ひにひにさきぬ　うるはしと　あがもふきみは　しくしくおもほゆ

---

1 **愛しと**: 찬미의 기분을 가지고 사랑한다.
2 **しくしく**: 敷く敷く.

家持가 池主에게 보낸 長歌(3969번가)에 대해 池主가 답한 노래이다. 家持의 노래의 내용을 따라서 家持의 마음을 위로하고 있다.

먼 시골까지 내려와서 다스리는 대장부가 무엇 때문에 걱정을 할 것인가라고 하여 힘을 내라고 격려를 한다. 그리고 家持가 도읍에 소식을 전하기 힘들어하며 외로워하는 것에 대해서도, 소식을 가지고 심부 름꾼도 올 것이라고 위로를 하고 있다. 또 '집안에만 있으면서 사랑의 고통을 느끼고, 한숨을 쉬면서 마음속으로 탄식하는 그대여'라고 하여 병으로 마음이 약해져 있는 家持를 격려하고 부정적인 생각에서 벗어나게 하려고 하고 있다.

그래서 아름다운 봄 풍경을 말하고 소녀들도 기다리고 있으니 들로 나가자고 권하고 있다. 밝게 생각 하게 하려고 배려한 내용임을 알 수 있다.

3974 황매화는요/ 날로날로 피네요/ 훌륭하다고/ 내가 생각는 그대/ 계속해 생각나네요

★ 해설

황매화는 날마다 피어서 한창입니다. 훌륭하다고 내가 생각하고 있는 그대가 계속 생각이 납니다라는 내용이다.

家持의 3971번가에 답한 노래이다.

3975　和賀勢故迩　古非須敏奈賀利　安之可伎能　保可尓奈氣加布　安礼之可奈思母

わが背子に　戀ひすべながり[1]　葦垣の　外に嘆かふ[2]　吾し悲しも

わがせこに　こひすべながり　あしかきの　ほかになげかふ　あれしかなしも

左注　三月五日, 大伴宿祢池主

昨暮來使, 幸也以垂晚春遊覧之詩, 今朝累信, 辱也以眺相招望野之歌[3]. 一看玉藻[4], 稍寫欝結, 二吟秀句[5], 已蠲愁緒. 非此眺翫[6], 孰能暢心乎. 但惟下僕[7], 稟性難彫[8], 闇神[9]靡瑩. 握翰腐毫, 對研忘渴. 終日目流[10], 綴之不能. 所謂文章天骨, 習之不得也. 豈堪探字勒韵, 叶和雅篇哉. 抑聞鄙里小兒, 古人言無不酬. 聊裁拙詠敬擬解咲[11]焉 [如今賦言勒韵, 同斯雅作之篇[12]. 豈殊将石間瓊[13], 唱聲遊走曲歟[14]. 抑小兒譬濫謡. 敬寫葉端[15], 式擬乱[16]曰].

---

1 戀ひすべながり: 방법이 없게 되다.
2 外に嘆かふ: 민중의 여성 노래의 표현을 응용한 것인가.
3 相招望野之歌: 야유회에 초대하는 노래이다.
4 一看玉藻: 훌륭한 문장을 말한다. 4일자의 池主의 시를 가리킨다.
5 二吟秀句: 5일자의 池主의 노래를 가리킨다.
6 眺翫: 풍경을 즐기는 것이다.
7 但惟下僕: '惟'는 강조의 뜻을 나타낸다.
8 稟性難彫: 소질을 갈고 닦는 것이다.
9 闇神: 神은 정신이다.
10 目流: 流目과 같다. 눈을 여기 저기 주는 것이다.
11 解咲: 턱을 풀고 웃는 것이다.
12 雅作之篇: 池主의 작품을 가리킨다.
13 豈殊将石間瓊: 3969번가의 서문에도 보인다.
14 唱聲遊走曲歟: 겸양의 표현이다.
15 敬寫葉端: 당당하게 쓸 정도가 아니라는 뜻이다.
16 乱: 賦의 끝에 첨부하는 小曲이다. 다음의 시를 말한다.

3975 나의 그대가/ 그리워 도리 없네/ (아시카키노)/ 멀리서 탄식하는/ 나는 슬픈 것이네

해설

그대가 그리워서 어떻게 할 방법이 없네요. 갈대로 엮은 담처럼 거리를 두고 멀리서 계속 탄식을 하는 나는 슬픈 것이네라는 내용이다.

家持의 3972번가에 답한 노래이다.

좌주 3월 5일, 오호토모노 스쿠네 이케누시(大伴宿禰池主)

《 어제 저녁에 온 심부름꾼은…》

어제 저녁에 온 심부름꾼은 반갑게도 만춘 유람의 시를 전해 주었는데, 오늘 아침에 또다시 편지로 과분하게도 들놀이에 청하는 노래를 주셨습니다. 처음의 문장을 보고 울적한 마음이 조금 없어지는 것을 느끼고, 다시 뛰어난 노래를 읊조리니, 수심에 차 있던 마음이 완전히 없어졌습니다. 이 풍광을 바라보고 즐기는 이외에 마음을 화락하게 하는 것이 어찌 있겠습니까. 다만 저는 문장을 다듬는 소질이 적고, 우둔한 성품은 연마할 곳이 없습니다. 붓을 잡아도 붓끝을 썩게 할 뿐이며, 벼루를 향하여도 물이 마르는 것도 잊을 정도입니다. 하루 종일 바라보아도 문장을 지을 수가 없습니다. 이른바 문장은 천성적인 것으로 배워도 얻을 수가 없습니다. 글자를 찾아 운자를 사용해도 풍아한 시에 멋지게 답할 수 있겠습니까. 그러나 본래 시골의 아이라도, 옛날 사람은 받은 문장에 반드시 답을 한다는 것을 알고 있습니다. 그래서 변변치 않은 시를 지어서 삼가 웃음거리로 바칩니다대지금 시를 짓고 운을 정리하여, 풍아한 작품에 답합니다. 돌을 옥 사이에 섞어서 소리 내어 자신의 노래를 즐기는 것과 어찌 다르겠습니까. 마치 어린아이가 함부로 부르는 것 같은 것입니다. 삼가 편지 끝에 적어 乱의 흉내를 냅니다. 그 시].

七言一首

杪春¹⁷餘日媚景麗　　初巳¹⁸和風拂自輕

來鷰衡泥賀宇入¹⁹　　歸鴻²⁰引蘆迴赴瀛²¹

聞君嘯侶新流曲²²　　禊飲²³催爵泛河清²⁴

雖欲追尋良此宴　　還知染懊²⁵脚跉跰

---

17 **杪春**: ‘杪’는 末이다.

18 **初巳**: 처음의 巳로 上巳를 말한다.

19 **來鷰衡泥賀宇入**: 둥지를 만들기 위해서.

20 **鴻**: 鴻은 백조. 큰 새이다. 鴻雁은 큰 기러기를 말하며, 이 鴻은 기러기이다.

21 **引蘆迴赴瀛**: 돌아가는 기러기는 바다 위에서 쉴 가지를 물고 간다.

22 **流曲**: 곡수에서 잔을 흘려보내는 것인가.

23 **禊飲**: 上巳에는 몸을 정결하게 씻어 부정을 떨치고 술을 마신다.

24 **河清**: 깨끗한 흐름이다.

25 **懊**: 고통을 말한다.

7언 1수

늦은 봄의 남은 날, 좋은 풍경은 아름답고

上巳의 부드러운 바람은 불어서 저절로 가볍네.

날아온 제비는 흙을 물고 집에 들어와 축복하고

돌아가는 기러기는 갈대를 가지고 멀리 바다를 향해 가네.

들으니 그대는 벗과 시가를 읊고 곡수의 노래를 새롭게 하고

禊飮에 잔을 권하고 물에 띄웠다고 하네요.

비록 그 좋은 연회에 찾아가고 싶어도

도리어 아네요. 병이 들어 다리가 비틀거리는 것을.

해설

　어제 3월 4일 저녁에 온 심부름꾼을 통해서 기쁘게도 그대가 보낸 만춘 유람의 시를 받았습니다. 그런데 3월 5일 오늘 아침에는 또다시 편지로, 과분하게도 야유회에 청하는 노래를 주셨습니다. 처음의 뛰어난 문장을 보고 울적한 마음이 점차 없어지는 것을 느끼고, 다시 뛰어난 노래를 읊조리니 수심에 차 있던 마음이 완전히 없어졌습니다. 이 풍광을 바라보고 즐기는 시가 이외에 달리 마음을 화락하게 하는 것이 어찌 있을 수 있겠습니까. 다만 저는 타고나기로 문장을 다듬는 소질이 적고, 우둔한 성품은 연마할 곳이 없습니다. 붓을 잡아도 붓끝을 썩게 할 뿐이며, 벼루를 향하여도 벼루의 물이 마르는 것도 알지 못할 정도입니다. 하루 종일 여기저기를 바라보아도 마음을 잡을 수가 없어서 문장을 지을 수가 없습니다. 이른바 문장은 타고나는 것이므로 배워도 얻을 수가 없는 것입니다. 글자를 찾아 운자를 사용해도 그대의 풍아한 시에 어찌 멋지게 답할 수가 있겠습니까. 그러나 본래 시골의 아이라도, 옛날 사람은 받은 문장에 반드시 답을 한다는 것을 알고 있습니다. 그래서 시험 삼아 변변치 않은 시를 지어서 삼가 웃음거리로 바칩니다대지금 시를 짓고 운을 정리하여, 풍아한 작품에 답합니다. 돌을 옥 사이에 섞어서 소리 내어 자신의 노래를 즐기는 것과 어찌 다르겠습니까. 마치 어린아이가 함부로 노래를 부르는 것 같은 것입니다. 삼가 편지 끝에 적어서 亂의 흉내를 냅니다. 그 시].

7언 1수
늦은 봄의 남은 날 좋은 풍경은 아름답고
3월 3일의 부드러운 바람은 불어서 저절로 가볍네.
남쪽에서 날아온 제비는 집을 지을 흙을 물고 집에 들어와 축복하고
북쪽으로 돌아가는 기러기는 갈대를 입에 물고 멀리 바다를 향해 가네.
들으니 그대는 벗과 이야기하고 시가를 읊고 곡수의 노래를 새롭게 하고
몸의 부정을 씻고 주연에 잔을 권하고 맑은 물에 띄웠다고 하네요.

短詞二首

3976　佐家理等母　之良受之安良婆　母太毛安良牟　己能夜萬夫吉乎　美勢追都母等奈

　　　咲けりとも　知らずしあらば　黙もあらむ[1]　この山吹を　見せつつもとな[2]

　　　さけりとも　しらずしあらば　もだもあらむ　このやまぶきを　みせつつもとな

---

1 黙もあらむ: 후회하는 말은 하지 않는다.
2 もとな: 헛되이.

비록 그 좋은 연회를 그리워하여 찾아가서 함께 하고 싶어도

오히려 병이 들어 다리가 비틀거리는 것을 알았습니다.

池主의 3월 4일자의 7언율시에 대해 家持가 답한 시이다. 목록에서는 작자를 池主라고 하였다.

私注에서는, '家持가 池主의 두 번의 편지에 답한 것이다. 이상 몇 통의 주고받은 시가와 그 서문이 되어 있는 편지에 의해, 그들의 시문의 한문 전적에서 성구를 많이 인용하여 모방한 것을 알 수 있는데, 동시에 이때 曲水宴이 있었으며, 池主 등은 병중에 있는 家持가 참석하지 않은 채로 그것을 실행한 것을 추측할 수 있다. 상세한 것은 물론 알 수 없지만, 越中國의 시골에서도 그러한 것이 행해진 것을 알 수 있다. 이것은 앞에서 말한 것처럼 大宰府에서의 매화연 등이 직접적인 영향을 미쳤을 것이다'고 하였다『萬葉集私注』8, p.379].

短歌 2수

3976 피어 있어도/ 모르고 있으면요/ 말도 않겠지요/ 이 황매의 꽃을요/ 보여 괴롭히네요

✿ 해설

꽃이 피어 있어도 피어 있다는 것을 모르고 있으면 후회하는 말을 하지 않고 가만히 있겠지요. 그런데 이 황매화를 보여서는 부질없이 나를 괴롭히네요라는 내용이다.

池主가 보낸 황매화와 노래(3974번가)를 보고 답한 노래이다. 황매화를 보니 나가서 자연을 즐길 수도 없는 자신의 병든 몸을 오히려 탄식하게 된다는 뜻이다.

3977　安之可伎能　保加尓母伎美我　余里多々志　孤悲家礼許曽婆　伊米尓見要家礼

葦垣の　外にも君が　寄り立たし¹　戀ひけれこそば　夢に見えけれ

あしかきの　ほかにもきみが　よりたたし　こひけれこそば　いめにみえけれ

左注　三月五日, 大伴宿祢家持臥病作之.

述戀緒歌一首并短歌

3978　妹毛吾毛　許己呂波於夜自　多具敝礼登　伊夜奈都可之久　相見婆　登許波都波奈尓　情具之　眼具之毛奈之尓　波思家夜之　安我於久豆麻　大王能　美許登加之古美　阿之比奇能　夜麻古要奴由伎　安麻射加流　比奈乎左米尓等　別來之　曽乃日乃伎波美　荒璞能　登之由吉我敝利　春花乃　宇都呂布麻泥尓　相見祢婆　伊多母須敝奈美　之伎多倍能　蘇泥可敝之都追　宿夜於知受　伊米尓波見礼登　宇都追尓之　多太尓安良祢婆　孤悲之家口　知敝尓都母里奴　近在者　加敝利尓太仁母　宇知由吉氐　妹我多麻久良　佐之加倍氐　祢天蒙許万思乎　多麻保己乃　路波之騰保久　關左閇尓　敝奈里氐安礼許曽　与思惠夜之　餘志播安良武曽　霍公鳥　來鳴牟都奇尓　伊都之加母　波夜久奈里那牟　宇乃花能　尓保敝流山乎　余曽能未母　布里佐氣見都追　淡海路尓　伊由伎能里多知　青丹吉　奈良乃吾家尓　奴要鳥能　宇良奈氣之都追　思多戀尓　於毛比宇良夫礼　可度尓多知　由布氣刀比都追　吾乎麻都等　奈須良牟妹乎　安比氐早見牟

妹もわれも　心は同じ²　副へれど³　いや懷しく　相見れば　常⁴初花に　心ぐし⁵　めぐしも　なしに　愛しけやし　吾が奥妻⁶　大君の　命畏み　あしひきの　山越え野行き⁷　天離る⁸

---

1 **寄り立たし**: 3975번가를 받은 것이다.
2 **同じ**: 'おやじ'는 'おなじ'와 같다.
3 **副へれど**: 함께 있으면 싫증나는 일도 있는데.
4 **常**: 'トコ'는 영구히.
5 **心ぐし**: 마음이 답답한 모양이다.
6 **吾が奥妻**: 소중하게 생각하는 아내이다.
7 **野行き**: '野'는 'の'가 정확한 것이지만 'ぬ'의 예도 조금 있다.
8 **天離る**: 하늘 저 멀리 떨어진 먼 곳이라는 뜻이다. '鄙'를 상투적으로 수식하는 枕詞이다.

3977 갈대 울타리/ 밖에서도 그대가/ 서 있으면서/ 그리워했으므로/ 꿈에 보였겠지요

해설

갈대 울타리 밖에서도 그대가 서 있으면서 나를 그리워하였기 때문에 그대가 내 꿈에 보인 것입니다라는 내용이다.

池主의 3975번가에 대해 家持가 답한 노래이다.

좌주 3월 5일, 오호토모노 스쿠네 야카모치(大伴宿禰家持)가 병중에 지었다.

그리운 마음을 말한 노래 1수와 短歌

3978 아내도 나도요/ 마음은 똑 같아요/ 함께 있어도/ 더욱 마음 끌리고/ 서로 보면요/ 늘 처음 핀 꽃처럼/ 마음 답답함/ 사랑 고통도 없이/ 사랑스러운/ 내 소중한 아내/ 우리 대왕의/ 명령 두려워해서/ (아시히키노)/ 산 넘어 들을 가서/ (아마자카루)/ 시골을 다스리려/ 헤어져서 온/ 그날 마지막으로/ (아라타마노)/ 새해가 돌아오고/ 봄의 꽃이요/ 져 갈 때까지도요/ 못 만나므로/ 아무런 방법 없어/ (시키타헤노)/ 소매 뒤집어 접어/ 잠자는 밤마다/ 꿈에는 보이지만/ 현실적으로/ 직접 못 만나므로/ 그리움은요/ 몇 겹이나 쌓였네/ 가까이 있으면/ 당일치기로라도/ 잠시 가서요/ 아내와 팔베개를/ 어긋 맞추고/ 자고라도 올 것을/ (타마호코노)/ 길은 아득히 멀고/ 관문조차도/ 가로막고 있으므로/ 에이 좋아요/ 좋은 방법 있겠지/ 두견새가요/ 와서 지저귀는 달/ 언제인 걸까/ 빨리 되면 좋겠네/ 병꽃나무 꽃/ 곱게 피었는 산을/ 멀리서나마/ 바라다보면서요/ 아후미(近江) 길을/ 들어서 따라가면/ (아오니요시)/ 나라(奈良) 우리 집에서/ (누에도리노)/ 맘으로 탄식하며/ 그리운 맘에/ 쓸쓸히 생각하며/ 문을 나와서/ 저녁 점을 치고는/ 날 기다리며/ 자고 있을 아내를/ 빨리 만나고 싶네

鄙治めにと　別れ來し　その日の極み　あらたまの⁹　年往き返り¹⁰　春花の　移ろふまでに　相見ねば　甚もすべなみ　敷栲の¹¹　袖反しつつ¹²　寝る夜落ちず　夢には見れど　現にし　直にあらねば　戀しけく¹³　千重に積りぬ　近くあらば　歸りにだにも　打ち行きて¹⁴　妹が　手枕　指し交へて　寝ても來ましを¹⁵　玉桙の　路はし¹⁶遠く　關¹⁷さへに　隔りてあれこそ¹⁸　よしゑやし¹⁹　縁はあらむそ²⁰　霍公鳥　來鳴かむ月に　いつしかも　早くなりなむ²¹　卯の花の　にほへる山を　外のみも²²　振り放け見つつ　近江路に　い行き乗り立ち²³　青丹よし　奈良の吾家に²⁴　ぬえ鳥の　うら嘆け²⁵しつつ　下戀ひに　思ひうらぶれ　門に立ち　夕占問ひつつ²⁶　吾を待つと　寝すらむ妹を²⁷　逢ひて早見む

いももわれも　こころはおやじ　たぐへれど　いやなつかしく　あひみれば　とこはつはなに　こころぐし　めぐしもなしに　はしけやし　あがおくづま　おほきみの　みことかしこみ　あしひきの　やまこえぬゆき　あまざかる　ひなをさめにと　わかれこし　そのひのきはみ　あらたまの　としゆきがへり　はるはなの　うつろふまでに　あひみねば　いたもすべなみ　しきたへの　そでかへしつつ　ぬるよおちず　いめにはみれど　うつつにし　ただにあらねば　こひしけく　ちへにつもりぬ　ちかくあらば　かへりにだにも　うちゆきて　いもがたまくら　さしかへて　ねてもこましを　たまほこの　みちはしどほく　せきさへに　へなりてあ

---

9 **あらたまの**: 새로운 혼이라는 뜻으로, '年'을 상투적으로 수식하는 枕詞이다.
10 **年往き返り**: 묵은해가 가고 새해가 돌아와서.
11 **敷栲の**: 조직이 촘촘하도록 짠 천으로 '袖'를 상투적으로 수식하는 枕詞이다.
12 **袖反しつつ**: 만나기를 원하는 주술이다.
13 **戀しけく**: '戀し'의 명사형이다.
14 **歸りにだにも 打ち行きて**: 돌아갈 때 적어도 'だに'는 '적어도…만이라도'
15 **寝ても來ましを**: 현실에 반대되는 가정이다. 실제로는 할 수 없다.
16 **路はし**: 'し'는 강조의 뜻을 나타낸다.
17 **關**: 愛發(아라치)의 관문. 아내를 만날 목적이라면 통과시켜 주지 않는다.
18 **隔りてあれこそ**: 이다음에 'あれ' 등의 끝맺음이 생략된 형태이다. 강한 단정을 나타내는가.
19 **よしゑやし**: 판단을 체념하는 뜻이다.
20 **縁はあらむそ**: 여름에 왕래의 편의가 예상되어 있었던 것인가.
21 **早くなりなむ**: 'なむ'는 강한 뜻의 추량인가. 'いつしか'를 받아 願望의 뜻을 가진다.
22 **外のみも**: 아름다운 경치에도 발을 멈추지 않고.
23 **い行き乗り立ち**: 가서 近江路에 올라서. 길에 오르는 것은 길을 가는 것이다. '立ち'는 강조를 나타낸다.
24 **吾家に**: 'わぎへ'는 'わがいへ'의 축약형이다.
25 **うら嘆け**: 'うら'는 마음이다.
26 **夕占問ひつつ**: 저녁에 거리에 나가서 사람들의 말로 길흉을 점치는 것이다.
27 **寝すらむ妹を**: '寝す'는 '寝'의 경어이다. 친애의 정을 나타낸다.

아내도 나도 마음은 똑 같아요. 아내와 함께 있어도 싫증나는 일도 없이 더욱 마음이 끌리고, 얼굴을 보면 언제나 처음 핀 꽃처럼 귀하고, 마음이 답답하고 사랑에 고통을 당하는 일도 없이 사랑스러운 내 마음 속의 소중한 아내여. 왕의 명령을 두려워해서, 다리를 끌며 힘들게 걸어야 하는 산을 넘고 들을 가서 하늘 저 멀리 있는 먼 곳인 시골을 다스리려고 아내와 헤어져서 온 그날을 마지막으로 해서, 혼이 새로운 새해가 돌아오고 봄꽃이 질 때까지도 만날 수가 없으므로, 아무런 방법도 없이 소매를 뒤집어 접으면서 잠을 자는 밤에는 언제나 꿈에는 보이지만, 현실적으로는 직접 만날 수가 없으므로 그리움은 몇 겹이나 쌓였네. 도읍이 가까이 있으면 당일치기로라도 잠시 가서 아내와 팔베개를 어긋해서 맞추고 함께 잠을 자고라도 올 것인데, 길에 창을 세워 놓은 길은 아득히 멀고 관문조차도 사이를 가로막고 있는 것이네. 에이 좋아요. 무언가 좋은 방법도 있겠지. 두견새가 와서 지저귀는 4월은 언제인 것인가. 빨리 그때가 되면 좋겠네. 병꽃나무 꽃이 아름답게 피어 있는 산을 멀리서나마 바라다보면서 아후미(近江) 길을 들어서 따라가면, 푸른 흙과 붉은 흙이 좋은 나라(奈良)의 우리 집에 도착해서, 호랑지빠귀처럼 마음속으로 탄식하며 마음속의 사랑에 쓸쓸하게 생각하면서 문을 나와서, 사람들의 말을 듣고 나를 만날 수 있을 것인지를 점을 치는, 나를 기다리며 자고 있을 아내를 빨리 만나고 싶네라는 내용이다.

'袖反し'를 大系에서는, '소매를 뒤집어서 자면 생각하는 사람을 만날 수 있다고 하는 그 당시의 속신에 의한 행위이다'고 하였다『萬葉集』 4, p.217].

私注에서는, '家持가 3월 20일 밤에 갑자기 아내, 아마 坂上大孃에게 연정을 느끼고 지은 것이라는 것이다. 家持는 뒤에서 보이듯이 4월 26일에 稅帳使로서 상경하기 위해 송별연을 열고 있으므로, 이때 이미 그것을 알고 있었을 것이라고 말해지는데 그대로일 것이다. 작품의 끝의 몇 구는 그렇게 생각하면 잘 이해할 수 있다. 또는 다시 말하면 稅帳使로 결정되었기 때문에 급히 아내가 그리워진 것인지도 모른다. 노래는 자신의 옛 작품들도 사용하면서 면면히 정을 표현하고 있지만 기술적으로 이렇다 할 정도의 부분이 없는 것은 이 무렵의 그의 작품, 특히 그 長歌와는 별도로 선택할 곳이 없다'고 하였다『萬葉集私注』 8, pp.384~385].

橋本達雄도, '창작 배경은 3982번가의 左注에 있는 것처럼 3월 20일 밤, 갑자기 도읍에 있는 아내가 그리워져서 지은 것이다. 稅帳使로 상경하는 것은 아마 일찍부터 예정이 되어 있었던 것이겠지만 1, 2월경에 중병을 앓고, 3월 5일의 시에서도 다리가 후들거리는 것을 노래한 家持이고 보면, 한때는 상경도 체념해야 할 상태였을 것이다. 그러나 병은 하루가 다르게 회복되어 그 희망도 커져서 이 무렵에 정식으로 상경하는 것이 결정되었다고 생각한다. 그것이 직접적인 자극이 되어 지금까지 억누르고 있던 아내에 대한 연모의 정이, 밤의 정적 가운데 갑자기 일어났으므로, 노래하지 않고는 있을 수가 없어서 지은 노래일 것이다'고 하였다『萬葉集全注』 17, p.196].

れこそ　よしゑやし　よしはあらむそ　ほととぎす　きなかむつきに　いつしかも　はやくな
りなむ　うのはなの　にほへるやまを　よそのみも　ふりさけみつつ　あふみぢに　いゆきの
りたち　あをによし　ならのわぎへに　ぬえどりの　うらなけしつつ　したごひに　おもひう
らぶれ　かどにたち　ゆふけとひつつ　あをまつと　なすらむいもを　あひてはやみむ

3979　安良多麻乃　登之可敝流麻泥　安比見祢婆　許己呂毛之努尓　於母保由流香聞

あらたまの　年かへる[1]まで　相見ねば　心もしのに　思ほゆるかも

あらたまの　としかへるまで　あひみねば　こころもしのに　おもほゆるかも

3980　奴婆多麻乃　伊米尓波母等奈　安比見礼騰　多太尓安良祢婆　孤悲夜麻受家里

ぬばたまの[2]　夢にはもとな[3]　相見れど　直にあらねば　戀ひ止まずけり

ぬばたまの　いめにはもとな　あひみれど　ただにあらねば　こひやまずけり

---

1 **年かへる**: 새해가 되는 것이다.
2 **ぬばたまの**: 범부채 열매. '黑'을 상투적으로 수식하는 枕詞이다. 현실에 대한 꿈의 어두움을 말한다.
3 **もとな**: 허망하게, 부질없이.

3979 (아라타마노)/ 새해가 될 때까지/ 못 만나서요/ 마음이 풀이 죽어/ 그리워지는군요

해설

혼이 새로운 새해가 될 때까지 아내를 만날 수가 없었으므로, 마음도 풀이 죽을 정도로 그리워지는군요라는 내용이다.

3980 (누바타마노)/ 꿈에서는 헛되이/ 보이지만요/ 직접이 아니므로/ 그리움 멎지 않네

해설

어두운 밤에 꾸는 꿈에서는 허망하게 보이지만, 직접 보는 것이 아니므로 그리운 마음은 멈추지 않는 것이네라는 내용이다.

밤에 자면서 꾸는 꿈에서는 아내를 보지만 직접 만나는 것이 아니므로 여전히 그립다는 뜻이다.

'けり'를 大系에서는, '갑자기 생각이 났다는 뜻을 나타내며, 또 그 느낌을 깊게 한다는 뜻을 나타내는 조동사. 따라서 직접 만나지 않으면 그리움은 멈추지 않는 것이라고 스스로 그 느낌을 깊게 하였다고 하는 것'이라고 하였다『萬葉集』 4, p.219].

3981 安之比奇能　夜麻伎敝奈里氐　等保家騰母　許己呂之遊氣婆　伊米尓美要家利

あしひきの　山き隔りて[1]　遠けども　心し行けば[2]　夢に見えけり[3]

あしひきの　やまきへなりて　とほけども　こころしゆけば　いめにみえけり

3982 春花能　宇都路布麻泥尓　相見祢婆　月日餘美都追　伊母麻都良牟曽

春花の　移ろふまでに　相見ねば　月日數みつつ[4]　妹待つらむそ

はるはなの　うつろふまでに　あひみねば　つきひよみつつ　いもまつらむそ

[左注]　右, 三月廿日夜裏, 忽兮[5]起戀情作. 大伴宿祢家持

---

1 **山き隔りて**: 'き'는 나눈다는 뜻인가.
2 **心し行けば**: 이 경우는 내 마음에 의해 상대방이 꿈에 나타난다. 반대인 것이 일반적이다.
3 **夢に見えけり**: 'けり'는 회상을 나타낸다.
4 **月日數みつつ**: 이 표현은 어느 정도 확실한 재회가 예정되어 있었다고 생각된다. 함께 내려갈 예정이 늦어진 것인가. 長歌에서 말하는 '郭公鳥 來鳴かむ月に(4月)'에 재회할 예정인가.
5 **忽兮**: 갑자기.

3981 (아시히키노)/ 산이 가로막아서/ 멀지만서도/ 마음이 다니므로/ 꿈에 보인 것이네

해설

다리를 끌면서 힘들게 걸어야 하는 산이 가로막고 있어서 도읍은 멀지만, 마음이 가서 다니므로 아내가 꿈에 보인 것이네라는 내용이다.

아내가 있는 奈良 도읍과 자신과의 사이에 산이 가로막혀 있어서 멀지만, 자신의 마음이 늘 아내를 생각하므로 아내가 자신의 꿈에 보였다는 뜻이다.

3982 봄의 꽃이요/ 지는 시기까지도/ 못 만나므로/ 날짜를 세면서요/ 아내 기다리겠지

해설

봄꽃이 질 때까지도 만날 수가 없으므로 날짜를 세면서 아내는 기다리고 있겠지라는 내용이다.

아내가 다시 만날 날을, 날짜를 세면서 기다리고 있을 것이라는 뜻이다.

'月日數みつつ'를 中西 進은 작별해서 따로 살고 있는 날수를 말한 것으로 보았다.

私注에서는 말날 때까지의 날수로 보았다『萬葉集私注』8, p.397].

좌주 위는, 3월 20일 밤중에, 갑자기 그리운 마음이 일어나서 지은 것이다. 오호토모노 스쿠네 야카모치(大伴宿禰家持)

立夏四月¹, 既経累日, 而由未聞霍公鳥喧. 因作恨謌二首

3983　安思比奇能　夜麻毛知可吉乎　保登等藝須　都奇多都麻泥尓　奈仁加吉奈可奴

　　　あしひきの　山も近きを²　ほととぎす　月立つまでに³　何か來鳴かぬ

　　　あしひきの　やまもちかきを　ほととぎす　つきたつまでに　なにかきなかぬ

3984　多麻尓奴久　波奈多知婆奈乎　等毛之美思　己能和我佐刀尓　伎奈可受安流良之

　　　玉に貫く⁴　花橘を　乏しみし⁵　このわが里に　來鳴かずあるらし⁶

　　　たまにぬく　はなたちばなを　ともしみし　このわがさとに　きなかずあるらし

> **左注** 霍公鳥者, 立夏之日來鳴必定. 又越中風土, 希有橙橘⁷也. 因此, 大伴宿祢家持, 感發於懷, 聊裁此歌. 三月廿九日⁸

---

1 **立夏四月**: 여름을 맞이하는 4월이라는 뜻이다. 정확한 立夏의 절기는 3월이다.
2 **山も近きを**: 두견새는 점차 산에서 마을로 내려와서 운다.
3 **月立つまでに**: '月'은 4월이다. 이미 여름이 되었으므로 울어도 좋은데. 이 해의 立夏는 3월 18일, 19일 경이었다. 제목의 累日은 이후 4월까지의 10일 정도를 말한다.
4 **玉に貫く**: 두견새가 소리로 꽃을 꿰어서 옥추환을 만든다. 사람이 만든다고 해석하면 제4, 5구의 필연성이 없어진다.
5 **花橘を 乏しみし**: 'を…み'는 '…이므로'라는 뜻이다. 두견새는 홍귤나무에 온다.
6 **來鳴かずあるらし**: 앞의 노래에 대한 작자 자신의 답이다.
7 **橙橘**: 'たちばな'는 감귤류를 총칭한 것이므로 橙橘이라고 하였다.
8 **三月廿九日**: 따라서 제목과 3983번가는 허구인 것이다.

立夏 4월이 되어, 이미 여러 날이 지났지만 아직 두견새가 우는 것을 듣지 못했다. 이에 지은 원망하는 노래 2수

3983 (아시히키노)/ 산도 가까운 것을/ 두견새는요/ 4월이 되기까지/ 왜 와서 울지 않나

❀ 해설

    다리를 끌면서 걸어야 하는 힘든 산도 가까운데, 두견새는 4월이 되기까지 왜 와서 울지를 않는 것일까 라는 내용이다.

    두견새가 오는 계절이 되었는데도 와서 울지 않는 것을 원망하여 家持가 지은 것이다. 두견새를 기다 리는 노래이다.

3984 구슬로 꿰는/ 홍귤나무의 꽃이/ 적어서인가/ 이곳 우리 마을에/ 와서 울지 않는 듯해

❀ 해설

    두견새의 소리를 구슬로 해서 꿰는 홍귤나무의 꽃이 적기 때문인가. 이곳 우리 마을에는 두견새가 와서 울지 않는 듯하네라는 내용이다.

    아직 홍귤나무 꽃이 많이 피지 않아서 두견새가 와서 울지 않는 것인가라는 뜻이다.

    좌주 두견새는, 立夏 날에 와서 우는 것이라고 정해져 있다. 또 越中 지역에는 등자나무와 귤나무 가 조금밖에 없다. 그래서 오호토모노 스쿠네 야카모치(大伴宿禰家持)는 마음에 감개하여 잠시 이 노래를 지었다. 3월 29일

二上山賦[1]一首[此山者有射水郡[2]也]

3985　伊美都河泊　伊由伎米具礼流　多麻久之氣　布多我美山者　波流波奈乃　佐家流左加利尓
　　　安吉能葉乃　尓保敝流等伎尓　出立氐　布里佐氣見礼婆　可牟加良夜　曽許婆多敷刀伎
　　　夜麻可良夜　見我保之加良武　須賣加未能　須蘇末乃夜麻能　之夫多尓能　佐吉乃安里蘇尓
　　　阿佐奈藝尓　餘須流之良奈美　由敷奈藝尓　美知久流之保能　伊夜麻之尓　多由流許登奈久
　　　伊尓之敝由　伊麻乃乎都豆尓　可久之許曽　見流比登其等尓　加氣氐之努波米

射水川[3]　い行き廻れる[4]　玉匣　二上山[5]は　春花の　咲ける盛りに　秋の葉の　にほへる時に
出で立ちて　振り放け見れば　神柄[6]や[7]　許多[8]貴き　山柄や　見が欲しからむ　すめ神[9]の
裾廻[10]の山の　澁谿[11]の　崎の荒磯に　朝凪ぎに　寄する白波　夕凪ぎに　滿ち來る潮の
いや増しに　絶ゆること無く　古ゆ　今の現[12]に　かくしこそ[13]　見る人ごとに　懸けて偲はめ

いみづがは　いゆきめぐれる　たまくしげ　ふたがみやまは　はるはなの　さけるさかりに
あきのはの　にほへるときに　いでたちて　ふりさけみれば　かむからや　そこばたふとき
やまからや　みがほしからむ　すめかみの　すそみのやまの　しぶたにの　さきのありそに
あさなぎに　よするしらなみ　ゆふなぎに　みちくるしほの　いやましに　たゆることなく
いにしへゆ　いまのをつつに　かくしこそ　みるひとごとに　かけてしのはめ

1　賦: 중국 문학에서의 문체의 하나. 시에 대해 長文으로, 『萬葉集』에서는 이것을 長歌로 흉내내었다. 이 노래의 措辭에는 賦와 같은 면이 있다.
2　射水郡: 越中國府에 있는 郡이다.
3　射水川: 지금의 小矢部(오야베)川이다.
4　い行き廻れる: 신령스러운 산은, 강이 둘러싸고 있는 조건이 있는데 그것을 의식한 것이다.
5　二上山: 멋진 빗을 넣는 상자라는 뜻으로, 그 뚜껑(ふた)에서 '二上(ふたがみ)'으로 이어진다.
6　神柄: 신 그 자체의 성질이다.
7　神柄や: 봉우리가 두 개 있는 산으로 성스러운 산으로 여겨졌다. 大和의 二上을 모방하여 이 산을 명명하였다.
8　許多: 'ここだ와 같다. 매우.
9　すめ神: 통치하는 신이다. 二上을 神山으로 하고, 산을 신이라고 하였다.
10　裾廻: 'み'는 굽은 것을 말하는 접미어이다.
11　澁谿: 二上 북쪽의 해안이다. 산이 나와 있다.
12　現: 'うつつ'와 같다.
13　かくしこそ: 이렇게 있으므로 이후로도.

후타가미(二上) 산의 賦 1수 [이 산은 이미즈(射水)郡에 있다]

3985 이미즈(射水) 강이/ 흘러서 돌아가는/ (타마쿠시게)/ 후타가미(二上) 산은요/ 봄꽃들이요/
피어 한창인 때에/ 가을 잎들이/ 물이 들어갈 때에/ 밖으로 나가/ 멀리 바라다보면/ 神山이
므로/ 이렇게 고귀한가/ 산 그 자체로/ 보고 싶은 것일까/ 통치하는 신/ 그 산기슭의 산인/
시부타니(澁谿)의/ 곳의 거친 바위에/ 아침뜸에요/ 밀려오는 흰 파도/ 저녁뜸에요/ 차오는
조수처럼/ 더욱 더 많이/ 끊어지는 일 없이/ 옛날부터요/ 지금에 이르도록/ 이러하였네/
보는 사람들마다/ 담고 감상하겠지

해설

이미즈(射水) 강이 그 산자락을 흘러서 돌아가는, 빗을 넣는 아름다운 상자의 뚜껑이라는 뜻을 이름으
로 한 후타가미(二上) 산은 봄에 꽃이 피어서 한창인 때에도, 가을에 잎들이 아름답게 물이 들어갈 때에
도, 밖으로 나가서 멀리 바라다보면 神山이므로 이렇게 고귀한 것인가. 아니면 산 그 자체의 속성 때문에
보고 싶은 것일까. 통치하는 신이 있는 산의, 그 산기슭의 산인 시부타니(澁谿)의, 곳의 거친 바위에는
아침뜸에 밀려오는 흰 파도가 있고, 저녁뜸에 차오는 조수가 있네. 그 파도와 조수처럼 더욱 더 많이,
끊어지는 일이 없이 옛날부터 지금에 이르기까지 이러하였던 것이네. 그와 같이 앞으로도 그 산을 보는
사람들은 모두 마음에 담고 감상을 하겠지라는 내용이다.

神堀 忍은, '이 賦는 두 가지 점에서 주목된다. 첫째는, 賦라고 하면서 長歌를 짓고 있는 것이다. 3월
초순의 池主와의 한시문 증답의 여파인 것 같다. (중략) 두 번째는 〈二上山賦〉가 이전의 작품과 달리
단순한 구성과 간결한 표현으로 이루어져 있는 것이다. 예를 들면 枕詞의 사용이 극히 적다. 자신의
주관을 강하게 억누르고 있는 것이 두드러진다. 따라서 종래에는 이 작품은 선인들의 어구를 답습해서
의미가 없다든가, 유형적이라고 평가되어 그다지 주목되지 않았다. 그러나 家持가 賦를 이와 같이 해석
하고 있었다고 한다면 자신의 감정에 관계없이 二上山을 담담하게 서술하고 있는 그 자체는 주목되어도
좋다. 家持는 본래 서정시인이며 유년의 환경이라든가 교양이 이것을 조장하였다. 선인들의 어구를 차용
한 것은 지금은 문제가 되지 않는다. 그는 실로 냉정하게 감정을 억누르고 이 작품을 창작한 것이라고
하는 자체가, 지금까지 없었던 일이다. 이 작품은 말 그대로 습작적인 작품으로 池主에게도 보이지 않았
던 것은 아닐까'라고 하였다「家持と池主」, 『萬葉集を學ぶ』 8, 有斐閣, 1978, p.62].

橋本達雄은, '주제는 二上山을 찬미하는 것에 있다. 대부분의 구가 선인들의 찬가의 구를 이용하고
있는 것이 이것을 잘 말해주고 있다. 家持가 二上山을 노래 부르려고 했을 때 아마 머릿속에 있는 것은,
마찬가지로 산을 노래한 赤人과 虫麻呂의 가집의 富士山歌였다고 생각되지만, 그들의 영향은 그렇게
크지는 않고, 어구의 선택과 서술 방식도 오히려 人麻呂와 金村, 赤人들의 吉野찬가를 중심으로 하는

3986　之夫多尓能　佐伎能安里蘇尓　与須流奈美　伊夜思久思久尓　伊尓之敝於母保由

　　　　澁谿の　崎の荒磯に　寄する波[1]　いやしくしくに　古[2]思ほゆ

　　　　しぶたにの　さきのありそに　よするなみ　いやしくしくに　いにしへおもほゆ

3987　多麻久之氣　敷多我美也麻尓　鳴鳥能　許惠乃孤悲思吉　登岐波伎尓家里

　　　　玉匣　二上山[3]に　鳴く鳥[4]の　聲の戀しき　時は來にけり[5]

　　　　たまくしげ　ふたがみやまに　なくとりの　こゑのこひしき　ときはきにけり

　　　　左注　右, 三月卅日依興作之. 大伴宿祢家持

　　　1 **寄する波**: 長歌의 내용을 받은 것이다.
　　　2 **古**: 二上山을 숭배해 온 과거를 말한다.
　　　3 **玉匣 二上山**: 멋진 빗을 넣는 상자라는 뜻으로 그 뚜껑에서 '二上'으로 이어진다.
　　　4 **鳴く鳥**: 두견새를 가리킨다.
　　　5 **時は來にけり**: 立夏를 지나 4월이 가까워져서. 드디어.

찬가류에서 배우고 있는 점이 많다. 이것은 家持가 그 당시 궁중 찬가에 깊은 관심과 동경을 가지고 그것과 비슷한 작품의 창작을 마음에 그리고 있었던 것을 생각하게 한다. 궁중 찬가에 대한 관심과 동경을, 家持가 특히 이 시점에 강하게 의식하게 한 것은, 3월 3일에 家持가 '山柿'를 언급하고, 3월 5일에 池主가 답하고 있는 것 등에 의한 것이겠다. 결과적으로 赤人과 虫麻呂의 가집의 富士山歌의 형식에 의하지 않고 더구나 한시문의 어구를 도입하고 2句의 對를 3회 반복하고 있는 등 아름답고 새로운 형태의 산악 찬가를 조형한 것이 된다. 二上山에 대한 관심은 전날의 노래(3983, 3984번가)로 두견새의 명소로 환기되어 있었던 것이다'고 하였다『萬葉集全注』17, pp.208~209].

3986 시부타니(澁谿)의/ 곳의 거친 바위에/ 치는 파돈 양/ 더한층 계속해서/ 옛날이 생각나네요

🌸 해설

시부타니(澁谿) 곳의 거친 바위에 끊임없이 치는 파도처럼, 그렇게 더한층 계속해서 옛날이 생각나네 요라는 내용이다.

현재 二上山을 바라보니 예로부터 二上山을 숭배해 온 이유를 잘 알 수 있다는 뜻이다.

3987 (타마쿠시게)/ 후타가미(二上) 산에서/ 우짖는 새의/ 소리 그리워지는/ 때가 온 것이네요

🌸 해설

빗을 넣는 아름다운 상자의 뚜껑(ふた)이라는 뜻을 이름으로 한 후타가미(二上) 산에서 우는 두견새 소리가 그리워지는 계절이 드디어 되었네요라는 내용이다.

좌주 위는, 3월 30일에 흥에 의해 지었다. 오호토모노 스쿠네 야카모치(大伴宿禰家持)

四月十六日，夜裏，遥聞霍公鳥喧，述懷歌一首

3988　奴婆多麻乃　都奇尓牟加比氐　保登等藝須　奈久於登波流氣之　佐刀騰保美可聞

ぬばたまの¹　月に向かひて　ほととぎす　鳴く音遙けし　里遠みかも²

ぬばたまの　つきにむかひて　ほととぎす　なくおとはるけし　さとどほみかも

左注　右一首，大伴宿祢家持作之.

大目³秦忌寸八千嶋⁴之舘，餞⁵守大伴宿祢家持宴歌二首

3989　奈呉能宇美能　意吉都之良奈美　志苦思苦尓　於毛保要武可母　多知和可礼奈婆

奈呉の海の⁶　沖つ白波　しくしく⁷に　思ほえむかも　立ち別れなば

なごのうみの　おきつしらなみ　しくしくに　おもほえむかも　たちわかれなば

---

1 **ぬばたまの**: '夜'와 '黑'을 상투적으로 수식하는 枕詞이다. '遙けし'와 호응한다.
2 **里遠みかも**: 아직 마을 가까이로는 오지 않고 있다.
3 **大目**: 4등관이다.
4 **秦忌寸八千嶋**: 어떤 사람인지 알 수 없다.
5 **餞**: 전별의 연회이다.
6 **奈呉の海の**: 富山縣 新湊市 放生津.
7 **しくしく**: 반복한다.

4월 16일 밤중에,
멀리서 두견새가 우는 소리를 듣고 생각을 표현한 노래 1수

3988 (누바타마노)/ 달을 향하여서요/ 두견새가요/ 우는 소리 아득하네/ 마을이 먼 것일까

🌸 해설

어두운 밤에 달을 향해서 두견새가 우는 소리가 멀리서 들리네. 마을 멀리서 울기 때문일까라는 내용이다.

'里遠みかも'를 私注에서는, '실제 家持의 越中國의 처소가 마을에서 먼 곳에 있었기 때문이겠지만, 느낌을 그곳으로 가져간 것은 매우 서툴다'고 하였다『萬葉集私注』 8, p.392]. 全集에서도, '家持가 있는 처소가 마을과 떨어져 있었으므로 이렇게 말한 것일까'라고 하였다『萬葉集』 4, p.208]. 그러나 橋本達雄은, '마을에서 먼 산 쪽에서 우는 것을 들은 것'이라고 하였다『萬葉集全注』 17, p.212].

좌주 위의 1수는, 오호토모노 스쿠네 야카모치(大伴宿禰家持)가 지었다.

大目 하다노 이미키 야치시마(秦忌寸八千嶋)의 관사에서, (越中國) 장관
오호토모노 스쿠네 야카모치(大伴宿禰家持)를 전별하는 연회 노래 2수

3989 나고(奈呉)의 바다의/ 흰 파도와 같이도/ 계속 반복해/ 그리워지겠지요/ 이별하고 나면요

🌸 해설

나고(奈呉) 바다 한가운데의 흰 파도가 계속 밀려오는 것처럼, 그렇게 계속해서 그리워지겠지요. 이렇게 이별을 하고 나면이라는 내용이다.

稅帳使로 상경하는 家持를 송별하는 연회에서 家持가, 주인인 야치시마(八千嶋)에 대해 인사한 노래이다.

3990　和我勢故波　多麻尓母我毛奈　手尓麻伎氐　見都追由可牟乎　於吉氐伊加婆乎思

わが背子[1]は　玉にもがも[2]な　手に巻きて　見つつ行かむを[3]　置きて行かば惜し

わがせこは　たまにもがもな　てにまきて　みつつゆかむを　おきていかばをし

左注　右, 守大伴宿祢家持, 以正税帳須入京師, 仍作此謌. 聊陳相別之嘆. 四月廿日

遊覧布勢水海[4]賦[5]一首并短歌 此海者, 有射水郡舊江村也

3991　物能乃敷能　夜蘇等母乃乎能　於毛布度知　許己呂也良武等　宇麻奈米氐　宇知久知夫利尓
之良奈美能　安里蘇尓与須流　之夫多尓能　佐吉多母登保理　麻都太要能　奈我波麻須義氐
宇奈比河波　伎欲吉勢其等尓　宇加波多知　可由吉賀久遊岐　見都礼騰母　曽許母安加尓等
布勢能宇弥尓　布祢宇氣須惠氐　於伎敞許藝　邊尓己伎見礼婆　奈藝左尓波　安遅牟良佐
伎　之麻未尓波　許奴礼波奈左吉　許己婆久毛　見乃佐夜氣吉加　多麻久之氣　布多我弥夜麻
尓　波布都多能　由伎波和可礼受　安里我欲比　伊夜登之能波尓　於母布度知　可久思安蘇婆
牟　異麻母見流其等

---

1 **わが背子**: 야치시마(八千嶋)를 가리킨다.
2 **玉にもがも**: 'がも'는 願望을 나타낸다.
3 **見つつ行かむを**: 1766번가와 비슷하다.
4 **布勢水海**: 二上山 서북쪽에 있는 鹹水湖이다.
5 **賦**: 중국 문학에서의 문체의 하나. 시에 대해 長文으로, 『萬葉集』에서는 이것을 長歌로 흉내내었다.

3990　나의 그대가/ 구슬이면 좋겠네/ 손에 감고서/ 보면서 갈 것인데/ 두고 가니 아쉽네요

❀ 해설

　　그대가 구슬이라면 좋겠네요. 내 손에다 감고는 보면서 갈 수가 있을 것인데, 두고 가니 아쉽네요라는 내용이다.

　　역시 稅帳使로 상경하는 家持를 송별하는 연회에서 家持가, 주인인 야치시마(八千嶋)에 대해 노래한 것이다.

　　좌주　위는, (越中國) 장관 오호토모노 스쿠네 야카모치(大伴宿禰家持)가 正税帳을 가지고 京師로 들어가려고 하여 이에 이 노래를 지었다. 잠시 서로 이별하는 탄식을 표현하였다. 4월 20일

후세(布勢) 호수에서 유람하는 賦 1수와 短歌
이 호수는 이미즈(射水)郡의 후루에(舊江) 촌에 있다

3991　越中의 관료/ 많은 사람들이요/ 동료들끼리/ 기분전환 하려고/ 말 나란히 해/ 넘실거리며 치는/ 하얀 파도가/ 거친 해변에 치는/ 시부타니(澁谿)의/ 곳을 산책을 하고/ 마츠다(松田) 강의/ 긴 해변을 지나서/ 우나히(宇奈比) 강의/ 깨끗한 여울마다/ 사다새 낚시/ 여기저기로 가서/ 보지만서도/ 그래도 질리잖고/ 후세(布施)의 호수에/ 배를 띄워 놓고서/ 가운데 갔다/ 호숫가로 저으면/ 물가에는요/ 물오리 떼가 놀고/ 섬 주위에는/ 나무 끝에 꽃 피고/ 이렇게도요/ 좋은 경치인 걸까/ (타마쿠시게)/ 후타카미(二上山)의 산의/ 담쟁이처럼/ 헤어지는 일 없이/ 계속 다니며/ 해마다 계속해서/ 동료들이랑/ 이렇게 놀아 보세/ 지금 보고 있듯이

物部[6]の 八十伴の緒[7]の 思ふどち[8] 心遺らむと 馬竝めて うちくちぶり[9]の 白波の 荒磯に寄する 澁谿[10]の 崎徘徊り 松田江[11]の 長濱過ぎて 宇奈比川[12] 清き瀬ごとに 鵜川立ち[13] か行きかく行き 見つれども そこ[14]も飽かにと 布勢の海に 船浮け据ゑ[15]て 沖邊漕ぎ 邊に漕ぎ見れば 渚には あぢ群[16]騒き 島廻には 木末花咲き 許多も[17] 見の 清けきか 玉匣 二上山に 延ふ蔦の[18] 行きは別れず あり通ひ いや毎年に 思ふどち かくし遊ばむ 今も見るごと

もののふの やそとものをの おもふどち こころやらむと うまなめて うちくちぶりの しらなみの ありそによする しぶたにの さきたもとほり まつだえの ながはますぎて うなひがは きよきせごとに うかはたち かゆきかくゆき みつれども そこもあかにと ふせのうみに ふねうけすゑて おきへこぎ へにこぎみれば なぎさには あぢむらさわ き しままには こぬれはなさき ここばくも みのさやけきか たまくしげ ふたがみやま に はふつたの ゆきはわかれず ありがよひ いやとしのはに おもふどち かくしあそば む いまもみるごと

---

6 物部: 궁중에서 봉사하는 사람들로 많은 것에서 '八十'으로 이어진다.
7 八十伴の緒: 'とも'도 관료이다. 영속적인 것을 'を'라고 한다.
8 思ふどち: 친구이다.
9 うちくちぶり: 미상. 'うち'는 접두어이다. 'くち'는 '崩(く)ゆ', '朽(く)つ'와 같은 어근이며, 'ぶり'는 바람이다. 파도에 무너지는 모습을 말한 것인가.
10 澁谿: 二上의 동북, 布勢의 동쪽이다.
11 松田江: 澁谿와 氷見 사이의 해안이다.
12 宇奈比川: 宇波川이다.
13 鵜川立ち: 鵜飼를 강에서 한다.
14 そこ: 앞의 문맥을 받는다.
15 据ゑ: 충분히 띄우는 느낌이다.
16 あぢ群: 오리 떼. 다만 아지가모는 봄에 돌아가므로, 남아 있는 새인 흰뺨검둥오리를 잘못 안 것일까.
17 許多も: 심하게.
18 延ふ蔦の: 담쟁이덩굴이 뻗어가서 끝에서 만나므로, 재회를 말하는 관용적 표현이다.

越中 國府의 많은 관료들이 친한 동료들끼리 기분전환을 하려고 말을 나란히 해서 타고, 넘실거리며 치는 흰 파도가, 거친 바위가 많은 해변으로 치는 시부타니(澁谿)의 곳을 돌아서, 마츠다(松田) 강의 긴 해변을 지나서, 우나히(宇奈比) 강의 깨끗한 여울에서 사다새를 이용해서 물고기를 잡고, 여기저기로 가서 보지만서도 그래도 여전히 싫증이 나지 않고, 후세(布施)의 호수에 배를 띄워 놓고 한가운데로 저어 갔다가 호숫가 쪽으로 저어갔다가 하며 보면, 물가에는 물오리 떼가 놀고 있고, 섬 주위에는 나무 끝에 꽃이 피어서 이렇게도 아름다운 경치인 것인가. 빗을 넣는 아름다운 상자의 뚜껑이라는 뜻을 이름으로 한 후타카미(二上山) 산의 덩굴이 벗어가서 끝에는 만나는 것처럼, 그렇게 후에도 헤어지는 일이 없이 계속 다니며 해마다 더욱 동료들끼리 이렇게 놀아 보자. 지금 보고 있는 것처럼이라는 내용이다.

橋本達雄은, '이 노래는, 家持가 지은 두 번째의 賦이며, 賦라고 제목을 한 것은 二上山에 대치시켜서 지었기 때문일 것이다. 二上山의 賦는 흥에 의해 지은 것이며, 특히 발표할 곳이나 필요가 있어서 지은 것이 아니라, 家持의 궁중 찬가에 대한 동경에 의한 바가 컸다. 그러므로 二上山의 賦는 처음부터 이 賦와 한 쌍으로 구상된 것은 아니다. 즉 二上山의 賦는 단독으로 지은 것이며, 그때 布勢 호수의 賦를 짓는다는 생각은 하지 않았던 것이다. 이것은 二上山의 賦에서 이 작품의 제작까지 24일이나 간격이 있으며, 그 사이에 다른 두 종류의 이질적인 작품을 짓고 있는 것이 증거가 된다. 그러면 왜 이때 布勢 호수에서 유람하는 賦를 지을 생각을 하고, 二上山의 賦와 짝으로 하려고 했던 것인가 하면, 아마 20일의 秦八千嶋의 집에서 있은 송별연과 관계가 있을 것이다. 이 자리에서 家持는 아마 二上山의 賦를 읊었을 것이다. 그리하여 二上山의 賦는 처음의 제작 동기와는 달리, 도읍에 가지고 가는 선물과 같은 작품의 성격을 가지게 되고, 모인 사람들의 칭찬과 함께 이것만이 아니라 다른 명소의 작품을 바라는 요구도 있었을 것이다. 家持 자신도 선물로 越中의 풍토를 도읍에 소개하는 데는, 二上山의 賦만으로는 부족하다고 생각하였을 것이다. 그래서 구상한 것이 二上山의 賦의 '山'에 대해 '水'를 주제로 한 賦였다. (중략) 실은 뒤에 나오는 立山의 賦(4000번가)가, 역시 전날의 송별연 직후에 지어진 것도 궤를 같이 하는 것이며, 우연이라고는 생각할 수 없는 일치를 보이는 것이다'고 하였다[『萬葉集全注』17, pp.220~221].

3992　布勢能宇美能　意枳都之良奈美　安利我欲比　伊夜登偲能波尓　見都追思努播牟

　　　布勢の海の　沖つ白波[1]　あり通ひ　いや毎年に　見つつ偲はむ

　　　ふせのうみの　おきつしらなみ　ありがよひ　いやとしのはに　みつつしのはむ

　　　左注　右, 守大伴宿祢家持作之. 四月廿四日

敬和[2]遊覧布勢水海賦[3]一首幷一絶[4]

3993　布治奈美波　佐岐弖知里尓伎　宇能波奈波　伊麻曽佐可理等　安之比奇能　夜麻尓毛野尓毛

　　　保登等藝須　奈伎之等与米婆　宇知奈婢久　許己呂毛之努尓　曽己乎之母　宇良胡非之美等

　　　於毛布度知　宇麻宇知牟礼弖　多豆佐波理　伊泥多知美礼婆　伊美豆河泊　美奈刀能須登利

　　　安佐奈藝尓　可多尓安佐里之　思保美弖婆　都麻欲婢可波須　等母之伎尓　美都追須疑由利

　　　之夫多尓能　安利蘇乃佐伎尓　於枳追奈美　余勢久流多麻母　可多与理尓　可都良尓都久理

　　　伊毛我多米　氐尓麻吉母知弖　宇良具波之　布勢能美豆宇弥尓　阿麻夫祢尓　麻可治加伊奴

　　　吉　之路多倍能　蘇泥布理可邊之　阿登毛比弓　和賀己藝由氣婆　乎布能佐伎　波奈知利麻我

　　　比　奈伎佐尓波　阿之賀毛佐和伎　佐射礼奈美　多知弓毛爲弓母　己藝米具利　美礼登母安可

　　　受　安伎佐良婆　毛美知能等伎尓　波流佐良婆　波奈能佐可利尓　可毛加久母　伎美我麻尓麻尓

　　　等　可久之許曽　美母安吉良米々　多由流比安良米也

1　**沖つ白波**: 끊어지지 않는 모양이다.
2　**敬和**: (越中國) 장관인, 상관 家持에 대한 경의를 나타낸다.
3　**遊覧布勢水海賦**: 3991번가를 가리킨다.
4　**絶**: 1수의 절구라는 뜻이다. 長歌를 賦라고 칭한 것에 대해서, 反歌인 短歌를 絶이라고 칭하였다. 絶句는 기승전결에 의한 4구시이다.

3992　후세(布勢)의 호수의/ 가운데 파도처럼/ 계속 다니며/ 해마다 더욱 한층/ 보면서 감상하자

🌸 해설

후세(布勢) 호수의 한가운데서 치는 흰 파도가 끊어지지 않고 계속 치는 것처럼, 그렇게 계속 다니며 해마다 한층 더욱 많이 보면서 후세(布勢) 호수를 감상하자라는 내용이다.

좌주　위는, (越中國) 장관 오호토모노 스쿠네 야카모치(大伴宿禰家持)가 지었다. 4월 24일

후세(布勢) 호수에서 유람하는 賦에 삼가 화답하는 賦 1수와 絶

3993　등나무 꽃은/ 피어서 져 버렸네/ 병꽃나무 꽃/ 지금 한창이라고/ (아시히키노)/ 산에서 들에서도/ 두견새가요/ 시끄럽게 울므로/ 한쪽으로요/ 마음도 힘이 빠져/ 야산 풍경에/ 마음이 이끌려서/ 친한 벗들과/ 말을 나란히 하여/ 이끌고서는/ 나가서 서서 보면/ 이미즈 (射水) 강의/ 항구에 있는 새는/ 아침뜸에는/ 갯벌서 먹이 찾고/ 물이 차오면/ 짝을 부르며 우네/ 마음 끌리어/ 보면서 지나가서/ 시부타니(澁谿)의/ 거친 바위 곳에선/ 바다 파도가/ 실어오는 해초를/ 한 가닥 꼬아/ 머리 장식 만들어/ 아내를 위해/ 손에 감아서 가네/ 경치가 좋은/ 후세(布勢)의 호수에서요/ 어부 배에다/ 노를 많이 달아서/ (시로타헤노)/ 소매를 펄럭이며/ 소리 맞추어/ 노를 저어서 가면/ 오후(乎布) 곳에는/ 꽃들이 지고 있고/ 물가에는요/ 오리들이 우네요/ (사자레나미)/ 서 있어도 앉아도/ 저어서 돌며/ 보아도 안 질리네/ 가을이 되면/ 단풍이 물들 때에/ 봄이 되면요/ 꽃이 한창일 때에/ 어느 때라도/ 그대의 기분대로/ 이렇게 하여/ 보며 마음 풀시다/ 끊어지는 날 있을까

藤波⁵は 咲きて散りにき⁶ 卯の花は 今そ盛りと あしひきの 山にも野にも ほととぎす 鳴きし響めば うち靡く⁷ 心もしのに そこ⁸をしも うら戀しみと⁹ 思ふどち¹⁰ 馬うち¹¹ 群れて 携はり 出で立ち見れば 射水川¹² 湊の洲鳥 朝凪ぎに 潟にあさりし 潮滿てば 妻呼び交す 羨しきに¹³ 見つつ過ぎ行き 澁谿¹⁴の 荒磯の崎に¹⁵ 沖つ波 寄せ來る玉藻 片搓りに¹⁶ 縵¹⁷に作り 妹がため¹⁸ 手に纏き持ちて うらぐはし¹⁹ 布勢の水海に 海人船 に 眞梶櫂貫き²⁰ 白栲の²¹ 袖振り返し 率ひて わが漕ぎ行けば 乎布の崎²² 花散りまが ひ 渚には 葦鴨騒き²³ さざれ波 立ちても居ても 漕ぎ廻り 見れども飽かず²⁴ 秋さら ば²⁵ 黄葉の時に 春さらば 花の盛りに かもかくも²⁶ 君がまにまと かく²⁷しこそ 見も明らめめ²⁸ 絶ゆる日あらめや²⁹

---

5 **藤波**: 꽃이 파도 모양인 것을 말한다. 등꽃이다. 다음의 4구는 두견새가 알리는 내용이다.
6 **咲きて散りにき**: 한창 때를 지나서 졌다.
7 **うち靡く**: 마음을 수식하는 것이다. 야산을 그리워해서 쏠린다.
8 **そこ**: '병꽃나무 꽃이 한창인 것'을 가리킨다.
9 **うら戀しみと**: 'うら'는 마음이다. 마음으로 그리워하므로.
10 **思ふどち**: 'どち'는 친구들이다.
11 **馬うち**: 말에 채찍을 가하는 것이다.
12 **射水川**: 지금의 小矢部(오야베)川이다.
13 **羨しきに**: 부러운 마음에.
14 **澁谿**: 二上 북쪽의 해안이다. 산이 나와 있다.
15 **荒磯の崎に**: '寄せ來る玉藻'로 이어진다.
16 **片搓りに**: 두 가닥을 합치지 않고 한 가닥만 꼬는 것이다.
17 **縵**: 머리에 감아서 장식을 하는 것이다.
18 **妹がため**: 귀한 바다의 것을 선물로 하여.
19 **うらぐはし**: 칭찬해야만 할. 'うら'는 마음, 'ぐはし'는 멋진 것이다.
20 **眞梶櫂貫き**: 'まかぢ'는 배 양쪽 현의 노를 말한다. 큰 배에는 노를 달고, 작은 배에는 상앗대를 달아서. '梶, 櫂'는 모두 배를 젓는 도구(櫂는 물을 누르는 것을 주로 하는 것인가)이다.
21 **白栲の**: 흰 천의.
22 **乎布の崎**: 布勢湖의 남쪽 물가이다. 富山縣 氷見市 窪, 園 부근이다.
23 **葦鴨騒き**: 갈대 주변의 오리.
24 **見れども飽かず**: 이상으로 묘사를 끝낸다.
25 **秋さらば**: 여기서부터는 家持에게 직접 하는 인사이다.
26 **かもかくも**: 봄이든 가을이든 어느 때나.
27 **かく**: 위에서 말한 서경을 가리킨다.
28 **見も明らめめ**: 마음을 밝게 하고.
29 **絶ゆる日あらめや**: 영원히 보며 감상할 것이라는 뜻이다.

　　등꽃은 이미 피어서는 져 버렸네요. 병꽃나무의 꽃은 지금이 한창이라고, 다리를 끌며 힘들게 걸어야 하는 산에서도 들에서도 두견새가 시끄럽게 울며 알리므로, 오로지 마음도 힘이 빠질 정도로 야산의 풍경에 마음이 이끌려서, 친한 벗들과 함께 말을 나란히 해서 타고 들에 나가서 보면, 이미즈(射水) 강의 하구의 항구에 있는 새는, 아침뜸에는 물이 빠진 갯벌에서 먹이를 찾고 있고, 물이 차오면 짝을 부르며 우네. 마음이 끌리어 보면서 지나가서, 시부타니(澁谿)의 거친 바위가 많은 곳에서는, 먼 바다의 파도가 실어오는 해초를 한 가닥만을 꼬아서 머리에 얹을 장식으로 만들어서, 아내를 위해 손에 감아서 가지고 가네. 경치가 좋은 후세(布勢)의 호수에서 어부의 배에 노를 많이 달아서 흰 소매를 바람에 펄럭이며 소리를 맞추어서 노를 저어가면, 오후(乎布)의 곶에는 꽃들이 지고 있고, 물가에는 오리들이 시끄럽게 우네. 잔잔한 물결이 일어나듯이 그렇게 일어나서 서 있어 보아도 앉아 있어 보아도, 호수를 저어서 돌며 보는 경치는 아무리 보아도 싫증이 나질 않네. 가을이 되면 단풍이 물들 때에, 봄이 되면 꽃이 한창일 때에 봄이든 가을이든 어느 때라도 그대의 기분이 내키는 대로, 이렇게 경치를 보며 마음을 상쾌하게 합시다. 보고 싫증이 나는 날이 어찌 있을 수가 있겠습니까라는 내용이다.

　　후세(布勢) 호수의 아름다운 경치를 보는 것이, 싫증이 나서 보지 않게 되는 날이 있을까요. 절대로 없을 것이라는 뜻이다.

　　私注에서는, 池主가 앞의 家持의 노래에 답한 것이다. 長歌를 賦라고 부른 것에 대해 反歌를 絶이라고 부르고 있다. 지어진 4월 26일은 池主의 숙소에서 家持를 위한 송별연이 있었으므로, 그 자리에서 家持는 자신이 지은 작품을 읊고, 池主가 그 자리에서 바로 답한 것이겠다. 家持의 작품을 지나치게 따르고 있는 것은, 물론 家持의 노래와 마찬가지로 현실적인 곳이 적고 이것저것 선인들의 작품에서 좋은 표현을 따와서 지은 것으로, 작품도 드디어 말기라고 하는 것을 증명하는 자료가 될 것이다'고 하였다『萬葉集私注』 8, p.40l. 私注에서는 이 작품을 그다지 높게 평가하지 않고 있다.

　　그러나 橋本達雄은, '家持의 賦에 답한 것으로, 家持의 마음을 읽으면서 그것에 대응시키면서도 부족한 곳을 보완하면서, 주제의 전개상 불필요하다고 생각되는 것을 생략하고, 극히 지성적으로 정연하게 구성한 노래이다. 57구로 이루어진 長歌로 家持의 작품보다 20구 길지만, 구성은 2단락으로 家持의 형식을 따랐다고 생각된다. (중략) 이상을 정리하면 池主의 노래는 도입 부분에 16구(제1, 제2 부분), 중간의 서술에 16구(제3, 제4 부분), 호수의 서술에 16구(제5, 제6 부분), 마지막 제2단락에 9구를 배분하여 극히 치밀하게 전체의 균형을 생각하면서 구성하고 있는 것을 알 수 있다. 家持의 노래가 주정적 · 영탄적이며, 균형 등은 깊이 생각하지 않고 있음에 비해, 池主가 얼마나 이지적 · 합리적이었던가를 잘 보여준다. 賦라고 하는 것에 잘 맞는 표현 방식이라고 해야만 할 것이다'고 하였다『萬葉集全注』 17, pp.227~230l.

ふぢなみは　さきてちりにき　うのはなは　いまそさかりと　あしひきの　やまにものにも
ほととぎす　なきしとよめば　うちなびく　こころもしのに　そこをしも　うらごひしみと
おもふどち　うまうちむれて　たづさはり　いでたちみれば　いみづかは　みなとのすどり
あさなぎに　かたにあさりし　しほみてば　つまよびかはす　ともしきに　みつつすぎゆき
しぶたにの　ありそのさきに　おきつなみ　よせくるたまも　かたよりに　かづらにつくり
いもがため　てにまきもちて　うらぐはし　ふせのみづうみに　あまぶねに　まかぢかいぬ
き　しろたへの　そでふりかへし　あどもひて　わがこぎゆけば　をふのさき　はなちりまが
ひ　なぎさには　あしがもさわき　さざれなみ　たちてもゐても　こぎめぐり　みれどもあか
ず　あきさらば　もみちのときに　はるさらば　はなのさかりに　かもかくも　きみがまにま
と　かくしこそ　みもあきらめめ　たゆるひあらめや

3994　之良奈美能　与世久流多麻毛　余能安比太母　都藝弖民仁許武　吉欲伎波麻備乎

　　　白波の　寄せくる玉藻　世の間も[1]　續ぎて見に來む　清き濱邊を

　　　しらなみの　よせくるたまも　よのあひだも　つぎてみにこむ　きよきはまびを

[左注]　右, 掾大伴宿祢池主作 [四月廿六日追和]

---

1 世の間も: 해초의 '節(よ: 마디)'이 '世(よ)'와 발음이 같으므로 수식하고 있다.

또 私注에서는 연회 자리에서 家持의 작품을 듣고, 池主가 바로 그 자리에서 답한 것이라고 한 것에 대해 橋本達雄은, '치밀한 구성을 하고 있는 노래가, 즉흥적으로 그 자리에서 지어졌다고는 도저히 생각되지 않는다. 家持가 미리 池主에게 자신의 작품을 보여주고, 그에 대한 답가를 池主가 지어 놓고, 당일 연회에서 함께 읊은 것이 아닐까. 이날 연회에서는 池主는 직접 짓지 않고 전해져 내려오는 노래를 부르고 있는 것도 敬和의 작품으로 책임을 회피한 것이겠다'고 하였다[『萬葉集全注』 17, p.231].

3994 흰 파도가요/ 실어 온 해초 마디/ 살아 있는 동안/ 계속해 보러 오자/ 깨끗한 해변을요

해설

흰 파도가 실어오는 해초의 마디와 소리가 같은 이 세상을 살아가는 동안, 계속해서 보러 오자. 이 깨끗한 해변을이라는 내용이다.

좌주 위는, 판관 오호토모노 스쿠네 이케누시(大伴宿禰池主)의 작품 [4월 26일에 追和]

四月廿六日，掾大伴宿祢池主之舘，
餞税帳使[1]守大伴宿祢家持宴歌，并古歌[2]．四首

3995　多麻保許乃　美知尓伊泥多知　和可礼奈婆　見奴日佐麻祢美　孤悲思家武可母 [一云, 不見日久弥　戀之家牟加母]

玉桙の[3]　道に出で立ち　別れなば　見ぬ日さまねみ[4]　戀しけむかも [一は云はく, 見ぬ日久しみ　戀しけむかも]

たまほこの　みちにいでたち　わかれなば　みぬひさまねみ　こひしけむかも [あるいはいはく, みぬひひさしみ　こひしけむかも]

左注 右一首, 大伴宿祢家持作之.

3996　和我勢古我　久尓敝麻之奈婆　保等登藝須　奈可牟佐都奇波　佐夫之家牟可母

わが背子[5]が　國[6]へましなば[7]　ほととぎす　鳴かむ五月は[8]　さぶしけむかも

わがせこが　くにへましなば　ほととぎす　なかむさつきは　さぶしけむかも

左注 右一首, 介[9]内蔵忌寸縄麿[10]作之.

---

1 **税帳使**: 正税帳使와 같다. 正税帳을 가지고 도읍으로 올라가는 사람이다.
2 **古歌**: 3998번가를 가리킨다.
3 **玉桙の**: '道'를 상투적으로 수식하는 枕詞이다.
4 **見ぬ日さまねみ**: 'さまねじ'는 다수. 수가 많으므로.
5 **わが背子**: 家持를 가리킨다.
6 **國**: 고향. 여기서는 奈良를 가리킨다.
7 **ましなば**: 'まし'는 경어. 'な'는 완료를 나타낸다.
8 **鳴かむ五月は**: 기다리던 두견새가 울어도.
9 **介**: 이등관이다.
10 **内蔵忌寸縄麿**: 天平 17년(745) 10월 21일에 정6위상으로 大蔵少丞이었다.

4월 26일에, 판관 오호토모노 스쿠네 이케누시(大伴宿禰池主)의
관사에서, 稅帳使로 출발하는 (越中國) 장관 오호토모노 스쿠네
야카모치(大伴宿禰家持)를 송별하는 연회를 할 때의 노래와 옛 노래. 4수

3995 (타마호코노)/ 길로 여행 떠나니/ 헤어지면요/ 못 보는 날 많아서/ 그리워지겠지요 [혹은
      말하기를, 못보는 날 오래니/ 그리워지겠지요]

🌸 **해설**

　창을 세워 놓은 길로 여행을 떠나니, 그대와 헤어지면 보지 못하는 날이 많아서 그리워지겠지요[혹은
말하기를, 보지 못하는 날이 오래니 그리워지겠지요]라는 내용이다.
　송별연에서의 家持의 인사 노래이다.

　　좌주　위의 1수는, 오호토모노 스쿠네 야카모치(大伴宿禰家持)가 지었다.

3996 나의 그대가/ 고향으로 가시면/ 두견새가요/ 우는 5월에는요/ 쓸쓸해지겠지요

🌸 **해설**

　그대가 고향인 奈良으로 가고 나면 두견새가 우는 5월이라고 해도 쓸쓸하겠지요라는 내용이다.
　家持를 송별하는 연회석에서의 쿠라노 이미키 나하마로(内蔵忌寸繩麿)의 인사 노래이다.

　　좌주　위의 1수는, 차관 쿠라노 이미키 나하마로(内蔵忌寸繩麿)가 지었다.

3997　安礼奈之等　奈和備和我勢故　保登等藝須　奈可牟佐都奇波　多麻乎奴香佐祢

吾なしと　な佗び[1]わが背子[2]　ほととぎす　鳴かむ五月は　玉を貫かさね[3]

あれなしと　なわびわがせこ　ほととぎす　なかむさつきは　たまをぬかさね

左注　右一首, 守大伴宿祢家持和.

石川朝臣水通橘歌一首[4]

3998　和我夜度能　花橘乎　波奈其米尔　多麻尔曽安我奴久　麻多婆苦流之美

わが屋戸の　花橘を[5]　花ごめに[6]　玉にそ吾が貫く　待たば苦しみ[7]

わがやどの　はなたちばなを　はなごめに　たまにそあがぬく　またばくるしみ

左注　右一首, 傳誦, 主人大伴宿祢池主云尔.

---

1 **な佗び**: 'な'는 금지의 조사이다. '佗び'는 괴롭게 생각하는 것이다.
2 **わが背子**: 繩麿를 가리킨다.
3 **玉を貫かさね**: 꽃을 실에 꿰어 옥추단으로 한다. 'さ'는 경어이다. 'ね'는 희구의 조사이다.
4 **石川朝臣水通橘歌一首**: 3995번가의 제목에서 말하는 古歌에 해당한다.
5 **花橘を**: 홍귤나무 꽃이다.
6 **花ごめに**: 꽃마다. 보통은 열매를 실에 꿰지만 여기에서는 꽃이 피어 있는 동안에, 꽃마다.
7 **待たば苦しみ**: 기다리는 마음의 고통이다.

3997 내가 없다고/ 외로워 마요 그대/ 두견새가요/ 우는 5월에는요/ 구슬 꿰어 주세요

해설

내가 없다고 외로워하지 마세요. 그대여. 두견새가 와서 우는 5월에는 홍귤 꽃을 구슬로 해서 실에 꿰어 주세요라는 내용이다.

좌주 위의 1수는, (越中國) 장관 오호토모노 스쿠네 야카모치(大伴宿禰家持)가 답하였다.

이시카하 아소미 미미치(石川朝臣水通)의 홍귤 노래 1수

3998 우리 집의요/ 홍귤나무 꽃을요/ 꽃도 함께요/ 구슬로 나는 꿰네/ 기다리기 힘들어

해설

우리 집의 홍귤나무 꽃을, 꽃도 함께 구슬로 나는 실에 꿰네요. 열매가 되기까지 기다리기가 힘들어서 라는 내용이다.

全集에서는, '홍귤나무 꽃을 젊은 여자에 비유하는 것은, 3574번가 등에도 있으며, 이 노래도 원래는 젊은 여성이 성장하는 것을 기다리기 힘들어하는 마음을 그 속에 담은 우의의 노래인가'라고 하였대『萬葉集』 4, p.213].

좌주 위의 1수는, 전송하여 주인인 오호토모노 스쿠네 이케누시(大伴宿禰池主)가 말한 것이다. 大系에서는, '3995번가 제목에 古歌라고 하였지만 오래된 노래라고는 보이지 않는다. 大伴池主가 傳誦한 것으로 古歌라고 한 것. 대체로『만엽집』에서 古歌라고 한 것은 새롭게 그 시대에 창작된 노래가 아니라고 하는 정도의 의미인 경우가 많다'고 하였대『萬葉集』 4, p.229].

守大伴宿祢家持舘飲宴歌一首 四月廿六日[1]

3999　美夜故敞尓　多都日知可豆久　安久麻弖尓　安比見而由可奈　故布流比於保家牟

都邊に[2]　立つ日近づく　飽くまでに　相見て行かな[3]　戀ふる日多けむ

みやこへに　たつひちかづく　あくまでに　あひみてゆかな　こふるひおほけむ

立山[4]賦一首并短謌 此立山者有新川郡[5]也

4000　安麻射可流　比奈尓名可加須　古思能奈可　久奴知許登其等　夜麻波之母　之自尓安礼登毛

加波々之母　佐波尓由氣等毛　須賣加未能　宇之波伎伊麻須　尓比可波能　曽能多知夜麻尓

等許奈都尓　由伎布理之伎弖　於婆勢流　可多加比河波能　伎欲吉瀬尓　安佐欲比其等尓

多都奇利能　於毛比須疑米夜　安里我欲比　伊夜登之能播仁　余増能未母　布利佐氣見都々

余呂豆餘能　可多良比具佐等　伊末太見奴　比等尓母都氣牟　於登能未毛　名能未母伎吉氐

登母之夫流我祢

<hr>

1 **四月廿六日**: 3995번가 이하의 작품들과 같은 날이다.
2 **都邊に**: '邊'은 접미어이다.
3 **相見て行かな**: 'な'는 願望을 나타낸다.
4 **立山**: 富山縣 中新川郡의 동남쪽으로 이어지는 봉우리이다. 중심된 봉우리는 大汝山(3015미터). 지금 타테야
　마라고도 부른다.
5 **新川郡**: 지금의 상, 중, 하 新川郡 전체.

장관 오호토모노 스쿠네 야카모치(大伴宿禰家持)의
관사에서 연회하는 노래 1수 4월 26일

3999 도읍 쪽으로/ 가는 날 다가왔네/ 싫증나도록/ 서로 보고 갑시다/ 그리울 날 많을 테니

✿ 해설

도읍으로 출발을 해야 하는 날이 가까이 다가왔네요. 싫증이 날 정도로 마음껏 즐기며 서로 보고 갑시다. 지금부터 그리워할 날이 많을 것이므로라는 내용이다.

이 작품의 작자는 명기되어 있지 않은데 私注에서는, '같은 26일 家持의 거처에서 주연할 때의 노래이다. 제목에서 겸하여 말할 작정이었으므로 家持로 보아야 한다. 혹은 池主의 집에서의 연회가 끝난 후에 家持가 자신의 숙소로 여러 사람을 청할 때의 노래일까'라고 하였다『萬葉集私注』8, p.404].

타치야마(立山)의 賦 1수와 短歌 이 立山은 니히카하(新川)郡에 있다

4000 (아마자카루)/ 시골에 이름 떨친/ 코시(越)의 안의/ 나라 안의 각지에/ 산은 말이죠/ 많고 많이 있지만/ 강도 말이죠/ 많이 흘러가지만/ 나라의 신이/ 통치를 하고 있는/ 니히카하(新川)의 그 타치야마(立山)에요/ 여름까지도/ 눈이 계속 내려서/ 띠 이루는/ 카타카히(片貝)의 강의/ 맑은 여울에/ 아침과 저녁으로/ 이는 안갠 양/ 잊을 수가 있을까/ 계속 다니며/ 더한층 해마다요/ 멀리서라도/ 바라다보면서요/ 만대까지의/ 이야깃거리로서/ 아직도 못 본/ 사람에게 알리자/ 소문이라도/ 이름이라도 듣고/ 부럽게 생각하게

天離る[6] 鄙に名懸かす[7] 越の中 國内[8]ことごと 山はしも[9] 繁にあれども 川はしも 多に行けども 皇神[10]の 領きいます 新川の その立山に 常夏に[11] 雪降りしきて[12] 帯ばせる[13] 片貝川[14]の 清き瀬に 朝夕ごとに 立つ霧の 思ひ過ぎめや[15] あり通ひ[16] いや年のはに 外のみも[17] 振り放け見つつ 萬代の 語らひ草と いまだ見ぬ 人にも告げむ 音のみも 名のみも聞きて 羨しぶるがね[18]

あまざかる ひなになかかす こしのなか くぬちことごと やまはしも しじにあれども かははしも さはにゆけども すめかみの うしはきいます にひかはの そのたちやまに とこなつに ゆきふりしきて おばせる かたかひがはの きよきせに あさよひごとに たつきりの おもひすぎめや ありがよひ いやとしのはに よそのみも ふりさけみつつ よろづよの かたらひぐさと いまだみぬ ひとにもつげむ おとのみも なのみもききて ともしぶるがね

---

6 **天離る**: 하늘 멀리 떨어진.
7 **名懸かす**: 'す'는 경어이다. 시골에 널리 이름을 떨치고 있다.
8 **國内**: 'くぬち'는 'くにうち'의 축약형이다.
9 **山はしも**: 'し', 'も' 모두 강조하는 뜻이다. 이하 국가 찬미가의 형식에 의한 표현이다. 많은 것 중에서 특히 立山을 택하였다.
10 **皇神**: 통치하는 신이다.
11 **常夏に**: 영구히. 여름에도. 지금 여름의 立山을 보고 있다.
12 **雪降りしきて**: 'しく'는 겹친다는 뜻이다.
13 **帯ばせる**: 'おぶ의 경어이다.
14 **片貝川**: 富山縣 中新川郡, 立山의 북쪽에서 출발하여 漁津市로 흘러간다. '帯ばせる'라고 하기에는 좀 부적당하다. 立山을 더욱 북쪽까지의 범위로 하면 좋다.
15 **思ひ過ぎめや**: 'や'는 강한 부정을 동반한 의문을 나타낸다. '思ひ過ぎ'는 안개가 사라지는 것처럼 잊는다.
16 **あり通ひ**: 'あり…'는 '…계속하다'는 뜻이다.
17 **外のみも**: 산에 오르지 않더라도.
18 **羨しぶるがね**: 'がね'는 희구를 나타낸다.

해설

하늘 저 먼 곳인 시골에 이름을 떨치고 있는 立山. 코시(越) 나라에는 나라 안의 각 지역에 산은 많이 있지만, 강도 많이 흘러가지만, 특히 그 중에서 나라의 신이 통치를 하고 있는 니히카하(新川)郡의 그 타치야마(立山). 그 산은 여름에도 눈이 끊임없이 계속 내리고, 산을 둘러싸고 띠를 이루고 있는 카타카히(片貝) 강의 맑은 여울에는 아침에도 저녁에도 안개가 끼네. 그 안개가 사라지는 것처럼 어떻게 생각을 하지 않고 잊을 수가 있을까요. 계속 다니며, 더한층 해마다 멀리서라도 바라다보면서 만대 후까지도 영원하도록 이야깃거리로 하여, 아직도 그 산을 본 적이 없는 사람들에게 말하여 전해 줍시다. 소문만이라도 이름만이라도 듣고 부럽게 생각하도록 하기 위하여라는 내용이다.

'名懸かす'를 大系에서는, '이름을 걸고 있다. 이름이 높다는 뜻일 것이다. '懸かす'는 존경을 나타낸다. 立山에 경의를 나타내고 있는 것일 것이다'고 하였다『萬葉集』 4, p.229]. 그리고 '常夏に'를 '미래 영구히 여름의 계절에'라고 하였다『萬葉集』 4, p.230].

이 작품의 제작 동기에 대하여 私注에서는, '越中 국내의 명산인 立山 찬가이다. 제작 동기는 二上山賦와 비슷할 것이다. 특히 이 노래에서는 결말의 몇 구에, 아직 보지 못한 사람에게 전하려고 하는 뜻이 명백하게 드러나 있다. 도읍에 있는 사람들에게 선물로 지은 것으로 보인다. (越中國) 장관으로서의 家持다운 태도라고 할 수 있다. 전체의 구상도 어구도 선인들의 작품을 벗어나지 못하고 있는 것은 家持의 역량으로서는 어쩔 수 없는 것이었겠지만 간소한 흐름은 그의 작품으로서는 잘 된 것이라고 해야만 할까'라고 하였다『萬葉集私注』 8, p.407].

橋本達雄은, '1수의 제작 동기는 아마도 전날의 池主의 집에서 있은 송별연의 분위기에 있을 것이다. 이 자리에서 布勢 水海를 유람하는 賦와 池主의 敬和하는 賦가 소개되었던 것은 거의 의심할 바가 없다. 연회 석상에서 布勢 水海에 짝하는 산으로 명산인 立山의 賦가 없는 것은, 越中의 명승지를 도읍에 소개하는 선물로는 부족하다고 하는 소리가 당연히 나왔을 것이라고 생각된다. 아마도 그 요청에 응하여 바로 생각을 펼친 것이겠다. 1수는 人麻呂, 赤人, 福麻呂 등의 찬가에 많이 사용된 어구와 형식을 비교적 안이하게 답습하여 조립하고 있는 것, 지적한 대로 'あり通ひ' 이하의 적절하지 못한 표현과 앞부분의 문맥적 비약 등이 눈에 띄는 것, 끝부분의 5구에 새삼스럽게 도읍으로 가져가는 선물로서의 의식을 강하게 드러내고 있는 것 등, 모두 제작 동기와 갑작스럽게 짓게 된 것에 기인한다고 생각된다'고 하였다『萬葉集全注』 17, p.244].

4001　多知夜麻尓　布里於家流由伎乎　登己奈都尓　見礼等母安可受　加武賀良奈良之

　　　立山に　降り置ける雪を　常夏に¹　見れども飽かず²　神から³ならし

　　　たちやまに　ふりおけるゆきを　とこなつに　みれどもあかず　かむからならし

4002　可多加比能　可波能瀬伎欲久　由久美豆能　多由流許登奈久　安里我欲比見牟

　　　片貝の　川の瀬清く　行く水の⁴　絶ゆることなく　あり通ひ見む⁵

　　　かたかひの　かはのせきよく　ゆくみづの　たゆることなく　ありがよひみむ

　　左注　四月廿七日, 大伴宿祢家持作之.

敬和⁶立山賦⁷一首并二絶⁸

4003　阿佐比左之　曽我比尓見由流　可無奈我良　弥奈尓於婆勢流　之良久母能　知邊乎於之和氣
　　　安麻曽々理　多可吉多知夜麻　布由奈都登　和久許等母奈久　之路多倍尓　遊吉波布里於吉
　　　弖　伊尓之邊遊　阿里吉仁家礼婆　許其志可毛　伊波能可牟佐備　多末伎波流　伊久代経尓家
　　　牟　多知氐爲弖　見礼登毛安夜之　弥祢太可美　多尓乎布可美等　於知多藝都　吉欲伎可敷知
　　　尓　安佐左良受　綺利多知和多利　由布佐礼婆　久毛爲多奈毗吉　久毛爲奈須　己許呂毛之努
　　　尓　多都奇理能　於毛比須具佐受　由久美豆乃　於等母佐夜氣久　与呂豆余尓　伊比都藝由可
　　　牟　加波之多要受波

---

1 **常夏に**: 더구나 눈이 적은 시기에 계속.
2 **見れども飽かず**: 찬미의 마음이다.
3 **神から**: 신 자체의 본성이다.
4 **行く水の**: 끊어지지 않는 모습을 형용한 것이다.
5 **あり通ひ見む**: 찬가의 형식을 답습한 표현이다.
6 **敬和**: 家持에 대한 敬意를 나타낸다.
7 **立山賦**: 4000번가를 가리킨다.
8 **絶**: 1수의 絶句라는 뜻이다. 長歌를 賦라고 칭한 것에 대해서, 反歌인 短歌를 絶이라고 칭하였다. 絶句는 기승전결에 의한 4구시이다.

4001   타치야마(立山)에/ 내려 쌓여 있는 눈을/ 여름에도요/ 보아도 질리잖네/ 신의 본성 탓인가

✿ 해설

타치야마(立山)에 내려 쌓여 있는 눈을 여름에까지 보아도 싫증이 나지 않네. 신의 본성에 의한 것 같네라는 내용이다.

일 년 동안 계속 타치야마(立山)에 내려 쌓여 있는 눈을 보아도 싫지 않는 것은, 그 산의 신령한 성격 때문이라는 뜻이다.

4002   카타카히(片貝)의/ 강여울이 맑아서/ 가는 물처럼/ 끊어지는 일 없이/ 계속 다니며 보자

✿ 해설

카타카히(片貝) 강의 맑은 강여울을 흘러가는 물이 끊어지는 일이 없는 것처럼, 그렇게 끊어지는 일이 없이 계속 다니며 보자라는 내용이다.

[좌주]   4월 27일, 오호토모노 스쿠네 야카모치(大伴宿禰家持)가 지었다.

타치야마(立山) 賦에 삼가 답하는 1수와 2絶

4003   아침 해 비춰/ 뒤쪽으로 보이는/ 신의 속성을/ 이름에 가졌으며/ 흰 구름의요/ 천 겹을 헤치고서/ 하늘에 솟아/ 높은 타치야마(立山)는/ 겨울 여름을/ 구분도 하지 않고/ 새하얗게도/ 눈은 내려서 쌓여서/ 옛날서부터/ 세월 지나왔으니/ 험악스러운/ 바위 신령스럽게/ (타마키하루)/ 몇 대 지나왔겠지/ 서거나 앉아/ 보아도 신기하네/ 봉우리 높고/ 계곡은 깊으므로/ 세게 흐르는/ 맑은 계곡 주변엔/ 아침마다요/ 안개가 끼어 있고/ 저녁이 되면/ 구름이 걸려 있네/ 그 구름처럼/ 마음도 답답하고/ 그 안개처럼/ 잊혀지지 않아서/ 가는 물처럼/ 소리도 분명하게/ 만대까지도/ 계속 전하여 가자/ 강 안 끊어지는 한

朝日さし　背向⁹に見ゆる　神ながら　御名に帶ばせる¹⁰　白雲の　千重を押し別け　天そそり　高き立山　冬夏と　分くこともなく　白栲に¹¹　雪は降り置きて　古ゆ¹²　あり來にければ¹³　こごしかも¹⁴　巖の神さび　たまきはる¹⁵　幾代經にけむ　立ちて居て　見れどもあやし¹⁶　峰高み　谷を深みと　落ち激つ　清き河内に¹⁷　朝去らず　霧立ち渡り　夕されば　雲居たなびき¹⁸　雲居なす¹⁹　心もしのに²⁰　立つ霧の　思ひ過さず²¹　行く水の　音も清けく　萬代に　言ひ續ぎ行かむ　川し絶えずは²²

あさひさし　そがひにみゆる　かむながら　みなにおばせる　しらくもの　ちへをおしわけ　あまそそり　たかきたちやま　ふゆなつと　わくこともなく　しろたへに　ゆきはふりおきて　いにしへゆ　ありきにければ　こごしかも　いはのかむさび　たまきはる　いくよへにけむ　たちてゐて　みれどもあやし　みねだかみ　たにをふかみと　おちたぎつ　きよきかふちに　あささらず　きりたちわたり　ゆふされば　くもゐたなびき　くもゐなす　こころもしのに　たつきりの　おもひすぐさず　ゆくみづの　おともさやけく　よろづよに　いひつぎゆかむ　かはしたえずは

---

9 **背向**: 뒤쪽이다. 아침 해가 뜰 시각에 산그늘이 된 산 모양을 말한다.
10 **御名に帶ばせる**: 신 그 자체로. 神山이라는 이름을 가지고 있다. 'せ'는 경어.
11 **白栲に**: 흰 것을 상투적으로 수식하는 枕詞이다. 본래는 흰 천이다.
12 **古ゆ**: 'ゆ'는 경과를 나타낸다.
13 **あり來にければ**: 내려 쌓여왔으므로.
14 **こごしかも**: 응고된 상태이다.
15 **たまきはる**: 본래 命을 상투적으로 수식하는 枕詞로 혼이 다한다는 뜻이다. 여기에서는 年을 수식하고 있다.
16 **見れどもあやし**: 靈異한 모습이다.
17 **清き河内に**: 片貝川의 흐름에 둘러싸인 지역이다.
18 **雲居たなびき**: '雲居'는 구름과 같다. 'た'는 접두어이다.
19 **雲居なす**: 움직이지 않는 구름의 무거운 모습을 마음이 위축된 것으로 연결시킨다.
20 **心もしのに**: 마음도 축 처질 정도로. 앞의 '幾代經にけむ'와 조응한다.
21 **思ひ過さず**: '思ひ過ぎ'는 안개가 사라지는 것처럼 잊는다.
22 **川し絶えずは**: 끊어지지 않고. 강은 끊어지지 않으므로 영원히 전하는 것이 된다.

아침 해가 비추자 그 빛을 받아서 뒤를 보이는 타치야마(立山). 신령스러운 신의 속성을 그 이름에 가진 立山. 천 겹이나 되는 흰 구름을 뚫어 헤치고 하늘에 솟아 있는 높은 立山은, 겨울과 여름을 구분하는 일도 없이, 일 년 내내 새하얗게도 눈은 내려 쌓여서, 옛날부터 세월이 지나왔으므로, 험악한 그 바위들도 신령스럽게 몇 대 지나온 것이겠지. 서서 보아도 앉아서 보아도 신기한 산이네. 봉우리는 높고 계곡은 깊으므로 세차게 흐르는 맑은 계곡 주변에는 아침마다 안개가 끼고, 저녁이 되면 구름이 걸려 있네. 그 구름처럼 마음도 답답하고, 끼어 있는 안개처럼 잊혀지는 일도 없이 생각이 나는 산이여. 격류의 물처럼 말도 분명하게 만대까지 오래도록 계속 전하여 가자. 강이 끊어지는 일이 없는 것처럼 그렇게 끊어지지 말고 영원히라는 내용이다.

　이 작품은, 앞의 家持의 賦(4000~4002번가)에 대해 池主가 답한 것이다.

　橋本達雄은, '37구의 長歌로 2단락으로 구성되어 있다. 첫 단락은 '立ちて居て 見れどもあやし'까지의 20구이며, 家持의 작품의 제1 단락과 같은 구수이지만, 처음의 8구 '高き立山'까지는 立山을 총괄적으로 찬양하며 제시하고, 이어서 12구는 그것을 세밀하게 표현하여 그 영묘함을 말하고 있다. 둘째 단락은 '峰高み' 이하 끝까지의 17구. 그 처음 8구는 강에 대한 서술, 이어서 9구는 그것을 이으면서 만대까지 이야기로 전해가자고 하는 희망을 말하고 있다. 家持의 작품에 조응시키면서 노래하되, 家持가 언급하지 않은 부분을 첨가하고 합리적·논리적으로 구성하고 있다. 그 개요를 말하면, 첫째 단락의 처음 8구는 家持의 처음 12구에 대응하는 부분이지만, 家持가 추상적·개념적으로 찬미하여 立山을 제시하고 있을 뿐임에 비해, 여기에서는 극히 구상적으로 높고 웅대한 立山의 모습을 종합적으로 노래하고 있다. 家持의 노래를 보완하려고 하는 의도가 있었던 것임을 생각하게 한다. 양자의 차이는, 家持가 '新川の その立山に'라고 감동도 없이 주제를 제시하고 있음에 비해, 池主는 '天そそり 高き立山'이라고 인상 깊게 말하고 있는 것만 보아도 현저하다. 그리고 이어서 12구는 그것을 상세하게 설명하고, 오로지 산의 모습을 말하고 있다. (중략) 둘째 단락은 산이 높고 강이 깊은 것에서, 강의 서술로 옮겨가서 家持의 작품의 강과 강 안개와 조응시키면서, 산에 끼어 있는 구름과 함께 강의 풍경을 묘사하고 있으므로, 이것도 극히 합리적인 전개를 보이고 있다. (중략) 이처럼 이 두 개의 賦의 경우에도 布勢 水海의 賦에 대해 말한 두 사람의 경향이 거의 그대로 지적될 수 있다. 즉 家持가 주정적·추상적·영탄적임에 비해 池主가 얼마나 주지적·구상적·설명적이었던 것인가 하는 것이다. 그러나 여기에는 敬和의 노래라고 하는 성격도 고려하지 않으면 안 될 것이다. 그렇다고 해도 중국의 賦는 어느 쪽인가 하면 池主와 같은 서술적 방법을 취하는 것이므로, 賦에 대한 인식은 池主 쪽이 깊었던 것이라고 생각된다'고 하였다[『萬葉集全注』 17, pp.252~253].

4004　多知夜麻尓　布理於家流由伎能　等許奈都尓　氣受弖和多流波　可無奈我良等曽

立山に　降り置ける雪の　常夏¹に　消ずてわたるは　神ながらとそ

たちやまに　ふりおけるゆきの　とこなつに　けずてわたるは　かむながらとそ

4005　於知多藝都　可多加比我波能　多延奴期等　伊麻見流比等母　夜麻受可欲波牟

落ち激つ　片貝川の　絶えぬ如　今見る人²も　止まず通はむ

おちたぎつ　かたかひがはの　たえぬごと　いまみるひとも　やまずかよはむ

左注　右, 掾大伴宿祢池主和之. 四月廿八日

入京³漸近, 悲情難撥, 述懐一首并一絶⁴

4006　可伎加蘇布　敷多我美夜麻尓　可牟佐備弖　多氏流都我能奇　毛等母延毛　於夜自得伎波尓

波之伎与之　和我世乃伎美乎　安佐左良受　安比弖許登騰比　由布佐礼婆　手多豆伎波利弖

伊美豆河波　吉欲伎可布知尓　伊泥多知弖　和我多知弥礼婆　安由能加是　伊多久之布氣婆

美奈刀尓波　之良奈美多可弥　都麻欲夫等　須騰理波佐和久　安之可流等　安麻乃乎夫祢波

伊里延許具　加遅能於等多可之　曽己乎之毛　安夜尓登母志美　之怒比都追　安蘇夫佐香理

乎　須賣呂伎能　乎須久尓奈礼婆　美許登母知　多知和可礼奈婆　於久礼多流　吉民波安礼騰母

1 **常夏**: 여름에도 영원히.
2 **今見る人**: 4002번가를 받아서 '今見る人'이라고 하였다. 家持를 가리킨다.
3 **入京**: 稅帳使로. 다음 작품(4008번가)이 5월 2일이므로 그 직후에 출발하였는가. 돌아온 후의 첫 작품은 9월 26일.
4 **絶**: 1수의 絶句라는 뜻이다. 長歌를 賦라고 칭한 것에 대해서, 反歌인 短歌를 絶이라고 칭하였다. 絶句는 기승전결에 의한 4구시이다.

4004　타치야마(立山)에/ 내려서 쌓이는 눈이/ 여름 동안도/ 사라지지 않는 건/ 신 자체 모습이네

　　타치야마(立山)에 내려서 쌓여 있는 눈이 여름에도 사라지지 않고 일 년 내내 있는 것은, 산이 신 그 자체의 모습인 때문이네라는 내용이다.
　　산 자체가 신령스러워서 일 년 내내 산에 눈이 쌓여 있다고 한 것이다.

4005　세게 흐르는/ 카타카히(片貝) 강이요/ 안 끊어지듯/ 지금 보는 사람도/ 끊임없이 다니죠

　　세차게 흐르는 카타카히(片貝) 강이 끊어지지 않고 계속 흐르듯이, 지금 보는 사람도 그렇게 끊어지지 말고 끊임없이 다니면서 보겠지요라는 내용이다.
　　家持가 끊임없이 다니면서 立山을 볼 것이라는 뜻이다.

　　좌주　위는, 판관 오호토모노 스쿠네 이케누시(大伴宿禰池主)가 답한 것이다. 4월 28일

도읍으로 들어갈 날이 점점 가까워지자
슬픈 마음을 떨치기 힘들어 생각을 읊은 1수와 1絶

4006　(카키카조후)/ 후타카미(二上) 산에요/ 신령스럽게/ 나 있는 솔송나무/ 근본 가지도/ 같이 안 변하듯이/ 항상 친근한/ 나의 그대인 것을/ 아침마다요/ 만나서 얘기하고/ 저녁이 되면/ 손을 잡고서는요/ 이미즈(射水) 강의/ 깨끗한 강가로요/ 나가서 서서/ 내가 보고 있으면/ 동쪽 바람이/ 심하게 불어와서/ 항구에는요/ 흰 파도가 높으니/ 짝 부른다고/ 섬에 있는 새 우네/ 갈대 베려고/ 어부의 작은 배는/ 入江을 젓는/ 노의 소리가 높네요/ 이것저것이/ 매우

多麻保許乃　美知由久和礼播　之良久毛能　多奈妣久夜麻乎　伊波祢布美　古要敞奈利奈婆

孤悲之家久　氣乃奈我家牟曽　則許母倍婆　許己呂志伊多思　保等登藝須　許惠尓安倍奴久

多麻尓母我　手尓麻吉毛知弖　安佐欲比尓　見都追由可牟乎　於伎弖伊加婆乎思

かき數ふ⁵　二上山に　神さびて⁶　立てる栂の木⁷　本も枝も⁸　同じ常磐⁹に　愛しきよし

わが背の君を¹⁰　朝去らず¹¹　逢ひて言問ひ　夕されば　手携はりて　射水川¹²　清き河内に¹³

出で立ちて　わが立ち見れば　東の風¹⁴　いたくし吹けば　水門には　白波高み¹⁵　妻呼ぶと

洲鳥は騷く　葦苅ると　海人の小舟は　入江漕ぐ　梶の音高し　そこ¹⁶をしも　あやにともし

み¹⁷　思ひ¹⁸つつ　遊ぶ盛りを　天皇の　食す國なれば¹⁹　命持ち　立ち別れなば²⁰　後れたる

君はあれども²¹　玉桙の²²　道行くわれは　白雲の　たなびく山を　磐根²³踏み　越え隔りな

ば　戀しけく²⁴　日の長けむそ　そこ²⁵思へば　心し痛し　ほととぎす　聲にあへ貫く²⁶

玉にもが　手に纏き持ちて²⁷　朝夕に　見つつ行かむを　置きて行かば惜し

---

5 **かき數ふ**: 'かき'는 접두어이다.

6 **神さびて**: 'さび'는 그것다운 모습을 나타낸다.

7 **立てる栂の木**: 솔송나무와 같다. 송사에 자주 쓰인다.

8 **本も枝も**: 두 사람이라는 뜻이 들어 있다.

9 **同じ常磐**: 불변하는 것을 형용한 것이다.

10 **わが背の君を**: 池主를 가리킨다. 'を'는 이것을 받는 말이 없다. 종조사인가.

11 **朝去らず**: 매일 아침.

12 **射水川**: 지금의 小矢部(오야베)川이다.

13 **清き河内に**: 강의 흐름에 둘러싸인 지역이다.

14 **東の風**: 지금도 각 지역에서 동풍을 '아이(아이) 바람'이라고 한다. 'あゆち'도 같다. 여름 계절풍이다.

15 **白波高み**: 흰 파도가 높으므로.

16 **そこ**: 앞에서 말한 서경을 가리킨다.

17 **あやにともしみ**: 'あやに'는 신기할 정도로. 'ともしみ'는 마음이 끌리므로.

18 **思ひ**: 감상한다.

19 **食す國なれば**: 주어 '이 國土는'가 생략되었다.

20 **立ち別れなば**: 'な'는 완료를 나타낸다. 헤어져 버리면.

21 **あれども**: 좋다고 해도.

22 **玉桙の**: 멋진 창을 세운 길이다. '道'를 상투적으로 수식하는 枕詞이다.

23 **磐根**: 'ね'는 접미어이다.

24 **戀しけく**: '戀し'의 명사형이다.

25 **そこ**: 앞에서 말한 연정을 가리킨다.

26 **聲にあへ貫く**: 'あへ'는 합쳐서.

27 **手に纏き持ちて**: 두견새가 꿰는 구슬은 옥추단으로 손에 감는 것은 아니지만, 구슬을 손에 감아서 가진다고 하는 관용적인 표현에 의해 이렇게 말하였다.

마음 끌려서/ 감상하면서/ 한껏 즐기는 것을/ 우리 대왕이/ 다스리는 나라니/ 명령 받들어/ 헤어져서 떠나면/ 뒤에 남았는/ 그대는 어찌됐든/ (타마호코노)/ 길을 떠나는 나는/ 흰 구름이요/ 걸리어 있는 산을/ 돌부리 밟고/ 넘어서 멀리 가면/ 그리워하는/ 날도 오래겠지요/ 생각하면요/ 마음이 아프네요/ 두견새가요/ 소리와 함께 꿰는/ 구슬이라면/ 손에 감아 가지고/ 아침도 밤도/ 보면서 갈 것인데/ 두고 가니 아쉽네요

해설

　　하나, 둘 하고 세어서, 두 개의 봉우리를 가진 후타카미(二上) 산에, 신령스럽게 나 있는 솔송나무의 근본도 가지도 다 마찬가지로 변하지 않듯이, 항상 변하지 않고 친하게 생각하는 그대인 것을. 아침마다 만나서 이야기를 나누고, 저녁이 되면 손을 잡고 이미즈(射水) 강의 깨끗한 물가로 나가서 서서 보고 있으면, 동쪽에서 바람이 심하게 불어오므로 항구에는 흰 파도가 높네요. 그것에 놀라 짝을 부른다고 섬에 있는 새가 시끄럽게 우네요. 또 갈대를 베려고 어부의 작은 배가 入江을 저어서 가는 노 소리가 크게 들려오네요. 이런 저런 경치에 매우 마음이 끌려서 감상을 하면서 한껏 즐기고 있었네요. 그런데 이곳도 왕이 다스리는 나라이므로 왕의 명령을 따라서 도읍으로 그대와 헤어져서 떠나게 되었네요. 경치가 아름다운 이곳에 남아 있는 그대는 어찌됐든, 아름다운 창을 세운 여행길을 떠나가는 나는 흰 구름이 걸리어 있는 산을 돌부리 밟고 넘어서 멀어져 가면 그립게 생각하는 것이 몇 날이나 오래 계속 되겠지요. 그것을 생각하면 마음이 아픕니다. 그대가, 두견새가 우는 소리와 함께 꿰는 구슬이라면 좋겠네요. 그러면 내 손에 그 구슬을 감아 가지고 가서, 아침에도 밤에도 보면서 갈 수 있을 것인데. 그대를 두고 가는 것이 아쉽네요라는 내용이다.

　　'同じ常磐に'를 大系에서는, '함께 영원히 불변하여 시드는 일이 없다는 뜻'이라고 하였다『萬葉集』4, p.233l. 그리고 私注에서는, '家持와 池主가 같은 大伴 일족으로 이렇게 번성하고 있는 것을 栂の木으로 비유한 것일 것이라고 추정되고 있다. 大伴氏 栂는 별로 관계가 없을 것이지만 天平 8년(736) 諸兄의 橘姓'을 찬양한 御製, 권제6의 1009번가 '橘は 実さへ花さへ その葉さへ 枝に霜降れど いや常葉の樹' 등에서 자극을 받은 표현인지도 모른다'고 하였다『萬葉集私注』8, p.414l.

　　私注에서는, '家持가 출발할 때, 특히 池主를 위해서 이별의 정을 면면히 표현하여 보낸 것이다. 家持와 池主의 친족 관계는 명확하지 않지만 아마 상당히 가까웠을 것이다. 게다가 문학을 좋아하는 같은 취미이며, 먼 國府에서 함께 근무를 하고 있었으므로, 특히 越中에서 더욱 친밀해졌을지도 모른다. 두 사람이 증답한 노래와 문장은 앞에서도 본 바와 같으며 후에도 적지 않다. 家持의 마음속에는 父인 旅人의 大宰府 생활을 모방하는 기분이 전부터 있었으므로, 자신들을 旅人과 憶良의 관계로 느끼고 그런 기분으로 노래도 지었겠지만, 시대라든가, 國府와 大宰府라고 하는 것보다도 그들 인간 자체에 상당한 간격이 있었던 것인지 모른다. 旅人은 적어도 창작에서는 과묵하며, 거기에 인간성이 묻어나 있었다. 家持는 단지 이것저것 말하였다. 이 노래 등도 면면히 서술하고 있지만 기교적이며 경박하다고 하지 않을 수 없다'고 하였다『萬葉集私注』8, p.414l.

かきかぞふ　ふたがみやまに　かむさびて　たてるつがのき　もともえも　おやじときはに
はしきよし　わがせのきみを　あささらず　あひてことどひ　ゆふされば　てたづさはりて
いみづかは　きよきかふちに　いでたちて　わがたちみれば　あゆのかぜ　いたくしふけば
みなとには　しらなみたかみ　つまよぶと　すどりはさわく　あしかると　あまのをぶねは
いりえこぐ　かぢのおとたかし　そこをしも　あやにともしみ　しのひつつ　あそぶさかり
を　すめろきの　をすくになれば　みこともち　たちわかれなば　おくれたる　きみはあれど
も　たまほこの　みちゆくわれは　しらくもの　たなびくやまを　いはねふみ　こえへなりな
ば　こひしけく　けのながけむそ　そこもへば　こころしいたし　ほととぎす　こゑにあへぬ
く　たまにもが　てにまきもちて　あさよひに　みつつゆかむを　おきていかばをし

4007　和我勢故波　多麻尓母我毛奈　保登等伎須　許恵尓安倍奴吉　手尓麻伎弖由可牟

わが背子は　玉にもがもな　ほととぎす　聲にあへ貫き　手に纏きて行かむ

わがせこは　たまにもがもな　ほととぎす　こゑにあへぬき　てにまきてゆかむ

左注　右, 大伴宿祢家持, 贈掾大伴宿祢池主. [四月卅日]

橋本達雄은, '家持가 正税帳使로 상경하는 날이 가까워졌을 무렵, 가장 마음이 통하고 있던 池主에 대해, 가끔 이별을 아쉬워하는 마음을 노래로 보낸 것이다. (중략) 이 長歌는 지금까지의 家持의 長歌의, 어느 쪽인가 하면 주정적이고 영탄적이었던 것에 비해 극히 이지적으로 전체의 구성을 생각하여 냉정하게 지어진 것이라 생각된다. (중략) 家持의 일면을 엿볼 수 있는 노래이지만 동시에 이러한 경향은 池主의 작품의 성격인데 그 영향에 의한 것도 있었던 것이 아닐까'라고 하였다[『萬葉集全注』 17, p.260]. 3990번가의 左注를 보면 '장관 오호토모노 스쿠네 야카모치(大伴宿禰家持)가 正税帳을 가지고 京師로 들어가려고 하여 이에 이 노래를 지었다. 잠시 서로 이별하는 탄식을 표현하였다. 4월 20일'이라고 하였다. 출발할 때 오호토모노 스쿠네 야카모치(大伴宿禰家持)가 掾 오호토모노 스쿠네 이케누시(大伴宿禰池主)에게 준 것이겠다.

4007 나의 그대는/ 구슬이면 좋겠네/ 두견새의요/ 소리에 함께 꿰어/ 손에 감고 가고 싶네

🌸 해설

그대가 구슬이라면 좋겠네요. 그렇다면 두견새의 소리에 그 구슬을 함께 꿰어서 손에 감고 가고 싶네요라는 내용이다.

池主가 구슬이라면 손에 감아 가지고 가서 늘 볼 수 있을 것이라는 뜻이다. 이 표현은 남녀 연인이 이별할 때 많이 사용하는 표현이다. 이별을 아쉬워하는 노래이다.

[좌주] 위는, 오호토모노 스쿠네 야카모치(大伴宿禰家持)가, 판관 오호토모노 스쿠네 이케누시(大伴宿禰池主)에게 준 것이다. [4월 30일]

忽[1]見入京述懷之作[2]. 生別悲兮, 断腸万廻[3]. 怨緒難禁. 聊奉[4]所心一首幷二絶

4008

安遠迩与之　奈良乎伎波奈礼　阿麻射可流　比奈尓波安礼登　和賀勢故乎　見都追志乎礼婆
於毛比夜流流　許等母安利之乎　於保伎美乃　美許等可之古美　乎須久尓能　許等登理毛知弖
和可久佐能　安由比多豆久利　無良等理能　安佐太知伊奈婆　於久礼多流　阿礼也可奈之伎
多妣尓由久　伎美可母孤悲無　於毛布蘇良　夜須久安良祢婆　奈氣可久乎　等騰米毛可祢氏
見和多勢婆　宇能波奈夜麻乃　保等登藝須　祢能未之奈可由　安佐疑理能　美太流々許己呂
許登尓伊泥弖　伊波婆由遊思美　刀奈美夜麻　多牟氣能可味尓　奴佐麻都里　安我許比能麻
久　波之家夜之　吉美賀多太可乎　麻佐吉久毛　安里多母等保利　都奇多々婆　等伎毛可波佐
受　奈泥之故我　波奈乃佐可里尓　阿比見之米等曽

靑丹よし[5]　奈良を來離れ[6]　天離る[7]　鄙にはあれど　わが背子[8]を　見つつし居れば
思ひ遣る[9]　事もありしを　大君の　命畏み[10]　食す國の　事取り持ちて[11]　若草の　脚帶手
裝り[12]　群鳥の　朝立ち去なば　後れたる　我や悲しき[13]　旅に行く　君かも戀ひむ　思ふ
そら[14]　安くあらねば　嘆かく[15]を　止めもかねて　見渡せば[16]　卯の花山の　ほととぎす

---

1 忽: 뜻밖에도, 우연히.
2 入京述懷之作: 4006번가를 가리킨다.
3 万廻: 『유선굴』에 百廻라고 있다.
4 奉: 家持에게.
5 靑丹よし: '奈良'을 상투적으로 수식하는 枕詞이다.
6 奈良を來離れ: 헤어져서 와서.
7 天離る: 하늘 저 끝의. '鄙'를 상투적으로 수식하는 枕詞이다.
8 わが背子: 家持이다.
9 思ひ遣る: 마음의 근심 등을 떨친다.
10 命畏み: 명령이 매우 두려워서.
11 事取り持ちて: '事'는 천황이 지배하는 나라에서의 임무를 말한다.
12 脚帶手裝り: '脚帶'는 다리를 묶는 여장으로 행동하기에 편하도록 한 것이다. 아내가 해주는 것이 일반적이 며 '若草의'라고 하였다. '若草(와 같은 아내)의 (손에 의한) 脚帶手裝り'.
13 我や悲しき: 나와 그대의 슬픔을 비교하는 표현이다. 비교의 의도는 물론 내가 더하다는 뜻으로 이후에 그것을 말하고 있다.
14 思ふそら: '그ら'는 경우, 상태를 말한다. 다음구와 함께 관용구이다.
15 嘆かく: '嘆く'의 명사형이다.
16 見渡せば: 이하 자연에서 위로를 찾는다는 뜻이다. 그러나 결과는 슬픔이 증가한다.

뜻밖에 도읍으로 길을 떠나려고 하여 심정을 읊은 노래을 보았습니다. 살아서 이별하는 것은 슬퍼서 몇 번이나 간장이 끊어지는 생각을 했습니다. 이별을 원망하는 마음을 억누를 수가 없어 잠시 심정을 표현하여 올리는 1수와 2絶

4008 (아오니요시)/ 나라(奈良)를 떠나와서/ (아마자카루)/ 시골이긴 하지만/ 나의 그대를/ 만나고 있으므로/ 위로를 받을/ 일도 있었지만요/ 우리 대왕의/ 명령 두려워해서/ 통치하는 곳/ 임무를 따라서는/ (와카쿠사노)/ 대념과 장갑 끼고/ (무라토리노)/ 아침에 떠나가면/ 뒤에 남았는/ 내 쪽이 슬플까요/ 여행길 가는/ 그대가 그릴까요/ 생각을 하면/ 편하지 않으므로/ 탄식하는 걸/ 억누르기 힘들어/ 바라다보면/ 병꽃이 핀 산의요/ 두견새처럼/ 소리 내어 웁니다/ (아사기리노)/ 혼란스러운 마음/ 입 밖에 내어서/ 말하면 불길하니/ 토나미(礪波) 산의/ 고개의 신에게다/ 공물 바쳐서/ 내가 원해 비는 것/ 친애를 하는/ 그대 그 사람 자체/ 아무 일 없이/ 여행길 왕복해서/ 다음 달 되면/ 때 늦지 않게 바로/ 패랭이꽃이/ 피어 한창인 듯한/ 그댈 보게 해 달라

🌼 해설

　　푸른 흙과 붉은 흙이 아름다운 나라(奈良)를 떠나와서, 이곳은 하늘 저 끝 먼 곳인 시골이기는 하지만, 그대를 만나고 있으므로 마음이 위로를 받을 일도 있었지만, 왕의 명령을 매우 두려워해서, 왕이 통치를 하는 나라의 임무를 띠고, 어린 풀 같은 아내가 묶어준 대념, 장갑을 끼고, 많은 새떼가 아침에 부산스럽게 날아가듯이 그렇게 부산스럽게 아침에 출발을 해서 떠나가면, 뒤에 남아 있는 내 쪽이 더 슬플까요. 아니면 여행길을 떠나가는 그대 쪽이 그립게 생각을 할까. 이것저것을 생각하면 편하지 않으므로, 탄식하는 것을 억제하기가 힘들어서 밖으로 나가 자연의 경치를 바라보면, 병꽃나무의 꽃이 핀 산에서 두견새가 소리를 내어 울고 있네요. 그렇게 나도 소리를 내어서 웁니다. 아침 안개가 자욱하게 끼어 있습니다. 자욱한 안개처럼 혼란스러운 마음을 입 밖으로 내어서 말을 하면 불길하므로, 토나미(礪波) 산의 고개를 지키는 신에게 공물을 바쳐서 나는 빕니다. 친애하는 그대가 아무 일 없이 여행길을 왕복해서, 다음 달이 되면 때 늦지 않게 바로, 패랭이꽃이 피어서 한창인 것 같은 그대의 몸을 나에게 보여 달라고요라는 내용이다.

　　'若草の'를 大系에서는, '若草의 섬유로 만든다는 뜻인가'라고 하였다(『萬葉集』 4, p.234). 私注에서는, '枕詞. 若草가 나 있는 畔(아: 두둑)이라는 뜻에서 'あゆひ'의 'あ'를 수식하는 것이겠다'고 하였다(『萬葉集 私注』 8, p.417). 全集에서는, '足結의 枕詞. 보통 妻를 수식하는데 여기에서는 足結을 수식하게 된 이유는

哭のみし泣かゆ[17] 朝霧の 亂るる心 言に出でて 言はばゆゆしみ[18] 礪波山[19] 手向の神[20] に 幣奉り 吾が乞ひ祈まく[21] 愛しけやし[22] 君が正香[23]を ま幸くも あり徘徊り[24] 月立たば[25] 時もかはさず[26] 石竹花が 花の盛りに[27] 相見しめとそ

あをによし ならをきはなれ あまざかる ひなにはあれど わがせこを みつつしをれば おもひやる こともありしを おほきみの みことかしこみ をすくにの こととりもちて わかくさの あゆひたづくり むらとりの あさだちいなば おくれたる あれやかなしき たびにゆく きみかもこひむ おもふそら やすくあらねば なげかくを とどめもかねて みわたせば うのはなやまの ほととぎす ねのみしなかゆ あさぎりの みだるるこころ ことにいでて いはばゆゆしみ となみやま たむけのかみに ぬさまつり あがこひのまく はしけやし きみがただかを まさきくも ありたもとほり つきたたば ときもかはさず なでしこが はなのさかりに あひみしめとそ

---

17 **哭のみし泣かゆ**: '울다'를 강조한 표현이다.
18 **言はばゆゆしみ**: 이하 2구는 사랑의 관용구이므로 다소 부자연스럽다. 사랑의 경우는 사람들에게 알려지므로 'ゆゆし'.
19 **礪波山**: 이른바 倶利伽羅(쿠리카라) 고개.
20 **手向の神**: 고개에 있는 신이다. 여행하는 사람은 공물을 바치고 통과할 수 있는 허가를 받는다.
21 **吾が乞ひ祈まく**: 바라고 빈다. '祈まく'는 '祈む'의 명사형이다. 마지막 구의 'とそ'와 조응한다.
22 **愛しけやし**: 친애하는.
23 **君が正香**: '正香'은 그 자체 몸을 말한다. 마지막 구의 '相見しめ'로 이어진다.
24 **あり徘徊り**: 'あり…'는 '계속…하다'는 뜻이다.
25 **月立たば**: 다음달(6월. 돌아올 예정인 달)이 되면.
26 **時もかはさず**: 때 늦지 않게. 바로.
27 **花の盛りに**: 패랭이꽃이 한창인 것처럼, 화려한 상태로.

불분명하다. 혹은 '若草の 妻がりといはば 足莊嚴せむ'(2361번가)라고 한 것처럼 아내가 기다리는 집으로 가는 남자의 足結이라는 뜻으로 한 것인가'라고 하였다『萬葉集』 4, p.219].

'卯の花山'을 中西 進은 병꽃나무의 꽃이 핀 산으로 보았다. 全集은 1963번가에서 中西 進과 마찬가지로 병꽃나무의 꽃이 핀 산으로 보았다『萬葉集』 2, p.79]. 注釋·全注도 그렇게 보았다(『萬葉集注釋』 17, p.195), (『萬葉集全注』 17, pp.264~265]. 大系에서는 별다른 설명 없이 '卯花山에서'(『萬葉集』 4, p.236)라고 하였는데 고유명사로 본 듯하다. 私注에서는, '지명은 아닐 것이라고 한다. 家持의 3978번가에도 '卯の花の にほへる山을'라고 하였다. 다만 이 노래에 있는 것처럼 후세에는 礪波山 근처의 지명이 되었다'고 하였다『萬葉集私注』 8, pp.417~418].

'朝霧の'를 全集에서는, "亂るる'를 상투적으로 수식하는 枕詞이다. 안개가 바람에 흔들려 움직이며 흩어지는 모양에 의해 수식하게 된 것이다'고 하였다『萬葉集』 4, p.219].

'言はばゆゆしみ'를 全集에서는, '여행을 떠날 때 좋지 않은 말을 입 밖에 내면 불길하다고 해서 피하는 것을 말한다'고 하였다『萬葉集』 4, p.219].

'手向の神'에 대해 大系에서는, '『三代實錄』 元慶 2년(878) 5월 8일에 越中國 手向神에게 종5위하를 내린다고 한 것은 이 신이라고 한다'고 하였다『萬葉集』 4, p.235].

私注에서는, '家持의 노래에 감동하고 있는 것은 제목에 분명하게 나타난다. 권제2의 人麿의 아내에 대한 挽歌 등도 제목이 대단했지만, 그것은 작자 자신이 직접 쓴 것인지 아닌지는 알 수 없다. 이 제목 등은 작자 자신이 쓴 것이겠다. 그것만으로 서문을 겸할 정도로 긴 것이지만 노래는 家持의 노래를 그대로 따르고 있을 뿐이다. 단지 지방관 생활의 여러 분위기를 살펴볼 수 있는 곳도 있으므로 참고가 될 것이다'고 하였다『萬葉集私注』 8, p.418].

橋本達雄은, '앞의 家持의 長歌에 답하면서 송별할 때의 마음을 읊은 노래이다. 순전한 和歌는 아니므로 家持의 노래 전체에 대응하고 있지는 않지만, 그래도 세심하게 배려를 주도하게 하면서 답하고, 생각하는 것에 중점을 두고 구성하고 있다. 45구의 長歌로 구성도 정연하며 3단락으로 이루어져 있다. 첫째 단락은 (중략) 家持는 池主와 두 사람이 유람한 射水川 하구의 풍경을 묘사하는 것을 통해서, 이별하기 힘든 것을 말하고 있음에 비해, 池主는 풍경보다 무엇보다도 家持를 만나고 있는 것만으로 위로를 받아왔다고 말하여 家持를 내세워 응하고 있는 것이다. 家持가 '遊ぶ盛りを'라고 역접의 '를'을 사용하고 있는 것에 대해, 池主도 '事もありしを'라고 응하고 있다. 둘째 단락은 (중략) 家持가 간단히 언급한 것을 여장까지 구체적으로 말하고 가정의 'ば'를 사용하여 家持의 'ば'와 맞추고 있다. (후략) 셋째 단락은 '朝霧の' 이하 끝까지 17구로 家持의 노래와의 대응을 벗어나서 家持가 무사하게 귀환할 수 있도록 비는 마음을 말한 부분으로 이 작품의 중심을 이루고 있다'고 하였다『萬葉集全注』 17, pp.266~267].

4009 多麻保許乃　美知能可未多知　麻比波勢牟　安賀於毛布伎美乎　奈都可之美勢余

玉桙の　道の神たち　幣[1]はせむ　あが思ふ君を　なつかしみせよ[2]

たまほこの　みちのかみたち　まひはせむ　あがおもふきみを　なつかしみせよ

4010 宇良故非之　和賀勢能伎美波　奈泥之故我　波奈尔毛我母奈　安佐奈々々見牟

うら戀し[3]　わが背の君は　石竹花が　花にもがもな　朝な朝な[4]見む

うらこひし　わがせのきみは　なでしこが　はなにもがもな　あさなさなみむ

左注　右, 大伴宿祢池主報贈和謌. 五月二日

思放逸[5]鷹夢見, 感悦作歌一首并短謌

4011 大王乃　等保能美可度曽　美雪落　越登名尓於敞流　安麻射可流　比奈尓之安礼婆　山高美　
河登保之呂思　野乎比呂美　久佐許曽之既吉　安由波之流　奈都能左加利等　之麻都等里　
鵜養我登母波　由久加波乃　伎欲吉瀬其等尓　可賀里左之　奈豆左比能保流　露霜乃　安伎尓
伊多礼婆　野毛佐波尓　等里須太家里等　麻須良乎能　登母伊射奈比弖　多加波之母　安麻多
安礼等母　矢形尾乃　安我大黒尓 [大黒者蒼鷹之名也]　之良奴里能　鈴登里都氣弖　朝獦尓　
伊保都登里多氐　暮獦尓　知登理布美多氐　於敞其等尓　由流須許等奈久　手放毛　乎知母可
夜須伎　許礼乎於伎弖　麻多波安里我多之　左奈良敞流　多可波奈家牟等　情尓波　於毛比
許里弖　惠麻比都追　和多流安比太尓　多夫礼多流　之許都於吉奈乃　許等太尓母　吾尓波

4009 (타마호코노)/ 길에 있는 신들아/ 공물 줄 테니/ 내가 생각하는 사람/ 신경을 써 주세요

❀ 해설

　아름다운 창을 세운 길에 있는 신들이여. 공물을 줄 테니 내가 생각하는 이 사람에게 신경을 써 주세요 라는 내용이다.
　길을 지키는 신에게, 家持가 안전하게 여행을 잘 할 수 있도록 지켜 달라고 부탁하는 노래이다.

4010 그리워지는/ 내 친애하는 그대/ 패랭이꽃이/ 되었으면 좋겠네/ 매일 아침 볼 텐데

❀ 해설

　그리운 그대는 패랭이꽃이라면 좋겠네요. 그렇다면 우리 집 정원에서 매일 아침 볼 수 있을 것인데라 는 내용이다.
　家持가 패랭이꽃이라면 정원에서 매일 볼 수 있을 것이라고 하여, 池主는 이별을 아쉬워하는 마음을 이렇게 표현하였다.

　　　좌주　위는, 오호토모노 스쿠네 이케누시(大伴宿禰池主)가 답하여 보낸 창화 노래. 5월 2일

달아난 매를 생각하여 꿈에서 보고 기뻐서 지은 노래 1수와 短歌

4011 우리 대왕의/ 먼 곳에 있는 조정/ 눈이 내리는/ 코시(越)라고 이름을 한/ (아마자카루)/
시골인 것이므로/ 산이 높아서/ 강은 웅대하네요/ 들이 넓어서/ 풀이 무성하고요/ 메기
달리는/ 한여름인 때에는/ (시마츠토리)/ 사다새 키우는 이/ 흐르는 강의/ 깨끗한 여울마
다/ 화톳불 피워/ 젖으며 고기 잡네/ (츠유시모노)/ 가을이라도 되면/ 들판 가득히/ 새떼가
모인다고/ 대장부들은/ 동료들 청하여서/ 매라는 것은/ 많이 있지만서도/ 화살 형 꼬리/

氣受　等乃具母利　安米能布流日乎　等我理須等　名乃未乎能里弓　三嶋野乎　曽我比尓見都

追　二上　山登妣古要氐　久母我久理　可氣理伊尓伎等　可敵理伎弖　之波夫礼都具礼

呼久餘思乃　曽許尓奈家礼婆　伊敷須敵能　多騰伎乎之良尓　心尓波　火佐倍毛要都追

於母比孤悲　伊伎豆吉安麻利　氣太之久毛　安布許等安里也等　安之比奇能　乎氐母許乃毛

尓　等奈美波里　母利敵乎須惠氐　知波夜夫流　神社尓　氐流鏡　之都尓等里蘇倍　己比能美

弓　安我麻都等吉尓　乎登賣良我　伊米尓都具良久　奈我古敷流　曽能保追多加波　麻追太要

乃　波麻由伎具良之　都奈之等流　比美乃江過弓　多古能之麻　等妣多毛登保里　安之我母乃

須太久舊江尓　乎等都日毛　伎能敷母安里追　知加久安良婆　伊麻布都可太未　等保久安良

婆　奈奴可乃乎知波　須疑米也母　伎奈牟和我勢故　祢毛許呂尓　奈孤悲曽余等曽　伊麻尓都

氣都流

大君の　遠の朝廷そ[6]　み雪降る　越と名に負へる[7]　天離る　鄙にしあれば　山高み　川雄大

し　野を廣み　草こそ繁き　鮎走る　夏の盛りと　島つ鳥　鵜養が伴は[8]　行く川の　清き瀬ご

とに　篝さし[9]　なづさひ[10]上る　露霜の　秋に至れば　野も多に　鳥多集けりと　大夫[11]の

伴誘ひて[12]　鷹[13]はしも　數多あれども　矢形尾の[14]　吾が大黒に[15]［大黒は蒼鷹[16]の名なり］

白塗の[17]　鈴とり付けて　朝獵に　五百つ[18]鳥立て　夕獵に　千鳥踏み立て[19]　追ふごとに

---

6 **遠の朝廷そ**: 이 주변의 몇 구는 문맥이 다소 부자연스럽지만, 첫 2구를 주어, '鄙에しあれば'를 술어로 본다.
　　제2구에서 일단 끊어지고, 처음에 'ここは'를 보완하는 설도 있지만, 그렇게 해석하면 왜 이 2구가 있는지
　　알 수 없다. 조정은 정무를 행하는 곳이다. '遠朝廷'은 일반적으로 大宰府를 가리킨다. 여기에서도 그것을
　　본떠서 越中 國廳를 가리킨다.
7 **越と名に負へる**: '越'과 그 말을 이름에 가진다.
8 **鵜養が伴は**: 이미 鵜養部로 직업 집단이 있었다.
9 **篝さし**: 'さし'는 点하는 것이다.
10 **なづさひ**: 물에 젖어서 고생하는 것이다. 물에 들어가서 사다새를 띄워서 잡은 것인가. 그 물고기를 '鵜川立
　　 つ'라고 한다.
11 **大夫**: 용감한 남자를 말한다.
12 **伴誘ひて**: 다음에 매사냥을 나간다는 등의 표현이 생략되었다.
13 **鷹**: 매사냥의 매.
14 **矢形尾の**: 화살의 깃 모양을 한 꼬리 깃이다.
15 **吾が大黒に**: 家持가 애용한 매의 이름이다.
16 **蒼鷹**: 3세의 암컷인 매이다. 1세를 黃鷹(와카타카), 2세를 撫鷹(카타카헤리), 3세의 수컷을 兄鷹(세우),
　　 암컷을 大鷹(오호타카)라고 한다(『和名抄』).
17 **白塗の**: 은을 칠한 방울인가.
18 **五百つ**: 많다는 뜻이다.
19 **千鳥踏み立て**: 많은 새들을 놀라게 하며 쫓을 때.

나의 오호구로(大黒)에 [大黒은 오호타카(蒼鷹)의 이름이다]/ 흰 색을 칠한/ 방울을 매달아서/ 아침 사냥에/ 오백 마리 새 쫓고/ 저녁 사냥에/ 천 마리 밟아 쫓아/ 쫓을 때마다/ 놓치는 일이 없이/ 손 떠나는 것/ 오는 것도 간단한/ 이것 이외에는/ 또다시 있기 어려운/ 비교할만한/ 매는 없을 것이라/ 마음속으로/ 자랑스레 생각코/ 웃으면서요/ 있었던 것인데요/ 정신이 나간/ 어리석은 노인이/ 단 한마디도/ 나에게 말을 않고/ 잔뜩 흐려서/ 비가 내리는 날에/ 매사냥 한다/ 간단하게 말하고/ 미시마(三島) 들을/ 뒤쪽으로 보면서/ 후타가미(二上)의/ 산을 날아 넘어서/ 구름에 숨어/ 날아가 버렸다고/ 돌아와서는/ 기침하며 말하네/ 불러올 방법/ 있을 리 없으므로/ 말할 방법도/ 수단도 알 수 없어/ 마음으로는/ 불이 타는 것처럼/ 그리워하며/ 한숨을 쉬던 끝에/ 만약 어쩌면/ 만날 수가 있을 거라/ 아시히키 산/ 이쪽저쪽에다가/ 그물을 치고/ 파수꾼을 세워서/ (치하야부루)/ 신이 있는 신사에/ 맑은 거울을/ 일본 무늬 천 함께/ 바라고 빌며/ 내가 기다리던 때/ 무녀 소녀가/ 꿈에서 말하기를/ 그대가 찾는/ 그 훌륭한 매는요/ 마츠다(松田) 강의/ 해변을 온종일가/ 전어를 잡는/ 히미(氷見) 강을 지나서/ 타코(多祜) 섬을요/ 날아 배회하면서/ 갈대밭 오리/ 우는 후루(古) 강에요/ 그저께도요/ 어제도 있었지요/ 만약 빠르다면/ 앞으로 이틀 정도/ 늦어지더라도/ 칠일 그 이후까진/ 되지 않겠죠/ 돌아옵니다 그대/ 마음을 다해/ 생각하지 말라고/ 꿈속에서 말했네

🌸 해설

이곳, 왕의 먼 곳에 있는 조정은, 눈이 내리는 코시(越)를 이름으로 가진, 하늘 저 끝의 먼 시골이므로, 산이 높으니 그로 인해 강은 웅대하게 흘러가고 있네. 들이 넓으므로 풀이 온통 무성하게 나 있네. 메기가 빨리 헤엄치는 한여름에는 섬에 사는 새인 사다새를 기르는 사람들은, 깨끗하게 흐르는 강의 여울마다 화톳불을 피우고 물에 들어가 젖으면서 메기를 잡네. 이슬과 서리가 내리는 가을이 되면 여기저기 들판에는 새가 무리를 지어서 있다고, 대장부들은 동료들을 청하여서 매사냥을 나가네. 그런데 매사냥의 매는 많이 있겠지만, 화살 모양의 꼬리를 한 나의 오호구로(大黒)에[大黒은 오호타카(蒼鷹)의 이름이다] 은색을 칠한 방울을 달아서 아침 사냥에는 오백 마리나 되는 많은 새를 쫓고, 저녁 사냥에는 천 마리나 되는 많은 새를 놀라게 하여 쫓으면, 쫓을 때마다 大黒은 새를 절대 놓치는 일이 없었고, 손에서 날아가는 것도 손으로 다시 돌아오는 것도 자유자재로 간단하였다. 이것 외에는 매가 또다시 있기 어려울 것이라고, 비교할 만한 매는 없을 것이라고 마음속으로 자랑스럽게 생각하고 기뻐하고 있었는데, 무슨 정신이 나간 어리석은 노인인가. 단 한마디도 나에게 말을 하지 않고, 하늘이 잔뜩 흐려서 비가 내리는 날에 매사냥을 한다고 형식적으로 말하고 大黒을 데리고 나갔는데, 大黒은 미시마(三島) 들을 뒤로 하고 후타가미(二上) 산을 날아서 넘어 구름에 숨어 저 멀리 날아가 버렸다고 돌아와서 기침을 하며 말하네.

ゆるす²⁰ことなく　手放れ²¹も　をちもかやすき²²　これを除きて　またはあり難し　さ竝べ
る²³　鷹は無けむと　情には　思ひ誇りて　笑まひつつ　渡る間に　狂れたる　醜つ翁²⁴の
言だにも　われには告げず　との曇り²⁵　雨の降る日を　鳥狩すと　名のみを告りて²⁶　三島
野²⁷を　背向²⁸に見つつ　二上の　山飛び越えて　雲隠り　翔り去にきと　歸り來て　咳れ告
ぐれ²⁹　招く由の　そこ³⁰に無ければ　言ふすべの　たどき³¹を知らに　心には　火さへ³²燃
えつつ　思ひ戀ひ　息衝き³³あまり　けだしく³⁴も　逢ふことありやと　あしひきの³⁵　彼面
此面に　鳥網³⁶張り　守部³⁷を据ゑて　ちはやぶる³⁸　神の社に　照る鏡³⁹　倭文⁴⁰に取り添へ
乞ひ祈みて　吾が待つ時に　少女⁴¹らが　夢に告ぐらく⁴²　汝が戀ふる　その秀つ鷹は　松田
江⁴³の　濱行き暮し　鰯⁴⁴取る　氷見の江⁴⁵過ぎて　多祜の島⁴⁶　飛び徘徊り　葦鴨の　多集く

---

20 **ゆるす**: 작은 새를.
21 **手放れ**: 다음의 'をち'와 반대이다.
22 **かやすき**: 생각대로.
23 **さ竝べる**: 'さ'는 접미어이다.
24 **醜つ翁**: 어리석은 노인이다. 左注에서 말하는 山田君麿를 가리킨다.
25 **との曇り**: 'との'는 'たな(완전히)'와 같다.
26 **名のみを告りて**: 君麿의 이름만을, 소관하는 관청에 말하고라는 뜻인가.
27 **三島野**: 射水郡 안에 있는 二上山의 동남쪽 평야인가.
28 **背向**: 배후. 이하 大黒이 날아간 경로.
29 **咳れ告ぐれ**: 'しはぶる'는 'しはぶく'와 같은 것인가. 노인의 모습이다. '告ぐれ'는 영탄을 포함한다.
30 **そこ**: 이렇게 되어 버린 단계를 가리킨다.
31 **たどき**: 수단이다.
32 **火さへ**: 마음이 뜨겁게 된데다 불까지 탈 정도로 생각된다.
33 **息衝き**: 한숨을 쉬는 것이다.
34 **けだしく**: 혹은.
35 **あしひきの**: 산을 상투적으로 수식하는 枕詞이다. 여기에서는 산이라는 뜻이다.
36 **鳥網**: 새를 잡기 위해서 치는 그물이다.
37 **守部**: 지키는 사람이다.
38 **ちはやぶる**: 무서운. 신의 위엄을 말한다. 신을 상투적으로 수식하는 枕詞이다.
39 **照る鏡**: 잘 간 거울이다.
40 **倭文**: 일본식 문양을 넣어서 짠 직물을 공물로 한 것.
41 **少女**: 주술자인 聖少女이다.
42 **告ぐらく**: '告ぐ'의 명사형이다.
43 **松田江**: 澁谿와 氷見 사이의 해안이다.
44 **鰯**: 'このしろ'. 지금도 현지에서는 'つなし'라고 한다.
45 **氷見の江**: 富山縣 氷見市의 布勢의 바다로 이어지는 후미인가.
46 **多祜の島**: '多祜'는 布勢의 바다의 동남쪽. 그곳의 섬이다.

이렇게 되면 大黑을 불러서 돌아오게 할 방법이 있을 리가 없으므로, 마음의 허망함은 말할 방법도 없으므로, 마음속은 불이 타는 것처럼 그리워하며 한숨을 쉬던 끝에, 만약 어쩌면 만날 수 있을지도 모른다고 생각하고, 산의 이쪽저쪽에 그물을 치고 파수꾼을 세워서, 무시무시한 신이 있는 신사에, 잘 갈아서 맑은 거울을 일본 무늬를 넣어서 짠 직물과 함께 공물로 바치고, 大黑이 돌아오기를 빌며 내가 기다리고 있을 때, 무녀인 소녀가 꿈속에서 나에게 이렇게 말하였네. 그대가 찾는 그 훌륭한 매는 마츠다(松田) 강의 해변을 온종일 날아가서 해가 저물고, 전어를 잡는 히미(氷見) 강을 지나서 타코(多祜) 섬 위를 날아서 돌면서 갈대밭 근처의 오리가 시끄럽게 우는 후루(古) 강에 그저께도 어제도 있었지요. 빠르면 앞으로 이틀 정도, 늦어도 칠일 이상은 가지 않겠지요. 돌아옵니다. 그대여. 그렇게 마음을 다해서 생각하지 마셔요라고 꿈속에서 말했네라는 내용이다.

'大君の 遠の朝廷ぞ'를 全集에서는, '이 다음에 '越中の國'이 생략되어 있으며 그 주어는 위의 2구와 제6구, 두 개의 술어를 가지는 이상한 구성으로 되어 있다'고 하였다[『萬葉集』 4, pp.220~221].

'鵜養が伴'을 全集에서는, '鵜養은 사다새를 이용해서 물고기를 잡는 업자. 『고사기』神武천황조에도 '島つ鳥 鵜養が伴'이라고 있다. 그 당시에 사다새를 사육하는 방법은 오늘날과는 상당한 차이가 있었던 듯하다. 즉 일반적으로 배가 없었던 것, 낮에 강에서 하는 것, 손에 그물이 없었던 경우도 있었던 것이 주된 차이점이다. 여기에서는 밤에 강에서, 배를 사용하지 않고 왼손에 화톳불을 들고 오른 손으로, 사다새 한 마리를 묶은 끈을 조종해서 물고기를 잡는 모습이 노래불리어지고 있다. 4156번가를 보면, 家持 자신도 사다새를 사용하는 일도 있었던 것 같다'고 하였다[『萬葉集』 4, p.221].

'篝さし'를 全集에서는, "かがり"는 밤에 조명용으로 불을 피울 때 사용하는 철로 만든 그릇. 연료로는 소나무 뿌리를 사용했다. 'さす'는 낸다는 것으로 여기에서는 왼손에 화톳불 자루를 잡고 있었을 것이다. 밤의 鵜飼는 달밤보다 어두운 밤이 좋다(원시 漁法과 민속)'고 하였다[『萬葉集』 4, p.221].

'息衝きあまり'를 大系에서는, '한숨을 쉬는 것으로 끝나지 않고. 'あまり'는 '…하는 것으로 끝나지 않고, 나아가 그 앞의 행위까지 언급하는 것"이라고 하였다[『萬葉集』 4, p.238].

私注에서는, '家持가 소중하게 여기던 매를 응장의 부주의로 잃게 되어 상심하고 있을 때, 처녀가 꿈에 나타나서 매가 가까운 시일 내에 돌아올 것이라고 위로했다고 하는 이야기를 길게 노래하고 있는 것이다. 꿈까지가, 혹은 사실이었는지도 모르는데 허구로 느끼게 하는 것은 표현이 약하기 때문인지 모른다. 그래서 家持가 묘사한, 상투적이고 뛰어나지 않은 구상을 의심하게 하는 여지도 충분히 있는 것이다. 대체로 이러한 것은 시의 내용으로서는 저속하고 평범한 기술로 끝나 버리고 말 것을 家持는 전혀 모르고 있었다고 말해도 좋다. 더구나 한시의 賦 등에는 서술을 중복한 웅대한 작품이 있으므로, 家持도 그러한 것을 목표로 한 것인지도 모르지만, 그것을 이루기에 힘이 부족했으므로, 남긴 이러한 작품이 증명하고 있다'고 하였다[『萬葉集私注』 8, pp.425~426].

窪田空穂는, '이 長歌는 家持의 많은 長歌 중에서도 가장 특색이 많은 작품이다. 이것을 소재의 측면에서 보면, 그의 매사냥에 사용하는 아끼는 매를, 응장인 노인이 부주의로 놓쳤다는 제삼자의 입장에서 보면 아무런 관련도 없는 하나의 사건에 불과한 것이다. 만약 표현이 서툴렀다면 전혀 가치가 없는 것이 될 위험한 소재이다. 家持는 그것을 잘 살려서 그의 대표적인 작품으로까지 이루어 놓은 것이다. 이 작품의 가치는 완전히 표현 기교에 있다. 이것을 기교면에서 보면, 소재가 사소한 것과는 대조적으로

古江[47]に　一昨日も　昨日もありつ　近くあらば　今二日だみ[48]　遠くあらば　七日のをちは[49]　過ぎめやも[50]　來なむわが背子　懇に[51]　な戀ひそよとそ[52]　夢[53]に告げつる

おほきみの　とほのみかどそ　みゆきふる　こしとなにおへる　あまざかる　ひなにしあれば　やまだかみ　かはとほしろし　のをひろみ　くさこそしげき　あゆはしる　なつのさかりと　しまつとり　うかひがともは　ゆくかはの　きよきせごとに　かがりさし　なづさひのぼる　つゆしもの　あきにいたれば　のもさはに　とりすだけりと　ますらをの　ともいざなひて　たかはしも　あまたあれども　やかたをの　あがおほぐろに　[おほぐろはおほたかのななり]　しらぬりの　すずとりつけて　あさかりに　いほつとりたて　ゆふかりに　ちとりふみたて　おふごとに　ゆるすことなく　たばなれも　をちもかやすき　これをおきて　またはありがたし　さならべる　たかはなけむと　こころには　おもひほこりて　ゑまひつつ　わたるあひだに　たぶれたる　しつおきなの　ことだにも　われにはつげず　とのぐもり　あめのふるひを　とがりすと　なのみをのりて　みしまのを　そがひにみつつ　ふたがみの　やまとびこえて　くもがくり　かけりいにきと　かへりきて　しはぶれつぐれ　をくよしの　そこになければ　いふすべの　たどきをしらに　こころには　ひさへもえつつ　おもひこひ　いきづきあまり　けだしくも　あふことありやと　あしひきの　をてもこのもに　となみはり　もりへをすゑて　ちはやぶる　かみのやしろに　てるかがみ　しつにとりそへ　こひのみて　あがまつときに　をとめらが　いめにつぐらく　ながこふる　そのほつたかは　まつだえの　はまゆきぐらし　つなしとる　ひみのえすぎて　たこのしま　とびたもとほり　あしがもの　すだくふるえに　をとつひも　きのふもありつ　ちかくあらば　いまふつかだみ　とほくあらば　なぬかのをちは　すぎめやも　きなむわがせこ　ねもころに　なこひそよとそ　いまにつげつる

---

47 **古江**: 3991번가의 제목에 보인다. 左注에 의하면 매는 생육지로 돌아간 것이 된다.
48 **今二日だみ**: 'だみ'는 정도. '廻(た)む'의 파생어로 추정되기도 하지만 알 수 없다.
49 **をちは**: 먼 곳을 의미하는 'をち'와 같다.
50 **過ぎめやも**: 'や'는 강한 부정을 동반한 의문을 나타낸다.
51 **懇に**: 마음을 다하여.
52 **な戀ひそよとそ**: 'な…そ'는 금지를 나타낸다. 여기까지가 소녀가 꿈에서 알려준 것이다.
53 **夢**: 정확하게는 'いめ'이다.

1수의 구성을 실로 크고, (중략) 이것을 전체적으로 보면 노래 스케일이 크고 서정을 유지하면서 서사를 진행시키고 있는 것이지만, 서정과 서사가 미묘하게 조화를 이루고 있어서, 부분적인 음미를 풍부하게 할 수 있고 변화가 있어서 어디를 단락이라고 할 것도 없을 정도로 이어지고 있으므로, 위에서 말한 세 단락도 명확하게 단락이라고는 할 수 없는 것이다'고 하였다(『萬葉集評釋』 10, 東京堂出版, 1985, pp.300~301).

橋本達雄은, '창작 의도는 제목에 있는 것처럼 달아난 매를 생각하고 곧 돌아올 것이라고 하는 꿈의 계시가 있었던 것을 기뻐해서 지은 것이지만, 4015번가의 左注에서 논한 것처럼, 그 기쁨과 함께 매를 놓친 것과 돌아오지 않는 것에 대한 원망을 잊어버리고, 신에게 빈 영험이 있었던 것을 드러내고자 한 것이다. 서술 방법은 이미 1수의 개요에서 말한 것처럼 세세하게 사건의 전말을 말하는 서사적 방법에 의존하고 있다. 이것은 그렇게 하는 것을 통해 창작하게 된 원망을 떨치는 의도를 충분히 달성한 것이라고 생각된다. 그처럼 이 노래는 도중의, 매를 잃어버린 부분의 분노와 고통이 매우 격렬하게 그려져 있지만, 계속 노래하여 신의 계시를 말하는 끝부분부터 4수의 反歌에 걸쳐서는 분노가 점차 진정되어가는 형태로 노래되고 있다. 마음이 안정되기까지 왜곡하여 서사를 하는 것이 드디어 家持의 서정을 완성하는 적절한 하나의 방법이었던 것을 말해주고 있는 것 같다. 이 방법은 家持의 다른 長歌와 일련의 작품들에도 보이는 두드러진 경향이다. 이것은 이미 공적인 장소를 상실하고 사적인 분야에 진출한 長歌를, 산문적 요소를 충족시키는 방법으로 이용할 수 있는 기능을, 家持 나름으로 새롭게 자각하여 얻은 서술방법이었다고 생각된다. 부분적으로 보아도 매를 놓친 노인이 보고하는 말과 꿈의 계시의 말 등을 삽입하면서, 또 매의 우수성을 자랑하는 부분과 노인이 보고하는 태도 등을 생생하게 묘사하면서, 구체적으로 극명한 서술을 통해서 이야기 같은 흥미를 강하게 발휘하게 하려고 하고 있는 것이다. 長歌의 역사로 말하면, 이러한 경향은 이미 憶良・虫麻呂 등에도 보이며, 꿈의 계시 등 『유선굴』의 취향도 旅人에게서 볼 수 있으므로, 그것을 계승 전개한 것이겠지만, 家持의 長歌 중에서는 처음으로 의식적・의욕적으로 시도한 대작이고 그런 의미에서 주목되는 노래이다. 또 소재가 된 매는 『만엽집』에서는 이곳과 역시 家持의 작품(권제19의 4154, 4155번가)에만 보이는 특수성을 가진다. 그러나 중국에서 매가 시와 賦에서 불리는 경우는 많고, 藝文類聚 91권, 初學記 권30 등에도 그 항목이 보인다. 家持는 그것을 알고 매를 작품화하여 和歌의 영역에 도입하여 확대한 것이다. 이것도 문학적으로 새롭고 적극적인 시도로 높이 평가할 수 있다. 또 家持가 이 노래를 제작하기 전인 6, 7월경(家持가 상경 중인 때인가), 친애하는 大伴池主는 越前國의 掾이 되어 전근하였다. 池主를 그리워하는 마음이 마침 달아난 매를 작품화하는 동기로 잠재하고 있었던 것을 생각해도 좋을 것 같다. 家持는 이 매에다, 그의 곁을 떠나버린 池主를 비유하고 있었던 것처럼 생각된다'고 하였다(『萬葉集全注』 17, pp.281~282).

4012 矢形尾能　多加乎手尓須惠　美之麻野尓　可良奴日麻祢久　都奇曽倍尓家流

　　　矢形尾[1]の　鷹を手に据ゑ　三島野[2]に　狩らぬ日まねく[3]　月そ經にける

　　　やかたをの　たかをてにすゑ　みしまのに　からぬひまねく　つきそへにける

4013 二上能　乎弓母許能母尓　安美佐之弓　安我麻都多可乎　伊米尓都氣追母

　　　二上の　彼面此面に　網さして[4]　吾が待つ鷹を　夢に告げつも

　　　ふたがみの　をてもこのもに　あみさして　あがまつたかを　いめにつげつも

4014 麻追我敝里　之比尓弖安礼可母　佐夜麻太乃　乎治我其日尓　母等米安波受家牟

　　　松反り　しひにて[5]あれかも　さ山田の　翁[6]がその日に　求め逢はずけむ

　　　まつがへり　しひにてあれかも　さやまだの　をぢがそのひに　もとめあはずけむ

---

1 **矢形尾**: 화살의 깃 모양을 한 꼬리 깃이다.
2 **三島野**: 射水郡 안에 있는 二上山의 동남쪽 평야인가.
3 **まねく**: 수가 많은 것이다.
4 **網さして**: 그물을 치는 것이다.
5 **しひにて**: ‘しひ’는 마비되는 것이다.
6 **翁**: 山田君麿이다.

4012 화살 형 꼬리/ 매를 손에 얹어서/ 미시마(三島) 들에/ 사냥 않는 날 많아/ 한 달이 지나갔네

해설

화살 모양의 꼬리를 한 매를 손에 얹어서, 미시마(三島) 들에 나가서 사냥을 하지 않은 날이 많아서 벌써 한 달이 지나갔네라는 내용이다.
매로 사냥을 하지 않은 날이 이미 한 달이 지났다는 뜻이다.

4013 후타가미(二上)의/ 이쪽저쪽에다가/ 그물을 쳐서/ 내 기다리는 매를/ 꿈에 말하여 줬네

해설

후타가미(二上) 산의 여기저기에 그물을 쳐서 내가 기다리고 있는 매를, 꿈속에서 말하여 주었네라는 내용이다.
잃어버린 매에 대해서 꿈에서 계시를 해 주었다는 뜻이다.

4014 (마츠가에리)/ 멍청하였던 것일까/ 야마다(山田)의요/ 노인은 그 날에요/ 못 찾은 것이
      겠지요

해설

푸른 소나무가 색이 누렇게 변해 버리듯이 멍청하였던 것일까. 야마다(山田) 노인은, 달아난 그날에 찾아서 잡지 못했던 것이겠지라는 내용이다.
山田 노인이 매를 그날 찾지 못한 것은, 山田 노인이 멍청했기 때문이라는 뜻이다.
'松反り'는 'しひ'를 상투적으로 수식하는 枕詞이다. 中西 進은, '1783번가의 句를 답습한 것인가. 푸른 소나무가 우연히 누렇게 변해 버린 것을 말하는 것인가. 'しひ'는 目しひ·耳しひ의 'しひ'. 마비되는 것이다'고 하였다.

4015 情尓波　由流布許等奈久　須加能夜麻　須可奈久能未也　孤悲和多利奈牟

心には　ゆるふ[1]ことなく　須加の山[2]　すかなく[3]のみや　戀ひ渡りなむ

こころには　ゆるふことなく　すかのやま　すかなくのみや　こひわたりなむ

左注 右, 射水郡古江村取獲蒼鷹[4]. 形容美麗, 鷙雄[5]秀群也. 於時, 養吏[6]山田史君麿[7], 調試[8]失節, 野獷乖候[9]. 搏風之翅, 高翔匿雲, 腐鼠之餌[10], 呼留靡驗. 於是, 張設羅網, 窺乎非常, 奉幣神祇[11], 恃乎不虞[12]也. 粤[13]以夢裏有娘子. 喩曰, 使君[14], 勿作苦念空費精神. 放逸彼鷹, 獲得未幾矣哉. 須臾[15]覺寤[16], 有悦於懷. 因作却恨之歌, 式旌[17]感信[18]. 守大伴宿祢家持　九月廿六日作也.

---

1 ゆるふ: 느슨한 것이다.
2 須加の山: 射水郡 國廳 부근의 산이다.
3 すかなく: 'すかなし'는 마음이 답답하여 즐겁지 않은 것이다. 산 이름에서 연결된 것이다.
4 蒼鷹: 3세의 암컷인 매. 1세를 黃鷹(와카타카), 2세를 撫鷹(카타카헤리), 3세의 수컷을 兄鷹(세우), 암컷을 大鷹(오호타카)라고 한다(『和名抄』).
5 鷙雄: 鷙는 거친 모양. 또는 그 잡는 방법이다.
6 養吏: 鷹飼를 담당하는 관료이다.
7 山田史君麿: 전미상. 史는 도래인의 성이다.
8 調試: 調教.
9 野獷乖候: 매사냥은 12월에서 4월 사이[이 노래의 경우는 9월 26일(양력 11월 3일 이전)]에 눈이 내리지 않는 날이 적당하다고 한다.
10 腐鼠之餌: 매가 먹지 않는 먹이. 고식적인 수단을 말하는 것일 것이다. 『장자』秋水篇에서는 매가 앉는 곳은 오동나무, 먹는 것은 동(糸東) 열매, 마시는 것은 醴泉밖에 없다고 한다.
11 神祇: 天神地祇.
12 不虞: 매우 같다.
13 粤: 문장을 시작하는 말이다.
14 使君: 지방관. 여기서는 越中國의 장관인 家持를 가리킨다.
15 須臾: 갑자기.
16 覺寤: 눈을 뜨는 것이다.
17 式旌: 감응의 효험이다.
18 感信: 명확하게 한다.

4015　마음으로는/ 풀리는 일도 없이/ 수카(須加) 산처럼/ 마음 즐겁지 않고/ 계속 그리워하나

❀ 해설

　　마음으로는 슬픔이 없어지는 일도 없이, 수카(須加) 산처럼 마음이 즐겁지 않고 계속 매를 그리워하는 것일까라는 내용이다.
　　'須加の山'의 산 이름이, 'すかなし' 즉, 마음이 답답하여 즐겁지 않은 것과 발음이 같은 것을 이용하여 매를 그리워하는 마음을 노래한 것이다.

　　좌주　위는, 이미즈(射水)郡 후루에(古江)村에서 蒼鷹을 포획하였다. 그 새의 모습이 좋고 꿩을 잡는 기술은 뛰어났다. 어느 때, 매 사육을 담당하는 관리인 야마다노 후히토 키미마로(山田史君麿)가 훈련시키는 계절을 잘못 알아서 들사냥 시기가 너무 빨랐다. 매는 바람에 날개를 치며 하늘 높이 날아가서 구름 속에 숨어 버려, 썩은 쥐고기를 먹지 않으니 돌아오게 하려고 해도 방법이 없었다. 이에 새를 잡는 그물을 쳐서 만일을 기대하고 신들에게 공물을 바치고, 요행을 빌었다. 그때 꿈속에 소녀가 나타나서 알려주기를, 越中國의 장관인 그대여. 고통하며 함부로 마음을 어지럽게 하지 마세요. 달아난 매는 다시 잡을 수 있는데 얼마 걸리지 않겠지요라고 하였다. 잠시 후에 눈을 뜨고 마음속에 크게 기뻐하였다. 따라서 (매를 잃은) 원망스러움을 떨치는 노래를 지어, (신에게 빈) 감응의 효과가 있었던 것을 나타내려고 하였다. 越中國의 장관 오호토모노 스쿠네 야카모치(大伴宿禰家持)가 9월 26일 지은 것이다.
　　'腐鼠之餌, 呼留靡驗'을 全集에서는, '매를 돌아오게 하려고 죽은 쥐고기를 던졌지만 효과가 없었다'로 해석하였다[『萬葉集』 4, p.225].

高市連黒人[1]歌一首 年月不審

4016 賣比能野能　須々吉於之奈倍　布流由伎尓　夜度加流家敷之　可奈之久於毛倍遊

婦負の野[2] の　薄押し靡べ[3]　降る雪に　宿借る今日し　悲しく思ほゆ

めひののの　すすきおしなべ　ふるゆきに　やどかるけふし　かなしくおもほゆ

[左注]　右, 傳誦此歌, 三國真人五百國[4]是也

4017 東風 [越俗語, 東風謂之安由乃可是也] 伊多久布久良之　奈呉乃安麻能　都利須流乎夫祢

許藝可久流見由

東風[5] [越の俗の語, 東風をあゆのかぜといふ]　いたく吹くらし　奈呉の海人の　釣する小舟

漕ぎ隱る見ゆ[6]

あゆのかぜ[えつのくにぶりのことば, ひがしのかぜをあゆのかぜといふ]　いたくふくら

し　なごのあまの　つりするをぶね　こぎかくるみゆ

---

1 **高市連黒人**: 黑人의 여행 노래는 近江이 북쪽으로는 끝이며 越中에서는 다른 예가 없다.
2 **婦負の野**: 富山縣 婦負郡의 들이다.
3 **薄押し靡べ**: 평평하게 한 모양이다.
4 **三國真人五百國**: 전미상.
5 **東風**: 지금도 각 지역에서 동풍을 '아이(아이) 바람'이라고 한다. 'あゆち'도 같다. 여름 계절풍이다.
6 **漕ぎ隱る見ゆ**: 파도가 높으므로.

타케치노 므라지 쿠로히토(高市連黑人)의 노래 1수 연월은 알 수 없다

4016 메히(婦負) 들의요/ 참억새 짓누르며/ 내리는 눈에/ 숙소 빌리는 오늘/ 슬프게 생각되네요

🌸 해설

메히(婦負) 들의 참억새를 짓눌러 쓰러지게 하며 많이 내리는 눈 속에, 하룻밤을 자는 오늘이야말로 슬프게 생각되네요라는 내용이다.

橋本達雄은, '黑人이 도읍에서 북쪽으로 여행한 것은 권제3의 274, 275번가 등으로 보면 琵琶湖 서쪽 해안의 比良, 高島 부근이 끝이다. 이것은 越中보다 훨씬 먼 곳이다. 호수 북쪽을 越前으로 넘어 나아가 越中까지 발걸음을 옮긴 것이겠지만, 언제 어디를 여행한 것인지 알 수 없다. 노래는 여행의 슬픔, 우수를 깊이 노래한 것으로, 작풍이 黑人의 다른 작품과 통하고 있으므로 본인의 작품으로 믿을 수 있다. 白鳳 때를 그리워하는 家持가 마침 임지에서 들은 노래를 채록한 것이겠다. 기록한 날짜는 없지만 앞의 9월 26일자 다음에 있으므로 같은 무렵일까'라고 하였다[『萬葉集全注』 17, p.289].

高市連黑人은 행행, 여행과 관련된 노래를 많이 지었다.

> **좌주** 위는, 이 노래를 전하여 부른, 미쿠니노 마히토 이호쿠니(三國眞人五百國) 이 사람이다.

4017 동쪽 바람이[越의 俗語로, 東風을 아유 바람이라고 한다]/ 세게 부는 듯하네/ 나고(奈吳)의
      어부의/ 고기잡이 작은 배/ 저어 숨는 것 보네

🌸 해설

동풍이[越의 俗語로, 東風을 아유 바람이라고 한다] 심하게 부는 것 같네. 나고(奈吳)의 어부가 고기잡이를 하는 작은 배가, 파도를 피해서 노를 저어서 숨는 것이 보이네라는 내용이다.

동풍이 심하여 파도가 거세어지자, 어부가 고기잡이 하는 작은 배가 파도가 없는 곳으로 피하여 숨는 것이 보인다는 뜻이다.

4018 美奈刀可是　佐牟久布久良之　奈呉乃江尓　都麻欲妣可波之　多豆左波尓奈久 [一云. 多豆佐和久奈里]

水門風[1]　寒く吹くらし　奈呉の江[2]に　妻呼び交し　鶴さはに[3]鳴く [一は云はく, 鶴騒くなり[4]]

みなとかぜ　さむくふくらし　なごのえに　つまよびかはし　たづさはになく [あるはいはく　たづさわくなり]

4019 安麻射可流　比奈等毛之流久　許己太久母　之氣伎孤悲可毛　奈具流日毛奈久

天離る　鄙とも著く[5]　ここだくも[6]　繁き戀かも　和ぐる日も無く

あまざかる　ひなともしるく　ここだくも　しげきこひかも　なぐるひもなく

4020 故之能宇美能　信濃 [濱名也] 乃波麻乎　由伎久良之　奈我伎波流比毛　和須礼弖於毛倍也

越の海の　信濃 [濱の名なり]の濱[7]を　行き暮らし　長き春日も　忘れて思へや[8]

こしのうみの　しなの[はまのななり]のはまを　ゆきくらし　ながきはるひも　わすれておもへや

左注 右四首, 廿年春正月廿九日, 大伴宿祢家持

---

1 **水門風**: 射水川의 하구에 부는 바람이다.
2 **奈呉の江**: 富山縣 新湊市의 放生津潟.
3 **さはに**: 많이.
4 **鶴騒くなり**: 'なり'는 들은 것을 전하는 전문 추정이다.
5 **鄙とも著く**: '著く'는 '…라고 하는 것은 확실하게'라는 뜻이다.
6 **ここだくも**: 정도가 큰 것이다.
7 **信濃 [濱の名なり]の濱**: 富山縣 新湊市의 放生津潟의 해안인가. 길기로 유명하며 도읍에 대한 연정의 풍경으로 한 것이겠다.
8 **忘れて思へや**: '忘れ'는 도읍을 잊는 것이다. 'や'는 강한 부정을 동반한 의문을 나타낸다.

4018 하구 바람이/ 차게 부는 듯하네/ 나고(奈吳) 강에요/ 짝을 서로 부르며/ 학들 많이 우네요

　　　[또는 말하기를, 학이 시끄럽네요]

🌸 해설

　　이미즈(射水) 강의 하구에 바람이 차갑게 부는 듯하네. 나고(奈吳) 강에 짝을 서로 부르며 학들이
많이 우네요[또는 말하기를, 학이 시끄럽네요]라는 내용이다.

　　이미즈(射水) 강의 하구에 부는 바람이 차가워지자 나고(奈吳) 강에서 서로 짝을 부르며 많은 학들이
울고 있다는 뜻이다.

4019 (아마자카루)/ 시골이란 말대로/ 이렇게까지/ 그리운 것일까요/ 편안한 날도 없이

🌸 해설

　　하늘 저 끝 쪽 멀리 있는 시골이라고 하는 그대로 이렇게까지 도읍이 그리운 것일까. 마음이 편안한
날도 없이라는 내용이다.

　　먼 시골에 있으면 확실하게 알 수 있는 것처럼, 도읍에 있는 아내가 그립다는 뜻이다.

4020 코시(越)의 바다의/ 시나노(信濃)[해변의 이름이다]의 해변을/ 가서 보내고/ 긴긴 봄날조

　　차도/ 잊을 수가 있을까요

🌸 해설

　　코시(越) 바다의 시나노(信濃)[해변의 이름이다]의 해변을 걸어서 하루해를 보내고, 그렇게 긴 봄날조
차도 한 순간도 잊을 수가 있을까요라는 내용이다.

　　코시(越) 바다 시나노(信濃) 해변을 하루 종일 걸으며 보낸 긴 봄날이지만, 잠시도 그리운 아내를
잊을 수가 없다는 뜻이다.

　　橋本達雄은 이 4수를, '기승전결의 구조를 가진, 연작을 의도해서 구성한 것이라 생각된다. 제목은
없지만 주제는 향수이다'고 하였다[『萬葉集全注』 17, p.294].

　　좌주　위의 4수는, (天平) 20년(748) 봄 정월 29일에, 오호토모노 스쿠네 야카모치(大伴宿禰家持)

礪波郡雄神河¹邊作歌一首

4021 乎加未河泊　久礼奈爲尓保布　乎等賣良之　葦附[水松之類]等流登　湍尓多々須良之

雄神川　紅にほふ²　少女らし　葦附³[水松⁴の類]採ると　瀬に立たす⁵らし

をかみがは　くれなゐにほふ　をとめらし　あしつき[みるのたぐひ]とると　せにたたす
らし

婦負郡鸕坂河⁶邊作一首

4022 宇佐可河泊　和多流瀬於保美　許乃安我馬乃　安我枳乃美豆尓　伎奴々礼尓家里

鵜坂川　渡る瀬多み⁷　この吾が馬の　足搔⁸の水に　衣濡れにけり

うさかがは　わたるせおほみ　このあがうまの　あがきのみづに　きぬぬれにけり

---

1 **礪波郡雄神河**: 지금의 壓川이다.
2 **紅にほふ**: 치마의 붉은 색이 아름답다.
3 **葦附**: 해초의 종류.
4 **水松**: 海松(청각채)과 같다.
5 **瀬に立たす**: 친애를 나타내는 경어이다.
6 **婦負郡鸕坂河**: 神通川의 鵜坂(富山縣 婦負郡 婦中町) 부근의 이름이다.
7 **渡る瀬多み**: 여울이 많으므로.
8 **足搔**: 말이 발을 옮기는 것이다.

토나미(礪波)郡 오카미(雄神) 강변에서 지은 노래 1수

4021 오카미(雄神) 강에/ 붉은 색이 빛나네/ 소녀들이요/ 청각채(水松) 종류이대)를 딴다고/ 여울
에 섰는 듯해

✿ 해설

　　오카미(雄神) 강에 붉은 색이 빛나네. 소녀들이 청각채(水松) 종류이대)를 딴다고 얕은 여울에 서 있는
듯하네라는 내용이다.
　　청각채를 따느라고 여울에 서 있는 소녀들의 붉은 치맛자락이 강에 비친 모습을 말한 것이다.

메히(婦負)郡 우사카(鸕坂) 강변에서 지은 노래 1수

4022 우사카(鵜坂) 강은/ 건너는 여울 많아/ 내가 탄 이 말의요/ 걸을 때 튀는 물에/ 옷이 젖어
버렸네

✿ 해설

　　우사카(鵜坂) 강은 강폭이 넓어서 건너는 여울이 많으므로, 내가 타고 있는 말이 걸을 때 튀는 물에
옷이 젖어 버렸네라는 내용이다.
　　우사카(鵜坂) 강은 건너야 할 여울이 많으므로 타고 있는 말이 걸을 때 튀는 물에 옷이 젖어 버렸다는
뜻이다.

見潜鸕人[1]作歌一首

4023 賣比河波能　波夜伎瀨其等尓　可我里佐之　夜蘇登毛乃乎波　宇加波多知家里

婦負川[2]の　早き瀨ごとに　篝さし　八十伴の緒[3]は　鵜川立ちけり[4]

めひがはの　はやきせごとに　かがりさし　やそとものをは　うかはたちけり

新川郡[5]渡延槻河[6]時作歌一首

4024 多知夜麻乃　由吉之久良之毛　波比都奇能　可波能和多理瀨　安夫美都加須毛

立山[7]の　雪し消らしも[8]　延槻の　川の渡瀬　鐙浸かすも[9]

たちやまの　ゆきしくらしも　はひつきの　かはのわたりぜ　あぶみつかすも

---

1 **潜鸕人**: 사다새를 강에 넣어서 물고기를 잡는 사람이다.
2 **婦負川**: 神通川의 하류를 말하는가.
3 **八十伴の緒**: '八十'은 많다는 뜻이다. '伴の緒'는 관료. 그러나 여기에서는 그곳의 鵜飼部를 이렇게 부른 것이라고 생각된다.
4 **鵜川立ちけり**: 사다새로 물고기를 잡는 것이다.
5 **新川郡**: 富山縣 동부이다.
6 **延槻河**: 早月川이다.
7 **立山**: 富山縣 中新川郡의 동남쪽으로 이어지는 봉우리. 중심된 봉우리는 大汝山(3015미터). 지금 타테야마라고도 부른다.
8 **消らしも**: 'く'는 사라진다는 뜻의 동사의 종지형이다. 이외에 199번가 등에 용례가 있다. 'きゆ'의 예는 1782번가 등. 'く'는 'きゆ'의 축약인가.
9 **鐙漬かすも**: 눈이 녹은 물에 의해 물이 불어서.

사다새를 물에 넣는 사람을 보고 지은 노래 1수

4023 메히(婦負) 강의요/ 빠른 여울마다에/ 화톳불 피워/ 많은 관료들은요/ 물고기 잡고 있네

🌸 해설

  메히(婦負) 강의 물살이 빠른 여울마다 화톳불을 피워서, 많은 관료들은 사다새를 이용해서 물고기를 잡고 있네라는 내용이다.

  全集에서는, '여기에서는 태양력 3월 10일 무렵으로 鵜飼에 적당한 시기였는지 아니었는지 의문'이라고 하였다『萬葉集』 4, p.228].

니히카하(新川)郡의 하히츠키(渡延槻) 강을 건널 때 지은 노래 1수

4024 타치야마(立山)의/ 눈이 녹는 듯하네/ 하히츠키(延槻)의/ 강 건너는 여울서/ 등자가 젖었네요

🌸 해설

  타치야마(立山)의 눈이 녹기 시작한 듯하네. 하히츠키(延槻) 강을 건너는 여울에서 말등자를 물에 적셨네라는 내용이다.

  하히츠키(延槻) 강을 건너는 여울에서 말등자가 젖을 정도로 물이 불은 것을 보고 타치야마(立山)에 쌓여 있던 눈이 녹아서 흘러내린 때문이라고 노래하였다.

  中西 進은 이 노래를 뛰어난 작품이라고 하였다.

赴参氣太神宮[1]，行海邊之時作歌一首

4025　之乎路可良　多太古要久礼婆　波久比能海　安佐奈藝思多理　船梶母我毛

之乎路[2]から　直越え來れば　羽咋の海　朝凪ぎしたり　船梶もがも[3]

しをぢから　ただこえくれば　はくひのうみ　あさなぎしたり　ふねかぢもがも

能登郡從香嶋[4]津發船，射熊來村[5]徃時作歌二首

4026　登夫佐多氐　船木伎流等伊布　能登乃嶋山　今日見者　許太知之氣思物　伊久代神備曽

鳥總立て　船木伐る[6]といふ　能登の島山　今日見れば[7]　木立繁しも　幾代神びそ[8]

とぶさたて　ふなぎきるといふ　のとのしまやま　けふみれば　こだちしげしも　いくよかむびそ

1　**氣太神宮**: 多氣신사이다. 能登一의 宮. 그 당시 能登은 분립하지 않고 越中에 소속되어 있었다.
2　**之乎路**: 氷見에서 羽咋으로 나가는 길이다. 石川縣 羽咋郡 志雄町 부근이다.
3　**船梶もがも**: 배를 저어서 나가고 싶다.
4　**能登郡從香嶋**: 石川縣 七尾市인가.
5　**熊來村**: 石川縣 鹿島郡 中島町.
6　**船木伐る**: 나무 끝 쪽 가지로 새 날개의 모양으로 묶어서, 이것을 꽂아서 배를 만들 나무를 베는 관습이 있었던 것인가.
7　**今日見れば**: 앞의 ‘といふ’에 대해서 ‘今日見れば’.
8　**神びそ**: ‘神さび’와 같다. 신령스럽다는 뜻이다.

케다(氣太)神宮에 가기 위해서 해변을 갈 때 지은 노래 1수

4025 시오(之乎) 길에서/ 똑바로 넘어오면/ 하쿠히(羽咋)의 바다/ 아침뜸이 되었네/ 배와 노가 있으면

해설

시오(之乎) 길에서 똑바로 넘어오면 하쿠히(羽咋)의 바다는 아침 바람이 잠잠하네. 배와 노가 있다면 좋겠네라는 내용이다.

배와 노가 있다면 잠잠한 바다로 노를 저어서 나가고 싶다는 뜻이다.

'羽咋の海'를 全集에서는, '邑知潟이라고 하는 설과 羽咋市의 外海라고 하는 설이 있다. '朝凪'가 대부분 바다와 관련하여 사용되고 있는 것을 생각하면 外海라고 하는 설이 일리가 있는 것 같기도 하지만, 이전에는 지금 소멸 직전에 있는 邑知潟에서 상상할 수 없을 정도로 크고 넓은 수면을 바라보고 놀란 것을 읊은 노래라고 해석하고, 당분간 邑知潟이라고 하는 설을 취한다'고 하였다『萬葉集』 4, p.228].

노토(能登)郡의 카시마(香嶋) 나루에서 배를 출발하여,
쿠마키(熊來)村을 향하여 갈 때 지은 노래 2수

4026 鳥總 세워서/ 船木을 벤다고 하는/ 노토(能登) 섬의 산이여/ 오늘 보니까/ 나무가 무성하네/ 몇 대 지난 신령함

해설

나무 끝 쪽 가지로 새 날개의 모양으로 묶어서, 이것을 꽂아서 배를 만들 나무를 벤다고 하는 노토(能登) 섬의 산이여. 오늘 보니 나무가 무성하네. 몇 대를 신령스럽게 지내온 것일까라는 내용이다.

'鳥總立て'를 大系에서는, '鳥總은 끝과 가지의 잎이 무성한 끝. 나무를 벤 후에 산신에게 鳥總을 세워 놓는 풍습이 있었다'고 하였다『萬葉集』 4, p.245].

577·577 형식의 旋頭歌이다. 大系에서는, 이런 旋頭歌 형식은 家持의 노래에서 드물다고 하였다『萬葉集』 4, p.245].

橋本達雄은 家持가 旋頭歌 형식으로 창작을 한 것에 대해, '家持가 그것에 흥미를 가진 것을 말해 주지만, 그것은 권제16의 2수의 旋頭歌(3878, 3879번가)가 염두에 있었기 때문이 아닐까'라고 하였다『萬葉集全注』 17, p.304].

4027　香嶋欲里　久麻吉乎左之氏　許具布祢能　可治等流間奈久　京師之於母倍由

香島より　熊來を指して　漕ぐ船の　梶取る間なく　都し思ほゆ

かしまより　くまきをさして　こぐふねの　かぢとるまなく　みやこしおもほゆ

鳳至郡[1]渡饒石河之時作歌一首

4028　伊毛尓安波受　比左思久奈里奴　尓藝之河波　伎欲吉瀬其登尓　美奈宇良波倍弓奈

妹に逢はず　久しくなりぬ　饒石川[2]　清き瀬ごとに　水占延へてな[3]

いもにあはず　ひさしくなりぬ　にぎしがは　きよきせごとに　みなうらはへてな

---

1 **鳳至郡**: 노토(能登) 반도의 중앙부이다.
2 **饒石川**: 지금의 仁岸川이다.
3 **水占延へてな**: 물로 치는 점이지만 어떤 것인지 알 수 없다.

4027 카시마(香島)에서/ 쿠마키(熊來)를 향하여/ 노 젓는 배의/ 노 젓는 쉼 없듯이/ 도읍을 생각
      하네요

　카시마(香島)에서 쿠마키(熊來)를 향하여 노를 젓는 배의, 노를 잡은 손이 쉬지 않고 노를 젓듯이,
그렇게 쉬지 않고 도읍을 생각하네라는 내용이다.
　도읍이 계속 생각난다는 뜻이다.

후게시(鳳至)郡의 니기시(饒石) 강을 건널 때 지은 노래 1수

4028 아내 못 만난 지/ 오래되어 버렸네/ 니기시(饒石) 강의/ 깨끗한 여울마다/ 물로 점을 쳐
      볼까나

　아내를 만나지 못한 날이 오래되어 버렸네. 잘 있는지, 어떤지 니기시(饒石) 강의 깨끗한 여울마다에서
물로 점을 쳐 보자라는 내용이다.
　물로 점을 치는 것은 『만엽집』에서는 이 작품에만 보인다.

從珠洲郡¹發船還治布²之時, 泊長濱灣³仰見月光作歌一首

4029 珠洲能宇美尓　安佐妣良伎之弖　許藝久礼婆　奈我波麻能宇良尓　都奇氐理尓家里

珠洲の海に　朝びらきして⁴　漕ぎ來れば　長濱の浦に　月照りにけり

すすのうみに　あさびらきして　こぎくれば　ながはまのうらに　つきてりにけり

左注　右件歌詞者, 依春出擧⁵, 巡行⁶諸郡, 當時當所属目作之. 大伴宿祢家持

---

1 **珠洲郡**: 노토(能登) 반도의 북쪽 끝이다.
2 **治布**: 지명인가. 확실하지 않다. 國府를 治府라고 하고, 府를 布로 잘못 썼다고 하는 설도 있다.
3 **長濱灣**: 松田江을 말하는 것인가. 확실하지 않다.
4 **朝びらきして**: 아침에 배를 내는 것이다.
5 **出擧**: 官府가 백성에게 錢·物·稻 등을 대여하고 이자를 붙여서 받는 제도이다. 봄가을 2회로 여기에서는 봄에 벼를 대여하는 것을 말한다.
6 **巡行**: 관내를 순행하는 것은 國司의 임무였다.

수수(珠洲)郡에서 배를 출발하여 치후(治布)로 돌아왔을 때,
나가하마(長濱)灣에 정박하여 달빛을 보고 지은 노래 1수

4029 수수(珠洲) 바다에서/ 아침에 배를 내어/ 노 저어 오면/ 나가하마(長濱)의 포구에/ 달 비치
      고 있었네

🌸 해설

   수수(珠洲) 바다에서 아침에 배를 출발하여 항구를 떠나 배를 저어 오면, 나가하마(長濱)의 포구에는
달이 밝게 비치고 있었네라는 내용이다.
   珠洲郡에서 배를 출발하여 國府로 돌아올 때의 노래이다.
   全集에서는, '珠洲에서 長濱이라 한 氷見市 해안까지 해상 약 70킬로미터. 4020번가의 左注에 '정월
29일'이라고 하였고, 다음의 4030번가가 꾀꼬리 계절인데 울지 않는 것을 노래하고 있는 것을 생각하면,
이 노래는 2월 중순(태양력 3월 14일~23일) 무렵에 불리어진 것이겠다. 이 전후의 일몰은 19시경, 달이
한층 밝아지는 것은 일몰 후 약 1시간, 고대에 하루에 순조롭게 노를 저으면 시속 2.5킬로미터. 能登반도
동쪽 해안에서 조류도 거의 그것과 같아, 아침 4시에 珠洲를 출발하면 20시에는 氷見에 도착이 가능하다
고 한다(黑川總三의 설)'고 하였다『萬葉集』4, p.230].
   中西 進은 이 노래를 뛰어난 작품이라고 하였다.

   좌주 위에 든 각각의 노래는, 봄에 백성에게 벼를 대여해 주기 위해 여러 군을 돌며, 그때그때
   곳곳에서 눈으로 본 것을 지은 것이다. 오호토모노 스쿠네 야카모치(大伴宿禰家持)
   '右件歌詞者'는 4021번가부터 4029번가까지 9수를 말한다.
   '巡行'을 全集에서는, '越中國의 장관은 해마다 한 번씩 소속된 군을 순행하여 그 정황을 시찰하는
   의무가 있었다'고 하였다『萬葉集』4, pp.230~231].

怨鶯晚哢[1]歌一首

4030 　宇具比須波　伊麻波奈可车等　可多麻氐婆　可須美多奈妣吉　都奇波倍尒都追

うぐひすは　今は鳴かむと　片待てば[2]　霞たなびき　月は經につつ[3]

うぐひすは　いまはなかむと　かたまてば　かすみたなびき　つきはへにつつ

造酒歌[4]一首

4031 　奈加等美乃　敷刀能里等其等　伊比波良倍　安賀布伊能知毛　多我多米尒奈礼

中臣の　太祝詞言[5]　いひ祓へ[6]　贖ふ命も[7]　誰がために汝[8]

なかとみの　ふとのりとごと　いひはらへ　あがふいのちも　たがためになれ

> **左注**　右, 大伴宿祢家持作之.

---

1 **晚哢**: 좀처럼 울지 않는다.
2 **片待てば**: '片'은 강조를 나타낸다. 오로지 기다린다.
3 **月は經につつ**: 한 달이 지났다. 두 달이 된 것이다. 노래 끝에 '鳴かず'라는 뜻이 생략되었다.
4 **造酒歌**: 술을 만들 때 부르는 노래이다. 『고사기』應神천황조 등에 예가 있다. 오늘날의 杜氏(토우지)의
　노래에 해당한다. 그러나 여기에서는 家持가 술을 만들 때의 노래인 釀造歌에 의탁해서 장난으로 노래를
　지은 것인가. 釀造 노동의 민요는 권제16의 3879번가 참조.
5 **太祝詞言**: 中臣氏가 부르는, 멋진 축하하는 말. 술을 만들 때 부른다.
6 **いひ祓へ**: 부정을 씻는다.
7 **贖ふ命も**: 다른 제물로 목숨의 안전을 구한다. 여기까지 술을 만드는 의례로 이후에 연애가로 변한 것인가.
8 **誰がために汝**: '誰がために. 汝'라는 뜻이다. 汝는 아내인가.

꾀꼬리가 늦게 우는 것을 원망하는 노래 1수

4030 꾀꼬리새는/ 지금 울겠지 하고/ 기다리면요/ 안개가 끼어서는/ 한 달이 지나가고

🌸 해설

꾀꼬리는 지금이야말로 울겠지 하고 단지 기다리고 있는데, 안개가 끼고 한 달이 지나가고라는 내용이다. 꾀꼬리가 울겠지 하고 기다리다가 한 달이 지났지만 그래도 울지를 않는다는 뜻이다.

술을 만드는 노래 1수

4031 나카토미(中臣)의/ 太祝詞 말을 하고/ 부정을 씻고/ 비는 이 목숨은요/ 누굴 위해선가 너

🌸 해설

나카토미(中臣)의 太祝詞의 말을 하고, 부정을 씻고, 술을 바쳐서 비는 목숨도 누구를 위해서인가. 바로 그대를 위해서이네라는 내용이다.

'造酒歌'를 全集에서는, '술을 만들 때 부르는 노동가의 일종. 여기에서는 그것을 축하하는 노래인가. 술을 만드는 시기는 일반적으로 가을이지만, 여기에서는 봄에 불리어지고 있다. 권제18의 권두가에 나와 있는 造酒司令史 田邊福麻呂에게 부탁을 받아서 부른 것이라고 보기도 하고, 出擧로 순행했을 때, 熊來 부근의 酒造家의 부탁에 의해 작사한 것이라고 보기도 하는 등 여러 설이 있다'고 하였다[『萬葉集』 4, p.231].

橋本達雄은, '권제18의 권두가가 3월 23일이므로, 이 작품도 3월에 지은 것이겠다. 술을 보통 겨울에 빚는데 봄에 빚고 있는 것은, 봄 제사 때 신에게 바치는 神酒를 임시로 양조한 것일 것이라는 설이 있지만, 창작 시기를 반드시 술을 빚는 시기와 일치시켜서 생각하지 않아도 좋을 것이다'고 하였다[『萬葉集全注』 17, p.310].

> **좌주** 위는, 오호토모노 스쿠네 야카모치(大伴宿禰家持)가 지었다.

만엽집

권 제18

天平廿年[1]春三月廿三日，左大臣橘[2]家之使者[3]造酒司令史[4]
田邊史福麿[5]饗于守[6]大伴宿祢家持舘．爰作新歌并便誦古詠，各述心緒．

4032　奈呉乃宇美尓　布祢之麻志可勢　於伎尓伊泥弖　奈美多知久夜等　見底可敝利許牟

　　　奈呉の海[7]に　船しまし[8]貸せ　沖に出でて　波立ち來やと[9]　見て歸り來む

　　　なごのうみに　ふねしましかせ　おきにいでて　なみたちくやと　みてかへりこむ

4033　奈美多底波　奈呉能宇良末尓　余流可比乃　末奈伎孤悲尓曽　等之波倍尓家流

　　　波立てば　奈呉の浦廻[10]に　寄る貝の　間なき戀[11]にそ　年は經にける

　　　なみたてば　なごのうらまに　よるかひの　まなきこひにそ　としはへにける

---

1 **天平廿年**: 748년이다.
2 **左大臣橘**: 경칭이다.
3 **使者**: 福麿는 諸兄 곁에서 권제6의 1047번가 이하를 창작한 形迹이 있다.
4 **造酒司令史**: 造酒司는 술, 초 등의 제조를 담당하는 곳으로 宮内省의 소관이었다. 令史는 3등관, 정원 1명, 大初位 상에 상당한다.
5 **田邊史福麿**: 궁정가의 전통을 계승한 말기 만엽의 대표적인 가인의 한 사람이다. 姓 史는 도래계이다.
6 **守**: 越中守이다.
7 **奈呉の海**: 富山縣 神湊市의 바다.
8 **しまし**: 잠시.
9 **波立ち來やと**: 어떻게 파도가 일어나서 올까 하고.
10 **浦廻**: 'ま'는 彎曲을 나타내는 접미어이다.
11 **間なき戀**: 家持에 대한 마음이다.

天平 20년(748) 봄 3월 23일에, 左大臣 타치바나노 모로에(橘諸兄)의 使者인 造酒司 令史 타나베노 후비토 사키마로(田邊史福麿)를, 장관 오호토모노 스쿠네 야카모치(大伴宿禰家持)의 관사에서 대접하였다. 이에 새로 노래를 짓고 또 이어서 옛 노래를 낭영하여 각각 마음을 표현하였다.

4032 나고(奈呉)의 바다에/ 배 잠시 빌려 줘요/ 바다로 저어가/ 파도 일어오는 것/ 보고 돌아 오지요

해설

배를 잠시 빌려 주세요. 나고(奈呉) 바다 가운데로 노를 저어 나가서 파도가 아름답게 일어나서 오는 광경을 보고 돌아오지요라는 내용이다.

伊藤 博은, '國府에서 奈呉 바다까지는 1킬로미터. 건물이 없던 당시 高岡市 伏木町 勝興寺 부근의 높은 곳에 있었다고 하는 家持의 관사에서는 奈呉 바다가 한눈에 보였을 것이다. 그 전망을 보고 인사로 먼저 1수를 지은 것이다'고 하였다『萬葉集全注』18, p.17].

4033 파도가 일면/ 나고(奈呉)의 해안으로/ 오는 조갠 양/ 계속 그리워하며/ 몇 년을 지내었네

해설

파도가 일면 나고(奈呉)의 해안으로 끊임없이 떠밀려 오는 조개껍질처럼 그렇게 끊임이 없이 계속 그리워하면서 몇 년인가를 지낸 것이네라는 내용이다.

田邊史福麿가 오랫동안 家持를 생각하였다는 뜻이다.

全集에서는, '연가를 모방한 인사 노래'라고 하였다『萬葉集』4, p.239].

4034 奈呉能宇美尓　之保能波夜非波　安佐里之尓　伊泥牟等多豆波　伊麻曽奈久奈流

奈呉の海に　潮のはや¹干ば　あさりしに　出でむと鶴は　今そ鳴くなる²

なごのうみに　しほのはやひば　あさりしに　いでむとたづは　いまそなくなる

4035 保等登藝須　伊等布登伎奈之　安夜賣具左　加豆良尓勢武日　許由奈伎和多礼

ほととぎす　いとふ時なし³　菖蒲草　鬘⁴にせむ日　こゆ⁵鳴き渡れ

ほととぎす　いとふときなし　あやめぐさ　かづらにせむひ　こゆなきわたれ

左注　右四首, 田邊史福麿

于時期之明日, 将遊覧布勢水海⁶, 仍述懐各作歌

4036 伊可尓安流　布勢能宇良曽毛　許己太久尓　吉民我弥世武等　和礼乎等登牟流

如何にある　布勢の浦そも　ここだくに　君⁷が見せむと　われを留むる

いかにある　ふせのうらそも　ここだくに　きみがみせむと　われをとどむる

左注　右一首, 田邊史福麿

---

1 **はや**: 'はや'는 '干ば あさりしに 出でむ' 전체에 걸린다.
2 **今そ鳴くなる**: 전문 추량이다.
3 **いとふ時なし**: 불쾌하게 생각한 적은 없다.
4 **鬘**: 본래는 식물의 생명력을 감염시키는 주술이었지만 여기에서는 여름철의 풍류이다.
5 **こゆ**: 'ゆ'는 경과를 나타내는 조사이다.
6 **遊覧布勢水海**: 3991번가의 제목. '布勢水海'는 二上山 서북쪽에 있는 鹹水湖이다.
7 **君**: 家持를 가리킨다.

4034 나고(奈吳)의 바다에/ 물이 빠진다면 곧/ 먹이 찾으러/ 나가려고 학은요/ 지금 우는 듯하네

나고(奈吳) 바다에 썰물이 되어서 물이 빠진다면, 바로 먹이를 찾으러 나가려고 학은 지금 우는 듯하네라는 내용이다.

실제로 학 울음소리를 듣고 지은 것이겠다.

4035 두견새를요/ 싫어한 적은 없네/ 창포꽃을요/ 머리 장식하는 날/ 이곳 울며 지나게

두견새의 우는 소리를 싫어한 적은 없네. 창포꽃을 머리에 꽂아 장식을 하는 날 울면서 이곳을 지나가면 좋겠네라는 내용이다.

두견새의 우는 소리는 언제 들어도 좋은데 이왕이면 5월 5일 창포를 머리 장식으로 하는 날에 울며 지나가면 좋겠다는 뜻이다.

좌주 위의 4수는, 타나베노 후비토 사키마로(田邊史福麿)

이때 내일로 날을 정하여, 후세(布勢) 호수에서 유람하려고 하여,
이에 감회를 각각 표현하여 지은 노래

4036 도대체 어떤/ 후세(布勢)의 포구인가/ 이렇게까지/ 그대가 보여주려/ 나를 붙잡다니요

도대체 얼마나 아름다운 후세(布勢)의 포구인 것일까요. 이렇게까지 그대가 보여주고 싶어서 나를 붙잡는 것을 보면이라는 내용이다.

伊藤 博은, '4043번가의 좌주에 '앞의 10수의 노래는 24일의 연회에서 지었다'고 되어 있으므로 2수가 탈락이 되었다고 생각되는데'[『萬葉集全注』18, p.25]. 그 2수는 4035번가와 4036번가 사이에는, 23일 家持가 부른 2수 정도와, 24일에 福麿가 부른 1수와, 家持가 부른 1수의 탈락이 있었을 것이라고 하였다 [『萬葉集全注』18, p.27].

좌주 위의 1수는, 타나베노 후비토 사키마로(田邊史福麿)

4037　乎敷乃佐吉　許藝多母等保里　比祢毛須尓　美等母安久倍伎　宇良尓安良奈久尓 [一云, 伎美我等波須母]

乎敷の崎[1]　漕ぎ徘徊り　終日に　見とも飽くべき　浦にあらなくに[2] [一は云はく, 君が問はすも[3]]

をふのさき　こぎたもとほり　ひねもすに　みともあくべき　うらにあらなくに [あるいははく, きみがとはすも]

　左注　右一首, 守大伴宿祢家持

4038　多麻久之氣　伊都之可安氣牟　布勢能宇美能　宇良乎由伎都追　多麻母比利波牟

玉匣[4]　いつしか明けむ[5]　布勢の海の　浦を行きつつ　玉も拾はむ[6]

たまくしげ　いつしかあけむ　ふせのうみの　うらをゆきつつ　たまもひりはむ

4039　於等能未尓　伎吉底目尓見奴　布勢能宇良乎　見受波能保良自　等之波倍奴等母

音のみに　聞きて目に見ぬ　布勢の浦を　見ずは[7]上らじ　年は經ぬとも[8]

おとのみに　ききてめにみぬ　ふせのうらを　みずはのぼらじ　としはへぬとも

1　乎敷の崎: 布勢 水海의 남쪽의 해안.
2　浦にあらなくに: 없을 것인데. '一云'과 호응한다.
3　一は云はく, 君が問はすも: 이른바 佛足石歌體(575777형식)로 제6구를 첨부한 것이, 후에 다른 전승으로 처리가 된 것인가. 'す'는 경어.
4　玉匣: 아름다운 빗을 담은 용기라는 뜻으로 '明く'를 상투적으로 수식하는 枕詞로 사용된다.
5　いつしか明けむ: 언제 날이 밝을 것인가 하는 뜻으로 願望을 표현한 것이다.
6　玉も拾はむ: 'も'는 'なども(등도)'.
7　見ずは: 'は'는 강조의 뜻이다. 보지 않고는.
8　年は經ぬとも: 지금 3월이므로 과장된 표현이다. 인사치레이다.

4037 오후(乎敷)의 곶을/ 노를 저어 돌면서/ 하루 종일을/ 보아도 싫증이 날/ 해안이 아닌 것인
데[혹은 말하기를, 그대 물으시네요]

해설

오후(乎敷) 곶을, 배를 타고 노를 저어 돌면서 하루 종일 보아도 싫증이 날 해안이 아닌 아름다운
것인데[혹은 말하기를, 그대 물으시네요]라는 내용이다.
一云은 田邊史福麿가 4036번가에서 얼마나 아름다운 포구인지 물은 것을 말한 것이겠다.

좌주 위의 1수는, 장관 오호토모노 스쿠네 야카모치(大伴宿禰家持)

4038 (타마쿠시게)/ 언제 날이 샐 건가/ 후세(布勢)의 바다의/ 포구를 걸으면서/ 구슬도 줍고
싶네

해설

빗 상자 뚜껑을 열듯이, 언제 날이 샐 것인가. 빨리 후세(布勢) 바다의 포구를 걸으면서 아름다운
경치도 바라보고 예쁜 돌이나 조개껍질 등도 줍고 싶네라는 내용이다.
'玉'은 작은 돌이나 조개껍질 등을 말한다.

4039 소문으로만/ 듣고 눈으로 못 본/ 후세(布勢)의 포구를/ 보지 않곤 못 가네/ 해가 바뀌더
라도

해설

지금까지 소문으로만 들었을 뿐, 아직 눈으로 직접 본 적이 없는 후세(布勢)의 포구를 보지 않고는
도읍으로 돌아가지 않을 것이네. 비록 해가 바뀐다고 해도라는 내용이다.
유명한 후세(布勢) 포구를 반드시 보아야겠다는 뜻이다.

4040 布勢能宇良乎　由吉底之見弖婆　毛母之綺能　於保美夜比等尓　可多利都藝底牟

布勢の浦¹を　行きてし見てば　百磯城の²　大宮人³に　語り繼ぎてむ⁴

ふせのうらを　ゆきてしみてば　ももしきの　おほみやびとに　かたりつぎてむ

4041 宇梅能波奈　佐伎知流曽能尓　和礼由可牟　伎美我都可比乎　可多麻知我底良

梅の花　咲き散る⁵園に⁶　われ行かむ　君が使を　片待ちがてら⁷

うめのはな　さきちるそのに　われゆかむ　きみがつかひを　かたまちがてら

4042 敷治奈美能　佐伎由久見礼婆　保等登藝須　奈久倍吉登伎尓　知可豆伎尓家里

藤波の⁸　咲き行く見れば　ほととぎす　鳴くべき時に　近づきにけり

ふぢなみの　さきゆくみれば　ほととぎす　なくべきときに　ちかづきにけり

左注 右五首, 田邊史福麿

1 **布勢の浦**: '見てば'로 이어진다.
2 **百磯城の**: 많은 돌을 쌓아서 만들었다는 뜻으로 '大宮'을 상투적으로 수식하는 枕詞이다.
3 **大宮人**: 도읍 사람이다.
4 **語り繼ぎてむ**: '語り繼ぐ'는 궁중 歌人의 상용구이다. 'て'는 완료로 강조의 뜻이 있다.
5 **咲き散る**: 3월 24일로 꽃은 지고 있다.
6 **園に**: 園은 지명(布勢 호수 부근)인가.
7 **がてら**: 'がてり'와 같다. 초청하는 소식을 가지고 오는 사람을 기다리기 힘들 정도로 가고 싶다.
8 **藤波の**: 물결 모양으로 피는 것에서 표현한 것으로 등꽃을 말한다.

4040　후세(布勢)의 포구를/ 가서 보고 온다면/ (모모시키노)/ 궁중 관료들에게/ 말하여 전하지요

✿ **해설**

　　아름다운 후세(布勢)의 포구를, 가서 눈으로 직접 보고 온다면 멋진 궁중에서 근무하는 관료들에게 반드시 이야기를 해서 전해 주지요라는 내용이다.
　　자신이 직접 본 후세(布勢)의 포구를, 도읍에 돌아가면 궁중에서 근무하는 관료들에게 반드시 알려 주겠다는 뜻이다.

4041　매화꽃이요/ 피어 지는 소노(園)에/ 난 가고 싶네/ 그대가 보낸 사람/ 기다리기 힘들어

✿ **해설**

　　매화꽃이 피어서는 진다고 하는 소노(園)에 나는 가고 싶은 것입니다. 그대가 청하려고 보낸 사람을 더 이상 기다리기가 힘들어서라는 내용이다.
　　'園'을 全集에서는, '氷見市 街地의 동남부에 있는 지명으로 당시 布勢 호수 호반의 일부였다. 그 園에 간다는 것을 듣고 옛 노래를 읊은 것. 옛 노래의 園은 보통명사'라고 하였다『萬葉集』4, p.242].
　　大系에서는, '권제10의 1900번가와 거의 같다. 권제10의 노래 등이 4032번가의 제목에서 말하는 古詠 등일 것이다. 만엽집에서 말하는 古歌 · 古詠 등은 반드시 매우 오래된 것을 가리킨다고는 할 수 없다고 하였다『萬葉集』4, pp.258~259].
　　'君'은 大伴家持를 가리킨다.

4042　등나무 꽃이/ 피어가는 것 보면/ 두견새가요/ 울어야만 할 때가/ 다가온 것 같네요

✿ **해설**

　　등나무 꽃이 물결처럼 피어 가는 것을 보면, 두견새가 울어야만 할 시기가 가까이 다가온 것 같네요라는 내용이다.

　　좌주　위의 5수는, 타나베노 후비토 사키마로(田邊史福麿)

4043　安須能比能　敷勢能宇良末能　布治奈美尓　氣太之伎奈可受　知良之底牟可母 [一頭云, 保等登藝須]

明日の日の　布勢の浦廻[1]の　藤波に　けだし[2]來鳴かず　散らして[3]むかも [一は頭[4]に云はく, ほととぎす]

あすのひの　ふせのうらまの　ふぢなみに　けだしきなかず　ちらしてむかも [あるはかしらにいはく, ほととぎす]

左注　右一首, 大伴宿祢家持和之.
前件十首[5]歌者, 廿四日宴作之

廿五日, 徃布勢水海, 道中馬上口号[6]二首

4044　波萬部余里　和我宇知由可波　宇美邊欲里　牟可倍母許奴可　安麻能都里夫祢

濱邊より　わがうち[7]行かば　海邊より　迎へも來ぬか[8]　海人の釣舟

はまへより　わがうちゆかば　うみへより　むかへもこぬか　あまのつりぶね

---

1 **布勢の浦廻**: '布勢'는 二上山 서북쪽에 있는 鹹水湖. 'ま'는 彎曲을 나타내는 접미어이다.
2 **けだし**: 아마 어쩌면.
3 **散らして**: 강조한 표현이다.
4 **頭**: 첫 구. 본문은 주어가 없고 4042번가와 일련의 작품이라면 상관이 없지만, 독립된 것으로 보면 의미가 분명하지 않다. 독립했을 때 이 다른 전승을 가지고 후에 전해진 것인가.
5 **前件十首**: 4036번가부터 4043번가까지 8수밖에 없다. 탈락을 생각할 수 있다.
6 **馬上口号**: 이른바 말 위에서 읊은 馬上吟(즉흥가)을 의식한 표현이다.
7 **うち**: 채찍으로 때려.
8 **來ぬか**: 願望을 나타낸다.

4043 내일 날에요/ 후세(布勢)의 해안의요/ 등나무 꽃에/ 어쩜 와 울지 않고/ 지게 해 버릴
건가 [혹은 첫 구에 말하기를, 두견새가요]

🌸 해설

내일 후세(布勢) 해안의 등꽃에 어쩌면 두견새가 와서 울지를 않고 그대로 지게 해 버릴 것인가[혹은
첫 구에 말하기를, 두견새가요]라는 내용이다.

田邊史福麿가 4042번가에서 두견새가 울 때가 되었다는 내용에 대해 家持가 어쩌면 울지 않을지도
모른다고 답한 것이다.

[좌주] 위의 1수는, 오호토모노 스쿠네 야카모치(大伴宿禰家持)가 답한 것이다.
앞의 10수의 노래는, 24일의 연회에서 지었다.

25일, 후세(布勢) 호수로 가는 도중에 말 위에서 읊은 2수

4044 해안을 따라/ 말 채찍질 해 가면/ 바다 쪽에서/ 마중 오지 않는가/ 어부 고기잡이배

🌸 해설

해안을 따라서 말에 채찍질을 하면서 우리들이 가면, 바다 쪽에서 마중을 와 주면 좋겠네. 어부의
고기잡이배라는 내용이다.

'海邊'을 全集에서는, '國廳에서 布勢 호수로 가는 도중에 오른쪽에 보이는 有磯海(아리소우미)'라고
하였다[『萬葉集』 4, p.243].

中西 進은, 4044번가와 4045번가 2수는 작자명이 없는데 목록에는 家持라고 되어 있다고 하였다.

4045　於伎敝欲里　美知久流之保能　伊也麻之尓　安我毛布支見我　弥不根可母加礼

沖邊より　滿ち來る潮の[1]　いや増しに　吾が思ふ君が　御船かも彼[2]

おきへより　みちくるしほの　いやましに　あがもふきみが　みふねかもかれ

至水海遊覽之時，各述懷作歌

4046　可牟佐夫流　多流比女能佐吉　許支米具利　見礼登毛安可受　伊加尓和礼世牟

神さぶる[3]　垂姫の崎[4]　漕ぎめぐり　見れども飽かず　いかにわれせむ[5]

かむさぶる　たるひめのさき　こぎめぐり　みれどもあかず　いかにわれせむ

左注　右一首，田邊史福麿

4047　多流比賣野　宇良乎許藝都追　介敷乃日波　多努之久安曽敝　移比都支尓勢牟

垂姫の　浦を漕ぎつつ　今日の日は　樂しく遊べ　言ひ繼ぎにせむ[6]

たるひめの　うらをこぎつつ　けふのひは　たのしくあそべ　いひつぎにせむ

左注　右一首，遊行女婦土師

---

1 **滿ち來る潮の**: 눈에 보이는 경치에 의한 비유이다.
2 **御船かも彼**: '彼'는 먼 곳을 가리키는 원칭의 지시대명사이다. 보기 드문 용어이다.
3 **神さぶる**: 신령스러운 모습이다.
4 **垂姫の崎**: 布勢 호수의 남쪽 해안이다.
5 **いかにわれせむ**: 보고 싫증이 나기에는 방법이 없을 정도로 너무 아름답다는 뜻이다.
6 **言ひ繼ぎにせむ**: 遊行女婦는 대부분이 노래를 외우고 전승해가는 역할을 담당하였다.

4045 바다 쪽에서/ 밀려오는 조순 양/ 더욱 더 많이/ 내가 생각하는 그대/ 배일까요 저것은

🌸 **해설**

바다 쪽에서 밀려오는 조수처럼 더욱 더 많이 내가 생각하는 그대의 배일까요. 저것은이라는 내용이다.

작자인 家持가 많이 생각하고 있는 田邊史福麿 그대를 마중하러 오는 배일까요. 저것은이라는 뜻이다.

호수에 도착하여 유람할 때에 각자 마음을 표현하여 지은 노래

4046 신령스러운/ 타루히메(垂姫)의 곳을/ 저어 돌아서/ 봐도 싫증 나잖네/ 어떻게 나는 할까

🌸 **해설**

신령스러운 타루히메(垂姫) 곳을 노를 저어 돌면서 아무리 보아도 싫증이 나지를 않네. 만족하기 위하여 이 이상 나는 어떻게 하면 좋을까라는 내용이다.

田邊史福麿가 布勢 호수의 垂姫 곳을 유람하면서 그 아름다움에 감탄한 노래이다.

좌주 위의 1수는, 타나베노 후비토 사키마로(田邊史福麿)

4047 타루히메(垂姫)의/ 포구를 계속 저어/ 오늘 하루는/ 즐겁게 노시지요/ 말하여 전하지요

🌸 **해설**

타루히메(垂姫)의 포구를, 계속 노를 저어서 돌면서 오늘 하루를 즐겁게 놀아 주세요. 후세의 이야깃거리로 전하지요라는 내용이다.

좌주 위의 1수는, 遊行女婦 하니시(土師)

4048　多流比女能　宇良乎許具不祢　可治末尓母　奈良野和藝弊乎　和須礼氐於毛倍也

垂姫の　浦を漕ぐ船　梶間[1]にも　奈良の吾家を　忘れて思へや[2]

たるひめの　うらをこぐふね　かぢまにも　ならのわぎへを　わすれておもへや

左注　右一首, 大伴家持

4049　於呂可尓曽　和礼波於母比之　乎不乃宇良能　安利蘇野米具利　見礼度安可須介利

おろかにそ[3]　われは思ひし　乎敷の浦[4]の　荒磯のめぐり　見れど飽かずけり

おろかにそ　われはおもひし　をふのうらの　ありそのめぐり　みれどあかずけり

左注　右一首, 田邊史福麿

4050　米豆良之伎　吉美我伎麻佐婆　奈家等伊比之　夜麻保登等藝須　奈尓加伎奈可奴

めづらしき[5]　君が來まさ[6]ば　鳴けと言ひし[7]　山ほととぎす[8]　何か來鳴かぬ

めづらしき　きみがきまさば　なけといひし　やまほととぎす　なにかきなかぬ

左注　右一首, 掾久米朝臣廣繩[9]

---

1 **梶間**: 노를 젓는 사이.
2 **忘れて思へや**: 'や'는 강한 부정을 동반한 의문을 나타낸다.
3 **おろかにそ**: 제멋대로. 도읍에서 상상했던 정도를 말한다.
4 **乎敷の浦**: 布勢湖의 남쪽 물가. 富山縣 氷見市 窪, 園 부근이다.
5 **めづらしき**: 원래는 사랑해야만 한다는 뜻이다. 여기서는 소중하다는 뜻이다.
6 **來まさ**: 경어.
7 **言ひし**: 내가 말했던 것이다.
8 **山ほととぎす**: 산에서 우는 두견새. 지금 3월말이므로 두견새는 마을에 와 있지 않다.
9 **掾久米朝臣廣繩**: 池主의 후임. 따라서 이 일련의 작품부터 기록자가 바뀌어, 권제18도 새롭게 되었다고
　생각된다. 掾은 3등관이다. 廣繩은 어떤 사람인지 알 수 없다.

4048 타루히메(垂姬)의/ 포구 저어 가는 배/ 노 젓는 틈도/ 나라(奈良)의 우리 집을/ 잊을 수가

있을까요

해설

타루히메(垂姬)의 포구를 노를 저어서 가는 배가 노를 젓는 그 잠간 사이라도, 나라(奈良)의 우리

집을 어찌 잊을 수가 있을까요라는 내용이다.

잠시도 나라(奈良)의 집을 잊을 수가 없다는 뜻이다.

좌주 위의 1수는, 오호토모노 야카모치(大伴家持)

大伴宿禰家持라고 해야 하는데 여기에서는 大伴家持라고 되어 있다. 이에 대해 伊藤 博은, '파손되

어 빠진 채로, 平安時代에 보완이 되지 않은 결과로 보인다. 平安時代에는 성은 사회적 기능을

상실하게 되었다. 그런 관점에서 성을 빼는 것이 기이한 현상으로는 보이지 않았던 것이겠다'고

하였다『萬葉集全注』 18, p.49].

4049 내 마음대로/ 나는 생각하였네/ 오후(乎敷)의 포구의/ 거친 바위 주변은/ 봐도 싫증나지

않네

해설

내 마음대로 나는 생각하였던 것이네. 오후(乎敷) 포구의 거친 바위 주변은 아무리 보아도 싫증이

나지 않네라는 내용이다.

도읍에 있을 때 생각했던 것보다 훨씬 더 좋다는 뜻이다.

좌주 위의 1수는, 타나베노 후비토 사키마로(田邊史福麿)

4050 소중하신 분/ 그대가 오신다면/ 울라고 말했던/ 산의 두견새는요/ 왜 와서 울지 않나

해설

귀한 손님인 그대가 오신다면 울라고 내가 말을 해 두었던, 산에서 우는 두견새는 왜 와서 울지 않는

것일까라는 내용이다.

田邊史福麿가 오면 울라고 말을 해두었던 두견새는, 왜 와서 울지 않는 것일까라는 뜻이다.

좌주 위의 1수는, 판관 쿠메노 아소미 히로나하(久米朝臣廣繩)

4051　多胡乃佐伎　許能久礼之氣尓　保登等藝須　伎奈伎等余米婆　波太古非米夜母

　　　　多胡の崎[1]　木の暗茂[2]に　ほととぎす　來鳴きとよめば　はだ[3]戀ひめやも

　　　　たこのさき　このくれしげに　ほととぎす　きなきとよめば　はだこひめやも

　　　　　[左注]　右一首, 大伴宿祢家持

　　　前件十五首歌者[4], 廿五日作之.

掾久米朝臣廣繩之舘, 饗田邊史福麿宴歌四首

4052　保登等藝須　伊麻奈可受之弖　安須古要牟　夜麻尓奈久等母　之流思安良米夜母

　　　　ほととぎす　今[5]鳴かずして　明日[6]越えむ　山に鳴くとも　驗[7]あらめやも[8]

　　　　ほととぎす　いまなかずして　あすこえむ　やまになくとも　しるしあらめやも

　　　　　[左注]　右一首, 田邊史福麿

---

　　1 **多胡の崎**: '多祜'는 布勢의 바다의 동남쪽.
　　2 **木の暗茂**: 나무가 우거져서 어둡게 되는 것이다.
　　3 **はだ**: 'はなはだ'는 'はだ'를 중복한 것이다.
　　4 **前件十五首歌者**: 4044번가부터 8수밖에 없다. 탈락되었을 것이다.
　　5 **今**: 이 풍류를 즐기는 때에.
　　6 **明日**: 福麿가 출발할 예정이다.
　　7 **驗**: 우는 효과.
　　8 **あらめやも**: 'や'는 강한 부정을 동반한 의문을 나타낸다.

4051 타코(多胡) 곳의요/ 나무 우거진 곳에/ 두견새가요/ 와서 울어 준다면/ 이리 그리울 건가

✿ 해설

타코(多胡) 곳의 나무가 우거진 곳에 두견새가 와서 우는 소리를 들려 준다면, 이렇게 심하게 그립지는 않을 것인데라는 내용이다.

伊藤 博은, '이 1수로 23일 이후 大伴家持의 주최로 시작된 福麻呂 송별연은 끝난다'고 하였다〔『萬葉集全注』 18, p.54〕.

> **좌주** 위의 1수는, 오호토모노 스쿠네 야카모치(大伴宿禰家持)
> 앞의 15수의 노래는, 25일에 지었다.

판관 쿠메노 아소미 히로나하(久米朝臣廣繩)의 관사에서,
타나베노 후비토 사키마로(田邊史福麿)를 접대하는 연회의 노래 4수

4052 두견새는요/ 지금 울지를 않고/ 내일 넘어갈/ 산에서 운다 한들/ 효과가 있을 것인가

✿ 해설

두견새는 지금 울지 않고, 내일 내가 넘어갈 산에서 운다고 한들 무슨 효과가 있을 것인가라는 내용이다.

두견새가 지금 울라는 뜻이다.

> **좌주** 위의 1수는, 타나베노 후비토 사키마로(田邊史福麿)

4053 許乃久礼尓　奈里奴流母能乎　保等登藝須　奈尓加伎奈可奴　伎美尓安敞流等吉

木の暗に¹　なりぬるものを　ほととぎす　なにか來鳴かぬ　君に逢へる時²

このくれに　なりぬるものを　ほととぎす　なにかきなかぬ　きみにあへるとき

左注　右一首, 久米朝臣廣繩

4054 保等登藝須　許欲奈枳和多礼　登毛之備乎　都久欲尓奈蘇倍　曽能可氣母見牟

ほととぎす　こよ³鳴き渡れ　燈火を　月夜⁴に擬へ⁵　その影も見む

ほととぎす　こよなきわたれ　ともしびを　つくよになそへ　そのかげもみむ

---

1 **木の暗に**: 4051번가의 '木の暗茂'와 같은 것이다.
2 **君に逢へる時**: 1481번가와 유사하다.
3 **こよ**: 'よ'는 경과를 나타낸다.
4 **月夜**: 달.
5 **擬へ**: 'なそへ'는 'な(爲)す'의 파생어이다. 달밤의 두견새를, 정취가 있는 것으로 하였으므로 그것을 모방하여.

4053 나무 우거질/ 때가 되었는데도/ 두견새는요/ 왜 와서 울지 않나/ 그대를 만났을 때에

해설

나무가 우거져서 나무 아래가 그늘로 어둡게 될 때가 되었는데도, 두견새는 왜 와서 울지를 않는 것인가. 그대를 만나고 있을 때에라는 내용이다.

나무가 우거져서 두견새가 와서 울 계절이 되었으므로, 귀한 손님인 田邊史福麿를 만나고 있을 때, 두견새가 울면 좋겠는데 울지 않는 것을 아쉽게 생각하며 지은 것이다.

全集에서는, '비슷한 노래인 1487번가는 家持의 작품으로 平城京에서 지은 것이라 생각된다. 久米廣繩 은 그것을 들어서 알고 있었으므로 이 노래를 지은 것인가'라고 하였다『萬葉集』 4, p.246].

좌주 위의 1수는, 쿠메노 아소미 히로나하(久米朝臣廣繩)

4054 두견새야 넌/ 여길 울며 지나게/ 등불 가지고/ 달빛이라 생각코/ 그 모습까지 보자

해설

두견새야. 이곳을 지나며 울면서 날아가 다오. 등불을 가지고 달빛이라고 생각하며 그 모습까지 보자 라는 내용이다.

달이 없는 밤이므로 등불을 달빛이라고 생각하고, 두견새 소리를 듣는 것은 물론, 모습도 보고 싶으니 연회하는 곳을 울면서 날아가라고 하는 뜻이다.

4055 可敝流未能　美知由可牟日波　伊都婆多野　佐可尓蘇泥布礼　和礼乎事於毛波婆

　　　　歸廻¹の　道行かむ日は　五幡²の　坂に袖振れ³　われをし思はば

　　　　かへるみの　みちゆかむひは　いつばたの　さかにそでふれ　われをしおもはば

　　左注　右二首, 大伴宿祢家持
　　前件歌者, 廿六日作之.

太上皇⁴御在於難波宮之時⁵歌七首 清足姫⁶天皇也
左大臣橘宿祢⁷歌一首

4056 保里江尓波　多麻之可麻之乎　大皇乎　美敷祢許我牟登　可年弓之里勢婆

　　　　堀江⁸には　玉敷か⁹まし¹⁰を　大君を¹¹　御船漕がむと　かねて知りせば

　　　　ほりえには　たましかましを　おほきみを　みふねこがむと　かねてしりせば

---

　1 **歸廻**: 福井縣 南條郡 今壓(이마죠우)町의 땅. 敦賀로 가는 힘든 곳. '廻'는 彎曲의 지형에 붙여서 말한다.
　　'ま·わ'와 같다.
　2 **五幡**: 일본해 연안의 杉津에 나온 다음 역. 福井縣 敦賀市. 무사하게 산을 넘은 후에.
　3 **坂に袖振れ**: 초혼 행위로 연인 사이에 행해졌다.
　4 **太上皇**: 先帝. 元正천황이다.
　5 **御在於難波宮之時**: 『속일본기』에 의하면 天平 16년(744) 2월부터 11월까지 체재. 그때 家持는 聖武천황
　　측근으로 久邇京에 있었으므로 이하의 노래를 알지 못했다.
　6 **清足姫**: 元正천황의 휘이다.
　7 **左大臣橘宿祢**: 橘諸兄이다.
　8 **堀江**: 難波의 堀江.
　9 **玉敷か**: 堀江 밑에 구슬을 깐다는 뜻으로 과장된 송사이다.
　10 **まし**: 현실에 반대되는 가정을 나타낸다. 마지막 구의 'せば'와 호응한다.
　11 **大君を**: 'を'는 영탄조사이다.

4055　가에루(歸) 근처/ 길을 가는 날에는/ 이츠바타(五幡)의/ 고개 소매 흔들어/ 나를 생각한다
　　　　면요

해설

　　도읍으로 돌아간다는 뜻의, 가에루(歸) 근처 길을 가는 날에는, 이츠바타(五幡)의 고개에서 소매를
흔들어 주세요. 작별하기가 아쉬운 나를 생각한다면이라는 내용이다.
　　伊藤 博은, '원문의 '野'와 '事'는 권제18의 독특한 假名으로 平安 시대에 수정된 결과이다'고 하였다[『萬
葉集全注』18, p.64].

　　　　좌주　위의 2수는, 오호토모노 스쿠네 야카모치(大伴宿禰家持)

　　　앞의 노래는, 26일에 지었다.

先帝인 元正천황이 나니하(難波) 궁전에 있을 때의 노래 7수
키요타라시히메(淸足姬) 천황이다.
左大臣 타치바나노 스쿠네(橘宿禰)의 노래 1수

4056　호리에(堀江)에는/ 구슬을 깔았더면/ 우리 대왕이/ 배를 젓는다는 것/ 미리 알았더라면

해설

　　호리에(堀江)에는 구슬을 깔았더라면 좋았을 것을. 우리 왕이여, 왕이 여기에서 뱃놀이를 한다는 것을
미리 알고 있었더라면 좋았을 텐데요라는 내용이다.
　　왕이 堀江에서 뱃놀이를 한다는 것을 미리 알았더라면 강 밑에 구슬을 깔았을 텐데, 알지 못해서
구슬을 깔지 못했다는 뜻이다.
　　'橘宿禰'를 伊藤 博은, '처음에는 葛城王. 美努王의 아들. 天平 8년(736)에 신하로 적이 강등되어 母
쪽의 姓인 橘宿禰를 사용하였다'고 하였다[『萬葉集全注』18, p.65].

御製歌¹一首 和²

4057　多萬之賀受　伎美我久伊弖伊布　保里江尓波　多麻之伎美弖々　都藝弖可欲波牟 [或云, 多麻古伎之伎弖]

玉敷かず　君が悔いていふ　堀江には　玉敷き滿て³て　繼ぎて通はむ [或は云はく⁴, 玉こき⁵しきて]

たましかず　きみがくいていふ　ほりえには　たましきみてて　つぎてかよはむ [あるはいはく, たまこきしきて]

> **左注**　右一首件歌者⁶, 御船泝江遊宴之日, 左大臣⁷奏. 并御製⁸.

御製謌⁹一首

4058　多知婆奈能　登乎能多知婆奈　夜都代尓母　安礼波和須礼自　許乃多知婆奈乎

橘の¹⁰　とを¹¹の橘　八¹²つ代にも　我は忘れじ　この橘を

たちばなの　とをのたちばな　やつよにも　あれはわすれじ　このたちばなを

---

1 **御製歌**: 元正천황이 지은 것이다.
2 **和**: 4056번가에 답한 것이다.
3 **滿て**: 타동사이다.
4 **或は云はく**: 제4구의 다른 전승이다.
5 **こき**: 扱き.
6 **右一首件歌者**: 4056번가를 말한다.
7 **左大臣**: 橘諸兄이다.
8 **并御製**: 4057번가를 말한다.
9 **御製謌**: 元正御製.
10 **橘の**: ‘の'는 동격을 나타낸다.
11 **とを**: ‘撓(たわ)む'의 ‘たわ'와 같다. 열매가, 가지가 휠 정도로 열린 상태를 말한다.
12 **八**: 많다는 뜻이다.

216　만엽집 13

왕이 지은 노래 1수 답하였다

4057 구슬 안 깔아/ 그대 후회해 말하는/ 호리에(堀江)에는/ 온통 구슬 깔아서/ 계속해 다닙시다 [혹은 말하기를, 구슬 온통 깔아서]

해설

구슬을 깔아 놓지 못했다고 그대가 후회를 해서 말하는 이 호리에(堀江)에는, 온통 구슬을 깔아서 앞으로 계속해서 다닙시다[혹은 말하기를, 구슬을 온통 깔아서]라는 내용이다.
橘諸兄이, 구슬을 堀江에 깔지 못한 것을 후회하자 元正이 자신이 온통 깔 테니, 앞으로도 계속 다니자는 뜻이다.

좌주 위의 1수의 노래는, 배가 강을 거슬러 올라가며 遊宴한 날에 左大臣이 바친 것이다. 더불어 천황의 작품.
'右二首件歌者'로 되어 있는 이본도 있다. '右一首件歌者'가 4056번가를 가리키며, '并御製'가 4057번 가를 가리키므로 '右二首件歌者'가 맞는 것 같다.

왕이 지은 노래 1수

4058 홍귤나무의/ 열매 많은 귤나무/ 언제까지나/ 나는 잊지 않겠네/ 이 홍귤나무를요

해설

홍귤나무. 그중에서도 가지가 휠 정도로 열매가 많이 달린 홍귤나무. 언제까지나 나는 잊지 않을 것이네. 이 홍귤나무를이라는 내용이다.
橘諸兄의 성이 橘이므로, 元正천황이 홍귤나무에 비유해서 橘諸兄의 번영을 축복한 노래이다.

河内女王[1]歌一首

4059　多知婆奈能　之多泥流尓波尔　等能多弖天　佐可弥豆伎伊麻須　和我於保伎美可母

橘の　下照る庭に　殿建てて　酒みづき[2]います　わが大君かも

たちばなの　したでるにはに　とのたてて　さかみづきいます　わがおほきみかも

粟田女王[3]歌一首

4060　都奇麻知弖　伊敝尓波由可牟　和我佐世流　安加良多知婆奈　可氣尓見要都追

月待ちて　家には行かむ　わが挿せる　あから橘[4]　影に見えつつ[5]

つきまちて　いへにはゆかむ　わがさせる　あからたちばな　かげにみえつつ

左注　右件歌者[6]，在於左大臣橘卿[7]之宅，肆宴[8]御歌，并[9]奏歌也[10]

1　**河内女王**: 高市황자의 딸로, 그 당시 命婦로 출사해 있었던 것이겠다. 이 때 종4위상이었다.
2　**酒みづき**: 주연인가. '酒·水漬(みづく'의 뜻인가라고 한다.
3　**粟田女王**: 그 당시 종4위상인가. 河内女王보다 나이가 많고, 마찬가지로 命婦인가.
4　**あから橘**: 굴의 황금색 열매를 말한다.
5　**見えつつ**: 'つつ'는 계속을 나타낸다.
6　**右件歌者**: 4058번가 이하를 가리킨다.
7　**左大臣橘卿**: 橘諸兄을 가리킨다.
8　**肆宴**: 元正이. 肆宴은 천황의 연회이다.
9　**并**: 4058번가를 중심으로 한 표현이다.
10　**奏歌也**: 4059·4060번가를 가리킨다.

카후치노 오호키미(河內女王)의 노래 1수

4059 홍귤 열매로/ 빛이 나는 정원에/ 저택 세워서/ 주연을 즐기고 있는/ 우리들의 왕인가요

❀ 해설

　홍귤의 열매로 나무 아래가 빛나는 정원에 저택을 세워서, 주연을 즐기고 있는 우리의 왕인가요라는
내용이다.
　'わが大君'을 橘諸兄으로 보는 설도 있다. 그러나 '大君'라고 하였으므로 元正을 가리키는 것으로 보아
야 할 것이다.

아하타노 오호키미(粟田女王)의 노래 1수

4060 달을 기다려/ 집으로 돌아가죠/ 내가 꽂았는/ 황금색의 홍귤을/ 달빛에 비추면서

❀ 해설

　달이 나오기를 기다려서 집으로 돌아가도록 합시다. 내가 머리에 꽂고 있는 황금색의 홍귤을 달빛에
비추면서라는 내용이다.

　좌주　위의 노래는, 左大臣 타치바나(橘)卿의 집에 있으며 연회할 때의 노래이다. 함께 바치는
노래

4061 保里江欲里　水乎妣吉之都追　美布祢左須　之津乎能登母波　加波能瀬麻宇勢

堀江より¹　水脈引き²しつつ　御船さす　賤男³の伴⁴は　川の瀬申せ⁵

ほりえより　みをびきしつつ　みふねさす　しつをのともは　かはのせまうせ

4062 奈都乃欲波　美知多豆多都之　布祢尓能里　可波乃瀬其等尓　佐乎左指能保礼

夏の夜は　道⁶たづたづし⁷　船に乗り⁸　川の瀬ごとに　棹さし上れ

なつのよは　みちたづたづし　ふねにのり　かはのせごとに　さをさしのぼれ

左注　右件歌者⁹, 御船以綱手¹⁰泝江遊宴之日作也. 傳誦之人田邊史福麿是也.

---

1 **堀江より**: 'より'는 경과를 나타낸다. 堀江을 지나서 계속.
2 **水脈引き**: 물줄기를 따라서 배를 젓는 것이다.
3 **賤男**: 천한 남자. 여기에서는 뱃사공을 가리킨다.
4 **伴**: 동료. 여기에서는 천황에게 종사하므로 '伴の緒(관료)'로 사용하였다.
5 **申せ**: 겸양을 나타낸다.
6 **道**: 배에 매고 끄는 밧줄을 가진 사람들이 걷는 해안 길이다.
7 **たづたづし**: 나무가 우거져서 한층 어두우므로.
8 **船に乗り**: 해안에서 끌 뿐만 아니라.
9 **右件歌者**: 4061·4062번가.
10 **綱手**: 손에 들고 있는, 배를 끄는 밧줄이다.

4061 호리에(堀江) 지나/ 수맥을 따라가며/ 배의 노 젓는/ 일하는 남자들은/ 강여울 말하세요

🌸 **해설**

호리에(堀江)를 지나 물의 흐름을 찾아서, 그 흐름에 따라서 배의 노를 젓고 있는 뱃사공들은, 위험한 강의 얕은 여울을 미리 잘 말하세요라는 내용이다.

얕은 여울에 배가 충격을 받게 되면 놀라게 되니까, 위험하다고 미리 말을 하고 주의해서 안내를 잘 하라는 뜻이다.

'川の瀨申せ'를 全集에서는, '강의 얕은 여울이 있는 곳을 주의해서 봉사하라는 뜻인가'라고 하였다[『萬葉集』 4, p.249].

4062 여름밤은요/ 해안 길 위태롭네/ 배를 타고서/ 강의 여울마다로/ 노 저어 올라가게

🌸 **해설**

여름밤은 해안 길로 밧줄을 배에 매어서 배를 끌어가는 것이 위태롭네. 배를 타고 강의 여울마다 노를 저어서 거슬러 올라가게라는 내용이다.

밤에 배를 끌고 가는 것은 위험하므로, 차라리 배를 타고 노를 저어서 가자라는 뜻이다.

中西 進은 4061, 4062번가의 작자가 불분명한 것은, '집단적으로 불리어진 노래이기 때문일까. 내용이 그것을 보여준다'고 하였다.

좌주 위의 노래들은, 배를 밧줄로 끌어서 堀江을 올라가며 놀던 날 지었다. 전송한 사람은 타나베노 후비토 사키마로(田邊史福麿)이다.

後¹追和橘歌二首

4063　等許余物能　己能多知婆奈能　伊夜弖里尓　和期大皇波　伊麻毛見流其登

　　　　常世物²　この橘の　いや照りに³　わご大君⁴は　今も見る如⁵

　　　　とこよもの　このたちばなの　いやてりに　わごおほきみは　いまもみるごと

4064　大皇波　等吉波尓麻佐牟　多知婆奈能　等能乃多知婆奈　比多底里尓之弖

　　　　大君⁶は　常磐⁷に在さむ⁸　橘の　殿⁹の橘　直照りにして¹⁰

　　　　おほきみは　ときはにまさむ　たちばなの　とののたちばな　ひたてりにして

　　左注 右二首, 大伴宿祢家持作之.

1　**後**: 天平 20년(748)인 현재, 天平 16년(744)의 노래에 답하였으므로 後라고 한 것이다.
2　**常世物**: 橘[非時: 時じくの(언제나)]香菓[かぐのこのみ(향기로운 열매)]는 田道間守(타지마모리)가 常世國에서 가지고 왔다고 전해진다(『고사기』 垂仁천황조).
3　**いや照りに**: 이다음에 'いませ'라는 말이 생략되었다. 마지막 구는 그 말에 걸린다.
4　**大君**: 元正천황을 가리킨다.
5　**今も見る如**: 도치법.
6　**大君**: 元正천황을 가리킨다.
7　**常磐**: 영구히.
8　**在さむ**: 경어.
9　**橘の 殿**: 橘家의 저택의.
10　**直照りにして**: 橘諸兄의 번영을 말한다. 그럼으로써 왕도 또한 常磐이라고 하는 판단이다.

후에 홍귤 노래에 追和한 2수

4063 常世國 것인/ 이 홍귤과 같이요/ 더 빛나세요/ 우리들의 대왕은/ 지금 보는 것처럼

 해설

　常世國에서 가지고 왔다고 하는 이 홍귤처럼 더욱 빛나게 번영하며 계시지요. 우리들의 왕은 지금 보고 있는 것처럼이라는 내용이다.

4064 우리 대왕은/ 변함없이 있겠죠/ 타치바나(橘)의/ 저택의 홍귤도요/ 오로지 빛이 나고

 해설

　우리 왕은 변함없이 영원히 있겠지요. 그리고 타치바나(橘)卿의 저택의 홍귤도 오로지 빛이 나고라는 내용이다.
　왕과 橘諸兄이 번영하기를 바라는 마음을 담은 노래이다.
　이 작품은 4058 · 4059번가에 대해 답한 노래이다.

　　좌주 　위의 2수는, 오호토모노 스쿠네 야카모치(大伴宿禰家持)가 지었다.
　伊藤 博은, '興에 의한 사적인 노래이므로 大伴宿禰家持 앞에 '守'를 붙이지 않았다'고 하였다[『萬葉集全注』 18, p.76].

射水郡驛舘¹之屋柱題著歌²一首

4065　安佐妣良伎　伊里江許具奈流　可治能於登乃　都波良都婆良尓　吾家之於母保由

朝びらき　入江³漕ぐなる⁴　梶の音の⁵　つばらつばらに⁶　吾家し思ほゆ

あさびらき　いりえこぐなる　かぢのおとの　つばらつばらに　わぎへしおもほゆ

> **左注**　右一首, 山上臣⁷作. 不審名. 或云, 憶良大夫之男⁸. 但其正名未詳也.

四月一日⁹, 掾久米朝臣廣繩之舘宴歌四首

4066　宇能花能　佐久都奇多知奴　保等登藝須　伎奈吉等与米余　敷布美多里登母

卯の花の　咲く月立ちぬ　ほととぎす　來鳴き響めよ¹⁰　含みたりとも¹¹

うのはなの　さくつきたちぬ　ほととぎす　きなきとよめよ　ふふみたりとも

> **左注**　右一首, 守大伴宿祢家持作之.

---

1 **射水郡驛舘**: 지금의 富山縣 新湊市인가.
2 **屋柱題著歌**: 기둥에 낙서로 쓰여 있는 노래이다.
3 **入江**: 射水川의 후미.
4 **漕ぐなる**: 전문 추정이다.
5 **梶の音の**: 소리가 끊어지지 않는 것처럼.
6 **つばらつばらに**: 절실히. 곰곰이.
7 **山上臣**: 憶良 이외에 '山上臣'은 당시로는 山上船主 외에는 알려져 있지 않다. 다른 곳의 憶良 작품을 이곳에 낙서하였는가.
8 **憶良大夫之男**: 山上船主는 憶良의 아들이 아니면 손자이다.
9 **四月一日**: 여름이 되었다. 따라서 두견새를 그리워한다.
10 **響めよ**: 타동사. 명령형.
11 **含みたりとも**: 봉오리 상태이다.

이미즈(射水)郡의 驛館의 건물 기둥에 쓰여 있는 노래 1수

4065 아침에 떠나/ 이리에(入江) 저어 가는/ 노의 소리처럼/ 계속 또 계속해서/ 우리집이 생각나네

🌸 해설

　　아침에 항구를 떠나 이리에(入江)를 저어 가고 있는 듯한 노 소리가 계속 들리는 것처럼, 그렇게 계속 고향의 집이 간절하게 생각나네라는 내용이다.
　　'つばらつばら'를 伊藤 博은, '노 젓는 소리인 의성어'라고 하였다(『萬葉集全注』 18, p.78].

　　　　左注 위의 1수는, 야마노후헤노 오미(山上臣) 작품이다. 이름은 알 수 없다. 혹은 말하기를, 오쿠라(憶良) 大夫의 자식이라고 한다. 다만 그 정확한 이름은 아직 알 수 없다.

4월 1일에, 판관 쿠메노 아소미 히로나하(久米朝臣廣繩)의 관사에서 연회하는 노래 4수

4066 병꽃나무 꽃/ 피는 달이 되었네/ 두견새야 넌/ 와서 울어 들리게/ 봉오리이지만도

🌸 해설

　　병꽃나무 꽃이 피는 4월이 되었네. 그러니 두견새야. 와서 울어서 소리를 울리게나. 꽃은 아직 봉오리 상태이지만이라는 내용이다.
　　병꽃나무 꽃이 피는 여름이 되었으므로, 빨리 두견새 소리를 듣고 싶은 마음을 노래한 것이다.

　　　　左注 위의 1수는, 장관 오호토모노 스쿠네 야카모치(大伴宿禰家持)가 지었다.

4067　敷多我美能　夜麻尓許母礼流　保等登藝須　伊麻母奈加奴香　伎美尓伎可勢牟

二上の　山¹に隠れる²　ほととぎす　今も³鳴かぬか　君⁴に聞かせむ

ふたがみの　やまにこもれる　ほととぎす　いまもなかぬか　きみにきかせむ

左注　右一首, 遊行女婦土師作之.

4068　乎里安加之母　許余比波能麻牟　保等登藝須　安氣牟安之多波　奈伎和多良牟曽 [二日應立
夏節. 故謂之明旦将喧也]

居り⁵明しも⁶　今宵は飲まむ　ほととぎす　明けむ朝は　鳴き渡らむそ [二日は立夏の節⁷に
應る, 故, 明けむ旦喧かむといへり]

をりあかしも　こよひはのまむ　ほととぎす　あけむあしたは　なきわたらむそ [ふつかは
りっかのときにあたる. かれあけむあしたなかむといへり]

左注　右一首, 守大伴宿祢家持作之.

---

1 **二上の 山**: 권제17의 3985번가에도 보인다. 富山縣 高岡市의 산이다.
2 **隠れる**: 여름이 아니라고 해서 모습을 숨기고 있다.
3 **今も**: 'も'는 완곡한 표현이다. 제4구의 'ぬか(願望)'와 호응한다.
4 **君**: 家持를 가리킨다.
5 **居り**: 앉아 있으며.
6 **明しも**: 밤을 새워도.
7 **立夏の節**: 두견새는 여름에 운다고 생각했다.

4067 후타가미(二上)의/ 산에 숨어서 있는/ 두견새야 넌/ 지금 울지 않는가/ 그분께 들려주게

해설

후타가미(二上) 산에 숨어 있는 두견새야. 지금 이 때 울어 주지 않겠는가. 그분께 들려 드릴 수 있도록 이라는 내용이다.

家持에게 두견새 소리를 들려주고 싶은 마음을 노래한 것이다.

'君'을 伊藤 博은, '家持를 대표로 하는 연회석의 사람들을 가리킨다'고 하였다『萬葉集全注』18, p.81].

越中國 장관인 家持로 보는 것이 좋을 듯하다.

좌주 위의 1수는, 遊行女婦 하니시(土師)가 지었다.

4068 여기서 밤새워/ 오늘밤은 마시자/ 두견새는요/ 밝아오는 아침엔/ 울며 지나가겠지 [2일은
立夏 절기였다. 그러므로 '밝아오는 아침엔'이라고 하였다]

해설

여기에 앉아서 밤을 새워 오늘밤은 마시자. 두견새는 밝아오는 내일 아침에는 울며 지나가겠지[2일은
立夏 절기였다. 그러므로 '밝아오는 아침엔'이라고 하였다]라는 내용이다.

두견새의 우는 소리를 빨리 듣고 싶은 마음을 노래한 것이다.

좌주 위의 1수는, 장관 오호토모노 스쿠네 야카모치(大伴宿禰家持)가 지었다.

4069　安須欲里波　都藝弖伎許要牟　保登等藝須　比登欲乃可良尓　古非和多流加母

明日[1]よりは　繼ぎて聞こえむ　ほととぎす　一夜の故に[2]　戀ひ渡るかも

あすよりは　つぎてきこえむ　ほととぎす　ひとよのからに　こひわたるかも

左注 右一首, 羽咋郡[3]擬主帳[4]能登臣乙美[5]作

詠庭中牛麦[6]花歌一首

4070　比登母等能　奈泥之故宇惠之　曽能許己呂　多礼尓見世牟等　於母比曽米家牟

一本の　なでしこ植ゑし[7]　その心　誰に見せむと　思ひそめけむ[8]

ひともとの　なでしこうゑし　そのこころ　たれにみせむと　おもひそめけむ

左注 右, 先國師[9]從僧[10]清見[11]可入京師, 因設飲饌饗宴[12]. 于時主人大伴宿祢家持作此歌詞, 送酒[13]清見也.

---

1 **明日**: 입하.
2 **一夜の故に**: ‘故’는 그것을 따라서, 그대로라는 뜻이다.
3 **羽咋郡**: 石川縣 羽咋郡.
4 **擬主帳**: 擬主帳은 임시 主帳. 主帳은 군의 4등관이다. 上郡은 정원이 2명, 中・下郡은 1명이었다. 서기 역할을 한다.
5 **能登臣乙美**: 어떤 사람인지 알 수 없다.
6 **牛麦**: 패랭이꽃은 보통 瞿麥이라고 쓰지만, 瞿와 牛와 소리가 통하므로 牛라고 쓴 것으로 추정하고 있다.
7 **なでしこ植ゑし**: 家持는 패랭이꽃을 좋아하여 정원에 많이 심었다.
8 **誰に見せむと 思ひそめけむ**: 그대에게 보이기 위해서인데 그대는 귀경하여 버린다.
9 **國師**: 國分寺의 주지승.
10 **從僧**: 종자인 승려이다.
11 **清見**: 어떤 사람인지 알 수 없다.
12 **飲饌饗宴**: 송별연.
13 **酒**: 길을 떠나는 사람에게 주는 선물이다. 절도사들에게 예가 있다. 973번가 참조.

4069 내일부터는/ 계속해 들리겠지/ 두견새를요/ 하룻밤 사이인데/ 그리워하는 걸까

✿ 해설

내일부터는 여름이므로 계속해서 들을 수 있을 것인데. 그런데 두견새 소리를, 단 하룻밤 먼저 오늘은 계속 그리워하는 것이네라는 내용이다.

내일부터는 계속 들을 수 있을 것인데도 하룻밤 사이를 기다리지 못하고 두견새를 그리워하는 마음을 노래한 것이다.

좌주 위의 1수는, 하쿠히(羽咋)郡 擬主帳 노토노 오미 오토미(能登臣乙美)가 지었다.

정원의 패랭이꽃을 읊은 노래 1수

4070 한 포기의요/ 패랭이꽃을 심은/ 그 마음일랑/ 누구에게 보이려/ 생각한 것일까요

✿ 해설

한 포기의 패랭이꽃을 내가 정원에 심은 그 마음은, 누구에게 보이려고 생각한 것일까요라는 내용이다.

家持가 國師從僧淸見을 송별하는 자리에서 부른 노래이다. 淸見에게 보이려고 패랭이꽃을 심었는데 귀경한다니 서운하다는 뜻이다.

좌주 위의 작품은, 앞의 國師의 종자 승려인 淸見이 도읍으로 돌아가게 되자, 연회를 베풀어 대접하였다. 이때 주인인 오호토모노 스쿠네 야카모치(大伴宿禰家持)가 이 노래를 지어 술을 淸見에게 보내었다.

'送酒'를 私注에서는, "送酒는 술잔을 주는 것이므로 家持가 淸見을 위해 술을 따르면서 이 노래를 불렀을 것이다'고 하였다[『萬葉集私注』 9, p.31].

4071　之奈射可流　故之能吉美良等　可久之許曽　楊奈疑可豆良枳　多努之久安蘇婆米

しなざかる¹　越の君ら²と　かくしこそ　楊蔓き³　樂しく遊ばめ

しなざかる　こしのきみらと　かくしこそ　やなぎかづらき　たのしくあそばめ

左注　右, 郡司⁴已下子弟已上⁵諸人多集此會. 因守大伴宿祢家持作此歌也.

4072　奴婆多麻能　欲和多流都奇乎　伊久欲布等　余美都追伊毛波　和礼麻都良牟曽

ぬばたまの⁶　夜渡る月を　幾夜經と　數みつつ妹⁷は　われ待つらむそ

ぬばたまの　よわたるつきを　いくよふと　よみつついもは　われまつらむそ

左注　右, 此夕月光遲流, 和風稍⁸扇. 即因属目, 聊⁹作此歌也.

---

1 **しなざかる**: 'しな'는 階·級, 몇 겹이나 되는 산을 말한다. '越'을 수식하는 것이지만, 본래는 만날 수 없는 것을 의미하였다.
2 **越の君ら**: 左注.
3 **楊蔓き**: 버들가지를 머리에 감는다.
4 **郡司**: 군의 大領 이하, 少領·主政·主帳과 같은 관리이다. 주로 토착인이 임명되었다.
5 **子弟已上**: 형식적으로는 主帳의 자녀 이상의 사람이라고 하는 것이 된다.
6 **ぬばたまの**: 범부채 열매. 검은 색으로 인해 夜·黒을 상투적으로 수식하는 枕詞이다. 아내와 헤어져 있는 이미지이다.
7 **數みつつ妹**: 坂上大嬢(사카노 우헤노 오호오토메).
8 **稍**: 조금씩.
9 **聊**: 잠시.

4071 (시나자카루)/ 코시(越)의 그대들과/ 이렇게 해서/ 버들관 머리 쓰고/ 즐겁게 놀아 봅시다

❀ 해설

산을 넘고 넘어 멀리 떨어져 있는 越國의 그대들과, 이렇게 버들을 머리에 감아 장식을 하고 즐겁게 놀아 봅시다라는 내용이다.

左注에 설명이 되어 있는 것처럼 연회에 모인 사람들에게 즐겁게 놀자고 말하는 노래이다.

좌주 위의 작품은, 郡司 이하의 관리 및 그 자제 이상의 많은 사람들이 이 연회에 모였다. 그래서 國守인 오호토모노 스쿠네 야카모치(大伴宿禰家持)가 이 노래를 지었다.

4072 (누바타마노)/ 밤하늘 떠가는 달/ 몇 밤 지났나/ 세어보며 아내는/ 나를 기다리겠지

❀ 해설

어두운 밤하늘을 떠가는 달을 바라보면서 몇 날 밤이나 지났는지 세면서, 도읍에 있는 아내는 나를 기다리고 있겠지라는 내용이다.

좌주 위는, 이날 밤 달빛이 잔잔하게 빛을 발하고, 온화한 바람이 조금씩 불고 있었으므로 바로 이 풍광을 가지고 이 노래를 지어 보았다.

越前國掾大伴宿祢池主[1]來贈歌三首

以今月十四日, 到來深見村[2], 望拜彼北方. 常念芳德[3], 何日能休. 兼以隣近[4], 忽增戀. 加以先書[5]云, 暮春可惜, 促膝[6]未期[7]. 生別悲兮, 夫復何言. 臨紙悽斷. 奉状不備[8].

三月十五日[9], 大伴宿祢池主

一, 古人云[10]

4073 都奇見礼婆　於奈自久尓奈里　夜麻許曽婆　伎美我安多里乎　敞太弓多里家礼

月見れば　同じ國なり　山こそば　君が邊を　隔てたりけれ

つきみれば　おなじくになり　やまこそば　きみがあたりを　へだてたりけれ

---

1 **大伴宿祢池主**: 앞에서 본 越中國의 掾이었던, 家持의 부하 관료이다. 4010번가[天平 19년(747) 5월 2일]까지의 존재가 확인되며, 4050번가(天平 20년 3월 25일)에는 후임이 부임하고 있다. 池主의 편지는 4128번가에도 보인다.

2 **深見村**: 石川縣 河北郡 津幡町인가. 礪波로 넘어가는 입구로 能登이 북쪽에 있다.

3 **芳德**: 家持의.

4 **隣近**: 深見村이.

5 **先書**: 家持가 앞서 보낸 편지. '暮春'이라고 한 것으로 보아 3월의 편지일 것이다.

6 **促膝**: 무릎을 가까이 하여 앉는 것이다.

7 **未期**: 인용을 '悽斷'까지로 보는 설도 있다.

8 **不備**: 편지 끝에 관용적으로 쓰는 것이다.

9 **三月十五日**: 天平 21년(749).

10 **古人云**: 옛 노래.

코시노 미치노쿠치(越前)國의 판관 오호토모노 스쿠네 이케누시(大伴宿禰池主)가 보낸 노래 3수

이번 달 14일에 후카미(深見)村에 가서 그 북쪽으로 越中을 바라보았습니다. 항상 아름다운 인품을 생각하지 않는 날이 없습니다. 게다가 가까운 곳으로 오셨다니 갑자기 그리움이 더해졌습니다. 뿐만 아니라 앞의 편지에 이르기를, '늦은 봄이 가히 아쉽지만, 언제 무릎을 가까이 할 수 있을지 알 수 없다'고 하였습니다. 살아서 이별하는 슬픔은 또 어떻게 표현하겠습니까. 종이를 앞에 하고 슬픔이 북받칩니다. 편지를 올리는데 형식이 정리되지 못했습니다.

3월 25일, 오호토모노 스쿠네 이케누시(大伴宿禰池主)

1, 옛 사람이 말하는 바

4073　달을 보면요/ 같은 국토이네요/ 산이야말로/ 그대 있는 주변을/ 가로막고 있네요

🌸 해설

　이번 달 14일에 후카미(深見)村에 가서 그 북쪽으로 越中을 멀리 바라보았습니다. 항상 아름다운 인품을 그리워해서 하루라도 생각하지 않는 날이 없습니다. 게다가 가까운 곳으로 오셨다는 것을 전해 듣고 갑자기 그리움이 더해졌습니다. 뿐만 아니라 전에 받은 편지에 이르기를, '늦은 봄이 가히 아쉽지만, 언제 함께 즐거운 시간을 보낼 수 있을지 알 수 없다'고 하였습니다. 살아서 이별하는 슬픔은 어떻게 말로 표현하면 좋겠습니까. 종이를 앞에 하고 슬픔이 북받칩니다. 편지를 올리는데 형식이 정리되지 못했습니다.

　3월 25일, 오호토모노 스쿠네 이케누시(大伴宿禰池主)

　1, 옛 사람이 말하는 바

　달을 보면 같은 국토라고 생각이 됩니다. 그런데 산이 그대가 있는 주변을 가로막고 있네요라는 내용이다.

　大伴宿禰池主가 자신이 있는 越前國과, 家持가 있는 越中國府 사이에 산이 가로막혀 있어서 만날 수 없음을 슬퍼한다는 뜻이다.

　'古人云'을 伊藤 博은, '나와 같은 생각을 옛 사람은 이렇게 말하고 있다고 하는 뜻으로 부른 것. 따라서 거의 같은 형식의 옛 노래가 있었겠지만 실제로는 보이지 않는다'고 하였다(『萬葉集全注』 18, p.95].

一. 屬物發思[1]

4074 櫻花　今曽盛等　雖人云　我佐不之毛　支美止之不在者

櫻花　今そ盛りと　人は云へど　われはさぶしも　君[2]としあらねば

さくらばな　いまそさかりと　ひとはいへど　われはさぶしも　きみとしあらねば

一. 所心謌

4075 安必意毛波受　安流良牟伎美乎　安夜思苦毛　奈氣伎和多流香　比登能等布麻泥

相思はず　あるらむ君を　あやしくも　嘆き渡るか　人の問ふまで

あひおもはず　あるらむきみを　あやしくも　なげきわたるか　ひとのとふまで

---

1 **屬物發思**: 寄物發思(1270번가 제목) 등과 같다. 여기서 物은 벚꽃이다.
2 **君**: 家持를 가리킨다.

1, 사물에 의탁해서 마음을 표현하였다

4074   벚나무 꽃은/ 지금이 한창이라/ 남들은 말해도/ 나는 쓸쓸하네요/ 그대 함께 아니므로

🌸 **해설**

벚꽃은 지금이 한창이라고 남들은 말을 하지만 나는 쓸쓸하네요. 그대와 함께 하고 있지 않으므로라는 내용이다.

벚꽃이 아름답게 피어서 한창이지만, 家持와 함께 있지 않으니 池主 자신은 쓸쓸하다는 뜻이다.

'屬物發思'는 보고 들은 사물에 의탁해서 생각을 표현하는 것이다.

1, 생각한 바를 읊은 노래

4075   서로 생각 않고/ 있는 그대이지만/ 신기하게도/ 탄식하며 지내네/ 남들 물을 정도로

🌸 **해설**

내가 생각하는 만큼, 나를 생각하고 있지 않을 것인 그대이지만, 신기하게도 그대를 그리워해서 탄식하며 지냅니다. 남들이 이상하게 생각하여 물을 정도로라는 내용이다.

家持에 대한 생각을, 연인들의 사랑의 노래처럼 표현하였다.

越中國守大伴家持報贈歌四首

一，答古人云[1]

4076　安之比奇能　夜麻波奈久毛我　都奇見礼婆　於奈自伎佐刀乎　許己呂敞太底都

あしひきの　山は無くもが　月見れば　同じき里を　心隔てつ

あしひきの　やまはなくもが　つきみれば　おなじきさとを　こころへだてつ

一，答属目發思[2]，兼詠云遷任舊宅西北隅櫻樹

4077　和我勢故我　布流伎可吉都能　佐久良婆奈　伊麻太敷布賣利　比等目見尓許袮

わが背子が　古き垣内の　櫻花　いまだ含めり　一目見に來ね[3]

わがせこが　ふるきかきつの　さくらばな　いまだふふめり　ひとめみにこね

---

1 **古人云**: 옛 노래.
2 **属目發思**: 寄物發思(1270번가 제목) 등과 같다.
3 **一目見に來ね**: 다른 사람에 대한 願望이다.

코시노 미치노나카(越中)國의 장관인
오호토모노 야카모치(大伴家持)가 답하여 보내는 노래 4수

1, 옛 사람이 읊은 작품에 답한 노래

4076 (아시히키노)/ 산이 없어졌으면/ 달을 보면요/ 같은 마을인 것을/ 마음을 가로막네

✿ 해설

　　다리를 끌며 힘들게 걸어야 하는 산이 없다면 좋겠네요. 달을 보면 같은 마을이라고 생각이 되는데, 산이 두 사람의 마음을 가로막아 버리고 맙니다라는 내용이다.
　　池主의 4073번가에 답한 노래이다.

1, 눈으로 본 것에 의해 생각을 표현한 노래에 답하고, 겸하여 그대가 전근하여 간 후의 옛 집의 서북쪽 구석에 있는 벚꽃나무를 읊어 부른 노래

4077 나의 그대의/ 옛 집의 담장 안의/ 벚나무 꽃은/ 아직 봉오립니다/ 한번 보러 오세요

✿ 해설

　　그대가 살던 옛 집의 담장 안의 벚꽃은 아직 봉오리 상태입니다. 한번 보러 오세요라는 내용이다.
　　'一目見に來ね'에 대해, 伊藤 博은, '사적인 용무로 다른 지역으로 출입하는 것은 허용되지 않았다. 물론 이것은 노래에서의 인사로, 만나고 싶은 마음을 이면에서 표현한 앞의 노래에 대해, 표면으로 나타낸 것이다'고 하였다[『萬葉集全注』 18, pp.103~104].
　　全集에서는, '집의 서북쪽 구석을 신성시하는 속신은 중고 시대 이후 여러 문헌에 보인다. 掾의 공관 서북쪽 구석에 벚나무를 심은 것도 그런 신앙과 관계가 있을 것이라고 한다'고 하였다[『萬葉集』 4, p.254].
　　'屬物發思'는 보고 들은 사물에 의탁해서 생각을 표현하는 것이다.

一，答¹所心，即以古人之跡²，代今日之意

4078　故敷等伊布波　衣毛名豆氣多理　伊布須敝能　多豆伎母奈吉波　安賀未奈里家利

　　　戀ふといふは　えも名づけ³たり　言ふすべの　たづきも無きは⁴　あが身なりけり⁵

　　　こふといふは　えもなづけたり　いふすべの　たづきもなきは　あがみなりけり

一，更矚目

4079　美之麻野尓　可須美多奈妣伎　之可須我尓　伎乃敷毛家布毛　由伎波敷里都追

　　　三島野⁶に　霞たなびき　しかすがに⁷　昨日も今日も　雪は降りつつ

　　　みしまのに　かすみたなびき　しかすがに　きのふもけふも　ゆきはふりつつ

　　　左注　三月十六日

---

1 **答**: 家持를 그리워한다고 한 내용에 대하여 답을 한 것이다.
2 **古人之跡**: 노래는 옛 노래 같은데 알려져 있지 않다.
3 **えも名づけ**: 심정을.
4 **たづきも無きは**: '그리워한다'고 말하는 이외에는 방법이 없다는 뜻이다.
5 **あが身なりけり**: 池主가 4075번가에서 '相思はず あるらむ'라고 한 것에 대하여.
6 **三島野**: 越中國府 동남쪽의 들.
7 **しかすがに**: 그렇기는 하지만.

1, 마음에 생각하는 바를 노래한 것에 답하며, 옛 사람의 작품으로 오늘의 내 마음을 대신한 노래

4078 그립다는 말은/ 잘 만들어졌네요/ 말을 해야 할/ 방법이 없는 것은/ 이몸인 것입니다

🌸 해설

'그립다'고 하는 말은, 정말 잘 만들어진 말입니다. 이 마음을, '그립다'는 말 이외에 표현할 방법이 없는 것은 오히려 이 사람인 것입니다라는 내용이다.

'그립다'는 표현은 家持 자신의 심정을 나타내기에 정말 꼭 맞는 말이므로 감탄하는데, 家持가 오히려 池主를 매우 그리워한다는 내용이다.

'所心'은 4075번가에도 보인다. 마음에 생각하는 바를 노래하는 것이다.

1, 다시 눈에 띄는 것으로 읊은 노래

4079 미시마(三島) 들에/ 안개가 끼어 있네/ 그렇다 해도/ 어제도 오늘도요/ 눈은 계속 내리고

🌸 해설

미시마(三島) 들에는 안개가 끼어 있네. 그렇다고 하지만 어제도 오늘도 눈은 계속 내리고 있네라는 내용이다.

안개가 끼어 완전히 봄이 왔지만, 그래도 어제에 이어 오늘도 눈이 내리고 있다는 뜻이다.

좌주 3월 16일

姑大伴氏坂上郎女來贈越中守大伴宿祢家持歌二首

4080 都祢比等能　故布登伊敷欲利波　安麻里尓弖　和礼波之奴倍久　奈里尓多良受也

常人[1]の　戀ふといふよりは　餘り[2]にて　われは死ぬべく[3]　なりにたらずや[4]

つねひとの　こふといふよりは　あまりにて　われはしぬべく　なりにたらずや

4081 可多於毛比遠　宇万尓布都麻尓　於保世母弖　故事部尓夜良波　比登加多波牟可母

片思を　馬にふつま[5]に　負せ持て　越邊に遣らば　人かたは[6]むかも

かたおもひを　うまにふつまに　おほせもて　こしべにやらば　ひとかたはむかも

---

1 **常人**: 보통 사람.
2 **餘り**: 명사.
3 **死ぬべく**: 당연함을 가리킨다.
4 **なりにたらずや**: 되어 있는 것이 아닐까.
5 **ふつま**: 'ふつ(모두)'에 접미어 'ま'가 붙은 것이다.
6 **人かたは**: 정확한 뜻을 알 수 없다. 'かた…'는 '마음을 기울여 친하다'는 뜻이라고 한다.

고모인 오호토모우지노 사카노우헤노 이라츠메(大伴氏坂上郎女)가 越中國 장관인 오호토모노 스쿠네 야카모치(大伴宿禰家持)에게 보낸 노래 2수

4080　보통 사람이/ 그립다 하는 것보다/ 그 이상으로/ 나는 죽을 정도로/ 된 것이 아닐까요

🌸 **해설**

　세상의 일반적인 사람들이 '그립다' 등으로 입으로 말하는 것보다 훨씬 그 이상으로, 나는 틀림없이 사랑에 죽을 것이라고 생각될 정도입니다라는 내용이다.
　大伴氏坂上郎女는 家持의 고모이면서 장모이다.

4081　일방적 그리움/ 말에다가 전부를/ 실어가지고/ 코시(越邊) 근처 보내면/ 사람은 마음을 줄까

🌸 **해설**

　내 쪽에서만 일방적으로 그리워하는 마음을 말에 모두 실어서 코시(越邊) 근처로 보내면 사람은 마음을 기울여 줄까라는 내용이다.
　작자의 마음을 모두 말에 실어서 코시(越邊) 근처로 보내면, 家持도 자신에게 마음을 기울여 줄까라는 뜻이다.
　'馬にふつまに'를 大系・注釋・全集・全注에서는 中西 進과 마찬가지로 '말에 모두 실어서'로 해석하였다. 그러나 私注에서는, '말, 두필의 말'로 해석하였다『萬葉集私注』 9, p.39].
　'人かたはむかも'를 大系・注釋・全集에서는 中西 進과 마찬가지로 '사람은 마음을 줄까'로 해석하였다. 그러나 私注에서는, '그대는 그것을 감당할 수 있을까'로 해석하였다『萬葉集私注』 9, p.39]. 그리고 伊藤 博은, '누가 도와줄 것인가'로 해석하였다『萬葉集全注』 18, p.108].

越中守大伴宿祢家持報歌, 并所心[1]. 三首

4082 安万射可流 比奈能夜都故尓 安米比度之 可久古非須良波 伊家流思留事安里

　　天ざかる[2]　鄙の奴[3]に　天人し[4]　かく戀ひすらば[5]　生ける驗あり

　　あまざかる　ひなのやつこに　あめひとし　かくこひすらば　いけるしるしあり

4083 都祢乃孤悲 伊麻太夜麻奴尓 美夜古欲里 宇麻尓古非許婆 尓奈比安倍牟可母

　　常の戀　いまだ止まぬに　都より　馬に戀ひ[6]來ば　荷ひ堪へむかも

　　つねのこひ　いまだやまぬに　みやこより　うまにこひこば　になひあへむかも

---

1 **所心**: 생각하는 것이다.
2 **天ざかる**: '鄙'를 상투적으로 수식하는 枕詞이다.
3 **鄙の奴**: 하인. 家持 자신을 비하해서 말한 것이다.
4 **天人し**: 天女. 坂上郎女를 농담 삼아 말한 것이다.
5 **かく戀ひすらば**: 정확하게는 '戀ひせれば'이다. 후세에 변해서, 옛 것을 본뜨려는 擬古意識에서라고 보기도 한다.
6 **戀ひ**: 명사이다.

越中國 장관 오호토모노 스쿠네 야카모치(大伴宿禰家持)의
답하는 노래와 마음에 생각한 바를 표현한 노래. 3수

4082 (아마자카루)/ 시골의 녀석을요/ 天人 같은 이/ 이리 사랑해 주니/ 사는 보람이 있네요

🌸 **해설**

하늘 저 멀리 있는 시골 놈을, 天女 같은 사람인 坂上郎女가 이처럼 사랑을 해 주니, 나는 무척이나 사는 보람이 있는 것이네요라는 내용이다.
4080번가에 답한 노래이다.

4083 보통 때 戀心/ 아직 그대로인데/ 도읍에서요/ 말 타고 사랑 오면/ 지기가 힘들겠지요

🌸 **해설**

보통 때의 그리워하는 마음도 아직 멈추지 않았는데, 도읍으로부터 말을 타고 사랑이 오면, 그리운 마음은 한층 깊어져서 다 지기가 힘들겠지요라는 내용이다.
항상 그리워하는 마음도 큰데, 도읍으로부터 말을 타고 사랑이 오면, 그리운 마음은 한층 더해서 감당하기가 힘들겠다는 뜻이다.
4081번가에 답한 노래이다.

別所心一首

4084　安可登吉尓　名能里奈久奈流　保登等藝須　伊夜米豆良之久　於毛保由流香母

曉に　名告り鳴くなる²　ほととぎす　いやめづらしく³　思ほゆるかも

あかときに　なのりなくなる　ほととぎす　いやめづらしく　おもほゆるかも

左注　右, 四日⁴附使贈上京師.

天平感寶元年⁵五月五日, 饗東大寺之占墾地使⁶僧平榮⁷等.
于時守大伴宿祢家持送酒僧謌一首

4085　夜伎多知乎　刀奈美能勢伎尓　安須欲里波　毛利敞夜里蘇倍　伎美乎等登米牟

燒太刀⁸を　礪波の關⁹に　明日よりは　守部遣り添へ¹⁰　君を留めむ

やきたちを　となみのせきに　あすよりは　もりへやりそへ　きみをとどめむ

---

1 **別**: 위의 2수 외에라는 뜻이다.
2 **鳴くなる**: 傳聞 추정이다.
3 **いやめづらしく**: 어떤 두견새라도 감상할 만한데, 게다가.
4 **四日**: 4월 4일.
5 **天平感寶元年**: 749년. 4월 14일에 연호를 바꾸었다.
6 **占墾地使**: 절마다 허용한 墾田地를 정하기 위하여 조정에서 파견된 사람이다. 정확하게는 寺家野占使이다. 東大寺는 越前國에 墾田을 많이 가지고 있었다.
7 **僧平榮**: 이해 5월에 寺家野占 일이 끝났다고 기록한 越前國 足羽郡의 문서에 이름이 보인다. 그 후에 越中國에 왔는가.
8 **燒太刀**: 礪波의 이름에 어울리는 예리함을 담은 표현이다.
9 **礪波の關**: 富山縣 小矢部市의 石坂 부근.
10 **守部遣り添へ**: 종래의 番人에다가.

따로 또, 생각한 바를 노래한 1수

4084 동이 틀 무렵/ 이름 알리듯 우는/ 두견새가요/ 더 칭찬할 만하다/ 생각이 되는군요

🌸 해설

　동이 틀 무렵에 이름을 알리듯이 우는 두견새의 소리가, 한층 칭찬할 만하다고 생각이 되는군요라는 내용이다.
　'ほととぎす いやめづらしく 思ほゆるかも'를 伊藤 博은, '두견새 소리처럼 오랜만의 소식으로 더욱 그리워진다'로 해석하였다『萬葉集全注』18, pp.114~115].
　大伴氏坂上郎女의 4080・4081번가의 노래 내용과 관계없이 家持의 생각을 노래한 것이다.

> [좌주] 위는, 4일에 인편으로 도읍에 보내었다.

天平感寶 원년(749) 5월 5일에, 東大寺의 占墾地使인 승려 平榮 등을 접대하였다. 그때 장관 오호토모노 스쿠네 야카모치(大伴宿禰家持)가 술을 승려에게 보내는 노래 1수

4085 (야키타치오)/ 토나미(礪波)의 관문에/ 내일부터는/ 파수꾼을 늘려서/ 그대 붙잡아야지

🌸 해설

　불로 제련한 칼을 간다고 하는 뜻을 이름으로 한 토나미(礪波)의 관문에, 내일부터는 파수꾼을 보내어서 수를 늘려서 그대가 돌아가는 것을 못 돌아가게 막아야지라는 내용이다.

同月九日，諸僚[1]會少目[2]秦伊美吉石竹[3]之舘飲宴. 於時主人造白合花縵[4]三枚[5]，疊置豆器[6]，捧贈賓客. 各賦此縵作三首

4086 安夫良火乃　比可里尓見由流　和我可豆良　佐由利能波奈能　惠麻波之伎香母

あぶら火の[7]　光に見ゆる　わが縵　さ百合[8]の花の　笑まはしきかも

あぶらひの　ひかりにみゆる　わがかづら　さゆりのはなの　ゑまはしきかも

左注 右一首, 守大伴宿祢家持

4087 等毛之火能　比可里尓見由流　左由理婆奈　由利毛安波牟等　於母比曽米弓伎

燈火の　光に見ゆる[9]　さ百合花　後[10]も逢はむと[11]　思ひそめてき

ともしびの　ひかりにみゆる　さゆりばな　ゆりもあはむと　おもひそめてき

左注 右一首, 介内蔵伊美吉縄麿

---

1 **諸僚**: 많은 관료.
2 **少目**: 國의 4등관이다. 大目 아래이다.
3 **秦伊美吉石竹**: 후에 飛驒守·播磨介 등을 역임하였다.
4 **白合花縵**: 백합의 가지를 둥근 테로 만든 것인가.
5 **三枚**: 枚는 가지이다.
6 **豆器**: 중국의 제사용의 제기이다. 여기에서는 단순히 굽이 높은 잔이다.
7 **あぶら火の**: 기름으로 태우는 불이다.
8 **さ百合**: 'さ'는 접두어이다.
9 **光に見ゆる**: 여기까지 4086번가의 제1, 2구와 같다.
10 **さ百合花 後**: 같은 소리 'ゆり'를 반복하고 있다.
11 **後も逢はむと**: 연회석에서 만나는 것을 말한다.

같은 달 9일에, 관료들이 少目인 하다노 이미키 이하타케(秦伊美吉石竹)의 관사에 모여서 연회하였다. 그때 주인이 백합꽃 머리장식을 3개 만들어서 식기 위에 겹쳐 놓고 손님들에게 주었다. 각자 이것을 읊어서 지은 3수

4086 기름 등불의/ 빛 가운데 보이는/ 나의 머리 관/ 관의 백합꽃은요/ 미소 짓게 되네요

🌸 **해설**

　기름을 사용해서 켠 등불의 빛 가운데에 보이는 나의 머리를 장식하는 관. 이 관의 백합꽃은 너무 아름다워서 보면 저절로 미소를 짓게 되네요라는 내용이다.

　백합으로 만든 관이 아름다워서 무척 흐뭇하다는 뜻이다.

　'あぶら火'를 全集에서는, '당시 일반인들은 燈火를 사용하지 않았으며, 드물게 사용을 해도 소나무 뿌리 종류였다. 여기에서는 귀중한 胡麻, 비자나무 열매, 동백 열매 등에서 취한 기름을 사용한 것인가. 아니면 생선 기름이었는지도 모른다'고 하였다[『萬葉集』 4, p.258].

　　좌주　위의 1수는, 장관 오호토모노 스쿠네 야카모치(大伴宿禰家持)

4087 기름 등불의/ 빛 가운데 보이는/ 백합꽃처럼/ 후에도 만나려고/ 처음 생각했지요

🌸 **해설**

　기름을 사용해서 켠 등불의 빛 가운데 보이는 백합꽃, 그 백합꽃 소리처럼 후에도 만나려고 처음으로 생각을 한 것입니다라는 내용이다.

　'百合'과 '後'의 일본어 발음이 모두 'ゆり'인 것을 이용한 노래이다.

　全集에서는, '아마 본뜻은 귀경 후에도 친하게 지내자고 말한 것이겠다. 즉 작자인 繩麻呂는 지금도 이후에도라는 기분으로 부른 것이라고 생각한다'고 하였다[『萬葉集』 4, p.258].

　　좌주　위의 1수는, 차관 쿠라노 이미키 나하마로(內藏伊美吉繩麿)

　'介'를 伊藤 博은, '國司의 차관으로, 여기에서는 越中國의 介. 종6위상에 상당한다'고 하였다 [『萬葉集全注』 18, p.124].

4088　左由理婆奈　由里毛安波牟等　於毛倍許曽　伊末能麻左可母　宇流波之美須礼

さ百合花　後[1]も逢はむと[2]　思へこそ　今のまさか[3]も　うるはしみすれ[4]

さゆりばな　ゆりもあはむと　おもへこそ　いまのまさかも　うるはしみすれ

左注　右一首, 大伴宿祢家持, 和

獨居幄裏, 遙聞霍公鳥喧作歌一首并短謌

4089　高御座　安麻乃日繼登　須賣呂伎能　可未能美許登能　伎己之乎須　久尓能麻保良尓　山乎之　毛　佐波尓於保美等　百鳥能　來居弖奈久許惠　春佐礼婆　伎吉乃可奈之母　伊豆礼乎可　和枳弖之努波无　宇能花乃　佐久月多弖婆　米都良之久　鳴保等登藝須　安夜女具佐　珠奴久　麻泥尓　比流久良之　欲和多之伎氣騰　伎久其等尓　許己呂都呉枳弖　宇知奈氣伎　安波礼能　登里等　伊波奴登枳奈思

高御座[5]　天の日嗣[6]と　天皇の[7]　神の命の[8]　聞し食す[9]　國のまほらに　山をしも　さはに多　み[10]と　百鳥の　來居て鳴く聲　春されば　聞き[11]の愛しも　いづれをか　別きてしのはむ[12]

---

1 **百合花 後**: 같은 소리 '요리'를 반복하고 있다.
2 **後も逢はむと**: 아직 연회석에 함께 있다.
3 **今のまさか**: 현재.
4 **うるはしみすれ**: 경애하는 뜻.
5 **高御座**: 천황이 앉는 壇이다. 8각형이다.
6 **天の日嗣**: 황위를, 신성한 태양신을 잇는 것이라고 생각하였다.
7 **天皇の**: 본래 皇祖라는 뜻이다. 여기서는 천황이다.
8 **神の命の**: 신의 존칭이다. '天皇の 神の命'은 신인 천황이라는 뜻이다.
9 **聞し食す**: '聞し·食す' 모두 경어이다. '聞こしめす'와 마찬가지로 통치한다는 뜻이다.
10 **さはに多み**: 'さはに'도 많다는 뜻이다. '多み'는 많으므로.
11 **聞き**: 명사이다.
12 **別きてしのはむ**: 어느 것이나 사랑해야 한다는 뜻으로 선택을 말하는 것은 아니다. '別きて'는 특히. 'しのは　む'는 '감상하자'는 뜻이다.

4088 백합꽃처럼/ 후에도 만나려고/ 생각하기에/ 지금의 이 현재를/ 즐기고 싶으네요

해설

　백합꽃, 그 백합꽃 소리처럼 후에도 만나려고 생각하기 때문에 지금의 이 현재를 즐기고 싶다고 생각합니다라는 내용이다.
　'百合'과 '後'의 일본어 발음이 모두 'ゆり'인 것을 이용한 노래이다.
　家持가, 앞의 繩麿의 노래 4087번가에 답한 것이다.

　　좌주　위의 1수는, 오호토모노 스쿠네 야카모치(大伴宿禰家持), 창화하였다.

혼자 휘장 안에 있으며 멀리 두견새가 우는 것을 듣고 지은 노래 1수와 短歌

4089 (타카미쿠라)/ 하늘 태양 후계로/ 천황이라는/ 신과 같은 존재가/ 통치를 하는/ 훌륭한 국토에는/ 산들이 있죠/ 여기저기 많아서/ 많은 새들이/ 와서 우는 소리는/ 봄이 되면요/ 들으면 맘 끌리네/ 어느 소리를/ 특히 감상할 건가/ 병꽃나무 꽃/ 피는 달이 되면요/ 사랑스럽게/ 우는 두견새는요/ 창포초를요/ 구슬로 꿸 때까지/ 낮엔 온종일/ 밤엔 내내 들어도/ 들을 때마다/ 마음이 감동되어/ 감탄을 하고/ 흥미로운 새라고/ 말을 않는 때 없네

해설

　높은 단에 앉아 있으며 하늘 태양의 후계로서, 신인 천황이 통치를 하는 나라, 이 훌륭한 국토에는 산이 여기저기 많이 있으므로 여러 종류의 많은 새들이 와서 우네. 그 우는 소리는 봄이 되어 듣고 있으면 사랑스럽네. 어느 소리가 특히 감상할 만큼 더 좋은 것이라고 하는 것은 아니지만, 그 중에서도 병꽃나무 꽃이 피는 달이 되면, 사랑스럽게 우는 두견새는 창포를 약 구슬로 꿰는 5월까지, 낮에는 하루 종일, 밤에는 또 밤새도록 듣고 있어도 들을 때마다 마음이 감동되어 감탄을 하고, 흥미진진한 새라고 말을 하지 않을 때가 없네라는 내용이다.

卯の花の　咲く月立てば　めづらしく　鳴くほととぎす　菖蒲草　珠貫くまでに[13]　晝暮らし
夜渡し聞けど　聞くごとに　心つごきて　うち嘆き　あはれ[14]の鳥と　言はぬ時なし

たかみくら　あまのひつぎと　すめろきの　かみのみことの　きこしをす　くにのまほらに
やまをしも　さはにおほみと　ももとりの　きゐてなくこゑ　はるされば　ききのかなしも
いづれをか　わきてしのはむ　うのはなの　さくつきたてば　めづらしく　なくほととぎす
あやめぐさ　たまぬくまでに　ひるくらし　よわたしきけど　きくごとに　こころつごきて
うちなげき　あはれのとりと　いはぬときなし

4090　由久敞奈久　安里和多流登毛　保等登藝須　奈枳之和多良婆　可久夜思努波牟

行方なく[15]　あり渡るとも　ほととぎす　鳴きし渡らば　かく[16]やしのはむ

ゆくへなく　ありわたるとも　ほととぎす　なきしわたらば　かくやしのはむ

---

13 **珠貫くまでに**: 5월 5일에 옥추단을 만든다.
14 **あはれ**: 감동사이다.
15 **行方なく**: 어떻게 될지 모른다는 뜻이다. 생명, 경우, 사랑 등의 불안을 널리 말한다.
16 **かく**: 지금 듣는 것처럼.

大伴宿禰家持가 방안에서 두견새 소리를 듣고 두견새를 예찬한 노래이다.

　　伊藤 博은, '이 長歌는 天平 19년(747) 9월 26일의 〈놓친 매를 생각하는 노래〉(권제17, 4011번가) 이후 1년 반 만의 작품이다. 오랜만에 공적인 格式의 長歌를 지은 것은, 드물게 두견새 소리를 확실하게 들었다고 하는 사실이 근저에 있었겠지만, 이 天平感寶 원년(749) 4월 1일자의 종5위상으로 승진한 소식과, 大伴·佐伯의 대대로의 충정을 특히 칭찬하는, 金을 찬양하는 조서를 손에 넣은 기쁨도 크게 작용하였을 것이다. 지금 家持에게는 멀리서 예리하게 우는 사랑스러운 새는 단순한 풍물이 아니라 천황 대대로 통치되어 온 나라의 우수성을 상징하는 새로 묘사되고 있다. (중략) 그래서 家持는 철새와 맞지 않는 듯한 '高御座 天の日嗣と 云云'의 6구를 가지고 1수를 시작한 것이라고 생각한다'고 하였다[『萬葉集全注』 18, pp.131~132].

4090　행방도 없이/ 나날을 보내어도/ 두견새가요/ 울며 날아간다면/ 이리 감상하겠지

🌸 해설

　　어떻게 될지 모르는 채로 나날을 보내며 살아간다고 해도, 두견새가 울며 날아간다면 지금처럼 이렇게 마음을 빼앗기며 감상하겠지라는 내용이다.

　　'行方なく あり渡るとも'를 全集에서는 '지방관 근무를 전전할지도 모르는 것을 생각하고 말한 것이다. 橘諸兄·奈良麻呂 부자와, 仲麻呂를 중심으로 하는 藤原 일족과의 정치적 위치가, 신구 교대하는 것도 멀지 않을 것이며 家持 자신도 그 영향을 받아서 어떻게 될지 모르는 여러 가지 불안에서 생겨난 말일 것이다'고 하였다[『萬葉集』 4, pp.259~260].

4091　宇能花能　登聞尓之奈氣婆　保等登藝須　伊夜米豆良之毛　名能里奈久奈倍

　　　卯の花の　ともにし鳴けば　ほととぎす　いやめづらしも　名告り鳴くなへ[1]

　　　うのはなの　ともにしなけば　ほととぎす　いやめづらしも　なのりなくなへ

4092　保登等藝須　伊登祢多家口波　橘乃　播奈治流等吉尓　伎奈吉登余牟流

　　　ほととぎす　いとねたけくは[2]　橘の　花散る時に　來鳴き響むる[3]

　　　ほととぎす　いとねたけくは　たちばなの　はなちるときに　きなきとよむる

　　　左注　右四首, 十日, 大伴宿祢家持作之.

行英遠浦[4]之日作歌一首

4093　安乎能宇良尓　余須流之良奈美　伊夜末之尓　多知之伎与世久　安由乎伊多美可聞

　　　英遠の浦に　寄する白波　いや増しに　立ち重き寄せ來　東風[5]をいたみ[6]かも

　　　あをのうらに　よするしらなみ　いやましに　たちしきよせく　あゆをいたみかも

　　　左注　右一首, 大伴宿祢家持作之.

---

1 **鳴くなへ**: 'なへ'는 동작의 병행을 나타낸다. 제4구와 도치된 것이다.
2 **ねたけくは**: 'ねたけく'는 'ねたし'의 명사형이다. 싫은 것이다.
3 **響むる**: 자동사이다.
4 **英遠浦**: 富山縣 氷見市 阿尾.
5 **東風**: 지금도 각 지역에서 동풍을 'あい(아이) 바람'이라고 한다. 'あゆち'도 같다. 여름 계절풍이다.
6 **いたみ**: 'いたし'에 'み'가 붙은 것이다.

4091　병꽃나무 꽃/ 꽃과 함께 울므로/ 두견새는요/ 한층 사랑스럽네/ 이름 말하듯 우니

🌸 **해설**

　병꽃나무 꽃이 피는 것과 함께 울므로 두견새는 더한층 사랑스럽네. 이름을 말하는 것처럼 우는 것과 함께라는 내용이다.

　두견새는 이름을 말하는 것처럼 우는 것과 함께, 병꽃나무 꽃이 피면 반드시 와서 울므로 더욱 사랑스럽다는 뜻이다.

4092　두견새가요/ 참으로 미울 때는/ 홍귤나무의/ 꽃이 지는 시기에/ 와서 우는 것이네

🌸 **해설**

　두견새가 아주 미울 때는 언제인가 하면, 홍귤나무 꽃이 질 때에 와서 시끄럽게 우는 것이네라는 내용이다.

　홍귤나무 꽃이 질 때에 와서 울며 꽃을 밟아서 지게 하므로 밉다는 뜻이다.

　　좌주　위의 4수는, (5월) 10일에 오호토모노 스쿠네 야카모치(大伴宿禰家持)가 지었다.

아오(英遠) 포구에 간 날 지은 노래 1수

4093　아오(英遠)의 포구에/ 밀려오는 흰 파도/ 한층 심하게/ 일어나 겹쳐 오네/ 동풍이 심해서
　　　인가

🌸 **해설**

　아오(英遠) 포구에 밀려오는 흰 파도는 한층 심하게 일어나서 겹쳐서 밀려오네. 동풍이 심해서인 것일까라는 내용이다.

　　좌주　위의 1수는, 오호토모노 스쿠네 야카모치(大伴宿禰家持)가 지었다.
　　伊藤 博은, 이 작품은 5월 11일에 지어졌을 것이라고 보았다『萬葉集全注』18, pp.135~136].

賀陸奥國出金詔書[1]歌一首并短歌

4094　葦原能　美豆保國乎　安麻久太利　之良志賣之家流　須賣呂伎能　神乃美許等能　御代可佐祢　天乃日嗣等　之良志久流　伎美能御代々々　之伎麻世流　四方國尓波　山河乎　比呂美安都美　等　多弓麻都流　御調寶波　可蘇倍衣受　都久之毛可祢都　之加礼騰母　吾大王乃　毛呂比登　乎　伊射奈比多麻比　善事乎　波自米多麻比弓　久我祢可毛　多之氣久安良牟登　於母保之弓　之多奈夜麻須尓　鶏鳴　東國乃　美知能久乃　小田在山尓　金有等　麻宇之多麻敝礼　御心乎　安吉良米多麻比　天地乃　神安比宇豆奈比　皇御祖乃　御霊多須氣弖　遠代尓　可々里之許等　乎　朕御世尓　安良波之弖安礼婆　御食國波　左可延牟物能等　可牟奈我良　於毛保之賣之弖　毛能乃布能　八十伴雄乎　麻都呂倍乃　牟氣乃麻尓々々　老人毛　女童兒毛　之我願　心太良　比尓　撫賜　治賜婆　許己乎之母　安夜尓多敷刀美　宇礼之家久　伊余与於母比弖　大伴乃　遠都神祖乃　其名乎婆　大來目主等　於比母知弖　都加倍之官　海行者　美都久屍　山行者　草牟須屍　大皇乃　敝尓許曽死米　可敝里見波　勢自等許等太弖　大夫乃　伎欲吉彼名乎　伊尓之敝欲　伊麻乃乎追通尓　奈我佐敝流　於夜乃子等毛曽　大伴等　佐伯乃氏者　人祖乃　立流辞立　人子者　祖名不絶　大君尓　麻都呂布物能等　伊比都雅流　許等能都可左曽　梓弓　手尓等里母知弖　劒大刀　許之尓等里波伎　安佐麻毛利　由布能麻毛利尓　大王能　三門乃乃麻毛利　和礼乎於吉弓　比等波安良自等　伊夜多氏　於毛比之麻左流　大皇乃　御言能　左吉乃[一云, 乎]　　聞者貴美[一云, 貴久之安礼婆]

葦原の　瑞穂の國[2]を　天降り　領らしめしける[3]　皇御祖[4]の　神の命[5]の　御代重ね[6]　天の日嗣[7]と　領らし來る　君[8]の御代御代　敷きませる[9]　四方の國には　山川を　廣み厚みと[10]

　1　詔書: 天平 21년(749) 4월 1일의 조서(12詔). 東大寺의 비로자나불을 칠할 금이 처음으로 국내에서 발견된 것을 기뻐하여 佛前에 알린 것. 또 같은 날의 조서(13詔)에 大伴氏에 대한 분명한 언급이 인용되고 공적을 칭찬하고 있으므로 家持가 이 노래를 짓는 계기가 되었다.
　2　瑞穂の國: 일본의 美稱이다.
　3　領らしめしける: 천손인 니니기노 미코토(邇邇藝命)가 하늘에서 내려왔다고 하는 전승을 가리킨다.
　4　皇御祖: 천황의 조상. 이것을 천황이라고 하는 설도 있지만, 그러면 아래의 君과 모순이 된다.
　5　神の命: '皇御祖の 神の命'은 니니기(邇邇藝) 신을 말한다.
　6　御代重ね: 천황을, 현실의 몸으로 변한 皇祖의 출현이라고 생각했다. 여러 대를 계속해서 통치해 온 君.
　7　天の日嗣: 황위를, 신성한 태양신을 잇는 것이라고 생각하였다.
　8　君: 역대의 천황이다.

미치노쿠(陸奧)國에서 金이 나온 것을
기뻐하는 조서를 축하하는 노래 1수와 短歌

4094 갈대 무성한/ 풍성한 이 국토를/ 하늘에서 와/ 통치를 하였었던/ 천황이라는/ 신과 같은
존재가/ 여러 대 거쳐/ 하늘 태양 후계로/ 지배를 하는/ 천황의 시대마다/ 통치를 하는/
사방의 나라에는/ 산이랑 강이/ 넓고 풍성하므로/ 헌상을 하는/ 귀중한 물건들은/ 셀 수도
없고/ 다 열거할 수 없네/ 그렇지만도/ 우리들의 대왕은/ 많은 사람을/ 권유를 하여서는/
좋은 사업을/ 시작을 하고 나서/ 황금이 정말/ 확실하게 있을까고/ 생각을 하고/ 걱정을
하였는데/ (토리가나쿠)/ 동쪽에 있는 나라/ 미치노쿠(陸奧)의/ 오다(小田)라 하는 산에/
황금이 있다고/ 주상하였으므로/ 답답한 마음/ 쾌청하게 되어서/ 하늘과 땅의/ 신들 귀하
다 여겨서/ 황실 조상신/ 혼도 도움을 주어/ 먼먼 옛날에/ 있었던 이런 일을/ 내 시대에도/
보여 주었기 때문에/ 내 통치국은/ 번영할 것이라고/ 신격으로서/ 생각을 하고서는/ 조정
의 관료/ 수 많은 관료들을/ 복종시켜서/ 정치하도록 하니/ 나이든 사람/ 여자도 아이들도
/ 그 원하는 것/ 마음에 흡족토록/ 편하게 하여/ 다스리는 것이네/ 그러한 일을/ 신기하고
귀하고/ 기쁜 일이라/ 더욱더 생각하네/ 大伴이라는/ 먼 옛날 신인 조상의/ 그 이름을요/
오호쿠메누시(大來目主)라/ 불리어지며/ 봉사를 해 온 氏는/ 바다를 가면/ 물에 젖는 시체
/ 산으로 가면/ 풀이 자라는 시체/ 우리 대왕의/ 옆에서 죽어야지/ 돌아보는 것/ 하지
않는다 하고/ 용감한 남자/ 깨끗한 그 이름을/ 옛날서부터/ 지금의 현실까지/ 전하여서
온/ 조상의 자손이네/ 오호토모(大伴)와/ 사헤키(佐伯)의 氏는요/ 그러한 조상이/ 하였었
던 맹세에/ 우리 자손은/ 조상 이름 안 끊고/ 우리 왕에게/ 봉사하는 것이라/ 계속 말해
온/ 말대로의 氏이네/ 가래나무 활/ 손에 잡아 쥐고서/ 커다란 칼을/ 허리에 차고서는/
아침의 수호/ 저녁의 수호에도/ 우리의 왕의/ 문의 수호를 하는/ 우리를 두고는/ 사람이
없을 거라/ 더욱 더욱/ 생각이 강해지네/ 우리의 왕의/ 조칙의 영광이요 [혹은 말하기를,
을/ 들으면 귀하므로 [혹은 말하기를, 귀하게 생각이 되니]

해설

 갈대가 무성하게 우거지고 결실이 풍성한 이 국토를, 하늘에서 내려와서 다스렸던 천황 조상신인
니니기(邇邇藝)神의 여러 대를 거쳐서, 하늘의 태양신의 후계자로서 지배를 하는 천황의 시대 시대마다,

奉る 御調[11]寶は 數へ得ず 盡しもかねつ 然れども わご大君[12]の 諸人を 誘ひ給ひ
善き事[13]を 始め給ひて 黄金かも たしけくあらむと 思ほして 下惱ますに 鶏が鳴く[14]
東の國の 陸奥の 小田なる山[15]に 黄金ありと 申し給へれ[16] 御心を 明らめ給ひ[17]
天地の[18] 神相珍なひ[19] 皇御調[20]の 御靈助けて 遠き代に かかりし事を[21] 朕が御代[22]に
顯はしてあれば 食國は 榮えむものと 神ながら[23] 思ほしめして 物部の 八十伴の緒[24]
を 服從の 向け[25]のまにまに 老人も 女童兒[26]も 其が願ふ 心足ひに 撫で給ひ 治め給
へば 此[27]をしも あやに貴み[28] 嬉しけく[29] いよよ思ひて 大伴の 遠つ神祖[30] その名
をば 大來目主[31]と 負ひ持ちて 仕へし官[32] 海行かば[33] 水浸く屍 山行かば 草生す屍
大君の 邊にこそ死なめ 顧みは せじと言立て 大夫の 清きその名を 古よ[34] 今の現[35]に

---

9 **敷きませる**: '敷く(통치하다)'의 경어이다.

10 **廣み厚みと**: 웅대한 것을 말한다.

11 **御調**: 조정에 바치는 물건이다.

12 **わご大君**: 聖武천황이다.

13 **善き事**: 大佛을 만드는 것이다.

14 **鶏が鳴く**: 닭이 울어서 밝아오는 동쪽이라는 뜻이다.

15 **小田なる山**: 宮城縣 遠田(노래에서 말하는 小田)郡의 黄金山.

16 **申し給へれ**: 직접 말한 사람은 日下部深淵(쿠사카베노 후카후치). '申し', '給へれ' 모두 겸양어이다.

17 **明らめ給ひ**: 주어는 위의 'わご大君'이다.

18 **天地の**: 여기서부터 10구 '榮えむものと'까지는 聖武천황의 마음속의 말이다.

19 **珍なひ**: 'うづ'는 '珍·貴'한 것이다. 황금이 나온 것을 기뻐한 것이다.

20 **皇御調**: 대대의 皇祖.

21 **かかりし事を**: 對馬의 出金[大寶 원년(701) 3월], 因幡의 出銅[文武 2년(698) 3월], 武藏의 出銅[和銅 원년 (708) 정월] 등을 가리킨다.

22 **朕が御代**: 聖武 때.

23 **神ながら**: 신으로서의 천황이 그대로.

24 **八十伴の緒**: 伴은 봉사자. 긴 것을 緒라고 한다.

25 **向け**: 향하게 하는 것이다.

26 **女童兒**: 女童兒에 이르기까지.

27 **此**: 이상의 聖代를 가리킨다.

28 **あやに貴み**: 두려워하는 마음이다.

29 **嬉しけく**: '嬉しけく'는 '嬉し'의 명사형이다.

30 **遠つ神祖**: 신으로서의 조상이다.

31 **大來目主**: 신화에서는 大伴의 조상을 天忍日(오시히노)命, 道臣(미치노 오미노)命이라고 전하며, 大來目命은 來目部의 조상이다.

32 **仕へし官**: 이 주어에 대한 술어는 '祖の子等ぞ'이며, '大伴과 佐伯の氏は'의 술어는 '言の官ぞ'이다. 따라서 '官'은 거의 氏와 같은 내용의 단어로, 氏 세습의 관직을 말한다.

33 **海行かば**: 이하 8구가 大伴의 가훈으로서의 말이다.

34 **古よ**: 'よ'는 경과를 나타낸다.

35 **現**: 'をつつ'는 'うつつ'

통치를 하는 사방의 나라에는 산이랑 강이 넓고 풍성하므로 바치는 보물은 다 셀 수도 없고, 말로 다 열거할 수도 없네. 그렇지만 왕은 많은 사람에게 불교를 권유하고 大佛 건립이라고 하는 좋은 사업을 시작을 하고, 황금이 확실하게 있을까 생각을 하고 걱정을 하였던 차에, 닭이 울어 날이 밝는다고 하는 동쪽에 있는 나라인 미치노쿠(陸奧)의 오다(小田)라고 하는 산에 황금이 있다고 주상을 하였으므로, 답답한 마음이 풀어져서 쾌청하게 되었네. '하늘과 땅의 신들도 서로 귀한 일이라고 생각을 하고 황실 조상신의 혼도 도와주어서 먼 옛날에 있었던, 금이 나오는 상서로운 이런 일을 내 시대에도 보여 주었기 때문에, 내가 통치하는 나라는 틀림없이 번영할 것이다'고, 왕은 신의 마음으로 생각을 하고 조정의 많은 신하들을 복종시켜서 정치를 하게 하는 한편, 노인도 여자도 아이들도 그 원하는 것이 마음먹은 대로 흡족하도록 편안하게 하고 다스리는 것이네. 그것을 나는 신기하고 귀하고 기쁜 일이라고 더욱더 생각하네. 오호토모(大伴)라고 하는, 먼 옛날 조상의 이름을 오호쿠메누시(大來目主)라 불리어지며 조정에서 봉사하는 것을 임무로 해온 氏는, '바다에 싸우러 가면 물에 젖는 시체, 산으로 가서 싸우면 풀이 자라나는 시체. 왕의 옆에서 죽어야지. 내 몸을 돌아보는 일을 하지 않을 것이다'고 맹세를 하고, 용감한 남자의 깨끗한 이름을 옛날부터 지금까지 전하여 온 조상의 자손이네. 오호토모(大伴)와 사헤키(佐伯)의 두 氏는, 조상이 하였던 맹세에 의해, 자손이 조상의 이름을 끊어지게 하는 일이 없이, 왕에게 봉사하는 것이라고 전하여 온 그 말대로 역할을 하는 집안이네. 가래나무로 만든 멋진 활을 손에 잡아 쥐고, 큰 칼을 허리에 차고는, '아침의 수호, 저녁의 수호에 왕의 문의 수호를 하는 일에는, 우리 이외에는 사람이 없을 것이다'고, 더욱 더욱 마음을 분발하여서 생각이 강해지네. 왕이 조칙에서 말하는 영광이[혹은 말하기를, 을] 들으면 귀하므로[혹은 말하기를, 귀하게 생각이 되니]라는 내용이다.

이 작품은, 左注에서 보듯이 天平感寶 원년(749) 5월 12일에, 越中國의 장관 처소에서 오호토모노 스쿠네 야카모치(大伴宿禰家持)가 지은 것이다.

창작 동기는 東大寺의 大佛을 만들 때 도금할 금이 부족하였는데, 天平 21년(749) 陸奧國에서 금이 나와서 國守인 百濟敬福이 바쳤으므로 4월 1일에 그 사실을 大佛 앞에서 말하고, 그 기쁨을 국민들과 나누기 위해서 발표한 宣命의 내용 중에, 家持의 조상인 大伴氏와 大伴氏에서 분파된 동족인 佐伯氏를 칭찬한 내용이 있으므로 그것에 고무되어 지은 것이다.

금이 나오자 4월 14일에 연호를 天平感寶로 고쳤다고 한다.

'天降り'를 大系에서는, '天神 또는 천신의 아들이 하늘에서 내려온다고 하는 관념은 대륙에서 전해진 것이다. 이 수직신의 관념에 대해, 옛날부터 일본에 있었던 신의 관념은 수평신의 관념. 신이 찾아와서는 바다 저편으로 돌아간다고 한다'고 하였다『萬葉集』 4, p.278].

全集에서는, '태양신인 天照大神의 손자이며 천황의 조상신인 니니기(邇邇藝)神이 高千穗의 봉우리에 내려왔다고 하는 신화에 의한다'고 하였다『萬葉集』 4, p.261].

'遠き代に かかりし事を'를 全集에서는, '大寶 원년(701)에 對馬에서 금을 헌상했다고 하는 것이 보인다. 그래서 연호도 大寶로 바꾸고, 소개자이며 헌상 직전에 사망한 右大臣 大伴御行에게 상을 주었다. 그런데『속일본기』에는 그 후에, 御行이 보낸 三田首五瀨의 사기이며, 御行이 속았다는 것이 판명되었다는 뜻의 작은 글씨의 주가 있다. 이 주가 언제 것인지 알 수 없지만, 家持는 父인 旅人의 큰아버지인 御行의 명예를 위해 그것을 못들은 채 외면한 것인지도 모른다'고 하였다『萬葉集』 4, p.262].

'大來目主'를 全集에서는 '大久米主'로 표기하고, '大伴氏의 조상은,『고사기』에는 天忍日命(천손강림

流さへる³⁶　祖の子等そ　大伴と　佐伯の氏³⁷は　人の³⁸祖の　立つる言立て　人の子は　祖の名絶たず　大君に　奉仕ふものと　言ひ繼げる　言の官そ　梓弓　手に取り持ちて　劍大刀　腰に取り佩き³⁹　朝守り　夕の守りに　大君の　御門の守り⁴⁰　われをおきて　人はあらじと⁴¹　いや立て　思ひし増る　大君の　御言の幸の⁴²[一は云はく, を]　聞けば貴み[一は云はく, 貴くしあれば]

あしはらの　みづほのくにを　あまくだり　しらしめしける　すめろきの　かみのみことの　みよかさね　あまのひつぎと　しらしくる　きみのみよみよ　しきませる　よものくにには　やまかはを　ひろみあつみと　たてまつる　みつきたからは　かぞへえず　つくしもかねつ　しかれども　わごおほきみの　もろひとを　いざなひたまひ　よきことを　はじめたまひて　くがねかも　たしけくあらむと　おもほして　したなやますに　とりがなく　あづまのくにの　みちのくの　をだなるやまに　くがねありと　まうしたまへれ　みこころを　あきらめたまひ　あめつちの　かみあひうづなひ　すめろきの　みたまたすけて　とほきよに　かかりしことを　わがみよに　あらはしてあれば　をすくには　さかえむものと　かむながら　おもほしめして　もののふの　やそとものをを　まつろへの　むけのまにまに　おいひとも　をみなわらはも　しがねがふ　こころだらひに　なでたまひ　をさめたまへば　ここをしも　あやにたふとみ　うれしけく　いよよおもひて　おほともの　とほつかむおやの　そのなをば　おほくめぬしと　おひもちて　つかへしつかさ　うみゆかば　みづくかばね　やまゆかば　くさむすかばね　おほきみの　へにこそしなめ　かへりみは　せじとことだて　ますらをの　きよきそのなを　いにしへよ　いまのをつつに　ながさへる　おやのこどもそ　おほともと　さへきのうぢは　ひとのおやの　たつることだて　ひとのこは　おやのなたたず　おほきみに　まつろふものと　いひつげる　ことのつかさそ　あづさゆみ　てにとりもちて　つるぎたち　こしにとりはき　あさまもり　ゆふのまもりに　おほきみの　みかどのまもり　われをおきて　ひとはあらじと　いやたて　おもひしまさる　おほきみの　みことのさきの[あるいは　はく, を]　きけばたふとみ[あるいはいはく, たふとくしあれば]

36　流さへる: 이름을 전하는 것이다.
37　佐伯の氏: 大伴이 佐伯을 분파했다고 한다(『新撰姓氏録』).
38　人の: 일반적인 호칭이다.
39　腰に取り佩き: '思ひし増る'에 이어진다.
40　御門の守り: 大伴과 佐伯은 궁문의 수호를 맡았다. 이 다음에 'においては'의 뜻이 생략되었다. '人はあらじ'에 이어진다.
41　人はあらじと: 'と'의 인용은 '朝守り' 이하를 받는다. 家持의 마음속의 말이다.
42　御言の幸の: '貴み'의 주어이다. 마지막 구 '貴くしあれば'의 경우도 그 주어. 'を'의 경우는 '聞けば'에 이어진다.

때)·道臣命(神武 東遷 때) 등의 이름이 보이며, 『일본서기』神武천황조에는 日神命·道臣命의 이름이 있지만 大久米主라는 이름은 전하지 않는다. 그러나 天忍日命이 이끈 來目部의 먼 조상인 天槵律大來目의 이름과 『일본서기』神武천황조에 道臣命이 大久米部를 통솔하였다고 하는 전승은 있으므로, 大久米主라고 하는 이름도 없었다고는 할 수 없다'고 하였다[『萬葉集』4, pp.262~263].

私注에서는, '家持가 매우 감동한 것은, 宣命 속에 大伴氏와 그 동족인 佐伯씨가 궁중을 수호한 공을 칭찬을 받고, 그 조상들의 공적까지 언급된 데에다, 나아가 家持 자신이 第5위하에서 종5위상이 되었을 뿐만 아니라, 일족들이 적지 않게 모두 승진을 하였으므로 궁정관료로서 그가 매우 감격 발분하였던 것은 조금도 부자연스럽지 않다. 작품의 동기가 그러하므로 표현이 많은 점에서 第13詔의 영향을 받고 있는 점도 역시 당연한 것이다. 家持의 작품에는 유희적 동기에 의해 성립된 것이 매우 많고, 게다가 기성 표현에 의존하는 경우가 많으므로, 그러한 작품은 어느 면에서 보더라도 높이 평가할 수가 없지만, 이 작품은 어쨌든 강한 동기에 의한 것이므로 정신이 고조된 것을 충분히 인정할 수 있다. 표현에 있어서도, 조칙을 인용하고 있는 부분은 있지만, 단순한 언어 기교를 기성 작품에서 모방한 것을 넘어서고 있다'고 하였다[『萬葉集私注』9, p.57].

伊藤 博은, '전편 107구. 人麻呂의 권제2의 199번가(149구), 竹取翁의 노래인 권제16의 3791번가(115구) 다음 가는, 『만엽집』에서 세 번째로 긴 작품. 家持에게는 권제17의 4011번가에 매 노래가 있어 그것도 길지만, 지금의 노래는 그 작품보다 2구가 더 많고, 家持의 작품으로는 최대로 웅장한 작품으로 깊은 감동이 담겨 있다. 그 이유는 이미 말한 대로이지만 특히 家持에게 감동을 준 것은 第13詔의, 大伴家와 황실과의 관계를 특기한 부분은, (중략). 『속일본기』宣命 최대의 장편에 있어서, 선조 이래 오늘에 이르기까지의 공적을 특별히 기록한 것은 大伴·佐伯氏 뿐이며, 그 칭송의 표현은 縣犬養橘夫人에 이어 길다. 자신은 종5위상으로 승진된 일도 있고, 家持의 감격 정도는 짐작할 수 있다'고 하였다[『萬葉集全注』18, p.146].

伊藤 博은, '4월 하순부터 5월 초순, 大帳使라는 것을 계기로 家持가 '도읍'이라는 것을 마음속에 현실적으로 생각하게 되었을 때, 권제17의 越中五賦 등과 마찬가지로, 越中에서의 노래들을, 상경할 때의 선물로 하려고 의도한 것은 쉽게 생각할 수 있다. 이것이 또 5월 10일의 時鳥 노래를 비롯하여 많은 長歌를 家持가 짓게 된 계기가 되었을 것이다. 그해 7월 중순, 大帳使로서 도읍으로 향하였을 때 家持는 최소한 5월 5일부터 7월 7일까지, 즉 단오 절기에서 칠석 절기까지의 노래 43수(4085~4127번가)를, 도읍에 선물로 가져간 것이라 생각된다. 大帳使로서 간 그 직전의 노래가, '天平感寶元年'의 연호로 일괄되어 하나의 큰 단위를 이루고 있는 것은 우연이라고는 생각되지 않는다. (중략) 권제18의 異文이, 이 43수에 집중되어 있는 듯한 느낌이 강한 것도(4094·4095번가에 각각 두 번, 4015·4121번가에 각각 한 번), 주의할 필요가 있다'고 하였다[『萬葉集全注』18, pp.153~154].

伊藤 博은, '天平 18년(746) 정월에 太上천황(元正 천황)의 궁중에서 행해진 연회에서의 노래가 기록되어 있다(3922~3926번가). 『만엽집』마지막 4권의 자료가 된 이른바 '家持歌日誌'의 시작이 되는, 주목해야 할 작품들이다. 이 노래들의 左注에 '후에 기억을 더듬어서 기록하였다'고 명시되어 있으므로, 家持歌日誌 및 마지막 4권의 형식을 밝히기 위해서는 그 후일이 언제인지 꼭 알고 싶은 것이다. (중략) 家持가 天平 18년(748) 정월의 연회 노래를 기록한 것은, (天平 21년: 749) 4월 1일 중앙의 여러 事情이 도착한 후이며, 또한 4월 14일의 중앙의 사정이 도착하기 전이라고 하는 것이 된다. 즉 구체적으로는 4월 20일경부터 약 1주일 사이라고 생각된다. 4월 20일부터 무릇 1주일간이라고 하면 家持가 當面의, 이들 長反歌를 짓기 시작한 시기와 일치한다. 4월 1일자의 第13詔를 축하하는 마음과 天平 18년 정월의 연회를 회상하는 마음은 家持에게는 하나였던 셈이다. 이것을 추적하면 당연히 家持歌日誌 및 『만엽집』마지막 4권의 형성론에 이른다'고 하였다[『萬葉集全注』18, pp.154~155].

反歌三首

4095　大夫能　許己呂於毛保由　於保伎美能　美許登乃佐吉乎 [一云, 能] 聞者多布刀美 [一云, 貴久之安礼婆]

大夫の¹　心思ほゆ　大君の　御言の幸を [一は云はく, の] 聞けば貴み [一は云はく, 貴くし あれば]

ますらをの　こころおもほゆ　おほきみの　みことのさきを [あるはいはく, の] きけばた ふとみ [あるはいはく, たふとくしあれば]

4096　大伴乃　等保追可牟於夜能　於久都奇波　之流久之米多弓　比等能之流倍久

大伴の　遠つ神祖の　奥津城²は　しるく標立て³　人の知るべく

おほとものとほつかむおやの　おくつきは　しるくしめたて　ひとのしるべく

4097　須賣呂伎能　御代佐可延牟等　阿頭麻奈流　美知乃久夜麻尓　金花佐久

天皇の　御代榮えむと⁴　東なる　陸奥山に　黄金花咲く⁵

すめろきの　みよさかえむと　あづまなる　みちのくやまに　くがねはなさく

左注　天平感寶元年五月十二日, 於越中國守舘大伴宿祢家持作之.

---

1 **大夫の**: 이미 이 시대, 大夫는 한 시대 전의 이상적인 대상이었다.
2 **奥津城**: 무덤이다.
3 **標立て**: 顯彰하라.
4 **御代榮えむと**: 그 증거로.
5 **黄金花咲く**: 황금 출토의 시적 표현이다.

反歌 3수

4095 사내대장부/ 마음이 생각되네/ 우리의 왕의/ 조서의 내용을요 [또는 말하기를, 의/ 들으면
      귀하므로 [혹은 말하기를, 귀하게 생각이 되니]

🌸 **해설**

  사내대장부의 견고하고 용감한 마음이 계속 생각되네. 우리의 왕의 조서를[또는 말하기를, 의] 들으면
귀하므로[혹은 말하기를, 귀하게 생각이 되니]라는 내용이다.

4096 오호토모(大伴)의/ 먼 조상이었던 신의/ 무덤에는요/ 확실히 표하세요/ 남들 알 수 있도록

🌸 **해설**

  오호토모(大伴)의 먼 조상이었던 신의 무덤에는 확실하게 표시를 하세요. 남들이 알 수 있을 정도로라
는 내용이다.
  다른 사람들에게 그 집안의 영광을 잘 드러내 보일 수 있는 표시를 하라는 뜻이다.

4097 우리 천황의/ 시대 번영할 거라/ 동쪽의 나라/ 미치노쿠(陸奥)의 산에/ 황금꽃이 피네요

🌸 **해설**

  천황의 시대가 번영할 것이라고 하는 증거로, 동쪽의 나라 미치노쿠(陸奥)의 산에는 황금꽃이 피는
것이네라는 내용이다.
  황금이 출토된 것을 축하한 노래이다.

  좌주 天平感寶 원년(749) 5월 12일에, 越中國의 장관 관사에서 오호토모노 스쿠네 야카모치(大伴
宿禰家持)가 지었다.

爲幸行芳野離宮¹之時，儲²作歌一首并短謌

4098　多可美久良　安麻乃日嗣等　天下　志良之賣師家類　須賣呂伎乃　可未能美許等能　可之古久

母　波自米多麻比弖　多不刀久母　左太米多麻敞流　美与之努能　許乃於保美夜尔　安里我欲

比　賣之多麻布良之　毛能乃敷能　夜蘇等母能乎毛　於能我於弊流　於能我名負々々　大王乃

麻氣能麻久々々　此河能　多由流許等奈久　此山能　伊夜都藝都藝尔　可久之許曽　都可倍麻

都良米　伊夜等保奈我尓

高御座　天の日嗣³と　天の下　知らしめしける⁴　皇祖の　神の命⁵の　畏くも　始め給ひて⁶

貴くも　定め給へる　み吉野の　この大宮に　あり通ひ⁷　見し給ふらし⁸　物部の　八十伴の

緒も⁹　己が負へる¹⁰　己が名負ふ負ふ　大君の　任けの任く任く¹¹　この川の　絶ゆることな

く　この山の　いやつぎつぎに　かくしこそ　仕へ奉らめ　いや遠永に

たかみくら　あまのひつぎと　あめのした　しらしめしける　すめろきの　かみのみことの

かしこくも　はじめたまひて　たふとくも　さだめたまへる　みよしのの　このおほみやに

ありがよひ　めしたまふらし　もののふの　やそとものをも　おのがおへる　おのがなおふ

おふ　おほきみの　まけのまくまく　このかはの　たゆることなく　このやまの　いやつぎつ

ぎに　かくしこそ　つかへまつらめ　いやとほながに

1　**芳野離宮**: 宮瀧의 땅.

2　**儲**: 앞서.

3　**天の日嗣**: 황위를, 신성한 태양신을 잇는 것이라고 생각하였다.

4　**知らしめしける**: '知らし'·'めし' 모두 경어이다. 지배한다는 뜻이다.

5　**神の命**: 여기에서는 반드시 初代라고는 한정되지 않는 조상인 천황이다. 천황 영혼의 영속관에 의한 것이다.

6　**始め給ひて**: 吉野離宮을. 神武천황의 사적지.

7　**あり通ひ**: 'あり…'는 '계속…하다'는 뜻이다.

8　**見し給ふらし**: '見る'의 경어이다.

9　**八十伴の緒も**: 伴은 봉사자이다. 긴 것을 緒라고 한다.

10　**己が負へる**: 여기서 '負ふ'는 이름을 떨치는 것이다.

11　**任けの任く任く**: '任く'의 계속태. '任く'는 임명한다는 뜻이다. 타동사이지만 수동적 의미가 있다. 다만 '任けのまにまに'(3291번가 외)의 관용구가 있으며, 그렇게 해석하여 誤字로 보는 설도 있다.

요시노(吉野) 離宮에 행행할 때를 위해서 미리 지은 노래 1수와 短歌

4098 (타카미쿠라)/ 하늘 태양 후계로/ 천하 세계를/ 통치를 하였었던/ 먼 천황 조상/ 역대의
천황들이/ 황공하게도/ 시작을 하여서는/ 귀하게도요/ 정하여 놓았었던/ 요시노(吉野)의
요/ 이 궁전에는요/ 계속 다니며/ 보는 것 같네요/ 궁정 근무의/ 많은 관료들요/ 각자
가 가졌는/ 氏名 저버리지 않고/ 우리들 왕이/ 임명을 하는 대로/ 이곳 강이요/ 끊어지지
않듯이/ 이 산과 같이/ 더욱 계속하여서/ 이렇게 해서/ 섬길 것이겠지요/ 더한층 영원토록

해설

높은 단에 앉아 있으며 하늘의 태양의 후계로서, 천하 세계를 통치하였던 먼 역대의 천황들이 황공하게도 시작을 하여서는, 귀하게도 정하였던 요시노(吉野)의 이 궁전에, 왕은 계속 다니면서 풍경을 보는 것 같네요. 조정의 많은 신하들도, 각자가 가진 氏名을 끊어지게 하지 않고, 이름에 어긋나지 않고 왕이 임명을 하는 대로, 이 강이 끊어지지 않듯이, 이 산이 계속 겹치는 것처럼, 그렇게 더욱 계속하여서 이렇게 섬기지요. 더한층 영원하도록이라는 내용이다.

이 작품은 제목에서 보듯이, 家持가 吉野 행행이 있을 것을 예상하고, 왕이 노래를 지으라고 할 경우를 대비해서 미리 준비하여 지은 것이다.

伊藤 博은, '형식면에서는 人麻呂 · 赤人 등의 작품을 답습하고 있지만, 신하에 대해 각각 가문의 이름을 짊어지고 있다고 상세하게 표현한 것은, 吉野 찬가 중에서 이 작품뿐이다. 이것이 第13詔에 大伴 · 佐伯의 이름이 언급되어 있는 것과 밀접한 관계가 있는 것은 말할 필요가 없으며, 이 점에서는 앞의 長歌 4094번가에 '大夫の 淸きその名を 古よ 今の現に 流さへる 祖の子等ぞ'라고 노래한 것과 직결되므로, 이 작품이 5월 5일 이후의 家持의 고무된 의식, 특히 바로 앞의 長反歌 4수와 연결되어서 불리어진 것을 명시하고 있다'고 하였다『萬葉集全注』18, p.158).

이 작품은 날짜와 작자에 대한 기록이 보이지 않는다. 이에 대해 伊藤 博은, '4101~4105번가 뒤에 '위는 5월 14일 大伴宿禰家持가 흥에 의해 지었다'고 하였는데, 실은 이것이 이 작품도 포함하는 것임을 알 수 있다'고 하였다『萬葉集全注』18, p.158).

4099　伊尓之敞乎　於母保須良之母　和期於保伎美　余思努乃美夜乎　安里我欲比賣須

　　　　古¹を　思ほすらしも　わご大君　吉野の宮を　あり通ひ見す²

　　　　いにしへを　おもほすらしも　わごおほきみ　よしののみやを　ありがよひめす

4100　物能乃布能　夜蘇氏人毛　与之努河波　多由流許等奈久　都可倍追通見牟

　　　　物部の　八十氏人も³　吉野川　絶ゆることなく　仕へつつ見む⁴

　　　　もののふの　やそうぢひとも　よしのがは　たゆることなく　つかへつつみむ

---

1 **古**: 應神·雄略천황, 가깝게는 持統천황 이후의 여러 황제의 행행이 있다.
2 **見す**: 경어. 보는 것은 감상한다는 뜻이다.
3 **八十氏人も**: 많은 氏의 사람들.
4 **仕へつつ見む**: 吉野의 풍경을 보자는 것이다.

4099　먼 옛날을요/ 생각하는 듯하네/ 우리들의 왕이/ 요시노(吉野)의 궁전을/ 계속 다니며 보네

✿ 해설

　　먼 옛날을 생각하는 듯하네요. 우리들의 왕이 요시노(吉野)의 궁전을 계속 다니면서 보네라는 내용
이다.
　　여기에서의 왕은 聖武이다. 왕이 요시노(吉野) 궁전을 계속 다니면서 요시노(吉野)를 볼 것이라는
뜻이다.
　　全集에서는, '聖武천황은 이때로부터 약 2개월 후에 퇴위하였다. 仲麻呂로 대표되는 藤原氏에 반감을
가지고 있던 家持는, 聖武천황에게 개인적으로 경외하는 마음을 가지고 있었던 듯하다. 仲麻呂는 藤原氏
출신의 宮子皇太夫人(不比等의 딸, 文武천황의 부인, 聖武천항의 생모), 光明황후, 阿倍內親王(황태자,
孝謙)을 내세워, 皇親과 橘氏를 제압하고 점차 정권을 장악하려고 계획하고 있었다'고 하였다「萬葉集」
4, p.266].

4100　조정 근무의/ 많은 氏의 신하들/ 요시노(吉野) 강이/ 끊어지지 않듯이/ 섬기면서 보겠지

✿ 해설

　　조정에서 근무하는 많은 姓氏의 신하들도, 요시노(吉野) 강이 끊어지지 않는 것처럼, 그렇게 끊임없이
섬기면서 보겠지라는 내용이다.
　　왕뿐만 아니라 많은 신하들도 왕을 계속 섬기면서 요시노(吉野)를 볼 것이라는 뜻이다.

爲贈京家[1]，願眞珠歌一首并短謌

4101　珠洲乃安麻能　於伎都美可未尓　伊和多利弖　可都伎等流登伊布　安波妣多麻　伊保知毛我
母　波之吉餘之　都麻乃美許登能　許呂毛泥乃　和可礼之等吉欲　奴婆玉乃　夜床加多左里
安佐祢我美　可伎母氣頭良受　伊泥氏許之　月日余美都追　奈氣久良牟　心奈具佐尓　保登等
藝須　伎奈久五月能　安夜女具佐　波奈多知婆奈尓　奴吉麻自倍　可頭良尓世餘等　都追美氏
夜良牟

珠洲[2]の海人の　沖つ御神[3]に　い渡りて[4]　潜き採るといふ　鰒珠　五百箇もがも[5]　はしきよ
し[6]　妻の命[7]の　衣手[8]の　別れし時よ　ぬばたまの[9]　夜床片さり[10]　朝寢髮　搔きも梳らず
出でて來し　月日數みつつ　嘆くらむ　心慰に　ほととぎす　來鳴く五月の　菖蒲草　花橘に
貫き交へ　蔓にせよと　包みて遺らむ

すすのあまの　おきつみかみに　いわたりて　かづきとるといふ　あはびたま　いほちもが
も　はしきよし　つまのみことの　ころもでの　わかれしときよ　ぬばたまの　よどこかたさ
り　あさねがみ　かきもけづらず　いでてこし　つきひよみつつ　なげくらむ　こころなぐさ
に　ほととぎす　きなくさつきの　あやめぐさ　はなたちばなに　ぬきまじへ　かづらにせよ
と　つつみてやらむ

---

1 **京家**: 奈良에 있는 집이다.
2 **珠洲**: 能登 반도 북쪽 끝이다.
3 **沖つ御神**: 바다의, 해신이 있는 곳이다. 구체적으로는 石川縣 輪島市 북쪽의 일곱 개의 섬, 舳倉島로 추정을
한다.
4 **い渡りて**: 'い'는 접두어이다.
5 **五百箇もがも**: 'がも'는 願望을 나타내는 조사이다.
6 **はしきよし**: 사랑해야만 하는
7 **妻の命**: 아내(坂上大孃)에 대한 존칭이다. '心慰に'에 이어진다.
8 **衣手**: 옷소매를 말한다.
9 **ぬばたまの**: 범부채 열매. 검은 이미지로 탄식을 암시한다.
10 **夜床片さり**: 한쪽으로 물러나. 여기서부터 아내를 묘사한 것이다.

도읍의 집에 보내기 위해 진주를 원하는 노래 1수와 短歌

4101 수수(珠洲)의 어부가/ 깊은 바다의 섬에/ 건너가서는/ 잠수해서 딴다 하는/ 전복 구슬이/
오백 개 있다면/ 사랑스러운/ 아내인 사람과요/ 옷의 소매를/ 따로 한 그때부터/ (누바타
마노)/ 침상 한쪽서 자고/ 아침에 머리/ 빗질도 하지 않고/ 여행 떠나온/ 달과 날을 세면서/
탄식할 것인/ 마음 위로하려고/ 두견새가요/ 와서 우는 5월의/ 창포꽃이랑/ 홍귤나무의
꽃과/ 섞어 꿰어서/ 머리 장식하라고/ 싸서 보내자꾸나

해설

　수수(珠洲)의 어부가, 깊은 바다 가운데 있는 신의 섬에 건너가서 잠수를 해서 캔다고 하는, 전복
구슬인 진주가 많이 있었으면 좋겠네. 사랑스러운 아내와 함께 하던 옷소매를, 헤어지면서 따로 하게
된 그때부터, 어두운 밤에 내가 올 것처럼, 침상 한 쪽을 비워 두고 한쪽에서 잠을 자고, 아침에는 헝클어
진 머리를 빗질도 하지 않고, 내가 越中으로 부임하여 떠나온 달과 날을 세면서 탄식을 하고 있을 것인
아내의 마음을 위로하기 위해서, 두견새가 와서 우는 5월의 창포랑 홍귤나무의 꽃과 섞어서 끈에 꿰어
머리에 장식을 하라고 싸서 보내자꾸나라는 내용이다.
　家持가 나라(奈良)에 있는 아내인 坂上大孃을 그리워하며, 아내에게 보낼 진주가 있다면 좋겠다고
노래한 것이다.

4102　白玉乎　都々美氐夜良婆　安夜女具佐　波奈多知婆奈尓　安倍母奴久我祢

白玉を　包みて[1]遣らば　菖蒲草　花橘に　合へも貫くがね[2]

しらたまを　つつみてやらば　あやめぐさ　はなたちばなに　あへもぬくがね

4103　於伎都之麻　伊由伎和多里弖　可豆久知布　安波妣多麻母我　都々美弖夜良牟

沖つ島　い行き渡りて　潜くちふ[3]　鰒珠もが[4]　包みて遣らむ

おきつしま　いゆきわたりて　かづくちふ　あはびたまもが　つつみてやらむ

4104　和伎母故我　許己呂奈具佐尓　夜良無多米　於伎都之麻奈流　之良多麻母我毛

吾妹子が　心慰に　遣らむため　沖つ島なる　白玉もがも

わぎもこが　こころなぐさに　やらむため　おきつしまなる　しらたまもがも

---

1 **包みて**: 선물로.
2 **貫くがね**: 'がね'는 願望의 조사이다. 'がに'라고도 한다.
3 **潜くちふ**: 'ちふ'는 'といふ'의 축약형이다.
4 **鰒珠もが**: 願望을 나타낸다.

4102　하얀 구슬을/ 선물로 보낸다면/ 창포꽃이랑/ 홍귤나무의 꽃에/ 함께 꿰면 좋겠네

 해설

　　진주를 싸서 선물로 보낸다면, 아내가 진주를 창포꽃이랑 홍귤나무의 꽃에 함께 꿰면 좋겠네라는
내용이다.

4103　바다의 섬에/ 가서 건너서는요/ 잠수한다는/ 진주가 있었으면/ 싸서 보낼 것인데

 해설

　　바다 한가운데에 있는 먼 섬으로 건너가서, 물속에 잠수를 해서 캔다고 하는 진주가 있었으면 좋겠네.
그렇다면 소중하게 잘 싸서 선물로 아내에게 보낼 것인데라는 내용이다.
　　도읍에 있는 아내에게 선물로 보내기 위해 진주가 있었으면 좋겠다는 뜻이다.

4104　나의 아내의/ 마음을 위로하러/ 보내기 위해/ 바다의 섬에 있는/ 진주가 있었으면

 해설

　　나의 아내의 마음을 위로하기 위해서 보내기 위해, 바다의 섬에 있다고 하는 진주가 있었으면 좋겠네
라는 내용이다.
　　역시 도읍에 있는 아내에게 선물로 보내기 위해 진주가 있었으면 좋겠다는 뜻이다.
　　4103번가와 4104번가는 中西 進의 텍스트에는 순서가 바뀌어 있는데, 여기에서는 全集과 마찬가지로
순서대로 정리하였다.

4105　思良多麻能　伊保都追度比乎　手尓牟須妣　於許世牟安麻波　牟賀思久母安流香 [一云, 我家
牟伎波母]

白玉の　五百箇集を　手にむすび[1]　遣せむ海人は　むがしくもあるか [一は云はく[2], むがし
けむはも]

しらたまの　いほつつどひを　てにむすび　おこせむあまは　むがしくもあるか [あるいは
はく,　むがしけむはも]

左注　右, 五月十四日, 大伴宿祢家持, 依興作.

教喩史生[3]尾張少咋歌一首并短歌

七出[4]例云,
但犯一條, 即合出之. 無七出輒棄者, 徒[5]一年半.
三不去[6]云,
雖犯七出不合弃之. 違者杖[7]一百. 唯, 犯奸惡疾得弃之.
兩妻[8]例云,
有妻更娶者, 徒一年. 女家[9]杖一百離之.

---

1 **手にむすび**: 손을 모아서 떠내는 것이다.
2 **一は云はく**: 제5구의 다른 전승이다. 해독이 난해한 구이다.
3 **史生**: 越中國의 史生으로 家持의 부하이다. 정원 3명의 서기관이다.
4 **七出**: 칠거지악. 戶令에 정해진, 이혼할 수 있는 아내의 결점. 무자, 간음, 시부모에 불효, 말이 많음, 도둑질,
　질투, 악질이다.
5 **徒**: 금고형. 1년에서 3년으로 5단계로 정해져 노역을 하였다.
6 **三不去**: 戶令에 정해진 칠거지악에서 제외되는 특례. 시부모 상(3년)을 함께 한 자, 조강지처, 결혼 후 친정이
　없어진 자. 다만 칠거지악의 간음과 악질은 이 특례가 인정되지 않는다.
7 **杖**: 곤장. 중국에서는 100을 최고로 하고, 일본에서는 80을 최고로 한다.
8 **兩妻**: 중혼을 금한 것.
9 **女家**: 여성을 말하는 법률어이다.

4105 하얀 구슬을/ 오백 개나 되는 걸/ 손으로 퍼서/ 보내어 줄 어부는/ 정말 멋진 것이네요
[혹은 말하기를, 참 훌륭할 것인데]

❋ 해설

진주를 오백 개나 두 손으로 떠내어서 나에게 보내어 줄 어부는 정말 멋진 것이네요[혹은 말하기를,
참 멋질 것인데]라는 내용이다.
'五百箇集을 手にむすび'를 私注·注釋·全集·全注에서는 中西 進과 마찬가지로 '손으로 떠내어서'로
해석하였다. 그러나 大系에서는, '진주를 끈에 많이 꿴 것을 손에 묶어서'로 해석하였다[『萬葉集』 4,
p.284].

좌주 위는, 5월 14일에 오호토모노 스쿠네 야카모치(大伴宿禰家持)가 흥에 의해 지었다.

史生 오하리노 오쿠히(尾張少咋)를 가르쳐 깨우치는 노래 1수와 短歌

칠거지악의 예에 말하기를,
다만 1가지만 해당하면 연을 끊을 수가 있다. 어디에도 아내가 해당하지 않는데 바로
아내를 버리는 자는 금고형 1년 반에 처한다고 하였다.
三不去에 말하기를,
비록 칠거지악을 범한 경우라도 아내를 버릴 수 없는 경우가 있다. 이것을 위반하는 자는
곤장 100대를 친다. 다만 간음을 한 아내와 나쁜 병에 걸린 아내는 버릴 수가 있다고
하였다.
兩妻의 예에 말하기를,
아내가 있는데 또 결혼한 사람은 금고형 1년에 처한다. 여자는 곤장 100대를 쳐서 추방시
키라고 하였다.

詔書云,

愍賜義夫節婦.

謹案, 先件數條, 建法之基, 化道之源也. 然則義夫之道, 情存無別[10], 一家同財[11]. 豈有忘舊愛新之志哉. 所以綴作數行之歌, 令悔弃舊之惑. 其詞曰,

4106 於保奈牟知　須久奈比古奈野　神代欲里　伊比都藝家良久　父母乎　見波多布刀久　妻子見波
可奈之久米具之　宇都世美能　余乃許等和利止　可久佐末尓　伊比家流物能乎　世人能
多都流許等太弖　知左能花　佐家流沙加利尓　波之吉余之　曽能都末能古等　安沙余比尓
惠美々惠末須毛　宇知奈氣支　可多里家末久波　等己之へ尓　可久之母安良米也　天地能
可未許等余勢天　春花能　佐可里裳安良牟等　末多之家牟　等吉能沙加利曽　波奈礼居弖
奈介可須移母我　何時可毛　都可比能許牟等　末多須良无　心左夫之苦　南吹　雪消益而
射水河　流水沫能　余留弊奈美　左夫流其兒尓　比毛能緒能　移都我利安比弖　尓保騰里能
布多理雙坐　那呉能宇美能　於支乎布可米天　左度波世流　支美我許己呂能　須敝母須敝奈
佐[言佐夫流者, 遊行女婦之字也]

大汝[12]　少彦名の　神代より　言ひ繼ぎけらく[13]　父母を[14]　見れば尊く　妻子見れば　愛しく
めぐし[15]　うつせみの　世の理と　かく樣に　言ひけるものを　世の人の　立つる言立[16]
ちさの花　咲ける盛りに　はしきよし[17]　その妻の兒と　朝夕に　笑みみ笑まずも　うち嘆き
語りけまく[18]は　永久に　かく[19]しもあらめや　天地の　神言寄せて[20]　春花の　盛りもあら
むと　待たし[21]けむ　時の盛りそ　離れ居て　嘆かす妹[22]が　何時しかも　使の來むと

---

10 **情存無別**: 타인에 대한 애정을 구별하지 않는 것으로, 다음의 舊·新을 가리킨다. 당시 중혼은 금지되었지만 첩은 인정되었다.

11 **一家同財**: 부부의 재산 공유.

12 **大汝**: 大國主命. 少彦名과 국토를 경영한 이야기가 『고사기』 등에 보인다.

13 **言ひ繼ぎけらく**: 'けらく'는 'けり'의 명사형이다.

14 **父母を**: 이하 6구는 憶良의 구(800번가)를 답습하였다.

15 **愛しくめぐし**: '愛しく'는 애련한 것이며, 'めぐし'는 귀여운 것이다.

16 **立つる言立**: 특별한 의식을 담아서 표현하는 말이다.

17 **はしきよし**: 사랑할 만한.

18 **語りけまく**: '語りけまく'는 '語りけむ'의 명사형이다.

19 **かく**: 가난한 것이다. 이하 '三不去'의 신분 상승을 받아, 세상 사람들의 소망으로 표현하였다. 少咋은 지금 史生으로 출세해서 한창 때를 맞고 있다.

20 **神言寄せて**: 보살핌으로.

詔書에도 말하고 있다.

義夫와 節婦를 조정에서는 잘 위로하라고.

삼가 생각하여 보니, 위에 말한 몇 개의 조항은 법을 세우는 기본이며, 도를 행하게 하는 근본이다. 그래서 義夫의 도는 마음이 나누어지지 않는 곳에 있고, 한 집안의 재산은 부부가 공동으로 소유하는 것이다. 어찌 옛 아내를 잊고 새 여자를 사랑하는 마음이 있어도 괜찮을 것인가. 따라서 몇 줄의 노래를 지어 옛 아내를 버리고 미혹을 고치게 하려고 한다. 그 노래의 가사.

4106 오오나므치/ 스크나히코나의/ 신의 때부터/ 말로 전해오기를/ 양친 부모를/ 보면 존경스럽고/ 처자를 보면/ 애틋하고 귀엽네/ (우츠세미노)/ 세상의 도리라고/ 그렇게 해서/ 전해져 오는 것을/ 세상 사람이/ 말로 하는 맹센데/ 때죽나무 꽃/ 피어 한창이듯이/ 사랑스러운/ 그 아내와 함께요/ 조석으로요/ 좋은 일 나쁜 일을/ 탄식하면서/ 이야기 하는 것은/ 언제까지나/ 이렇지는 않겠지요/ 하늘과 땅의/ 신의 보살핌으로/ 봄의 꽃같이/ 좋은 때도 오겠지요/ 기다리었던/ 좋은 때인 것이네/ 헤어져 살며/ 탄식하는 아내는/ 언제가 되면/ 심부름꾼 올까고/ 기다리겠지/ 마음도 쓸쓸하게/ 남풍이 불어/ 눈 녹아 물이 불은/ 이미즈(射水) 강에/ 흐르는 수말처럼/ 기댈 곳 없이/ 사부루(左夫流) 그 애에게/ (히모노오노)/ 달라붙어 친하고/ (니호도리노)/ 둘이 나란히 하여/ 나고(奈吳) 바다만큼/ 마음속 깊이까지/ 미혹돼 버린/ 그대의 그 마음은/ 어찌할 방법 없네 [左夫流라고 하는 것은, 遊行女婦의 자이다

🌸 **해설**

오오나므치(大汝) 신과 스크나히코나(少彦名)가 있었던 신의 때부터 말로 전해오기를, '부모를 보면 존경스럽고 처자를 보면 애틋하고 귀엽네. 그것이 현재 세상의 도리이다'고, 그렇게 전해져 오는 것을. 세상 사람들이 자주 입에 올리는 맹세이지만, 때죽나무 꽃이 피어서 한창인 것처럼 그렇게 사랑스러운 아내와 함께, 아침저녁으로 좋은 일 나쁜 일을 나누면서, 탄식하면서 이야기하기를, '언제까지 이렇지는 않겠지요. 천지신의 보살핌으로 봄꽃 같이 좋은 때도 오겠지요'하고 말하면서 그대가 기다리고 있던 좋은 때가 지금이 아닌가. 멀리 헤어져서 도읍에서 살며 탄식하는 그대의 아내는, 언제 그대가 보낸 사람이 소식을 가지고 올까 하고 기다리겠지. 그 마음을 쓸쓸하게 하면서, 봄에 남풍이 불자 눈이 녹아서 물이 불은 이미즈(射水) 강에 흐르는 물거품처럼 기댈 곳 없이 쓸쓸한, 그 사부루(左夫流) 아이와 그대는 옷끈처럼 달라붙어서 친하고, 논병아리처럼 둘이 나란히 하여 나고(奈吳) 바다의 한가운데 깊이만큼, 마음속 깊이까지 미혹되어 버렸네. 그대의 그 마음은 어떻게 할 방법이 없네[左夫流라고 하는 것은, 遊行女婦의 통칭이다라는 내용이다.

待たすらむ　心さぶしく　南風吹き　雪消まさりて　射水川[23]　流る水沫の　寄邊なみ　左夫流[24]その兒に　紐の緒の[25]　いつがり[26]合ひて　鴙鳥[27]の　二人ならびゐ　奈呉の海[28]の　沖を深めて[29]　さどはせる　君が心の　術も術なさ[左夫流といふは, 遊行女婦の字なり]

おほなむち　すくなひこなの　かみよより　いひつぎけらく　ちちははを　みればたふとく　めこみれば　かなしくめぐし　うつせみの　よのことわりと　かくさまに　いひけるものを　よのひとの　たつることだて　ちさのはな　さけるさかりに　はしきよし　そのつまのこと　あさよひに　ゑみみゑまずも　うちなげき　かたりけまくは　とこしへに　かくしもあらめや　あめつちの　かみことよせて　はるはなの　さかりもあらむと　またしけむ　ときのさかりそ　はなれゐて　なげかすいもが　いつしかも　つかひのこむと　またすらむ　こころさぶしく　みなみふき　ゆきけまさりて　いみづがは　ながるみなわの　よるへなみ　さぶるそのこに　ひものをの　いつがりあひて　にほどりの　ふたりならびゐ　なごのうみの　おきをふかめて　さどはせる　きみがこころの　すべもすべなさ[さぶるといふは　うかれめのあざななり]

---

21 **待たし**: 경어.
22 **嘆かす妹**: 少咋의, 도읍의 아내이다.
23 **射水川**: 國廳 아래를 흘러가는 小矢部川.
24 **左夫流**: 左注에 유녀의 이름이라고 하였다. 도읍풍이라는 뜻의 애칭인가. 少咋의 애인이다.
25 **紐の緒の**: 긴 것을 '…の緒'라고 한다.
26 **いつがり**: 1767번가 참조.
27 **鴙鳥**: 논병아리.
28 **奈呉の海**: 國府 근처의 바다이다.
29 **沖を深めて**: 깊은 바다처럼 마음속을 깊게 하여.

私注에서는, '家持의 작품이지만 창작 동기는 제목과 서문에 명확하게 드러나 있다. 권제5의 憶良의 令反惑情歌는, 그가 國守로 府內를 순행할 때 戶令의 條에 제시된 대로 그것을 따라, 戶令의 정신을 노래로 나타낸 것이라고 하는 것은, 그 작품의 해설에서 이미 설명한 대로이다. 家持는 憶良의 그러한, 이른바 율령 정신에 입각한 창작에 마음이 끌렸을 것이다. 어리석은 부하인 史生이 조강지처를 잊고 유녀에게 미혹되어 있는 것을 보고, 憶良의 작품을 모방하여 憶良이 한 것처럼 율령 정신에 바탕하여 지은 노래라고 할 수 있을 것이다. 家持는 憶良보다 명료하게 율령의 문장까지 인용하여 서문을 쓰고 있으므로, 그러한 창작 동기는 憶良의 경우보다 쉽게 파악할 수 있다. 동시에 법률 문장을 들고 있을 뿐만 아니라, 家持는 마음속에 兩妻例와 三不去의 제2항을 가지고 그것으로 少咋에게 판결을 내리려고 하고 있는 것이 지나치게 드러나 있어, 노래라고 하기보다는 판결문 같은 것임에도 불구하고 그의 작풍의 약점인 단어의 허식이 많아 매우 어중간하게 끝나고 있는 것은, 출발이 그런 만큼 시비도 가릴 수가 없게 된 것이다'고 하였다[『萬葉集私注』9, pp.72~73]. 私注에서는 家持가 國守로서 율령에 바탕하여 少咋을 깨우치기 위한 것으로 보았다.

그러나 伊藤 博은 전연 다른 시각으로 이 작품을 보았다. 伊藤 博은 5월 17일의 노래인 4011번가와의 관계 속에서, '5월 15일과 5월 17일은 노래를 尾張少咋에게 보낸 것처럼 보이게 하려는 날짜일 뿐일 것이다. 17일 노래의 戲笑性과 15일 노래의 서문의 法文과 조서를 인용한 것과의 차이는, 家持가 少咋·左夫流子의 사건에 실제로는 그렇게 의분을 느끼고 있지 않았던 것 같은 느낌이 든다. 가르쳐 깨우친다고 하는 소재에, 이때 노래를 짓는다고 하는 것 자체가 家持의 즐거움이고 목적이었다고 하는 것이 진상인 것 같다. 少咋의 사건이 일어난 것도 5월 5일과 5월 17일 무렵은 아니고, 훨씬 전에 그것도 소문으로 들었을 뿐이 아닐까 생각된다. (중략) '5월 5일과 5월 17일'은 허구라는 것을 나타내는 것이 아닐까. 國守라는 역할에서도 웃으면서 읽을 수가 있고, 역시 머지않아 大帳使로 돌아갈 도읍에서 橘諸兄 등 도읍 사람들에게 선물로 들려줄 것을 의식하고 지은 것이라고 보아도 되지 않을까. 長歌 끝에 '左夫流라고 하는 것은 유녀의 이름이다'고 한 것도 도읍 사람들에게 설명하기 위한 것이라는 것과 관련이 있을 것이다. 그러면 신경이 쓰이는 것은 尾張少咋이 실제 인물이라는 것이다. 실제 인물의 결함을 이렇게 대대적으로 화제를 삼아 도읍 사람들에게 알린다면 尾張少咋의 장래는 지장이 있을 것이다. (중략) 그러나 반면 생각할 수 있는 것은, 家持의 작품이 오로지 戲笑性이 넘치고 이야기 같은 점을 중시한다면 그 때문에 少咋은 피해를 입는 일이 없이 그 후에 오히려 인기 있는 사람이 되지 않았을까 싶다. 역으로 말하면 앞에서도 말한 것처럼, 그 사건에 家持는 실제로는 의분 같은 것을 느끼지 않았고, 가르쳐 깨우친다고 하는 것을 소재로 하여, 國守의 입장에서 노래를 짓는 것 자체를 즐겼기 때문에, 戲笑性과 이야기를 내세우게 되고, 실재 인물인 尾張少咋을 미워할 수 없는 인물로 조형하기에 이른 것은 아닐까'라고 하였다[『萬葉集全注』18, pp.184~185].

反歌三首

4107　安乎尓与之　奈良尓安流伊毛我　多可々々尓　麻都良牟許己呂　之可尓波安良司可

　　　あをによし　奈良にある妹が　高高に¹　待つらむ心²　然にはあらじか³

　　　あをによし　ならにあるいもが　たかだかに　まつらむこころ　しかにはあらじか

4108　左刀妣等能　見流目波豆可之　左夫流兒尓　佐度波須伎美我　美夜泥之理夫利

　　　里人⁴の　見る目恥づかし　左夫流兒に　さどはす君が　宮出後風⁵

　　　さとびとの　みるめはづかし　さぶるこに　さどはすきみが　みやでしりぶり

---

1 **高高に**: 기다리기 힘들어 하는 동작이다.
2 **待つらむ心**: 간절한 마음이다.
3 **然にはあらじか**: 앞의 마음 상태를 확인하는 뜻이다. 틀림없이 그렇다. **憶良**의 작품(800번가)을 모방한 것이다.
4 **里人**: 중앙에서 파견된 사람에 대해 토착인을 말한 것이다.
5 **後風**: 뒤에서 손가락질을 할 모습.

反歌 3수

4107 (아오니요시)/ 나라(奈良)에 있는 아내가/ 발돋움하고/ 기다리고 있을 맘/ 그렇지 않을
    것인가

해설

　푸른 흙과 붉은 흙이 아름다운 나라(奈良)에 있는 아내가 발돋움하고 기다리고 있을 마음이여. 그렇지
않을 것인가
　나라(奈良)에서 힘들게 기다리고 있을 아내의 마음. 틀림없이 그렇다는 뜻이다.

4108 지역 사람들/ 보는 눈 부끄럽네/ 사부루(左夫流)에게/ 빠져 있는 그대의/ 출근하는 뒷모습

해설

　이 지역의 사람들이 보는 눈이 부끄럽네. 사부루(左夫流)에게 빠져 있는 그대가 출근하는 뒷모습은이
라는 내용이다.
　지역 사람들이, 본처를 두고 사부루(左夫流)에게 빠져 있는 少咋을 뒤에서 손가락질 하겠지라는
뜻이다.

4109 久礼奈爲波　宇都呂布母能曽　都流波美能　奈礼尓之伎奴尓　奈保之可米夜母

紅は¹　移ろふものそ　橡の²　馴れにし衣に　なほ及かめやも³

くれなゐは　うつろふものそ　つるはみの　なれにしきぬに　なほしかめやも

左注　右, 五月十五日, 守大宿祢家持作之.

先妻⁴, 不待夫君⁵之喚使⁶, 自來時作歌一首

4110 左夫流兒我　伊都伎之等乃尓　須受可氣奴　波由麻久太礼利　佐刀毛等騰呂尓

左夫流兒が　齋きし⁷殿に　鈴掛けぬ　驛馬⁸下れり　里もとどろに⁹

さぶるこが　いつきしとのに　すずかけぬ　はゆまくだれり　さともとどろに

左注　同月十七日, 大伴宿祢家持作之.

---

1 **紅は**: 붉은 색으로 물들인 것이다. 유녀를 비유한 것이다.
2 **橡の**: 도토리로 물들인 것이다. 아내를 비유한 것이다.
3 **なほ及かめやも**: 'や'는 강한 부정을 동반한 의문을 나타낸다.
4 **先妻**: 도읍에 남겨진 少咋의 아내이다.
5 **夫君**: 少咋이다.
6 **喚使**: 아내를 맞이하기 위해 도읍으로 보내는 사람이다.
7 **齋きし**: 소중하게 한다는 뜻이다.
8 **驛馬**: 驛馬는 공적인 목적으로 쓰기 위하여 각 역에 준비한 말로, 驛使는 驛鈴을 가지고 驛馬를 이용했다. 이 구는 공적으로 인정된 것이 아닌데 말을 달려온 것을 장난삼아 한 표현이다.
9 **里もとどろに**: 마을에 소문을 퍼뜨려서.

4109 붉은 색은요/ 바래지기 쉽네요/ 도토리 염색/ 친숙해진 옷에는/ 역시 미칠 것인가

❀ 해설

붉은 색은 색이 바래지기가 쉽네. 도토리로 물을 들인, 입어서 친숙해진 옷에는 역시 미치지 못하네라는 내용이다.

화려해 보여도, 유녀는 수수한 아내보다 못하다는 뜻이다.

> **좌주** 위는, 5월 15일에 장관 오호토모노 스쿠네 야카모치(大伴宿禰家持)가 지었다.

본처가, 남편이 부르러 보낸 사람을
기다리지 않고 스스로 왔을 때 지은 노래 1수

4110 사부루(左夫流) 애가/ 소중히 한 건물에/ 방울 달잖은/ 역마가 내려왔네/ 마을도 시끄럽게

❀ 해설

사부루(左夫流) 애가 소중하게 하며 있던 少帒의 집에, 驛馬의 방울을 달지 않은 역마가 내려왔네. 온 마을도 시끄럽도록이라는 내용이다.

공적으로 인정된 것도 아닌데 驛馬를 달려서 온 것을 장난스럽게 표현한 것이다. 少帒의 아내가, 少帒과 사부루(左夫流)의 관계를 알고 온 것인지는 모르겠지만 갑자기 등장한 것을 말한 것이다.

> **좌주** 같은 달 17일에, 오호토모노 스쿠네 야카모치(大伴宿禰家持)가 지었다.

橘歌一首并短歌

4111　可氣麻久母　安夜尓加之古思　皇神祖乃　可見能大御世尓　田道間守　常世尓和多利　夜保許
毛知　麻爲泥許之登吉　時及能　香久乃菓子乎　可之古久母　能許之多麻敵礼　國毛勢尓
於非多知左加延　波流左礼婆　孫枝毛伊都追　保登等藝須　奈久五月尓波　々都波奈乎
延太尓多乎理弓　乎登女良尓　都刀尓母夜里美　之路多倍能　蘇泥尓毛古伎礼　香具播之美
於枳弖可良之美　安由流實波　多麻尓奴伎都追　手尓麻吉弓　見礼騰毛安加受　秋豆氣婆
之具礼乃雨零　阿之比奇能　夜麻能許奴礼波　久礼奈爲尓　仁保比知礼止毛　多知波奈乃
成流其實者　比太照尓　伊夜見我保之久　美由伎布流　冬尓伊多礼婆　霜於氣騰母　其葉毛可
礼受　常磐奈須　伊夜佐加波延尓　之可礼許曽　神乃御代欲理　与呂之奈倍　此橘乎　等伎自
久能　可久能木實等　名附家良之母

かけまくも[1]　あやに恐し　皇神祖[2]の　神の大御代に　田道間守[3]　常世に渡り　八矛持ち
参出來し時　時じくの　香の木の實を[4]　恐くも　遺したまへれ[5]　國も狹に　生ひ立ち榮え
春されば　孫枝[6]萌いつつ　ほととぎす　鳴く五月には　初花を　枝に[7]手折りて　少女らに
つとにも遣りみ[8]　白たへの[9]　袖にも扱入れ[10]　かぐはしみ　置きて枯らしみ　あゆる實は
玉に貫きつつ　手に巻きて　見れども飽かず　秋づけば　時雨の雨降り　あしひきの　山の木
末[11]は　紅に　にほひ[12]散れども　橘の　成れるその實は　直照りに　いや見が欲しく　み雪降

1　**かけまくも**: 입에 올리는 것이다. 천황에 관한 상투적인 표현이다.
2　**皇神祖**: 천황 조상신. 넓게 천황을 말하기도 한다. 여기서는 垂仁천황을 말한다.
3　**田道間守**: 垂仁천황의 명을 받아서, 신선 세계에 가서 八矛(八枝)의 귤 등을 가지고 왔다고 한다.
4　**時じくの 香の木の實を**: '時じく'는 때가 아닌 것. 때를 정하지 않고 항상 향기로운 과실이라는 뜻으로 귤을
　　가리킨다.
5　**遺したまへれ**: 천황이.
6　**孫枝**: 가지에서 갈려나온 작은 가지이다.
7　**枝に**: 가지마다.
8　**つとにも遣りみ**: 'つと'는 선물 등을 싸서 사람에게 보내는 것이다. 'み…み'는 '…하기도 하고…하기도 하고'
　　라는 뜻이다.
9　**白たへの**: 흰 천. '袖(소매)'를 상투적으로 수식하는 枕詞이다.
10　**扱入れ**: 'こきれ'는 'こきいれ'의 축약형이다. 'こく'는 'しごく'한 것.
11　**木末**: 나무 가지 끝이다.
12　**にほひ**: 나뭇잎이 물이 드는 것이다.

홍귤 노래 1수와 短歌

4111　말하는 것도/ 너무나도 두려운/ 먼먼 천황이/ 다스리던 시대에요/ 타지마모리(田道間守)/ 신선 세계에 가서/ 많은 창 갖고/ 가지고 왔을 때에/ 항상 맺히는/ 향기로운 과실을/ 두렵게도요/ 전해 주었으므로/ 온 나라에서/ 자라나 무성하고/ 봄이 되면요/ 작은 가지가 번네/ 두견새가요/ 우는 5월에는요/ 처음 핀 꽃을/ 가지마다 꺾어서/ 소녀들에게/ 선물하기도 하고/ (시로타헤노)/ 소매에도 넣어서/ 향기가 좋아/ 그대로 말리고요/ 떨어진 열맨/ 구슬로 끈에 꿰어/ 손에 감고서/ 봐도 실증 나잖네/ 가을이 되면/ 한 때 소나기가 내려/ (아시히키노)/ 산의 나무 끝을요/ 붉은 색으로/ 물들여 지지마는/ 홍귤나무가/ 맺었는 열매는요/ 빛이 나서요/ 더욱 보고 싶네요/ 눈이 내리는/ 겨울이 도래하면/ 서리가 내려도/ 잎은 마르지 않네/ 언제까지나/ 더욱 빛이 나고요/ 그런 까닭에/ 신대인 옛날부터/ 그에 걸맞게/ 이 홍귤에다가요/ 항상 맺히는/ 향기론 과실이라/ 이름 붙인 것 같네

🌸 **해설**

　입에 올려서 말하는 것도 너무나 두려운, 지금부터 먼 垂仁왕의 시대에 타지마모리(田道間守)가, 왕의 명령을 받아 신선 세계에 가서 여덟 가지가 난 홍귤을 가지고 돌아왔을 때, 때가 아니더라도 항상 열매를 맺는 향기로운 과실로 이 홍귤을 두렵게도 나라에 전하여 남겨 주었으므로, 지금은 나라가 좁을 정도로 온 나라 전체에서 자라나 무성하고, 봄이 되면 작은 가지가 벋어 나오네. 두견새가 우는 5월에는 처음 피기 시작한 꽃을 가지마다 꺾어서 소녀들에게 선물을 하기도 하고, 흰 소매에도 넣어서 향기가 좋으므로 그대로 꽃을 말리기도 하고, 떨어진 열매는 구슬로 끈에 꿰어서 손에 감고는 아무리 보아도 싫증이 나지 않네. 가을이 되면 소나기가 내려서, 다리를 끌고 힘들게 걸어야 하는 산의 나무 끝을 붉은 색으로 물들이고는 져 버리지만 홍귤나무가 맺은 열매는 반짝반짝 빛이 나서 더욱 보고 싶네. 눈이 내리는 겨울이 되면 서리가 내려도 잎만은 마르지 않네. 언제까지나 한층 더욱 빛이 나고, 그런 까닭으로 神代인 옛날부터 그것에 어울리게 이 홍귤을, 항상 열매가 향기로운 과실이라고 이름을 붙인 것 같네라는 내용이다.

　'田道間守'를 大系에서는, '신라에서 귀화한 天日之矛의 자손. 垂仁천황 때 신선 세계에 가서 八矛(八枝)의 귤 등을 가지고 왔다고 한다. 'たちばな'라는 이름은 'たじま'에서 왔다고 한다'고 하였다. 그리고 '八矛'를 '많은 묘목'으로 해석하였다『萬葉集』 4, p.290].

る　冬に到れば　霜置けども　その葉も枯れず　常磐なす¹³　いや榮映えに　然れこそ¹⁴
神の御代より　宜しなへ¹⁵　この橘を　時じくの　香の木の實と　名づけけらしも

かけまくも　あやにかしこし　すめろきの　かみのおほみよに　たぢまもり　とこよにわた
り　やほこもち　まゐでこしとき　ときじくの　かくのこのみを　かしこくも　のこしたまへ
れ　くにもせに　おひたちさかえ　はるされば　ひこえもいつつ　ほととぎす　なくさつきに
は　はつはなを　えだにたをりて　をとめらに　つとにもやりみ　しろたへの　そでにもこき
れ　かぐはしみ　おきてからしみ　あゆるみは　たまにぬきつつ　てにまきて　みれどもあか
ず　あきづけば　しぐれのあめふり　あしひきの　やまのこぬれは　くれなゐに　にほひちれ
ども　たちばなの　なれるそのみは　ひたてりに　いやみがほしく　みゆきふる　ふゆにいた
れば　しもおけども　そのはもかれず　ときはなす　いやさかはえに　しかれこそ　かみのみ
よより　よろしなへ　このたちばなを　ときじくの　かくのこのみと　なづけけらしも

反歌一首

4112　橘波　花尓毛實尓母　美都礼騰母　移夜時自久尓　奈保之見我保之

橘は　花にも實にも　見つれども　いや時じくに¹⁶　なほし見が欲し

たちばなは　はなにもみにも　みつれども　いやときじくに　なほしみがほし

左注　閨五月廿三日, 大伴宿祢家持作之.

<small>13 **常磐なす**: 'ときば'는 'とこいは(常岩)'의 축약형으로 영원한 바위라는 뜻이다. 'なす'는 '～처럼'이라는 뜻이다.
14 **然れこそ**: 'しか'는 위에서 말한 것을 받는다. 마지막 구에 이어진다.
15 **宜しなへ**: 형용사 '宜し'에 의한 부사구이다. 'なへ'는 '…의 위라는 뜻인가.
16 **時じくに**: '時じく'는 때가 아닌 것. 때를 정하지 않고 항상 향기로운 과실이라는 뜻으로 귤을 가리킨다.</small>

'田道間守'를 私注에서는, '신라왕 天日槍의 자손이라고 전해지는 사람으로 垂仁천황 때 명령을 받아 신선 세계에 가서 'たちばな'를 가지고 왔다고 하는 것이 고사기와 일본서기에 전해지고 있다. 'たちばな'라는 이름은 'たじまばな'에 의한 것이라는 견해까지 있다. 'たちばな'라고 하는 일반적인 사실을, 위인한 사람의 일로 보려고 하는 영웅 전설의 하나로, 'たぢまもり' 이름이 발음이 비슷하므로 그 주인공으로 한 것인지도 모른다. 'たちばな'의 호칭은 꽃의 형태에 의한 것일 것이다'고 하였다[『萬葉集私注』 9, pp.78~79].

伊藤 博은, '但馬(타지마)國'에 머물렀던 신라의 황자 天日之矛의 자손이라고 한다. 垂仁천황의 명으로 非時香菓를 찾으러 신선 나라에 가서 홍귤을 가지고 왔지만, 천황은 이미 사망하였으므로 너무 슬퍼한 나머지 무덤에 홍귤을 던져 버렸다고 한다'고 하였다 [『萬葉集全注』 18, p.17].

私注에서는, '越中에 橙橘이 희소한 것은, 家持 자신이 권제17의 3984번가의 左注에서 기록하고 있다. 만약 드물게 있었다고 해도 윤 5월 23일 즉 7월 16일이므로 越中이라 해도 등귤 꽃은 이미 졌을 것이다. 등귤을 눈앞에 보고 지은 작품이라고 하기보다는 家持가 가지고 있는 등귤에 대한 체험을 바탕으로 하여 지은 것으로 보인다. 기록문처럼 되어 감동의 중심이 없는 것도 당연하다고 할 수 있다'고 하였다[『萬葉集私注』 9, p.80].

反歌 1수

4112   홍귤나무는/ 꽃으로 열매로도/ 보아 왔지만/ 더욱 때 구분 없이/ 한층 더 보고 싶네

🌸 해설

홍귤나무는 꽃으로도 열매로도 계속 많이 보아 왔지만, 더욱 때를 구분함이 없이 일 년내내 한층 더 보고 싶네라는 내용이다.

좌주   윤 5월 23일, 오호토모노 스쿠네 야카모치(大伴宿禰家持)가 지었다.

庭中花作歌[1]一首并短詞

4113 於保支見能　等保能美可等々　末支太末不　官乃末尓末　美由支布流　古之尓久多利來

安良多末能　等之乃五年　之吉多倍乃　手枕末可受　比毛等可須　末呂宿乎須礼婆　移夫勢美

等　情奈具左尓　奈泥之故乎　屋戸尓末枳於保之　夏能々々　佐由利比伎宇惠天　開花乎

移弖見流其等尓　那泥之古我　曽乃波奈豆末尓　左由理花　由利母安波無等　奈具佐無流

許己呂之奈久波　安末謝可流　比奈尓一日毛　安流へ[2]久母安礼也

大君の　遠の朝廷[3]と　任き給ふ　官のまにま　み雪降る　越に下り來　あらたまの[4]　年の五
年　敷栲の[5]　手枕[6]まかず　紐解かず[7]　丸寢をすれば　いぶせみと[8]　情慰に　石竹花を
屋戸に蒔き生し　夏の野の　さ百合引き植ゑて　咲く花を　出で見るごとに　石竹花が
その花妻に[9]　さ百合花　後[10]も逢はむと　慰むる　心し無くは　天離る[11]　鄙に一日も　あるべ
くもあれや[12]

おほきみの　とほのみかどと　まきたまふ　つかさのまにま　みゆきふる　こしにくだりき
あらたまの　としのいつとせ　しきたへの　たまくらまかず　ひもとかず　まろねをすれば
いぶせみと　こころなぐさに　なでしこを　やどにまきおほし　なつののの　さゆりひきう
ゑて　さくはなを　いでみるごとに　なでしこが　そのはなづまに　さゆりばな　ゆりもあは
むと　なぐさむる　こころしなくは　あまざかる　ひなにひとひも　あるべくもあれや

---

1 **庭中花作歌**: 목록에는 원문 '詠庭中花作歌'라고 되어 있으므로, '詠'자가 탈락되었을 가능성이 있다.
2 **安流へ**: 底本에 '鄙'. 元暦校本 등을 따른다.
3 **遠の朝廷**: 먼 곳의 행정기관. 관청도 조직도 포함해서 말한다.
4 **あらたまの**: 새로운 혼이라는 뜻으로 '年'을 상투적으로 수식하는 枕詞이다.
5 **敷栲の**: 고급의 천이라는 뜻이다. '手枕'을 상투적으로 수식하는 枕詞이다.
6 **手枕**: 아내의 팔베개.
7 **紐解かず**: 사랑의 맹세를 깨지 않는 것이다.
8 **いぶせみと**: 마음이 밝지 않다고 해서.
9 **その花妻に**: 坂上大嬢을 가리킨다.
10 **後**: 'ゆり'의 발음을 계속한다.
11 **天離る**: '鄙'를 상투적으로 수식하는 枕詞이다. 하늘 멀리 있다.
12 **あるべくもあれや**: 'や는 강한 부정을 동반한 의문을 나타낸다.

정원 가운데 꽃을 노래한 1수와 短歌

4113 우리들의 왕/ 먼 곳의 조정으로/ 임명되었는/ 직무를 따라서요/ 눈이 내리는/ 코시(越)에
　　　 내려와서/ (아라타마노)/ 해를 5년간이나/ (시키타헤노)/ 팔베개 베지 않고/ 옷끈 안 풀고/
　　　 새우잠을 자면요/ 답답하네요/ 마음 풀어 보려고/ 패랭이꽃을/ 집에 뿌려 키워 보고/ 여름
　　　 들판서/ 백합 가져와서 심네/ 피는 꽃들을/ 나가서 볼 때마다/ 패랭이 같은/ 아름다운
　　　 아내를/ 백합꽃처럼/ 후에라도 만나자/ 위로를 하네/ 마음이 없다면요/ (아마자카루)/ 시
　　　 골에 하루라도/ 있을 수가 있겠나요

🌼 해설

　　우리들의 왕의 먼 곳의 조정인 越中으로, 임명된 장관의 직무를 따라서, 눈도 많이 내리는 코시(越)에
내려와서, 혼이 새롭게 되는 해를 5년간이나 부드러운 아내의 팔베개를 하지도 않고, 옷끈도 풀지 않고
새우잠을 자면 마음이 답답하고 울적하네요. 그래서 마음을 풀고 위로를 받아 보려고 패랭이꽃을 집에
뿌려서 키워 보기도 하고, 여름 들판에서 백합꽃을 가져와서는 정원에 심네. 피는 그 꽃들을 정원에
나가서 볼 때마다 패랭이꽃과 같은 아내인 大孃을, 백합꽃의 이름의 소리처럼 후에라도 만나자고 마음을
위로하네. 그런 마음도 가지지 않는다면, 하늘 멀리 떨어진 이곳 시골에서 하루라도 지낼 수가 있을까요
라는 내용이다.
　　全集에서는 제목의 원문에 '見'자가 탈락된 것이라고 보았다'고 하였다『萬葉集』 4, p.274].
　　家持가 시골인 越中國 장관으로 임명을 받아 가서 5년이 지났는데 아내를 그리워하는 마음을, 패랭이
꽃과 백합꽃을 정원에 심어서 보면서 달랜다고 하는 노래이다.
　　私注에서는, '家持가 정원 가운데 있는 꽃에 감동을 느껴서, 먼 곳에 있는 적료한 마음을 노래하려고
하고 있는 것은 알 수 있지만, '패랭이꽃과 같은 아내를, 백합꽃 이름의 소리처럼 후에라도'와 같은 언어의
기교를 주로 하여 그 이상 깊이 들어가지 않는 것은 아무래도 아쉽다고 하지 않을 수 없다. 패랭이꽃,
백합꽃도 언어의 기교를 위한 것일 뿐으로 실재한 것이 아니라고 보는 것은 잔혹할지 모르지만 적어도
그의 감동이 언어의 기교를 위한 언어로 패랭이꽃, 백합꽃으로만 향하고 있는 것은 논의의 여지가 없다'
고 하였다『萬葉集私注』 9, p.83].
　　伊藤 博은, '유래가 오래된 홍귤을, 꽃과 열매에 비중을 두면서 노래한 4111~4112번가에 비해, 정원
가운데에 있는 어디서나 볼 수 있는 꽃인 패랭이꽃과 백합을 노래한 것으로 두 작품군은 짝이 되어
있다. 처음 몇 구는 長歌 4111번가의 첫 부분과 대응시키며 무게감이 있게 노래하고 있다. 그리고 앞의
노래들의 橘에 橘諸兄(橘家)이 밀착하여 있는 것처럼, 이 작품에서는 아내(坂上大孃)가 밀착하여 있다.
(중략) 橘諸兄에 대한 생각에서 아내 大孃에 대한 생각으로 이동한 것으로, 諸兄도 大孃도 굳이 말하자면
도읍의 가까운 사람들 모두를 독자로 생각하고 있다고 말해도 좋을 것이다. 이와 같이 상대방을 의식한
것이 승려 平榮을 맞이한 5월 5일 무렵에 강해져서, 5월 10일의 4089~4092번가 이후의 長反歌群의 맥을
일으키는 계기가 되었다'고 하였다『萬葉集全注』 18, p.200].

反歌二首

4114 奈泥之故我　花見流其等尓　乎登女良我　惠末比能尓保比　於母保由流可母

　　　石竹花が　花見るごとに　少女ら¹が　笑まひのにほひ²　思ほゆるかも

　　　なでしこが　はなみるごとに　をとめらが　ゑまひのにほひ　おもほゆるかも

4115 佐由利花　由利母相等　之多波布流　許己呂之奈久波　今日母倍米夜母

　　　さ百合花　後も逢はむと　下延ふる³　心しなくは　今日も經めやも⁴

　　　さゆりばな　ゆりもあはむと　したはふる　こころしなくは　けふもへめやも

　　　左注　同閏五月廿六日, 大伴宿祢家持作

---

1 **少女ら**: 坂上大嬢을 말한다. 'ら'는 친애를 나타내는 표현이다.
2 **にほひ**: 빛나는 아름다움이다.
3 **下延ふる**: 마음속으로 오래 생각한다.
4 **今日も經めやも**: 'や'는 강한 부정을 동반한 의문을 나타낸다.

反歌 2수

4114 패랭이꽃의/ 꽃을 볼 때마다요/ 귀여운 소녀/ 웃는 예쁜 모습이/ 생각이 나는군요

🌸 해설

　　패랭이꽃을 볼 때마다 사랑스러운 아내인 大孃의 웃는 예쁜 모습이 생각이 나는군요라는 내용이다.
私注에서는, '이 反歌에 의하면 長歌에 나타난 생각도, 반드시 한 사람에게 기울어진 구체적인 것은
아닌 것 같다. 혹은 家持의 이러한 작품은 노래를 위한 노래이기 때문일까'라고 하였다『萬葉集私注』
9, p.84]. 私注에서 이렇게 본 것은 '少女ら'를 家持의 아내 大孃이 아니라 '소녀들'로 보았기 때문이다.
大系에서도 '소녀들'로 보았다『萬葉集』 4, p.293]. 그러나 注釋·全集·全注에서는 中西 進과 마찬가지로
家持의 아내 大孃으로 보았다(『萬葉集注釋』 18, p.138), (『萬葉集』 4, p.275), (『萬葉集全注』 18, p.201)].

4115 백합꽃처럼/ 후에는 만나려고/ 마음에 오래/ 생각을 하지 않고/ 오늘 지낼 수 있나

🌸 해설

　　백합꽃의 발음처럼 후에는 반드시 만나려고 마음속에 계속 생각하지 않는다면, 오늘 하루라도 어떻게
지낼 수 있을 것인가라는 내용이다.
　　후에 만날 수 있다고 생각하기 때문에 오늘 하루를 또 지낼 수 있다는 뜻이다.
　　'百合'과 '後'의 일본어 발음이 같은 'ゆり'인 것을 이용한 노래이다.

　　좌주　같은 윤 5월 26일에, 오호토모노 스쿠네 야카모치(大伴宿禰家持)가 지었다.

國掾¹久米朝臣廣繩, 以天平廿年, 附²朝集使³入京, 其事畢而, 天平感寶元年閏五月廿七日還到本任. 仍長官⁴之舘設詩酒宴樂飮. 於時主人守大伴宿祢家持作歌一首并短哥

4116　於保支見能　末支能末尓々々　等里毛知氏　都可布流久尓能　年内能　許登可多祢母知
多末保許能　美知尓伊天多知　伊波祢布美　也末古衣野由支　弥夜故敞尓　末爲之和我世乎
安良多末乃　等之由吉我弊理　月可佐祢　美奴日佐末祢美　故敷流曽良　夜須久之安良祢波
保止々支須　支奈久五月能　安夜女具佐　余母疑可豆良伎　左加美都伎　安蘇比奈具礼止
射水河　雪消溢而　逝水能　伊夜末思尓乃未　多豆我奈久　奈呉江能須氣能　根毛己呂尓
於母比牟須保礼　奈介伎都々　安我末川君我　許登乎波里　可敞利末可利天　夏野能　佐由利
能波奈能　花咲尓　々布夫尓惠美天　阿波之多流　今日乎波自米氏　鏡奈須　可久之都祢見牟
於毛我波利世須

大君の　任のまにまに　執り持ちて　仕ふる國の　年の内の　事かたね持ち⁵　玉桙の⁶
道に出で立ち　岩根踏み　山越え野行き　都へに　參ゐしわが背を　あらたまの⁷　年往き還
り　月重ね　見ぬ日さまねみ⁸　戀ふるそら⁹　安くしあらねば　ほととぎす　來鳴く五月の
菖蒲草　蓬蔓き¹⁰　酒宴　遊び慰ぐれど　射水川　雪消溢りて　逝く水の　いや増しにのみ
鶴が鳴く　奈呉江¹¹の菅の　ねもころに¹²　思ひ結ばれ　嘆きつつ　吾が待つ君が　事をはり¹³

---

1 **掾**: 3등관이다. 종7위상에 상당한다.
2 **附**: 취임하여.
3 **朝集使**: 國·郡司의 근무 상황 등의 행정보고서, 朝集帳을 조정에 가지고 가는 사람이다. 매년 11월 1일까지 상경한다.
4 **長官**: 國守 家持를 가리킨다.
5 **事かたね持ち**: 'かたぬ'는 묶는다, 일괄한다는 뜻이다. 일 년 동안의 여러 국정을 총괄하여 보고하는 것을 말한다.
6 **玉桙の**: 아름다운 창을 세운다는 뜻으로 '道'를 상투적으로 수식하는 枕詞이다.
7 **あらたまの**: 새로운 혼이라는 뜻으로 '年'을 상투적으로 수식하는 枕詞이다.
8 **見ぬ日さまねみ**: 'さ'는 접두어이다. 형용사 'まねし(수가 많다는 뜻)'에 'み'가 붙은 것이다.
9 **そら**: 경우를 말한다.
10 **蔓き**: 머리에 두르는 것이다.
11 **奈呉江**: 國廳 동쪽의 해안이다.
12 **ねもころに**: 간절히.

國의 판관 쿠메노 아소미 히로나하(久米朝臣廣繩)가, 天平 20년(748)에 朝集使로 취임하여 入京하여 그 일이 끝나자, 天平感寶 원년(749) 윤 5월 27일에 본래 임무로 돌아왔다. 이에 장관 집에서 詩酒의 연회를 열어 마시며 즐겼다. 이때 주인인 장관 오호토모노 스쿠네 야카모치(大伴宿禰家持)가 지은 노래 1수와 短歌

4116   우리들 왕이/ 명령을 하는 대로/ 임무를 따라/ 근무하는 지역의/ 일 년 동안의요/ 행정을 총괄하여/ (타마호코노)/ 길을 출발하여서/ 돌부리 밟고/ 산 넘고 들을 가서/ 도읍으로요/ 올라간 그대를요/ (아라타마노)/ 해도 가고 바뀌고/ 몇 달간이나/ 못 보는 날 많아서/ 그리운 탓에/ 몸도 편안하지 않아/ 두견새가요/ 와서 우는 5월의/ 창포꽃이랑/ 쑥을 머리에 감고/ 酒宴을 열어/ 놀며 마음 달래도/ 이미즈(射水) 강의/ 눈 녹아 물이 불어/ 흘러가듯이/ 그리움은 더하고/ 학이 우는요/ 나고(奈吳) 강 골풀처럼/ 간절하게도/ 그리움 깊어져서/ 탄식하면서/ 내 기다리는 그대/ 일을 마치고/ 본무로 돌아와서/ 여름 들판의/ 백합꽃과 같이도/ 웃는 것처럼/ 빙긋이 웃으면서/ 모습 보여준/ 오늘을 시작으로/ (카가미나스)/ 항상 이렇게 보죠/ 모습 변하지 말고

✿ 해설

　우리들의 왕이 명령을 하는 대로 임무를 따라서 근무를 하고 있는 지역의, 일 년 동안의 제반 행정을 총괄하여 가지고 여행길을 출발하여서, 돌부리를 밟으며 산을 넘고 들을 지나가서 도읍으로 올라간 그대를, 혼이 새롭게 되는 해도 지나가서 바뀌고, 몇 달 동안이나 보지 못하는 날이 많아졌으므로, 그리워하는 마음도 편하지 않았으므로, 두견새가 와서 우는 5월의 창포꽃이랑 쑥을 둥근 테로 만들어 머리에 얹어 장식으로 하고, 酒宴을 열어서 놀며 마음을 위로해 보았지만, 이미즈(射水) 강의 눈이 녹은 물을 넘치게 하며 흘러가는 물처럼, 한층 그리움은 더하고, 학이 우는 나고(奈吳) 강의 골풀 뿌리가 엉겨 있는 것처럼 그렇게 간절하게 탄식하면서 나는 기다리고 있었던 것이네요. 그런 그대가 임무를 마치고 돌아와서, 여름 들판의 백합꽃이 웃는 것처럼 환하게 웃으면서 모습을 보여준 오늘을 시작으로 해서, 거울처럼 항상 이렇게 봅시다. 모습도 변하는 일이 없어라는 내용이다.

歸りまかりて　夏の野の　さ百合の花の　花咲に[14]　にふぶ[15]に笑みて　逢はし[16]たる　今日を始めて　鏡なす[17]　かくし常見む　面變り[18]せず

おほきみの　まきのまにまに　とりもちて　つかふるくにの　としのうちの　ことかたねもち　たまほこの　みちにいでたち　いはねふみ　やまこえのゆき　みやこへに　まゐしわがせを　あらたまの　としゆきがへり　つきかさね　みぬひさまねみ　こふるそら　やすくしあらねば　ほととぎす　きなくさつきの　あやめぐさ　よもぎかづらき　さかみづき　あそびなぐれど　いみづかは　ゆきげはふりて　ゆくみづの　いやましにのみ　たづがなく　なごえのすげの　ねもころに　おもひむすぼれ　なげきつつ　あがまつきみが　ことをはり　かへりまかりて　なつののの　さゆりのはなの　はなゑみに　にふぶにゑみて　あはしたる　けふをはじめて　かがみなす　かくしつねみむ　おもがはりせず

反歌二首

4117　許序能秋　安比見之末尓末　今日見波　於毛夜目都良之　美夜古可多比等

去年の秋[19]　あひ見しまにま　今日見れば　面やめづらし　都方人[20]

こぞのあき　あひみしまにま　けふみれば　おもやめづらし　みやこかたひと

---

13 **事をはり**: 朝集使의 임무를 완수하는 것이다.
14 **花咲に**: 꽃이 피는 것이다.
15 **にふぶ**: 벙긋벙긋 웃는 것이다.
16 **逢はし**: 경어.
17 **鏡なす**: '常見む'를 수식하는 것이다.
18 **面變り**: 몸이 수척해져서 모습이 변하는 것이다.
19 **去年の秋**: 朝集使로 상경할 때이다.
20 **都方人**: 도읍 사람이다.

이 작품은 天平 20년(748)에 久米朝臣廣繩이 朝集使로 상경하여 임무를 끝내고, 이듬해 5월 27일에 돌아오자, 家持가 연회를 베풀고 지은 노래이다. 오랫동안 만나기를 기다렸던 것을 말하고, 앞으로 계속 변함없이 보자고 한 노래이다.

私注에서는 상경하여 돌아오기까지 몇 달이나 걸린 것에 대해, '5월에 돌아온 것은 이해할 수 없을 정도로 장기간의 체재라고 생각할 수 있다. 그것은 권제17의 3961번가의 左注에 보인, 池主의 大帳使 때와 마찬가지로, 아마도 당시의 國司들이 그다지 근면한 관료들이 아니었기 때문일 것이다'고 하였다『萬葉集私注』9, p.88].

伊藤 博은, '長歌의 앞부분 몇 구를 장중한 표현으로 시작한다고 하는, 5월 10일의 4089번가 이하의 모습을 여기에서도 볼 수 있는 것은 간과할 수 없을 것이다. 이러한 격식은 제목에서도 볼 수 있다. 제목은 4문장으로 된 긴 것인데, 廣繩만을 대상으로 한 것이라고는 생각되지 않는다. 사실 앞부분의 國緣 이하 여기저기에, 격식을 차린 표현이 눈에 띄는 것은 이미 말한 바와 같지만, 長官之館이라고 기록하고 있는 것은 제삼자를 대하는 의식과의 연관이 강하기 때문일 것이다. 따로 守館(권제19의 4238 번가 제목)이라고도 하고 있으므로, 관직명 표기에 있어서 고유한 명칭(守·介·掾·目)에 대하여 포괄적인 총칭(長官·次官·判官·主典)을 사용한 것에는 관료적인 기분이 있었던 것이 인정된다. 이 노래를 기록할 때, 家持에게는 본래 임무로 돌아온 四度使를 맞이할 때의 國守로서의 모습을, 도읍 사람들에게 보이려고 하는 의도가 있었던 것이 아닐까'라고 하였다『萬葉集全注』18, pp.208~209].

反歌 2수

4117 작년 가을에/ 만나고 난 이후로/ 오늘 만나니/ 모습이 멋지네요/ 도읍 사람의 모습

🌸 **해설**

작년 가을에 만나고 난 이후로 오늘 만나서 보니 모습이 정말 멋지네요. 도시 사람의 모습이라는 내용이다.

廣繩이 도읍에 반년 동안 머무는 동안, 도회지 사람처럼 세련되었다는 뜻이다.

4118 可久之天母　安比見流毛乃乎　須久奈久母　年月經礼波　古非之家礼夜母

かく¹しても　あひ見るものを　少くも²　年月經れば　戀しけれやも

かくしても　あひみるものを　すくなくも　としつきふれば　こひしけれやも

聞霍公鳥喧作歌一首

4119 伊尓之敝欲　之怒比尓家礼婆　保等登伎須　奈久許惠伎吉弖　古非之吉物乃乎

古よ　しのひにければ³　ほととぎす　鳴く聲聞きて　戀しきものを⁴

いにしへよ　しのひにければ　ほととぎす　なくこゑききて　こひしきものを

爲向京之時⁵，見貴人，及相美人⁶，飲宴之日，述懷儲作歌二首

4120 見麻久保里　於毛比之奈倍尓　賀都良賀氣　香具波之君乎　安比見都流賀母

見まく欲り　思ひしなへに　蘰懸け　かぐはし君を　相見つるかも

みまくほり　おもひしなへに　かづらかけ　かぐはしきみを　あひみつるかも

---

1 **かく**: 눈앞에 만나고 있는 모습이다. 그것을 생각하면 그리워하며 탄식할 필요가 없었는데.
2 **少なくも**: 다음 구를 수식한다. 만날 수 있다고 생각은 해도, 적어도 몇 달은 만나지 못하고 지나갔으므로.
3 **しのひにければ**: 옛날부터 두견새의 소리에 의해 멀리 있는 사람을 그리워하는 관습이 있었으므로. 家持 개인의 체험은 아니다.
4 **戀しきものを**: 내 몸도 그리워진다. 'ものを'는 역접의 영탄이다. 두견새에 마음이 끌리므로 원망하는 마음이 있다.
5 **爲向京之時**: 廣繩이 돌아오자 마음이 촉발된 것일까.
6 **美人**: 고귀한 사람이라는 뜻도 있지만, 여기에서는 미모의 여성을 말하는 것인가.

4118 이렇게 해서/ 만날 수 있는 것을/ 못 만나고서/ 세월이 지나가니/ 그리웠던 거지요

🌸 **해설**

이렇게 해서 만날 수 있는 것을. 그런데 정말 만나지 못하고 세월이 지나가니 무척 그리웠답니다라는 내용이다.

이렇게 만나고 보니 그동안 탄식할 필요도 없었던 것이라 생각이 되는데, 만나지 못하고 세월을 보내는 동안은 정말 그리웠다는 뜻이다.

두견새가 우는 것을 듣고 지은 노래 1수

4119 옛날서부터/ 그리워해 왔으니/ 두견새의요/ 우는 소리 들으면/ 그리운 마음 이네

🌸 **해설**

옛날부터 두견새의 소리를 들으면, 멀리 있는 사람을 그리워하는 관습이 있었으므로, 두견새의 우는 소리 들으면 그리운 마음이 더욱 깊어지네라는 내용이다.

상경할 때, 귀인을 보고 미인을 만나 주연을 함께 하는 날을 위하여 생각을 말하여 미리 지은 노래 2수

4120 만나고 싶다/ 생각했던 대로요/ 장식하였는/ 아름다운 그대를 / 서로 만난 것이네

🌸 **해설**

만나고 싶다고 생각을 했던 대로, 머리에 장식을 한 아름다운 그대를 만난 것이네요라는 내용이다.

貴人을 伊藤 博은, '여기서는 고귀한 남성을 말한다. 橘諸兄을 의식하고 있다고 생각된다'고 하였다 [『萬葉集全注』 18, p.214].

4121　朝参乃　伎美我須我多乎　美受比左尓　比奈尓之須米婆　安礼故非尓家里 [一云, 波之吉与思
伊毛我須我多乎]

朝参の　君が姿を　見ず久に　鄙にし住めば　吾戀ひにけり [一は云はく¹, はしきよし²
妹が姿を]

まゐいりの　きみがすがたを　みずひさに　ひなにしすめば　あれこひにけり [あるはいは
く, はしきよし　いもがすがたを]

> **左注**　同閏五月廿八日, 大伴宿祢家持作之.

天平感寶元年³閏五月六日⁴以來, 起小旱, 百姓田畞稍有彫色也. 至于六月朔日⁵, 忽見雨雲之氣. 仍作雲歌一首[短歌一絶⁶]

4122　須賣呂伎能　之伎麻須久尓能　安米能之多　四方能美知尓波　宇麻乃都米　伊都久須伎波美
布奈乃倍能　伊波都流麻泥尓　伊尓之敝欲　伊麻乃乎都頭尓　万調　麻都流都可佐等　都久里
多流　曽能奈里波比比　安米布良受　日能可左奈礼婆　宇惠之田毛　麻吉之波多氣毛　安佐其
登尓　之保美可礼由苦　曽乎見礼婆　許己呂乎伊多美　弥騰里兒能　知許布我其登久　安麻都
美豆　安布藝弖曽麻都　安之比奇能　夜麻能多乎里尓　許能見油流　安麻能之良久母　和多都
美能　於枳都美夜敝尓　多知和多里　等能具毛利安比弖　安米母多麻波祢

---

1 **一は云はく**: 여성을 만났을 경우를 생각한 첫 구를 다르게 표현한 것이다.
2 **はしきよし**: 사랑할 만한.

4121 參內를 하는/ 그대의 모습을요/ 못 보고 오래/ 시골에 살다 보니/ 그리워지는군요 [혹은
       말하기를, 사랑스러운/ 그대의 모습을요]

❁ 해설

> 매일 조정으로 나가는 그대의 모습을 보는 일도 없이 오랫동안 시골에 살고 있으니 그리워지는군요[혹
> 은 말하기를, 사랑스러운 그대의 모습을요]라는 내용이다.
> 全集에서는, '廣繩이 돌아온 다음날의 작품으로, 家持의 마음에도 점차 귀경하고 싶다는 생각이 강하
> 여졌으므로 이런 노래를 부른 것이겠다'고 하였다[『萬葉集』 4, p.278].

[좌주] 같은 윤 5월 28일에, 오호토모노 스쿠네 야카모치(大伴宿禰家持)가 지었다.

天平感寶 원년(749) 윤 5월 6일부터 다소 가물어 백성의 논밭에는 말라 시드는 모습이 보였다. 그런데 6월 1일에 이르러 갑자기 비구름의 기색을 보았다. 그래서 지은 구름 노래 1수 [短歌 1수]

4122 우리들 왕이/ 다스리는 나라의/ 하늘 아래에/ 사방의 길에서는/ 말의 발굽이/ 닿는 끝
       쪽까지요/ 배의 고물이/ 정박하는 끝까지/ 옛날부터서/ 지금에 이르도록/ 모든 공물의/
       최고의 것으로서/ 경작하여 온/ 그 농작물인 것을/ 비 오지 않는/ 날이 계속되므로/ 심었던
       밭도/ 뿌리었던 밭도요/ 매 아침마다/ 시들어 말라가니/ 그것을 보면/ 마음이 아프고요/
       어린 아기가/ 젖을 달라고 하듯/ 하늘의 비를/ 우러러 기다리네/ (아시히키노)/ 산의 골짜
       기에서/ 보이고 있는/ 하늘의 흰 구름아/ 해신이 있는/ 바다의 궁전까지/ 건너가서는/
       하늘 잔뜩 흐리게 해/ 비를 좀 내려다오

天皇[7]の　敷きます國の　天の下　四方の道には　馬の蹄　い盡す極み　船の舳の　い泊つる[8]
までに　古よ[9]　今の現[10]に　萬調　奉る首[11]と　作りたる　その農[12]を　雨降らず　日の重なれ
ば　植ゑし田も　蒔きし畠も　朝ごとに　凋み枯れ行く　そを見れば　心を痛み　緑兒の
乳乞ふがごとく　天つ水[13]　仰ぎてそ待つ　あしひきの　山のたをり[14]に　この見ゆる　天の
白雲　海神の　沖つ宮邊[15]に　立ち渡り　との[16]曇り合ひて　雨も賜はね

すめろきの　しきますくにの　あめのした　よものみちには　うまのつめ　いつくすきはみ
ふなのへの　いはつるまでに　いにしへよ　いまのをつづに　よろづつき　まつるつかさと
つくりたる　そのなりはひを　あめふらず　ひのかさなれば　うゑしたも　まきしはたけも
あさごとに　しぼみかれゆく　そをみれば　こころをいたみ　みどりごの　ちこふがごとく
あまつみづ　あふぎてそまつ　あしひきの　やまのたをりに　このみゆる　あまのしらくも
わたつみの　おきつみやへに　たちわたり　とのぐもりあひて　あめもたまはね

---

3 **天平感寶元年**: 749년이다.
4 **閏五月六日**: 양력 6월 25일이다.
5 **六月朔日**: 양력 7월 19일이다.
6 **短歌一絶**: 短歌를 絶句에 비유하여 말하였다. 1수.
7 **天皇**: 본래는 천황 조상신을 말하는데 여기서는 천황이다.
8 **い泊つる**: 'い'는 접두어이다.
9 **古よ**: 'よ'는 경과를 나타낸다.
10 **今の現**: 'をつづ는 'うつつ'와 같다.
11 **奉る首**: 최고의 것이다.
12 **その農**: 생업을 말한다. 여기에서는 농사를 말한다.
13 **天つ水**: 비를 가리킨다.
14 **山のたをり**: 고개 등의 들어간 곳이다. 골짜기.
15 **沖つ宮邊**: 바다 가운데 있다고 상상한 바다신의 궁전이다. 해신은 비를 관장한다고 생각했다.
16 **との**: 완전히.

　　왕이 다스리는, 하늘 아래 모든 나라에, 사방으로 가는 길에서는 말의 발굽이 닿는 끝 쪽까지, 바다에서는 배의 고물이 정박하는 항구의 끝까지, 옛날부터 지금까지의 모든 공물의 최고의 것으로 경작을 하여 온 그 농작물인데, 비가 오지 않는 날이 계속되므로, 벼를 심은 논도 종자를 뿌린 밭도 하루하루 시들어 말라가니 그것을 보면 마음이 아파서, 어린 아기가 젖을 달라고 하듯이 하늘의 비를 기다리네. 다리를 끌면서 힘들게 걸어야 하는 산골짜기에 보이는 하늘의 흰 구름아. 바다신이 있는 바다의 궁전까지 건너가서, 하늘을 잔뜩 흐리게 해서 비를 내려주면 좋겠네라는 내용이다.

　　'四方の道'를 全集에서는, '道는 당나라의 10도를 모방해서 만든 7도(東海・東山・北陸・山陰・山陽・남해・서해)의 길을 말한다. 四方이라고 한 것은 『일본서기』 崇神條의 北陸・동해・西道・丹波인가. 天平 4년(732)의 절도사 파견의 東海・東山・山陰・서해를 염두에 두고 말한 것일 것이다'고 하였다『萬葉集』 4, p.278].

　　'馬の蹄 い盡す極み'를 私注・注釋에서는 中西 進과 마찬가지로 '말의 발굽이 닿는 데까지'로 해석하였다(『萬葉集私注』 9, p.93), (『萬葉集注釋』 18, p.151)].

　　그러나 大系・全集・全注에서는 '말의 발톱이 닳도록'으로 해석하였다(大系 『萬葉集』 4, p.296), (全集 『萬葉集』 4, p.279), (『萬葉集全注』 18, p.219)].

　　伊藤 博은, '國守는 國司의 長, 즉 먼 조정의 장이므로, 먼 조정의 범위에 있어서는 천황을 대신하는 권한을 가진다. 그러므로 國守가 비가 오기를 바라는 것은, 천황이 비를 비는 것과 연결된다고 말해도 좋다. 그러한 공적인 의식을 나타내며 여기에서도, 제목에 연호 '天平感寶元年(749)'을 내세우고 左注에도 '守太伴云云'이라고 명기하고 있다. 反歌 1수를 '短歌一絶'이라고 한문식으로 쓰고 있는 것도 이 점과 관계가 있다. 노래 전체 35구. 2단락으로 나뉘며, 소중한 논밭이 가문 것을 말한다. '朝ごとに 渦み枯れ行く'까지 20구가 1단락, 이하 비가 내리기를 바라는 부분 끝구까지의 15구가 2단락이다. 정연한 구성으로 되어 있다'고 하였다『萬葉集全注』 18, p.222].

反歌一首

4123　許能美由流　久毛保妣許里弖　等能具毛理　安米毛布良奴可　己許呂太良比尓

この見ゆる　雲ほびこりて[1]　との曇り　雨も降らぬか　心足ひに

このみゆる　くもほびこりて　とのぐもり　あめもふらぬか　こころだらひに

> **左注**　右二首, 六月一日晚頭[2], 守太伴宿祢家持作之.

賀雨落歌一首

4124　和我保里之　安米波布里伎奴　可久之安良婆　許登安氣世受杼母　登思波佐可延牟

わが欲りし　雨は降り來ぬ　かく[3]しあらば　言擧[4]せずとも　年[5]は榮えむ

わがほりし　あめはふりきぬ　かくしあらば　ことあげせずとも　としはさかえむ

> **左注**　右一首, 同月四日, 大伴宿祢家持作

---

1 **雲ほびこりて**: 'ほびこり'는 'はびこり(넓게 퍼지는 것)'와 같다.
2 **晚頭**: 저녁이다.
3 **かく**: 눈앞에 비가 내리는 모습이다. 하늘의 은혜를 받은 것이다.
4 **言擧**: 입 밖으로 말하는 것이다.
5 **年**: 풍년. 특히 벼의 풍작을 말하는가.

反歌 1수

4123 　지금 보이는/ 구름이 퍼져나가/ 온통 흐려져/ 비가 오면 좋겠네/ 마음 흡족하도록

🌸 해설

　지금 보이는 구름이 넓게 퍼져 나가서, 하늘 전체가 온통 흐려져 비가 오면 좋겠네. 마음에 만족할 때까지라는 내용이다.

　　좌주 　위의 2수는, 6월 1일 저녁에, 장관인 오호토모노 스쿠네 야카모치(大伴宿禰家持)가 지었다.

비가 오는 것을 축하한 노래 1수

4124 　내가 바랐던/ 비는 내려서 왔네/ 이런 정도라면/ 말을 하지 않아도/ 결실 풍년이겠지

🌸 해설

　내가 바랐던 비는 이제 내렸네. 이 정도라면 이러쿵저러쿵 말을 하지 않더라도 가을의 결실은 풍년이 겠지라는 내용이다.

　　좌주 　위의 1수는, 같은 달 4일에, 오호토모노 스쿠네 야카모치(大伴宿禰家持)가 지었다.

七夕謌一首并短歌

4125　安麻泥良須　可未能御代欲里　夜洲能河波　奈加尓敝太弖々　牟可比太知　蘇泥布利可波之
伊吉能乎尓　奈氣加須古良　和多里母理　布祢毛麻宇氣受　波之太尓母　和多之弖安良波　曽乃倍由母　伊由伎和多良之　多豆佐波利　宇奈我既里爲弖　於毛保之吉　許登母加多良比　奈具左牟流　許己呂波安良牟乎　奈尓之可母　安吉尓之安良祢波　許等騰比能　等毛之伎古良　宇都世美能　代人和礼毛　許己乎之母　安夜尓久須之弥　徃更　年乃波其登尓　安麻乃波良　布里左氣見都追　伊比都藝尓須礼

天照らす　神¹の御代より　安の川²　中に隔てて　向ひ立ち　袖振り交し³　息の緒⁴に　嘆かす⁵　子ら　渡守⁶　船も設けず　橋だにも⁷　渡してあらば　その上ゆも　い行き渡らし⁸　携はり　うながけり居て⁹　思ほしき　ことも語らひ　慰むる　心はあらむを　何しかも　秋にしあらねば　言問¹⁰の　乏しき子ら　うつせみの　世の人われも　ここをしも　あやに¹¹奇しみ　ゆき變る　毎年ごとに　天の原　ふり放け見つつ　言ひ繼ぎにすれ

---

1 **神**: 皇祖라고 믿어진 여신이다.
2 **安の川**: 하늘에 있다고 말해지는 신화의 강이다. 중국의 전설에서 말하는 하늘의 강을 신화적으로 바꾸어 말했다.
3 **袖振り交し**: 구애의 동작이다.
4 **息の緒**: 생명을 긴 것으로 해서 말한다.
5 **嘆かす**: 'す'는 친애의 표현이다.
6 **渡守**: 뱃사공이다.
7 **橋だにも**: '船も設けず'에 대응하여 다리도 없다는 뜻이 숨겨져, '적어도 다리라도 있으면'이라고 한다.
8 **い行き渡らし**: 'い'는 접두어이다. 'し'는 친애의 표현이다.
9 **うながけり居て**: 'うな'는 'うなじ(項: 목덜미)', 거기에 손을 얹는 것이다. 『고사기』神代의 八千矛(야치호코)의 노래에 보인다.
10 **言問**: 말을 거는 것이다.
11 **あやに**: 신기하게.

칠석 노래 1수와 短歌

4125 아마데라스(天照らす)/ 신의 시대로부터/ 야스(安)의 강을/ 가운데에 두고요/ 마주해 서서/ 소매 서로 흔들며/ 목숨을 걸고/ 한숨짓는 자들/ 뱃사공은요/ 배도 준비를 않고/ 다리라도요/ 놓아져 있다면요/ 그 위를 지나/ 건너서 가서는요/ 손을 맞잡고/ 어깨에 손을 얹고/ 생각을 하는/ 것도 이야기하여/ 위로를 하는/ 마음도 있을 것인데/ 어찌된 건가/ 가을이 아니라 해서/ 말하는 것도/ 많잖은 사람들/ (우츠세미노)/ 세상 사람인 나도/ 그러한 일을/ 정말 이상히 여겨/ 돌아서 오는/ 그해 그해마다요/ 하늘의 위를/ 멀리 올려다보며/ 이야기하는 거네

해설

  아마데라스(天照らす)오호미카미 신의 시대 이후로부터, 야수(安) 강을 가운데에 두고 서로 마주하여 서서 소매를 서로 흔들며 목숨을 걸고 한숨을 짓고 있는 사람들이여. 뱃사공은 배도 준비를 하지 않고, 다리만이라도 놓아져 있다면 그 위를 지나 건너가서 손을 맞잡고, 어깨에 손을 서로 얹고, 마음에 생각하는 것도 서로 이야기하여 마음을 위로하는 일도 있을 것인데, 그 다리도 없고 어찌된 것인가. 가을이 아니므로 서로 말하는 것도 적은 사람들. 현세 사람인 나도 그것을 정말 이상히 여겨서, 돌아오는 해마다 하늘 위를 멀리 올려다보면서 이야기를 해가는 것이네라는 내용이다.
  견우와 직녀 사이에 강이 가로막혀 있는데, 배도 없고 다리도 없어서 만나지 못하는 것을 안타깝게 생각하여 지은 노래이다.
  '天照らす 神の御代より'를 全集에서는, '七夕은 중국에서 도래한 전설이지만, 일본에서도 『고사기』, 『일본서기』에 '天なるや 弟たなばた'라는 말도 있고, 고대의 베를 짜는 여자와 그녀를 방문한 남자가 맺어지는 전설이 있었던 것을 알 수 있다. 그 전설에 외래의 칠석 전설은 뿌리를 내린 것일 것이다. 여기에서도 칠석의 유래가 오래된 것임을 말하기 위해 神代의 세계를 무대로 하고, 天照大神의 이름을 빌리고, 하늘의 강을 高天原에 있다고 전하는 '安の川'으로 한 것이다'고 하였다『萬葉集』 4, p.280].
  伊藤 博은, '앞의 6월 4일의 작품 4124번가로부터 약 1개월 후의 작품. 곧 도읍으로 향하려는 무렵에 마침 칠석을 맞이하여, 오랜만에 아내를 만날 일도 생각하면서 견우와 직녀 두 별을 생각하여 지은 것으로 보인다. 앞부분에는 『고사기』, 『일본서기』 신화를 언급하면서 중국으로부터의 칠석 전설을, 일본 神代로부터의 신비한 일로 보고 있다. 그리하여 그 신화적 호흡은 'たづさはり うながけり居て'로 이어지며, '天の原 ふり放け見つつ 言ひ繼ぎにすれ'로 마무리되고 있다. 여러 곳에 경어가 사용되고 있는 것도, 이 신화적 분위기와 관계가 있을 것이다. 이런 자세는 5월 10일의 4089번가, 5월 12일의 4094번가 이후의 여러 長歌에 계속 이어져 온 것이다. 한편 家持의 長歌는, 이 칠석 작품을 기점으로 당분간 중단되며, 이듬해인 天平勝寶 2년(750)의 3월 8일까지 약 8개월간의 공백을 보인다. (중략) 家持는 여기에서도

あまでらす　かみのみよより　やすのかは　なかにへだてて　むかひたち　そでふりかはし

いきのをに　なげかすこら　わたりもり　ふねもまうけず　はしだにも　わたしてあらば

そのへゆも　いゆきわたらし　たづさはり　うながけりゐて　おもほしき　こともかたらひ

なぐさむる　こころはあらむを　なにしかも　あきにしあらねば　ことどひの　ともしきこ

ら　うつせみの　よのひとわれも　ここをしも　あやにくすしみ　ゆきかはる　としのはごと

に　あまのはら　ふりさけみつつ　いひつぎにすれ

反歌二首

4126　安麻能我波　々志和多世良波　曽能倍由母　伊和多良佐牟乎　安吉尓安良受得物

天の川[1]　橋渡せらば[2]　その上ゆも　い渡らさむを[3]　秋にあらずとも

あまのがは　はしわたせらば　そのへゆも　いわたらさむを　あきにあらずとも

---

1 天の川: 安の川과 구별이 없다.
2 橋渡せらば: 'ら'는 완료를 나타낸다.
3 い渡らさむを: 이상 長歌를 반복한 것이다.

도읍 사람들을 독자로 의식을 하면서 지은 것일 것이다'고 하였다『萬葉集全注』 18, pp.230~231].

그리고 이 작품의 左注에 있는 '七月 七日'이라는 날짜에 대해, '이날보다 5일 전인 7월 2일에 聖武천황은 퇴위를 하고 孝謙천황이 즉위하여 연호가 새로이 '天平勝寶元年'으로 바뀌었다(『속일본기』). 물론 이 통보는 7월 7일 단계에서는 越中에 있는 家持에게 도착하였을 리가 없으므로, 날짜의 기재는 노래가 불리어진 때 그대로로 한 것이 극히 자연스럽다. 그러나 그 후에도 마찬가지로 이 작품에 '天平勝寶元年'의 연호를 넣지 않은 것은, 家持의 창작 활동과 作歌 의식 중에서는 이 칠석 노래가 '天平感寶 원년 5월 5일 운운'이라는 제목을 가진 4085번가 이하의 노래들의 세력 범위에 속해 있었음이 틀림없다. 연속된 작품으로, 그것을 도읍의 사람들에게 선물로 일괄하여 가지고 간다고 하는 사실이 뒷받침이 되어, 家持는 연호를 고친다는 것을 실감할 수 없었다는 점이 이러한 형식을 초래한 것이라 생각된다'고 하였다 [『萬葉集全注』 18, p.234].

反歌 2수

4126　하늘의 강에/ 다리가 놓였다면/ 그 위를 지나/ 건너갈 수 있을 걸/ 가을이 아니라 해도

🌸 해설

하늘의 강에 다리가 놓여져 있다면 그 위를 지나서 건너갈 수 있을 것인데. 가을은 아니지만이라는 내용이다.

은하수에 다리만 있다면, 가을이 아니라도 언제든지 건너가서 만날 수 있을 것인데, 그렇지 못해서 아쉽다는 뜻이다.

4127　夜須能河波　伊牟可比太知弖　等之乃古非　氣奈我伎古良河　都麻度比能欲曽

　　　　安の川　い向ひ立ちて[1]　年の戀　日長き子らが　妻問[2]の夜そ

　　　　やすのかは　いむかひだちて　としのこひ　けながきこらが　つまどひのよそ

　　　　左注　右, 七月七日, 仰見天漢, 大伴宿祢家持作

越前國掾[3]大伴宿祢池主來贈戲歌四首

忽辱恩贈[4], 驚欣已深. 心中含咲, 獨座稍開, 表裏[5]不同, 相違何異[6]. 推量所由, 率尔作策[7]歟. 明知[8]加言[9], 豈有他意[10]乎. 凡貿易[11]本物, 其罪不輕. 正贓倍贓[12], 宜急并滿. 今, 勒[13]風雲發遣徵使. 早速返報, 不須延廻.

勝寶元年十一月十二日, 物所貿易下吏,

謹訴　貿易人斷官司　廳下[14].

別白. 可怜[15]之意, 不能黙止[16]. 聊述四詠, 准擬睡覺[17].

1　い向ひ立ちて: 'い'는 접두어이다.
2　妻問: 구혼하는 것이다.
3　越前國掾: 4073번가의 제목이다. 4132번가의 序에 의하면, 비단 주머니를 부탁해서 그것을 받았다(실은 안의 내용은 달랐다)고 하는 설도 있지만, 4132번가의 序의 囑羅는 다른 말일 것이다.
4　恩贈: 받은 것이다.
5　表裏: 포장의 겉과 속의 물건을 말한다.
6　相違何異: 차이는 왜 차이가 났는가라는 뜻이다.
7　策: 장난으로 하는 음모.
8　明知: 장난이라는 것을 안 이상.
9　加言: 이하의 논란을 가리킨다.
10　意: 정말로 비난하는 악의.
11　貿易: 盜律에 보이는 법률어. 바꾸는 것이다.
12　正贓倍贓: 正贓은 불법으로 재물을 얻는 죄로 법률에 정해진 것. 강도 등. 倍贓은 죄가 많은 사람에게 다른 죄가 가산되는 것이다.
13　勒: 재갈.
14　廳下: 家持가 장관으로서 검찰의 장관이기도 하였으므로 말한 것이다. 廳下는 관리.
15　可怜: 재미있게 느낀다.
16　黙止: 입을 다물고 있다.
17　准擬睡覺: 이 노래를 잠을 깨게 하는 물건으로 비유하였다.

4127　야스(安)의 강에/ 마주 보고 서서는/ 일 년 그리움/ 날이 길었던 자들/ 만나는 밤이네요

🌸 **해설**

야스(安) 강에 서로 마주 보고 서서는 일 년간 계속 그리워하는 날이 길었던 사람들이 만나는 밤이네요 라는 내용이다.

칠석이므로 오늘밤은 야스(安) 강을 사이에 두고 서로 마주 보며 일 년 동안 그리워했던 사람들이 만나는 밤이라는 뜻이다.

좌주　위는, 7월 7일에 은하수를 바라보고, 오호토모노 스쿠네 야카모치(大伴宿禰家持)가 지었다.

코시노 미치노쿠치(越前)國의 판관 오호토모노 스쿠네 이케누시(大伴宿禰池主)가 보내어 온 장난스런 노래 4수

뜻밖에 선물을 받고 깊이 놀라고 기뻤습니다. 마음속에 웃음을 머금고 혼자 앉아서 천천히 열어보니 겉과 안이 같지 않았습니다. 다른 것은 왜 이렇게 다른 것일까요. 그 이유를 추측하건데 경솔하게 생각한 것입니까. 분명하게 알고 말씀을 드리니 어찌 다른 뜻이 있겠습니까. 무릇 진짜를 가짜와 바꾸는 것은 그 죄가 가볍지 않습니다. 正贓과 倍贓 모두 빨리 배상해야 합니다. 지금, 편지와 더불어 징발하는 사람을 보냅니다. 빨리 답을 하고 끌면 안됩니다.

勝寶 원년(749) 11월 12일, 물건을 바꿔치기 당한 卑官

삼가 바꾼 사람을 재판하는 관청에 호소합니다. 廳下.

추신. 재미가 있어 가만히 있을 수 없습니다. 잠시 4수의 노래를 적어 잠을 깨는 용도로 바칩니다.

4128　久佐麻久良　多比乃於伎奈等　於母保之天　波里曽多麻敝流　奴波牟物能毛賀

　　　　草枕　旅の翁[1]と　思ほして　針そ賜へる　縫はむ物もが

　　　　くさまくら　たびのおきなと　おもほして　はりそたまへる　ぬはむものもが

4129　芳理夫久路　等利安宜麻敝尓於吉　可邊佐倍波　於能等母於能夜　宇良毛都藝多利

　　　　針袋　とり上げ前に置き　返さへば[2]　おのともおのや[3]　裏も繼ぎたり

　　　　はりぶくろ　とりあげまへにおき　かへさへば　おのともおのや　うらもつぎたり

---

1 **旅の翁**: 池主를 가리킨다. 도읍에서 부임한 노인. 본래 바늘은 여성이 사용하는 것인데, 掾官으로서 池主는
단신으로 부임하였으므로 바늘이 필요하다고 하는 뜻으로 해석하였다.
2 **返さへば**: 겉을 뒤집어 보니. 'へ'는 계속을 나타낸다.
3 **おのともおのや**: 'おの'는 놀라 의심하는 감동사이다.

4128 (쿠사마쿠라)/ 혼자인 노인이라/ 생각을 해서/ 바늘 보내었군요/ 꿰맬 것이 있다면

해설

    뜻하지 않게 보내어 주신 것을 받고 깊이 놀라고 기뻤습니다. 마음으로 기뻐하며 혼자 앉아서 천천히 열어보니 밖에 쓴 것과 속이 같지 않았습니다. 다른 것은 왜 이렇게 다른 것일까요. 그 이유를 추측하건데 경솔하게 생각한 것입니까. 사정을 잘 알고 말씀을 드리니 어찌 다른 악의가 있겠습니까. 무릇 진짜를 가짜와 바꾸는 것은 그 죄가 가볍지 않습니다. 正贓과 倍贓 모두 빨리 배상해야 합니다. 지금, 편지와 더불어 물건을 가지러 갈 사람을 보냅니다. 빨리 답을 하세요. 끌면 안됩니다.
    勝寶 원년(749) 11월 12일, 물건을 바꿔치기 당한 卑官
    삼가 바꾼 사람을 재판하는 관청에 호소합니다. 廳下.
    추신. 재미가 있어 가만히 있을 수 없습니다. 잠시 4수의 노래를 적어 잠을 깨는 용도로 바칩니다.
    풀을 베고 잠을 자는 힘든 여행을 하면서 혼자 있는 노인이라고 생각을 해서 바늘을 보낸 것이군요. 이 바늘로 무언가 꿰맬 것이 있다면 좋겠네요라는 내용이다.
    家持가 池主에게 바늘 쌈지를 보내었던 듯하다. 家持가 池主에게 선물을 보내었는데 겉에 쓴 것과 안에 든 물건이 달랐으므로, 池主가 장난삼아 소송장을 내는 형식으로 지어서 보낸 것이다.
    伊藤 博은, '池主가 家持에게 전부터 비단을 부탁하고 있었던 것을, 다음 노래의 서문으로 알 수 있다. 池主가 이것을 부탁한 것은 아마도 7월 중순, 大帳使로 家持가 도읍으로 갈 때 越前 國府에 들렀을 때일 것이다. 家持는 越前 國府에서 숙박을 했을 것인데, 그때 도읍에서 올 때 무엇을 선물로 할까 하고 家持가 물었을 때, 池主는 비단이라도 부탁한다고 말하였을 것이다. 임무를 마치고 越中으로 돌아가는 도중에 家持는 越前 國府에서 그 물건을 池主에게 건넸으므로 家持가 떠나고 난 뒤에 웃으며 그 꾸러미를 끌러 보니 안에는 비단이 아니라 바늘쌈지가 들어 있었다고 하는 것이 실제 사정일 것이다. (중략) 家持가 越中으로 돌아간 것이 池主의 장난스런 노래가 지어진 11월 12일 직전, 11월 초순 혹은 10월 말이라는 것을 알 수 있는 점에서 중요하다. (중략) 大帳使의 임무를 마치고 越中으로 돌아갈 때, 家持가 大孃을 데리고 함께 간 것은 이미 여러 번 언급하였지만, 바늘쌈지를 준비한 것과 大孃이 越中으로 간 것과는 깊은 관계가 있을 것이다. 越中 관료들에게 줄 선물로 몇 개 준비한 바늘쌈지 중에서 한 개가 잘못해서 池主에게 전해지고 말았던 것인가'라고 하였다『萬葉集全注』18, pp.245~246].

4129 바늘 쌈지를/ 꺼내어서 앞에다 놓고/ 뒤집어 보니/ 이 어찌된 일인가/ 안감도 붙어 있네

해설

    바늘 쌈지를 꺼내어서 앞에다 놓고 뒤집어 보니 이것이 어찌된 일인가. 놀랍게도 안감까지 붙어 있네라는 내용이다.
    바늘 쌈지에는 일반적으로 안감이 들어 있지 않는데, 家持로부터 받은 것에는 안감도 든 고급스러운 것이었으므로 놀랐다고 말한 것이다.

4130 波利夫久路　應婢都々氣奈我良　佐刀其等迩　天良佐比安流氣騰　比等毛登賀米授

針袋　帶び續けながら　里ごとに　衒さひ¹歩けど　人も咎めず²

はりぶくろ　おびつつけながら　さとごとに　てらさひあるけど　ひともとがめず

4131 等里我奈久　安豆麻乎佐之天　布佐倍之尒　由可牟等於毛倍騰　与之母佐祢奈之

鷄が鳴く³　東を指して　ふさへしに　行かむと思へど　由も實なし

とりがなく　あづまをさして　ふさへしに　ゆかむとおもへど　よしもさねなし

左注 右歌之返報歌⁴者, 脱漏不得探求也.

---

1 **衒さひ**: 'てらす'는 비추는 것이다. 'び'는 계속태.
2 **人も咎めず**: 고급스런 바늘 쌈지이므로, 이것보란 듯이 가지고 다니는 노인을 보고 관심을 가질 만한데, 아무도 보지 않는다는 뜻일 것이다.
3 **鷄が鳴く**: 닭이 울면 동쪽이 밝아오므로 '東'을 상투적으로 수식하는 枕詞이다. 여기에서 '東'은 家持가 있는 越中이다.
4 **返報歌**: 家持가 답한 노래이다. 이 左注는 편집자가 家持가 아닌 것을 보여주는 것인가.

4130　바늘 쌈지를/ 계속 차고 있으면서/ 여러 마을을/ 보란 듯이 다녔지만/ 아무도 보지 않네

❀ 해설

　　바늘 쌈지를 몸에 계속 차고 있으면서, 여러 마을을 이것보란 듯이 다녔지만 아무도 그것을 보아주지 않네요라는 내용이다.

　　아무도 좋은 것으로 보아주지 않는다는 뜻이다.

　　'人も咎めず'를 大系·注釋에서는, '아무도 대단한 것으로 생각하지 않는 것 같다'로 해석하였다(『萬葉集』 4, p.303), (『萬葉集注釋』 18, p.166)]. 全集에서는, '아무도 장관(家持)을 비난하지 않네'로 해석하였다[『萬葉集』 4, p.284]. 私注에서는, '진짜와 가짜가 바뀐 것이라는 것을 아는 사람도 없는 것인가. 아무도 비난하지 않네'로 해석하였다[『萬葉集私注』 9, p.103]. 伊藤 博은, '아무도 여행하는 노인으로는 생각하지 않네'로 해석하였다[『萬葉集全注』 18, p.242].

4131　(토리가나크)/ 동쪽을 향하여서/ 어울리도록/ 가려고 생각을 해도/ 갈 방법이 없네요

❀ 해설

　　닭이 우는 동쪽을 향하여, 바늘쌈지에 어울리도록 혼자 여행을 가려고 생각을 해도 갈 방법이 없네요라는 내용이다.

　　남성이 바늘 쌈지를 가지고 있는 것은 여행을 할 때이므로, 바늘 쌈지를 가졌으니 혼자 여행을 가려고 해도 갈 수 있는 방법이 없다는 뜻이다.

　　좌주　위의 노래에 답한 노래는, 없어져서 찾을 수가 없다.

更來贈歌二首

依迎驛使事, 今月十五日, 到來部下加賀郡[1]境. 面蔭見射水之郷[2], 戀緒結深海之村[3]. 身異胡馬[4], 心悲北風. 乘月俳徊, 曽[5]無所爲. 稍開來封[6], 其辞云々者[7], 先所奉書, 返畏度疑歟. 僕作嘱羅[8], 且悩使君[9]. 夫, 乞水[10]得酒, 從來能口. 論時合理[11], 何題強吏[12]乎. 尋誦針袋詠[13], 詞泉酌不竭, 抱膝[14]獨咲, 能蠲旅愁. 陶然遣日. 何慮何思. 短筆不宣[15]

勝寶元年十二月十五日 徵物[16]下司[17]

謹上 不伏[18]使君 記室[19]

別奉云々謌[20]二首

4132　多々佐尓毛　可尓母与己佐母　夜都故等曽　安礼波安利家流　奴之能等乃度尓

---

1 **加賀郡**: 加賀國은 弘仁 14년(824) 2月에 越前의 加賀·江沼 兩郡이 독립하였다.
2 **射水之郷**: 家持가 있는 國府에 있는 곳.
3 **深海之村**: 加賀郡의 한 촌. 지금의 津幡 부근인가. 池主가 있는 곳이다. 이전에도 여기에서 家持에게 노래 (4073번가)를 보내었다.
4 **胡馬**: 옛날을 회고하는 정을 말한다.
5 **曽**: 완전히.
6 **來封**: 편지.
7 **辞云々者**: 某라는 뜻이다. 池主의 장난을 家持는 진지하게 받아들이고, 성실하게 쓴 것인가.
8 **嘱羅**: 비단을 원한다는 뜻으로 粉飾의 謂인가. 앞의 편지의 장난을 가리킨다.
9 **使君**: 지방관. 장관인 家持를 가리킨다.
10 **乞水**: 이하 중국의 속담인가.
11 **論時合理**: 잘못된 것도, 상황에 비추어 이치에 맞으면 좋다고 하는 관행이 시무책 등에 있었던 것인가.
12 **強吏**: 아주 나쁜 관리. 여기까지는 앞의 편지에 대한 변명이다.
13 **針袋詠**: 없어진, 家持가 답한 노래.
14 **抱膝**: 한 사람의 동작을 말하는 관용구이다.
15 **短筆不宣**: '短筆'은 부족한 필력이며, '不宣'도 부족하다는 뜻이다. 편지 끝에 쓰는 인사말이다.
16 **徵物**: 물건을 요구하였다. 앞의 편지의 '徵使云云'을 가리킨다.
17 **下司**: 스스로 낮춘 표현이다.
18 **不伏**: 요구에 응하지 않는다. 家持의 답신에 근거한 장난이다.
19 **記室**: 書記. 脇書. 상대방에 대한 겸양을 나타낸다.

다시 보내어 온 노래 2수

驛使를 맞이하는 일로 이번 달 15일에, 越前의 카가(加賀)郡의 경계까지 갔다 왔습니다. 눈앞에 이미즈(射水)鄕을 보고, 후카미(深海)村에서 그리움이 더해졌습니다. 몸은 호마(胡馬)는 아니지만 마음은 북풍을 그리워합니다. 달빛에 이끌리어 배회해도, 어떻게 할 방법이 전혀 없습니다. 그런데 천천히 편지를 열어 보니, 여러 가지가 쓰여 있는 것은, 지난번에 보낸 편지가 오해를 불러일으킨 것 같아 오히려 두렵습니다. 제가 비단을 부탁해서 장관을 괴롭힌 것 같습니다. 무릇 물을 구하다 술을 얻는 것은, 즐거운 일입니다. 때와 이치에 맞으면 어찌 나쁜 관리라고 할 수 있겠습니까? 그런데 바늘쌈지 노래를 읽으면, 탁월한 언어의 샘은 길어도 마르지 않아 무릎을 안고 혼자 웃으며 여수를 달랠 수가 있었습니다. 이후 편하게 나날을 보내고 있으며 무엇을 근심하고 무엇을 생각할 필요가 있겠습니까. 부족한 글 죄송합니다.

勝寶 원년(749) 12월 15일 물건을 구한 下司

謹上 不伏의 國守 記室

따로 바치는 운운의 노래 2수

4132 종으로도요/ 이렇게 횡으로도/ 노예로서요/ 저는 있었습니다/ 주인인 그대 문에

🌸 해설

驛使를 맞이하는 일로 이번 달 15일에, 越前의 카가(加賀)郡의 경계까지 갔다 왔습니다. 눈앞에 越中의 이미즈(射水)鄕이 아른거리며 보이고, 후카미(深海)村에서 그리움이 더해졌습니다. 내 몸은 호마(胡馬)는 아니지만 마음은 호마처럼 북풍을 그리워하며 슬퍼합니다. 달빛에 이끌리어 근처를 거닐어 보아도 어떻게 할 방법이 전혀 없습니다. 그런데 천천히 편지를 열어 보니, 이런저런 여러 가지가 쓰여 있는 것은, 지난번에 보낸 편지가 오해를 불러일으킨 것은 아닌가 하고 오히려 두렵습니다. 제가 비단을 부탁해서 뜻하지 않게 장관인 그대를 괴롭힌 것 같습니다. 무릇 물을 구하였는데 술을 얻는 것은, 원래 뜻하지 않은 즐거운 일입니다. 때와 이치에 맞으면 아무리 잘못해도 나쁜 관리라고는 하지 않습니다. 그런데

縦様[21]にも　かにも[22]横様も　奴とそ　吾はありける　主の殿門[23]に

たたさにも　かにもよこさも　やつことそ　あれはありける　ぬしのとのどに

4133　波里夫久路　己礼波多婆利奴　須理夫久路　伊麻波衣天之可　於吉奈佐備勢牟

針袋　これは賜りぬ　すり袋[24]　今は得てしか[25]　翁さびせむ[26]

はりぶくろ　これはたばりぬ　すりぶくろ　いまはえてしか　おきなさびせむ

---

20 **別奉云々謌**: 중간이 생략된 것이다. 家持가 뺀 것인가.
21 **縦樣**: 'さ'는 접미어이다.
22 **かにも**: 이렇게 저렇게.
23 **主の殿門**: 존귀한 사람에게 보내는 편지에도 사용된 말이다. 스스로를 낮추는 의식이 강하다.
24 **すり袋**: 미상. 대나무 상자를 'すり'라고 하고, '袋'로 'すり'식으로 만든 것을 'すり袋'라고 한 것인가(古義).
　　노인용인 듯하며 4128 · 4130번가와 조응한다.
25 **今は得てしか**: 'しか'는 願望을 나타낸다.
26 **翁さびせむ**: 그것답게 하는 것이다.

바늘쌈지 노래를 읽으면, 탁월한 언어의 샘은 아무리 길어도 마르지 않는 맛이 있습니다. 제 무릎을 안고 혼자 웃으며 여수를 달랠 수가 있었습니다. 이후 편하게 나날을 보내고 있으며 무엇을 근심하고 무엇을 생각할 필요가 있겠습니까. 부족한 글 죄송합니다.

勝寶 원년(749) 12월 15일 물건을 구한 下司

謹上 不伏의 國守 記室

종으로도 횡으로도 어떻든 나는 어디로 보아도 노예였습니다. 주인인 그대 문에 기다리며라는 내용이다.

池主가 家持의 노예와 같다고 한 노래이다.

伊藤 博은, '4128~4131번가의 편지를 받은 家持가 다소 화가 나서 그런 뜻을 내비친 답을 보낸 것은, 서문의 '그런데 천천히 편지를 열어보니, 이런저런 여러 가지가 쓰여 있는 것은, 지난번에 보낸 편지가 오해를 불러일으킨 것은 아닌가 하고 오히려 두렵습니다'로 명료. 그렇다면 家持는 池主의 처음 편지의 어디에서 화를 낸 것일까. 일반적으로는 서문의 '무릇 진짜를 가짜와 바꾸는 것은 그 죄가 가볍지 않습니다. 正贓과 倍贓 모두 빨리 배상해야 합니다. 지금, 편지와 더불어 물건을 가지러 사람을 보냅니다. 빨리 답을 하세요. 끌면 안 됩니다' 부분, 즉 家持는 도둑 취급을 당한 점을 지나친 것으로 보고 화가 났다고 보고 있다. 그러나 池主는 이 부분 앞에서, '사정을 잘 알고 말씀을 드리니 어찌 다른 악의가 있겠습니까'라고 하여, 방비선을 치고 있다. 따라서 그 다음의 문장에 家持가 정말 화가 났다고는 생각되지 않는다. 家持가 화가 난 것은 이때 물건이 바뀐 것이 家持 한 사람에게만 관계되는 것이 아니라, 아내 坂上大孃이 크게 관련되어 있었기 때문이 아닐까. 바늘쌈지는 아내가 정성스레 준비한 물건이라고 알고 있었다. 안감까지 붙은 바늘쌈지이고 보면 아내가 관련되어 있다는 것을 당연히 알 수 있을 것인데, 그런 점을 무시하고 재판관 기분으로 말을 전개한 마음의 조잡함에 家持는 불쾌감을 느낀 것이 아닐까. 이 추측에 의하면 家持의 마음을 건드린 것은, 오히려 추신의 '재미가 있어 가만히 있을 수 없습니다'가 아닐까. 아내의 입장을 생각하면 이것은 너무 집요하다고 家持가 느꼈다고 해도 무리가 아니다. 그러나 그것을 정면으로 잘라 말할 수도 없으므로, 서문의 후반이 재판소의 피고에 대한 명령서 같이 되어 있는데, 받는 사람은 '斷官司(國府의 재판소)'에 호소하는 형식으로 되어 있는 모순을 지적하는 정도로 화를 누그러뜨린 것은 아닐까. 그렇다면 家持의 언사는 화가 난 듯한 그렇지 않은 듯한 애매한 형식이 된다. 池主가 다시 보낸 편지의 '이런저런 여러 가지가 쓰여 있는 것은, 지난번에 보낸 편지가 오해를 불러일으킨 것은 아닌가 하고'라는 문장은 그렇게 해석할 때 비로소 이해할 수 있는 것이다'고 하였다『萬葉集全注』18, pp.252~253].

4133　바늘쌈지요/ 이건 받았습니다/ 스리주머니/ 지금 받고 싶네요/ 노인답게 지니죠

🌸 해설

바늘쌈지, 이것은 받았습니다. 스리주머니 그것을 지금이야말로 받고 싶네요. 노인답게 몸에 지니지요라는 내용이다.

'すり袋'는 무슨 뜻인지 알 수 없다. 私注에서는 代匠記의 설을 따라서 '부싯돌 주머니'라고 하였다『萬葉集私注』9, p.109].

宴席詠雪月梅花¹歌一首

4134 　由吉乃宇倍尓　天礼流都久欲尓　烏梅能播奈　乎理天於久良牟　波之伎故毛我母

　　　雪の上に　照れる月夜²に　梅の花　折りて贈らむ　愛しき兒³もがも⁴

　　　ゆきのうへに　てれるつくよに　うめのはな　をりておくらむ　はしきこもがも

　　左注 右一首, 十二月, 大伴宿祢家持作

4135 　和我勢故我　許登等流奈倍尓　都祢比登乃　伊布奈宜吉思毛　伊夜之伎麻須毛

　　　わが背子⁵が　琴取る⁶なへに⁷　常人の　いふ嘆しも⁸　いや重き益すも⁹

　　　わがせこが　こととるなへに　つねひとの　いふなげきしも　いやしきますも

　　左注 右一首, 少目秦伊美吉石竹舘宴, 守大伴宿祢家持作

---

1 **雪月梅花**: 雪月花의 미의식의 최초. 중국의 雪月花 의식과 평행적이며 백낙천 시의 영향은 아니다. 지금 눈앞에 매화는 없다.
2 **照れる月夜**: 달 자체와 달이 빛나는 밤을 구별하지 않는 단어.
3 **愛しき兒**: 여성을 가리킨다.
4 **もがも**: 願望을 나타낸다.
5 **わが背子**: 石竹을 말하는가.
6 **琴取る**: 손으로 잡는다.
7 **なへに**: ~와 함께.
8 **いふ嘆しも**: 거문고가 탄식을 불러일으킨다고 하는 관습이 있었다.
9 **いや重き益すも**: 결과적으로 거문고를 타는 것을 칭찬하는 뜻이다.

연회석에서 눈, 달, 매화를 읊은 노래 1수

4134 흰 눈의 위로요/ 달이 빛나는 밤에/ 매화꽃을요/ 꺾어 보내고 싶은/ 귀여운 애 있다면

 해설

눈 위로 달이 빛나는 밤에 매화꽃을 꺾어서 보내어 줄 사랑스러운 여인이 있다면이라는 내용이다.

좌주 위의 1수는, 12월에 오호토모노 스쿠네 야카모치(大伴宿禰家持)가 지었다.

4135 나의 그대가/ 거문고를 탈 때에/ 세상 사람들/ 말하는 탄식이요/ 더욱 많아지네요

해설

그대가 거문고를 타기 시작하자마자 세상 사람들이 말하는 탄식이 더욱 많아지네요라는 내용이다.
거문고를 잘 타기 때문에 그 소리에 탄식이 많아지는 것이다.

좌주 위의 1수는, 少目 하다노 이미키 이하타케(秦伊美吉石竹) 관사의 연회에서, 장관인 오호토모노 스쿠네 야카모치(大伴宿禰家持)가 지었다.

天平勝寶二年正月二日，於國廳給饗諸郡司等¹宴歌一首

4136　安之比奇能　夜麻能許奴礼能　保与等理天　可射之都良久波　知等世保久等曽

　　　　あしひきの　山の木末の　寄生木取りて²　挿頭しつらく³は　千歳壽くとそ

　　　　あしひきの　やまのこぬれの　ほよとりて　かざしつらくは　ちとせほくとそ

　　左注　右一首，守大伴宿祢家持作

判官⁴久米朝臣廣繩之舘宴歌一首

4137　牟都奇多都　波流能波自米尓　可久之都追　安比之惠美天婆　等枳自家米也母

　　　　正月たつ　春のはじめに　かく⁵しつつ　相し⁶笑みて⁷ば　時じけめやも⁸

　　　　むつきたつ　はるのはじめに　かくしつつ　あひしゑみてば　ときじけめやも

　　左注　同月五日，守大伴宿祢家持作之.

---

1 **給饗諸郡司等**: 國司의 관행이었다. 4516번가 참조.
2 **寄生木取りて**: 나무에 기생하는 식물이다. 상록수로 존중되었다.
3 **挿頭しつらく**: 'つらく'는 완료의 'つ'의 체언격.
4 **判官**: 掾과 같다. 3등관이다.
5 **かく**: 눈앞의 환락을 가리킨다.
6 **相し**: 'し'는 강조하는 뜻이다.
7 **笑みて**: 'て'는 완료를 나타낸다.
8 **時じけめやも**: '時じけ'는 그 때가 아닌데라는 뜻이다. 'やも'는 강한 부정을 동반한 의문을 나타낸다. '무사하게 환락을 다하는 것이, 지금에 한정된 것은 아니다'는 뜻이다. 장수를 비는 노래의 관용구이다. 또 '時じ'는 특정한 때가 아니라는 뜻에서 '항상'이라는 뜻이 되며, 결과적으로 반대의 느낌을 말하는 것이 되기도 한다.

天平勝寶 2년(750) 정월 2일에, 國廳에서
여러 郡司들에게 향응을 베푸는 연회의 노래 1수

4136 (아시히키노)/ 산의 나무 끝 쪽의/ 寄生木 꺾어/ 머리 장식하는 건/ 千歲壽 비는 거네

✿ **해설**

　　다리를 끌며 힘들게 걸어야 하는 산의 나무 끝 쪽의 寄生木을 꺾어서 머리에 꽂아 장식을 하는 것은 오래 살라고 비는 것이네라는 내용이다.
　　全集에서는 이 작품이 家持가 越中에 부임한 지 5년째인 봄, 家持가 33세 때의 작품이라고 하고, '겨울철 낙엽수림 속에서 푸른색으로 무성한 모습에서 영원한 생명을 인정하고 이것을 신앙의 대상으로 하는 일조차 있다. 신비한 주술의 힘을 믿는 습속에 의한 것이겠다'고 하였다[『萬葉集』 4, p.287].

　　좌주　위의 1수는, 장관인 오호토모노 스쿠네 야카모치(大伴宿禰家持)가 지었다.

판관 쿠메노 아소미 히로나하(久米朝臣廣繩)의 관사에서 연회하는 노래 1수

4137 정월이 되어/ 봄이 시작되는 때/ 이렇게 하며/ 서로 웃는 즐거움/ 오늘만의 일일까

✿ **해설**

　　정월로 달력이 바뀌어 봄이 시작되는 이때, 이렇게 하면서 서로 웃음을 교환하며 즐기는 것은 어찌 오늘만의 일이라고 생각할까요라는 내용이다.
　　늘 즐겁게 지내자는 뜻이다.

　　좌주　같은 달 5일에, 장관 오호토모노 스쿠네 야카모치(大伴宿禰家持)가 지었다.

縁檢察墾田¹地事，宿礪波郡主帳²多治比部北里之家，于時，忽起風雨，不得辞去作歌一首

4138 夜夫奈美能　佐刀尓夜度可里　波流佐米尓　許母理都追牟等　伊母尓都宜都夜

荊波の³　里に宿借り　春雨に　隱り障むと⁴　妹に告げつや⁵

やぶなみの　さとにやどかり　はるさめに　こもりつつむと　いもにつげつや

[左注]　二月十八日，守大伴宿祢家持作

---

1 **墾田**: 口分田 외에 절과 백성에게 개간을 허가한 밭이다. 國守에게도 노는 땅이 허가되었다. 4085번가 제목 참조.
2 **主帳**: 郡의 4등관이다. 서기 역할을 맡았다.
3 **荊波の**: 北里의 집이 있던 마을이다. 장소는 알 수 없다.
4 **隱り障むと**: 방해받는 일이다.
5 **妹に告げつや**: 일행에게 장난한 표현으로, 이것으로 坂上大孃이 越中에 내려갔다고 하는 것은 맞지 않는다.

개간한 땅을 검찰하는 일로, 토나미(礪波)郡의
主帳인 타지히베노 키타사토(多治比部北里)의 집에 숙박하였다.
그때 갑자기 비바람이 일어 돌아갈 수 없게 되어 지은 노래 1수

4138 야부나미(荊波)의/ 마을에 숙소 빌려/ 봄의 비에요/ 갇히어 있다는 걸/ 처에게 말했는가

야부나미(荊波)의 마을에서 숙소를 빌려, 봄비가 내려 갇히어 있다는 것을, 모두들 아내에게 알리고 왔는가라는 내용이다.

'妹に告げつや'의 '妹'를 全集에서는, '家持의 아내 坂上大嬢을 가리킨다. 3월에는 확실하게 越中에 내려 가 있었던 것을 알 수 있는데(4169번가 제목), 이것보다 앞의 작품인 4128번가의 바늘쌈지의 사건 때도 아마 내려가 있었다고 생각된다'고 하였다『萬葉集』 4, p.288]. 그러나 中西 進은, 家持가 일행에게 장난으로 한 표현일 뿐이며 坂上大嬢이 越中에 내려갔다고 하는 것은 아니라고 보았다.

좌주 2월 18일에, 장관인 오호토모노 스쿠네 야카모치(大伴宿禰家持)가 지었다.

이연숙 李妍淑

　부산대학교 국어국문학과를 졸업하고 동대학원 국어국문학과 석·박사과정(문학박사)과 동경대학교 석사·박사과정을 수료하였다. 현재 동의대학교 한국어문학과 교수로 있으며, 한일문화교류기금에 의한 일본 오오사카여자대학 객원교수(1999.9~2000.8)를 지낸 바 있다.

　저서로는『新羅鄕歌文學硏究』(박이정출판사, 1999),『韓日 古代文學 比較硏究』(박이정출판사, 2002 : 2003년도 문화관광부 추천 우수학술도서 선정),『일본고대 한인작가연구』(박이정출판사, 2003),『향가와『만엽집』작품의 비교 연구』(제이앤씨, 2009 : 2010년도 대한민국학술원 우수학술도서 선정) 등이 있으며 논문으로는「고대 동아시아 문화 속의 향가」외 다수가 있다.

한국어역 **만엽집 13**
　- 만엽집 권 제17·18 -

초판 인쇄 2018년 2월 22일 **ㅣ 초판 발행** 2018년 2월 27일
역해 이연숙 **ㅣ 펴낸이** 박찬익
펴낸곳 도서출판 **박이정 ㅣ 주소** 서울시 동대문구 천호대로16가길 4
전화 02) 922-1192~3 **ㅣ 팩스** 02) 928-4683
홈페이지 www.pjbook.com **ㅣ 이메일** pijbook@naver.com
등록 2014년 8월 22일 제305-2014-000028호
ISBN 979-11-5848-376-0 (93830)

＊ 책값은 뒤표지에 있습니다.